dtv

Natascha Würzbach

Das grüne Sofa

Roman

Deutscher Taschenbuch Verlag

For A Great Woman

Originalausgabe
November 2007
© 2007 Deutscher Taschenbuch Verlag GmbH & Co. KG,
München
www.dtv.de
Umschlagkonzept: Balk & Brumshagen
Umschlagbild: ›Young Lady‹ [Strandgade 30]
(1905) von Vilhelm Hammershøi
Satz: Greiner & Reichel, Köln
Gesetzt aus der Sabon 10/12,25
Druck und Bindung: Druckerei C. H. Beck, Nördlingen
Gedruckt auf säurefreiem, chlorfrei gebleichtem Papier
Printed in Germany · ISBN 978-3-423-21043-0

Inhalt

~ 1. ~
Das Erbe der Vorfahren
7

~ 2. ~
Meine Mutter, die Tänzerin
22

~ 3. ~
Mein Vater arbeitet zu Hause
44

~ 4. ~
Evakuierung aufs Land
75

~ 5. ~
Zuflucht im Jagdhaus
95

~ 6. ~
Heilige Messe oder Geländespiel?
109

~ 7. ~
Ausflug zur Katzengräfin
123

8.
Die Befreiung
138

9.
Des Madl lernt guat
157

10.
Dies ist kein Kuhdorf
190

11.
Träume, Wünsche, Ziele
223

12.
Im Übergang
249

13.
Wege aus dem Labyrinth
265

14.
Fortgang
287

15.
Neue Horizonte
309

Nachtrag
339

I.

Das Erbe der Vorfahren

»Ich brauche keine Ratschläge, ich brauche Geld!« Sie schlägt mit der Faust auf den niedrigen Teetisch, daß die Tassen tanzen. Aufrecht sitzt sie in ihrem Lehnsessel, das weiße buschige Haar mit Kämmen zu einer Hochfrisur aufgesteckt, und setzt unter zusammengezogenen Augenbrauen ihren bösen Blick auf. Wir sind im »Salon« unter den Ahnenbildern versammelt. Mein Vater schweigt resigniert, meine Mutter hebt zu einem Beschwichtigungsversuch an. Ich ducke mich zwischen den Armlehnen meines Sessels und drücke den Teddybär an mich. Diese Szenen mit meiner Großmutter fürchte ich. Es fliegt auch schon mal ein Aschenbecher auf den Boden, oder sie zerreißt ihre Kette und läßt die Perlen übers Parkett hüpfen. »Finnischer Eigensinn« ist der übliche Kommentar in der Familie.

Obzwar französischer und russischer Abstammung kam meine Großmutter mütterlicherseits aus Finnland, wo ihre Brüder ausgedehnte Ländereien und prächtige Herrenhäuser besaßen. Der eine verspielte alles und schnitt sich dann in der Badewanne eines Petersburger Hotels die Pulsadern auf. Die Rechnung wurde nie beglichen. Der andere kam bei einem Jagdunfall in Lappland ums Leben. Meine Großmutter reiste als 19jähriges Mädchen nach München, um auf Bälle zu gehen und eine unglückliche Liebe zu vergessen. Dort lernte sie einen jungen Offizier aus der königlich-bayerischen Garde kennen, verliebte sich aufs heftigste, heiratete ihn und wurde so die Baronin Massenbach. Fünf Kinder purzelten nacheinander aus ihr heraus, darunter meine Mutter – sie habe sie fast im Garten verloren, so beschrieb sie ihre leichten Geburten. Das jüngste Kind war noch kein Jahr alt, als der Gardeoffizier gleich zu Beginn des Ersten Weltkriegs in vorderster Reihe den Ehrentod fand. Ein Jahr lang ging die junge Witwe in Trauerkleidung. Danach begann sie, ein großes Haus zu führen, in dem Künstler und Gelehrte ein- und ausgingen. Es wurden Feste gefeiert, Musiker für Konzerte auf der Terrasse engagiert, livrierte Diener gehalten, Liebschaften geschlossen, Intrigen gespielt. So brachte sie rasch ein kleines Vermögen durch, mußte schließlich auf Personal verzichten, sich mit ihrer Offizierspension und einer Dreizimmerwohnung in Schwabing begnügen.

Geldstreitigkeiten waren an der Tagesordnung, so weit ich mich zurückerinnern kann. Ungeduldig erwartete meine Großmutter zu jedem Monatsanfang den Postboten, der das Pensionsgeld brachte. Sobald es klingelte, rief sie mit erregter Stimme: »Er kommt!« In seiner blauen Uniform stand er vor der Wohnungstür, holte die Scheine aus seiner schwarzen Umhängetasche. Zwei Reihen silberner Knöpfe blitzten im Treppenlicht auf seiner Jacke. So stellte ich mir den Erzengel Michael vor. Nachdem er mit einem Trinkgeld verabschiedet worden war, setzte meine Großmutter einen ihrer großen Hüte auf, wählte eine Handtasche passend zu ihren Handschuhen, legte ihren Fuchspelz um den Hals (sofern es nicht Hochsommer war) und fuhr mit der Trambahn in die Stadt, um »Kommissionen zu machen«.

Sie kehrte mit großen Tüten voller Geschenke, Konditoreiwaren und meist einem neuen Hut in einer riesigen Hutschachtel zurück. Ab Mitte des Monats ließ sie dann im Milchladen anschreiben. Manchmal klingelte der Gasmann vergeblich an der Haustür, während sie kichernd in ihrem »Salon« saß und eine Zigarette rauchte.

Irgendwie schaffte sie es aber immer, die Rechnung zu bezahlen, kurz bevor das Gas gesperrt wurde. Für Notfälle, wenn sie vergeblich bei Verwandten herumtelefoniert hatte, gab es einen letzten Ausweg. Sie griff nach Hut und Handschuhen wie ein Ritter nach Helm und Schwert und sprach entschlossen die magische Formel: »Ich geh aufs Pfand.« Dann war plötzlich ein Silberservice nicht mehr an seinem Platz, die Schmuckschatulle zeigte leere Fächer, oder es fehlten die Kerzenständer für einen Eßtisch, den es schon nicht mehr gab. Manchmal tauchte ein Gegenstand wieder auf. Den Zusammenhang begriff ich erst später. Mein Vater ging an den geheimnisumwitterten Ort, an dem die kostbaren Stücke aufbewahrt wurden, und löste sie wieder aus. Aber er verfügte nicht über die nötigen Geldmittel, um auf Dauer dem stetigen Fluß an Familienerbstücken ans Pfandleihhaus Einhalt gebieten zu können. Es war wie ein böser Zauber, der die Dinge einfach verschwinden ließ. Dieser beständige, unaufhaltsame Schwund grub sich allmählich als existentielle Sorge in mein Gedächtnis. Wie sehr die Sorglosigkeit meiner Großmutter im Umgang mit Geld mich prägen sollte, ahnte ich noch nicht.

Wenn ich allein bei Großmama war, bat ich sie öfters: »Erzähl von früher!« Einige ihrer Geschichten handelten von endlosen Winternächten in Finnland, von Schlittenfahrten vorbei an zugefrorenen Seen, von der Jagd auf Bären und Elche, von erleuchteten Fensterreihen, hinter denen elegant gekleidete Menschen tafelten, von heimlichen Liebesbriefen, die ein betrunkener Kutscher überbrachte. Ihre Mutter, geborene Hélène Comtesse de Fontenilliat, kam aus Frankreich und wurde die Gattin des russischen Generalgouverneurs von Finnland, Constantin von Linder. Ihre Ernennung zur Hofdame am Zarenhof demonstrierte meine Großmutter mit Hilfe eines goldglänzenden Ordenssterns, den sie aus der Schublade ihres Schreibtisches kramte.

Eigentlich war es kein richtiger Schreibtisch, so wie ich ihn von meinem Vater kannte, sondern ein riesiger Mahagonitisch, der die ganze Breite des Salonfensters einnahm und vollgestellt war mit Fotos: braun verblaßte Aufnahmen der russischen und schwedischen Verwandten in furnierten Holzrahmen, ein Mädchenbild meiner Mutter mit langen Korkenzieherlocken in einem kunstvoll verschnörkelten Metallrahmen, deutlich konturierte Schwarz-Weiß-Fotos von meinen Eltern und den erwachsenen Geschwistern meiner Mutter in schlichten Silberrahmen. Die jüngsten Fotos waren meist in schmales Metall gefaßt. Da erschien dann auch ich: als Baby auf dem Schoß meiner Großmutter; an meinem fünften Geburtstag in einem Rüschenkleid.

Viele ihrer Geschichten konnte die Großmutter mit Fotos illustrieren, mit Portraits vom »Schreibtisch« und Szenen aus ihren Fotoalben: sie selbst im weißen, langen Ballkleid; ihr jüngerer Bruder auf ein Gewehr gestützt vor einem Lappenzelt, einen erlegten Elch zu Füßen; ihr Vater, der Gouverneur, im langen Pelz und hoher Mütze auf der Freitreppe eines Landschlosses. Besonders fasziniert war ich von den Geschichten, deren Schauplatz »die Villa« war. Dies war ein großes zweistöckiges Landhaus mit ausladendem Balkon im ersten Stock, einer ebenerdigen, jalousieüberdachten Holzterrasse, einem leicht zum Seeufer abfallenden, gepflegten Garten und einem Bootssteg mit weißem Geländer. Mein Ururgroßonkel Nikolaj Graf Adlerberg war Mitte des 19. Jahrhunderts als einer der ersten russischen Aristokraten nach Bayern gekommen und hatte sich am Tegernsee angesiedelt. Das Grundstück entlang dem Südufer erstreckte sich über etwa zweihundert Meter. Sein Sohn Kolja, selbst kinderlos, vererbte das Anwesen seiner Nichte Hélène, Exzellenz von Linder, meiner Urgroßmama, die dann gerne den finnischen Winter gegen den etwas milderen bayerischen eintauschte.

Nun stand sie auf dem Schreibtisch in einem furnierten Rahmen, als Hofdame der Gemahlin des letzten russischen Zaren in einer pelzumsäumten Robe mit kunstvoll drapierter Schleppe, und schien auf ihren Auftritt zu warten. Sie war eine strenge Frau gewesen, die bis ins hohe Alter vollkommen aufrecht saß, als ob sie einen Stock verschluckt hätte – das berichtete meine Großmutter, die es als ihre Tochter wissen mußte. Denn die Kinder von Hélène mußten sich ebenso gerade halten. Ansonsten überließ sie deren Erziehung einem Kindermädchen und einer Gouvernante. Von ihr ging die »Villa Adlerberg« an meine Großmutter, die dort mit dem Großpapa und ihren fünf kleinen Kindern die Sommerfrische verbrachte.

Der Vorgang des Erbens faszinierte mich. Es kam mir vor, als sei diese stattliche Villa am See wie an einem goldenen Faden von einer Märchenfigur zur nächsten geglitten, mühelos und ungehindert, bis der Faden bei meiner Großmutter plötzlich gerissen war. Bei den finnischen Gütern ihrer Brüder war der Faden schon früher gerissen. Ein Foto zeigte die Fassade eines Hauses, das für ein kleines Schloß gelten konnte, ein anderes eine Seenlandschaft mit Tannenwäldern. Ich sprach die Namen nach wie Zauberformeln: Adlerberg, Fontenilliat, ihre Exzellenz von Linder, Generalgouverneur. Aber das änderte nichts. Der Riß hatte immer die gleiche Ursache: Meine Vorfahren konnten nicht mit Geld umgehen. Ihre Besitztümer wurden versteigert. Der Faden konnte nicht einfach wieder zusammengeknotet werden, wie es mein Vater zuweilen mit meinem gerissenen Schuhband machte.

Eine unkontrollierbare Macht war am Werke, die ich auch in der Angewohnheit meiner Großmutter spürte, häufig »in die Stadt zu fahren«. Das konnte verschiedene Bedeutungen haben, hatte aber immer etwas Aufregendes an sich. Ging sie alleine, um »Kommissionen zu machen«, dann hatte ich meist ein ungutes Gefühl, trotz eines vielleicht zu erwartenden Geschenks. Wenn etwas Amtliches anstand, verbreitete sich Düsternis. Unbeschwerte Erwartungsfreude kam bei mir auf, wenn meine Großmutter sagte: »Heute fahren wir zusammen in die Stadt und gehen zum Obletter.« Das war das Zauberwort für Spielsachen. Ihre Geschenke waren wunderschön: ein Teddybär, der so groß war, daß ich ihn richtig umarmen konnte, und wenn man ihn auf den Rücken legte, dann brummte er. Ein Medaillon mit einer Muttergottes aus buntem Emaille. Ein ganzes Kasperletheater mit König, Königin, Hofstaat, Gretel und Teufel. Es wurde per Taxi transportiert und in meinem Kinderzimmer in der Wohnung meiner Eltern aufgestellt.

Meine Großmutter verstand es meisterhaft, Märchen, aber auch Episoden aus ihrem eigenen Leben mit verteilten Rollen in diesem Theater zu spielen. Es war hinreißend. Ich lachte mich tot über die Fürstin Pototzky, die so vergeßlich war, daß sie sich selbst an die Namen ihrer Kinder nicht erinnerte, und den Grafen Adlerberg, der an Verdauungsstörungen litt und nach einem Diner von sieben Gängen die Köchin zu sich bestellte, um das nächste Menü zu besprechen. Die Gretel gehörte zur Dienerschaft und hatte keine guten Manieren. Sie bohrte in der Nase und kaute an den Nägeln. Ich durfte den Kasperl spielen, der für jedes Problem eine Lösung fand: einen Knoten ins Taschentuch als Gedächtnisstütze für die Fürstin, Abführpillen für den Grafen, weiße Fingerhandschuhe für die Gretel. Es war wunderbar, Schwierigkeiten aus der Welt zu schaffen. Aber das gelang leider nicht immer. Gegen den Schwund der Gegenstände und den Riß in der Erbfolge konnte ich nichts machen. Auch dem sorglosen Umgang meiner Großmutter mit der Zeit war ich hilflos ausgeliefert.

Sie hatte zwar den ganzen Tag nichts zu tun, aber sie kam nie pünktlich. Nicht etwa eine halbe oder eine Stunde später – viel mehr als das. Wenn sie tagsüber auf mich aufpassen sollte, während meine Eltern unterwegs waren, dann freute ich mich zunächst auf ihre Spiele und ihre Geschichten. Meine Eltern hatten das Haus verlassen. Nun wartete ich auf das Klingelzeichen, gefangen in einem großen Zimmer voller Spielsachen.

Puppen und Stofftiere liegen lustlos in der Ecke, der Kaufladen bleibt heute geschlossen, der Puppenwagen ist leer. »Mensch ärgere dich nicht« kippt aus dem Regal. Der Tisch stemmt seine vier Beine unverrückbar auf den Boden, der Schrank lehnt ungerührt an der Wand. Und ich warte und warte, so lange, bis ich gar keine Lust mehr habe, mit meiner Großmutter zu spielen. Eine klebrige Freudlosigkeit legt sich über alle Gegenstände. Die Fenster scheinen nach oben zu wandern, unerreichbar, ein aussichtsloses Zimmer, an dessen Grund ich sitze. Es ist viel schlimmer, als auf die Weihnachtsbescherung zu warten. Schließlich nehme ich den großen Teddybären, gehe ins Treppenhaus und werfe ihn vom vierten Stock unserer

Wohnung durch die Rundung, die das Treppengeländer nach unten hin bildet. Ich sehe ihm nach. Er fällt bis ins Parterre. Seither konnte er nicht mehr brummen. Eigentlich wollte ich nur wissen, was passieren würde.

Angesichts der Schwierigkeiten bei der Zeitplanung, die schon meinen Großvater irritiert haben sollen, gingen meine Eltern dazu über, mich bei der Großmutter direkt abzugeben. Nun konnte ich wenigstens die Gründe für ihr Zuspätkommen selbst miterleben. Den ganzen Vormittag lang trug sie ihren Morgenmantel aus weinrotem Samt mit Goldbordüre, Kaffeeduft lag in der Luft, sie saß im Sessel, den Kopf mit Lockenwicklern gespickt, legte sich erst einmal die Karten, um den Tag besser einschätzen zu können, und begab sich dann ins Badezimmer. Ich durfte bei allem zugegen sein. Mit einem Waschlappen tupfte und rieb sie ihren Oberkörper, hob ihre herunterhängenden Brüste an, um besser darunter zu kommen. Sie erinnerten mich an die Zuckersäcke in unserer Küche, kurz bevor der Vorrat zu Ende ging. Ich saß auf einem Hocker und betrachtete sie: »Großmama, du mußt mal in die Stadt fahren und dir einen neuen Busen kaufen.« Mein Rat wurde nicht befolgt, jedoch unter den Erwachsenen als Anekdote gehandelt. Ich gab mich mit der Schürzung der Zuckersäcke – das Wort sprach ich aus Taktgründen nicht aus – in einem hautfarbenen Büstenhalter zufrieden. Im angekleideten Zustand war der Busen meiner Großmutter voluminös und herrscherlich. Ich hatte einem Zaubertrick beigewohnt. Meine Mutter kam ohne Zaubertrick aus. Sie hatte kleine, handliche Brüste, die fröhlich wippten, wenn sie ihre Tanzschritte durch unsere Wohnung machte und enthusiastisch ausrief: »Es muß Luft an den Körper!« Die Freikörperkultur meiner Großmutter beschränkte sich aufs Badezimmer.

Nach Beendigung ihrer Waschungen begab sich meine Großmutter an den Toilettentisch. Es war ein dreiflügliger Spiegelaltar, übersät mit Schminktöpfchen, Puderdosen und Parfümflaschen, vor dem sie Stunden verbringen konnte. Die vielen kleinen Schubladen durfte ich nacheinander öffnen und in ihnen herumkramen. Ich nahm alles heraus und versuchte, das Gewirr von Haarnadeln und Kämmen, bunten Bändern und Tüchlein, Lockenwicklern und Hutnadeln in eine Ordnung zu bringen, von der ich allerdings wußte, daß sie nur wenige Tage andauern würde. Wenn die kleinen »Utensilien«, wie sie meine Großmutter nannte, in Reih und Glied in ihren Schubladen lagen, war der Vormittag für mich leichter zu überstehen. Vom Hof mit den mächtigen Kastanienbäumen, den Teppichstangen und dem Sandkasten drangen die Stimmen tobender Kinder herauf. Aber ich durfte nicht hinunter. Es war mir nicht erlaubt, mit den »Proleten« zu spielen. Andere Kinder blieben für mich faszinierend und fremd. Der Umgang mit Gleichaltrigen fiel mir lange Zeit schwer.

Nun löste meine Großmutter die Lockenwickler von ihrem Kopf und bürstete ihr buschiges weißes Haar ausgiebig mit einer großen, silbernen Bürste. Die weiße Mähne reichte ihr bis auf die Schultern. Meinen Vorschlag, Zöpfe hineinzuflechten, wies sie empört zurück. Die Prozedur des Aufsteckens dauerte geraume Zeit. Dann war wieder eine Tasse Kaffee fällig. Cremes wurden aufgetragen und wieder abgewischt. Dann zog sie die Augenbrauen nach, spitzte den Mund, um die Wangen zu straffen, und begann sich zu pudern und sorgfältig Rouge aufzutragen. Ständig überprüfte sie den Fortschritt im Spiegel. Dabei unterhielt sie sich mit mir und ermunterte mich, es ihr nachzutun. Aber die Puderquaste brachte mich zum Niesen, und das Rougetöpfchen roch nicht gut. Während sie in der Küche frischen

Kaffee bereitete, ergriff ich einen Lippenstift und zeichnete ein grinsendes Mondgesicht auf den Spiegel. So viel zu meinem Umgang mit Kosmetik.

Auf dem Toilettentisch stand ein kleines Bild in einem zierlichen Holzrahmen. Es zeigte eine junge Frau mit einem ebenmäßigen, fast puppenhaften Gesicht und einer dazu passend perfekten Lockenfrisur im Halbprofil, um den Hals ein kreisrundes Kollier und im Ausschnitt eine Rose. Meine Großmutter titulierte sie als »die Schöne«. Es war Amelie, die Gemahlin des Kaiserlich-Russischen Staatsrats, dem Freiherrn von Krüdener. In zweiter Ehe hatte sie den Grafen Adlerberg, Adjutanten des Zaren Alexander III., geheiratet und war so die erste Herrin in der Villa geworden. Und sie war eine jener Frauen, die König Ludwig I. von Bayern portraitieren und in seiner Schönheitsgalerie in München aufhängen ließ. Ihr Portrait war 1838 gemalt worden, die fotografische Abbildung schmückte nun Großmamas Flügelaltar. Das weibliche Sammelobjekt des bayerischen Königs ließ mich kalt, aber die Rede von der sagenhaften »Schönen« erzeugte einen Nimbus, dem ich mich nicht gewachsen fühlte.

Meine Großmutter stand auf, um ihr Korsett anzulegen, eine Art rosafarbenes Rollo, das sie aufrollte, sich um die immer noch schlanken Hüften legte und schloß, indem sie eine lange Reihe silbriger Haken mit großem Geschick in ihre Ösen führte. Sie erzählte von ihren früheren Korsetts, die auf Taille zu schnüren waren, ähnlich wie Stiefel mit zwei langen weißen Bändern, immer über Kreuz. Sie hielt sich dann am Bettgestell fest, der Großpapa stand hinter ihr, stemmte ein Bein auf den Bettrand und zog immer fester. Sie hatte eine schmale Taille gehabt, trotz der fünf Geburten. Bei großen Bällen hatte sie getanzt, bis sie fast ohnmächtig wurde. Und bei einem Diner war ihr einmal ein Krümel ins Dekolleté gefallen. Ihr Tischherr hatte sich zu ihr hinübergebeugt und gesagt, er wäre so gerne dieser Krümel. Daraufhin hatte sie den Großpapa beschworen, sich mit diesem Mann zu duellieren. Mit Pistolen aufeinander zu schießen. Das hätte wohl ziemlich weh getan. Glücklicherweise kam es nicht dazu. Ich verstand die ganze Aufregung um den einen Krümel nicht.

Mit dem Anlegen des Korsetts war ein Stadium erreicht, das bei mir Erleichterung aufkommen ließ. Die Kleiderwahl zögerte sich zwar noch hinaus, aber ein Ende war abzusehen. Meine Mutter war dagegen immer im Hui fertig: ein Kleid übergezogen, oder weite Flanellhosen und ein Pulli, kein Büstenhalter, kein Korsett, sie war schließlich Ausdruckstänzerin. Im Sommer ließ sie unter einem längeren Rock manchmal sogar den Schlüpfer weg, was meinen Vater peinlich berührte. Ob meine Großmutter vielleicht auch einmal den Büstenhalter und das Korsett »aufs Pfand« bringen würde? Ich wagte nicht zu fragen, denn das hätte taktlos sein können.

Taktlosigkeiten zogen in der Regel einen Tadel nach sich, oder, noch schlimmer, ein bedrückendes Schweigen. So war mir der vergangene Weihnachtsabend ziemlich verdorben worden, weil ich beim Aufknoten eines Päckchens zu ihr gesagt hatte: »Laß mich das machen, du kannst das nicht mit deinen alten Fingern.« Das schien sie sehr zu kränken. Meine Eltern nahmen es nicht so genau mit den Taktlosigkeiten. Sie fanden sie manchmal sogar komisch. Etwa wenn ich eine elegante Dame mit einer riesigen Krokodiltasche fragte, ob sie im Zoo arbeitete, oder wenn ich zu einem älteren Herrn, der verstohlen in der Nase bohrte, laut sagte: »Das tut man eigentlich nicht.« Nur einmal hörte der Spaß entschieden auf. Das war, als mein Vater und ich uns eilig in den Bus drängten und ich kommentierte: »Nur keine jüdische Hetz.« Völlig ungewohnt gab es einen Klaps hinter die Ohren.

Inzwischen hatte meine Großmutter ihre Morgentoilette für beendet erklärt, es klingelte und die Zugehfrau kam. »Guten Morgen, Frau Baronin! Haben Frau Baronin gut geschlafen?« Es klang fast wie im Kasperletheater. Frau Wallinger war eine kleine Frau mit einem faltigen Gesicht wie ein verschrumpelter Apfel, und sie war sehr lieb. Sie trug eine graue, fast unsichtbar gemusterte Kleiderschürze mit halblangen Ärmeln, und mit Sicherheit weder Korsett noch Büstenhalter. Die Rundungen ihrer Brüste kurz über dem Stoffgürtel, der die Kleiderschürze zusammenhielt, wiederholten sich auf ihren breiten Hüften. Sie war eine Frau zum Anfassen und erwartete keinen Handkuß zur Begrüßung, zu dem ich sonst bei älteren Damen angehalten wurde.

Mit Hilfe von Frau Wallinger konnte das Backen eines Kuchens beginnen, den wir dann mittags zum Kaffee aßen. Ordentliche Mahlzeiten gab es selten. Immerhin hatte meine Großmutter einiges dazugelernt, seit die Köchin wegen Gehaltsrückstand gekündigt hatte und der letzte Diener fortgelaufen war. Damals wußte sie nicht einmal, was passiert, wenn Wasser siedet, konnte weder ein Ei kochen noch eine Dose Bohnen öffnen. Ich wußte, daß das Wasser bei hundert Grad siedet, heißer wurde es nicht mehr, dann ging es in die Luft. Mein Vater hatte mir das erklärt. Und wenn man auf einem sehr hohen Berg war, dann kochte es schon früher, wegen des niedrigen Luftdrucks. Dann brauchten die Eier länger, bis sie hart wurden. Ich hatte begriffen, daß Umstände zu berücksichtigen und Bedingungen zu messen waren. Thermometer, Zollstöcke und Uhren faszinierten mich. Meine Großmutter konnte dieser präzisen

Art von Kontrolle über die Wirklichkeit nicht so viel abgewinnen.

Im Sommer gingen wir bei schönem Wetter in den Englischen Garten. Wir spazierten auf gepflegten Wegen zwischen Baumgruppen und gemähten Wiesen. Auf mein ausdrückliches Bitten war Großmama sogar bereit, auf der Wiese über Heuhaufen zu springen, wobei ihr langer, enger Rock zu merkwürdigen Verrenkungen führte. Sie erzählte gern die Geschichte, wie einmal einige Kutschen mit königlichen Hoheiten vorbeifuhren: Sie hatte einen vorbildlichen Hofknicks gemacht und ihren kleinen Kindern bedeutet, es ihr nachzutun. Diese jedoch fielen auf die Knie und bekreuzigten sich, weil sie die Veranstaltung für eine Fronleichnamsprozession hielten. Natürlich wurde diese Anekdote auch in das Programm des Kasperletheaters aufgenommen.

Wieder zu Hause öffnete sie die Fotoalben für mich. Meine Großmutter mit den fünf Kindern im offenen Landauer: Man fuhr hinaus in die »Villa« zur Sommerfrische. Es dauerte einige Stunden. Bedienstete kümmerten sich um das Gepäck. Im Garten der Villa tippelten die kleinen Mädchen in weißen, gestärkten Kleidchen und Stiefeletten über den Gartenkies und blickten unlustig unter riesigen tellerartigen Strohhüten hervor, deren Krempen nach oben gebogen waren. Gar nicht günstig zum Spielen! Der Großpapa in kniefreier Lederhose, dicken Wollkniestrümpfen, Lodenjacke und Trachtenhut, einen Bergstock in der Hand, stand auf einem Steg über reißendem Wasser, Felsen im Hintergrund. Die Großmama Dolly Freifrau von Massenbach – nach ihr war meine Mutter Dolly benannt – trug einen bis zu den Knöcheln reichenden weiten Lodenrock, eng um ihre schmale Taille, glockig nach unten. Die kleine Krawatte auf der weißen Leinenbluse und ihr knabenhaft schmales Gesicht mit dem energischen Mund und dem spröden Gesichtsausdruck unter den starken dunklen Augenbrauen hätten sie fast als jungen Mann erscheinen lassen, wäre da nicht diese wundervolle Haarkrone gewesen, die sich machtvoll um ihren Kopf legte. Sie entsprach nicht dem Standard der Schönheitsgalerie, aber sie gefiel mir.

Wir blättern weiter in den schweren Alben. Die Figuren verlieren ihre starren Posen. Bewegung kommt in die Spiele der heranwachsenden Kinder im Garten und auf dem Bootssteg, mit Teddybären, in Badekleidung, mit Schlittschuhen, im hauseigenen Ruderboot auf dem See, die charakteristische Bergkulisse des Tegernsees im Hintergrund. Die Großmutter erzählt von Indianerspielen, Geburtstagsfesten, Kinderstreichen. Ein alter Koffer wurde auf der Landstraße oberhalb des Hauses abgelegt. Sobald sich ein Wagen näherte und der Kutscher anhielt, um den Gegenstand auf der Straße zu inspizieren, zogen die Kinder ihn an einem Bindfaden in Richtung Gebüsch, in dem sie sich versteckten. Radfahrer hatten es nicht immer leicht, an der kleinen Räuberbande vorbeizukommen. Die beiden Töchter des Gärtners waren mit von der Partie. Auf dem Lande gab es offenbar keine Proleten.

Dann auf einmal tollt mein Vater als junger Mann mit den halbwüchsigen Kindern herum. Das Mädchen mit den langen Korkenzieherlocken ist meine Mutter. Oder er sitzt in ein Buch vertieft auf der Holzterrasse, den Kopf etwas gesenkt, das leicht gewellte Haar über der hohen Stirn straff zurückgekämmt, die markante Nase bildet ein Gegengewicht zu dem leicht vorgeschobenen Unterkiefer. Ihm gegenüber auf der anderen Seite des Tisches sitzt die Baronin zurückgelehnt in ihrem Korbsessel und blickt auf den See hinaus. Als junger Schriftsteller, Gelehrter und Begründer eines kleinen Verlags verkehrt Dr. Würzbach bei meiner Großmutter in der Münchner Stadtwohnung in dem Kreis von Künstlern und Intellektuellen, den die verwitwete Baronin um sich zu scharen weiß, und kommt auch als Sommergast in die Villa am See: Ein Foto zeigt ihn und meine Großmutter in einer Hängematte sitzend und zwischen zwei Bäumen schaukelnd. Nun taucht mein Vater regelmäßig auf den Bildern der Villa auf, groß und schlank, in Knickerbockerhosen und einer Tweedjacke, blickt unternehmungslustig in die Runde, posiert in langen, weißen Tennishosen auf dem Bootssteg sitzend und blickt auf zu der ausnahmsweise einmal lächelnden, schönen, etwas älteren Frau. Ihre verjüngte Ähnlichkeit mit der Großmutter neben mir trifft mich plötzlich wie ein Schock, reißt eine Kluft auf zwischen einem Damals und einem Jetzt. Es ist, als ob ich vom Zuschauersitz in die hintergründige Tiefe der Kasperletheaterbühne blicke. Es ist mein erstes Begreifen von Geschichtlichkeit.

Meine Mutter wächst heran zu einer jungen Frau mit Pagenschnitt, in einem losen Sommerkleid mit tiefer Taille kokett auf der Wiese posierend. Und plötzlich stehen sie einander im Garten gegenüber: meine Mutter in einem geblümten Chiffonkleid, das leicht um ihre schlanke Gestalt fällt, mit einem kugelrunden, randlosen Topfhut, mein Vater in dunklem Jackett und heller Hose, und sie reichen sich die Hände. Ihre Hochzeitsbilder schließlich aus dem Jahre 1929 sind die letzten aus der Villa. Meine Mutter in Weiß mit Brautschleppe, mein Vater im Cut. Die Baronin hat die Augenbrauen zusammengezogen und ihre hochmütige Miene aufgesetzt. Irgend etwas stimmte da nicht. Die Stimmung ist nicht mehr so gut wie auf den früheren Bildern.

2.

Meine Mutter, die Tänzerin

⁓

Ihre nackten Füße berühren nur kurz den Boden, einer setzt auf, der andere hebt sich zum Schwung in den nächsten Tanzschritt, setzt auf und dreht sich, um den ersten einzuholen, im Rhythmus einer Zigeunermusik aus dem Grammophon in der Ecke. Die Füße meiner Mutter, kräftig und doch beweglich, tanzen an mir vorbei, schleifen, springen, stampfen auf dem gebohnerten Holzboden. Der rote Rock wirbelt auf und nieder, weiter oben gebändigt in der schmalen Taille meiner Mutter. Sie biegt sich und beugt sich und dreht sich um sich selbst. Ihre Arme und der Fall ihres dichten, langen Haars folgen dem Rhythmus der Musik, ihr Gesichtsausdruck ist maskenhaft, nach innen gerichtet. Sie kennt nur ihre Rolle, weiß nur vom Ausdruck ihrer Bewegung.

Ich kauere in einer Ecke des großen, leergeräumten Zimmers, die Arme um meine Knie geschlungen, in einem weißleinenen Spielhöschen mit Trägern, vorne und hinten über Kreuz geschnürt, und verfolge ihre Bewegungen. Meine Mutter probt die Tanznummern für ihren nächsten Auftritt. Hier bin ich ihr einziges Publikum. Sie pausiert, um das Grammophon mit der Handkurbel wieder aufzuziehen, legt eine andere Platte auf. Ein kurzer Blick auf mich, um meine Reaktion zu prüfen. Rasch schlage ich die Augen nieder. Nun kommt die Nummer »Ich hab einen kleinen Schwips, nur einen kleinen Schwips...«. So trällert es aus dem Grammophon. Die Tänzerin schwankt nach rechts, nach links, wippt steifbeinig auf den Fersen, nimmt die Arme mal hoch, mal zur Seite, spielt und kämpft mit der Balance, kokettiert beseligt mit sich selbst, dreht sich weiter. Ist das meine Mutter?

Nun kommt der Donauwalzer. Ein lichtgrüner Taftrock wiegt und wogt an mir vorbei. Die kräftigen Füße drehen sich, schleifen über den glatten Boden, die Geigen erklingen, singen vom Lebensrausch. Sie tanzt und tanzt. Ich sitze in der Ecke und möchte teilnehmen, beginne mich zu drehen, um mich selbst, die Knie unterm Kinn, mit den Armen mich antreibend, rundherum, immer schneller, wie ein aufgezogener Kreisel, bin nur noch Bewegung, rasend vor Lust. Der Walzer lockt, drängt und fordert, triumphiert und erstirbt im Schleifton des ermatteten Grammophons.

Erschöpft kippe ich aus meiner Entrückung. Meine schöne, weiße Leinenhose ist am Hintern schwarz von Staub und Bohnerwachs. Meine Mutter beugt sich über mich. »Macht nichts. Hat es dir gefallen?« Mir ist schwindelig, ich weiß nicht, was ich sagen soll. Eigentlich bin ich froh, daß es vorüber ist. Meine Mutter dringt nicht weiter in mich. Sie ist mit ihren Gedanken schon wieder woanders. »Ich fahre jetzt in die Güntherschule.« Vergeblich versuche ich, meine Enttäuschung hinunterzuschlucken. Irgendwie habe ich gehofft, die Ausnahmesituation würde noch eine Fortsetzung finden, vielleicht in einem gemeinsamen Mittagessen. »Bald nehme ich dich mal mit. Dann kannst du sehen, wo ich meine Tanzausbildung mache. Geh jetzt in deinem Zimmer spielen.« Sie trägt nun einen engen Pulli und taillierte Hosen mit weiten Beinen. Das tröstet mich ein wenig, denn so weiß ich, daß sie bald wiederkommen wird. Ohne Kostümierung ist kein abendlicher Auftritt zu erwarten.

Zu meinem Spielzimmer hatte ich es nicht weit. Das Tanzzimmer meiner Mutter war Teil unserer geräumigen Dachwohnung. Ich brauchte nur durch das große Wohn- und Eßzimmer hinüberzugehen. Dies wurde wegen seiner Größe als »die Halle« bezeichnet und bildete das Zentrum der Wohnung, von dem aus man in die anderen Zimmer gelangen konnte: das Arbeitszimmer meines Vaters, das Elternschlafzimmer mit dem angeschlossenen Bad, ein Gästezimmer und mein Spielzimmer, in dem ich auch schlief. Ein eigener kleiner Flur führte zur Küche und dem dahinterliegenden Dienstmädchenzimmer. Dort lebte Fanny, unsere Hausgehilfin. Sie war zum Einkaufen gegangen. Niemand war da, außer den beiden Hunden. Und die schliefen auf dem Hundesofa in der Halle, rechts und links in ihrer Kuhle, wie zwei kleine Löwen auf einem Podest. Wenn meine Mutter mit den Chow-Chows in unserem offenen Wagen fuhr, dann fragten die Leute, ob sie beim Zirkus sei. Das gefiel ihr.

Die Wanduhr tickte, als ob die Zeit verginge. Es gab nichts zu tun, nichts zu sehen, was ich nicht schon kannte. Das Arbeitszimmer mit dem grünen Sofa und dem mächtigen Schreibtisch erschien gähnend leer, wenn mein Vater nicht da war. Im Elternschlafzimmer erstreckte sich das Mahagonibett mit der großblumig gemusterten Decke darüber wie eine Wiese, von der ich wußte, daß man sie nicht betreten durfte. Das Gästezimmer schließlich war ohnehin unbewohnt. Also ging ich in mein Zimmer, wo viele Spieltiere mich erwartungsvoll ansahen. Ich holte Fifi vom Regal, nahm ihn in den Arm und setzte mich in den großen

Sessel in der Halle gegenüber den Hunden. Die öffneten kurz die Augen, bewegten den Schwanz einmal *pro forma* hin und her und versanken wieder in ihren Schlaf. Den Hund Fifi hatte ich auf dem Speicher aufgestöbert. Sein hellbraunes Fell war mottenzerfressen, und er besaß nur noch ein schwarzes Knopfauge, hielt aber immer die Ohren steif. Mit ihm im Arm wurde mir so warm und wohlig, etwas öffnete sich in mir, ich konnte mit ihm reden und ihn streicheln. Ich nahm Fifi oft mit zum Spazierengehen. Ob er mich später einmal in die Schule würde begleiten dürfen, war noch ungeklärt. Es hieß, ich sei dann wahrscheinlich zu alt für Spieltiere. Aber das war noch lange hin. Ich war gerade mal fünf.

Fifi war mein Hund. Peggy und Charlie waren die Hunde meiner Mutter. Wenn sie nach Hause kam, dann liefen sie ihr entgegen, schneller als ich es konnte, begrüßten und beschnupperten sie. Es schien, daß sie öfters die Zeit fand, mit ihnen spazieren zu gehen, als mit mir zu spielen. Natürlich durfte ich mitgehen, wenn ich wollte. Einmal hatte ich Peggy an der Leine gehalten und war von ihr fortgerissen worden, bis ich hinfiel. Das tat meiner Mutter leid, und sie meinte, ich sei noch zu klein, um die Hunde auszuführen. Auch das Füttern übernahm meine Mutter, wenn sie da war. Die Futternäpfe von Peggy und Charlie wurden gefüllt und beiden gleichzeitig hingestellt, denn sie waren ausgesprochen futterneidisch. Immer wieder steckte Charlie seine Nase in den Napf von Peggy und umgekehrt, weil sie glaubten, beim anderen sei etwas Besseres drin. Ich saß auf einem Küchenstuhl und sah ihnen zu. Eine drängende Frage stieg in mir auf: »Zuerst war die Peggy da. Dann kam ich auf die Welt. Und dann hast du den Charlie gekauft. Also hast du die Peggy am liebsten, dann komme ich und dann der Charlie?«

Als ich nun mit Fifi im Arm vor den beiden schlafenden Hunden saß, wußte ich nicht mehr genau, was meine Mutter geantwortet hatte. Ich konnte mich einfach nicht mehr erinnern. Mir war nur die Ungewißheit geblieben, und ich dachte schnell an etwas anderes. Fanny würde spätestens zu Mittag wieder da sein. Und mein Vater kam gewöhnlich am Nachmittag aus dem Rundfunk zurück. Fanny erschien rascher, als ich erwartet hatte, beladen mit Einkaufstaschen. Ich durfte ihr beim Auspacken helfen. Dann machte sie mir einen Kakao und eine Honigsemmel.

Sie war eine kleine Person, etwas älter als meine Mutter, und alles an ihr war von einer ruhigen, runden Freundlichkeit. Das lag nicht nur an ihrem Blick, den braunen Augen und dem vollen, lachenden Mund. Dazu gehörten auch die starken, sonnengebräunten Backenknochen, die kurzen, dunkelblonden Locken, die kräftig zupackenden Hände. Sie trug Kleider aus festem Baumwollstoff, im Bund gereiht, mit kleinen Blumen gemustert, deren Farben so wenig aus dem Untergrund hervortraten, daß man genau hinsehen mußte, um ihre Linien und Schwünge zu verfolgen. Und irgendwie roch Fanny ein wenig nach Nüssen. Als ich noch kleiner gewesen war, hatte sie mich auf den Topf gesetzt, oder sie hatte mir die Arme entgegengestreckt, damit ich sicher auf sie zuwackeln konnte. So hatte ich laufen gelernt. Damals warf ich mich gerne in ihre Arme. Heute fand ich das schwieriger, denn meine Großmutter hatte mir zu verstehen gegeben, daß man gegenüber Dienstboten Zurückhaltung üben sollte.

»Erzähl mir von Amerika«, bat ich sie. Ich liebte ihre Geschichten über ihre Reise durch Amerika im Beiwagen des Motorrads ihres Bruders. Beide trugen Lederjacken und Lederkappen. Sie wollten vor einigen Jahren auswandern, ließen es aber dann doch bleiben. »Heute habe ich keine

Zeit. Ich muß noch so viel putzen.« Gerne hätte ich ihr beim Staubwischen geholfen. Aber die weißen Porzellanfiguren auf der Biedermeierkommode und in den Regalen durfte ich nicht anrühren. Dabei kannte ich sie alle persönlich: die schlanke Diana, ausgerüstet mit Pfeil und Bogen, mit ihrem Jagdhund zur Seite; Daphne, wie sie sich gerade in einen Baum verwandelt, wobei Blätter überall aus ihr herauswachsen; Bacchus, halbnackt und mit einem Kranz aus Weinlaub um die Stirne, lehnt sich weit zurück und hält einen Bund Trauben über seinem geöffneten Mund. Die Figuren waren von makellosem Weiß, und leicht konnte ein zarter Finger, eine Hand oder ein Arm abbrechen. »Alles echt Nymphenburg«, hieß es.

Fanny fuhr mit dem Mop über die Parkettböden, um den Staub aufzunehmen. Ich folgte ihr durch die Wohnung. In meinem Zimmer war der Boden ziemlich verschrammt. »Warum eigentlich«, fragte ich sie. Sie zögerte mit ihrer Antwort. Da sei ich nachts immer in meinem Gitterbettchen hin- und hergefahren.

Ich schaue lange auf die Furchen im Holz, kreuz und quer eingegraben in das Fischgrätmuster der polierten Bretter. Warten, warten auf das kaum merkbare Knarren der Tür, warten auf einen Gutenachtkuß. Warten. Ich sitze aufrecht im Halbdunkel, beginne zu schaukeln, vorwärts, rückwärts, mit dem Rücken gegen die Stäbe, setze das Bett in Bewegung, treibe es ruckelnd durchs Zimmer, durch die schmalen Lichtstreifen, die der Sommerabend durch die Rolläden wirft. Das Gleichmaß des Anpralls gegen die Stäbe gibt mir Sicherheit, ermüdet, entgrenzt. Endlich quillt Wärme zwischen meinen Beinen auf, feuchte Geborgenheit steigt den Rücken hoch, senkt mich in den Schlaf. Die Mutter kommt zu spät, zieht die Decke weg, Kälte dringt durch mein nasses Nachthemd. »Hast du schon wieder ins Bett gemacht!« Erst jetzt begreife ich. »Macht nichts, wir wechseln die Wäsche.« Dann liege ich im Trockenen, kühl, glatt, fremd. Ihre Lippen flüchtig auf meiner Stirn, und schon ist sie wieder fort.

An einem strahlenden Frühsommermorgen machte meine Mutter endlich ihr Versprechen wahr und nahm mich mit in die Güntherschule. »Wir nehmen das Rad und fahren durch den Englischen Garten.« Die Hunde mußten zu Hause bleiben.

Ich sitze hinter ihr auf dem Gepäckträger, halte mich an ihr fest. Sie ist so selten greifbar. Ruhig sitzen, die Beine schön zur Seite strecken. Die Stangen des Gepäckträgers drücken mir in die Schenkel, aber was macht's! In rasanter Fahrt geht es durch den Park, die hohen Baumkronen fliegen über mich hinweg, Sonnenflecken spielen auf dem sandigen Weg, unser Pferd galoppiert am glitzernden Wasser entlang, springt mit einem Satz über die Wölbung der kleinen Brücke, rennt hinaus in die Sommerhelle der Wiesen. Auf manchen steht noch das hohe Gras und der Wind streicht darüber. Andere sind schon gemäht und voll duftender Heuhaufen. Bergab fliegen wir dahin, und ich lege die Wange an ihren Rücken, spüre den Rhythmus ihres Atems. Sie ist eine schnelle und geschickte Radlerin, fährt überallhin. Mit meiner Großmutter komme ich nur zu Fuß in den Park. Sie hat das Radfahren nie gelernt, weil sie keine Balance halten kann. Mein Vater hingegen macht manchmal einen kleinen Radausflug mit uns und führt unseren Picknickkorb auf dem Gepäckträger mit. Aber er fährt recht langsam, weil er schon älter ist.

Die Schule lag auf der Schwabinger Seite des Englischen Gartens in der Kaulbachstraße. Während unser Mietshaus manche Schnörkel und Verzierungen hatte, war dies ein schmuckloser, kastenförmiger Bau, auf der Eingangsseite von Bäumen überragt. In einem großen Saal mit hohen Fenstern saßen oder standen die jungen Tänzerinnen herum und redeten, winkten meiner Mutter zu. Ich kannte hier niemanden, außer der Frau am Flügel. »Götzchen«, für mich »Tante Götzchen«, war eine unendlich füllige, temperamentvolle ältere Dame mit einer tiefen Stimme, einer scharfen Nase, die Haare straff nach hinten gekämmt und im Nacken kurz geschnitten, wie bei einem Buben. Mein Vater hatte das als »Herrenschnitt« bezeichnet und dazu so gelächelt, als wüßte er noch mehr darüber. Götzchen besuchte uns manchmal und brachte immer ein Bilderbuch als Geschenk für mich mit. Jetzt spielte sie ein paar Takte, wiederholte sie, probierte etwas anderes, blätterte in den Noten. Sie begrüßte mich mit einem erfreuten »das ist aber schön, daß du auch mal hierherkommst«. Da fühlte ich mich gleich etwas wohler in der fremden Umgebung. Ich sollte auf einer Holzbank an der Wand in der Nähe des Flügels Platz nehmen.

An die kühle Wand gelehnt sehe ich mich um. Es wird wohl bald losgehen, denn die jungen Frauen ziehen sich schon um. Ich sehe schlanke Gestalten, die aus Sommerkleidern schlüpfen, Hosen beiseite legen, Trikots und weite Röcke anziehen. Ich sehe, wie zwei Brüste entblößt werden und wieder unter einem dünnen Pulli verschwinden. Ich sehe ein schwarzes Schamdreieck, das wieder verschwindet, dann ein anderes. Die Nacktheit meiner Mutter ist mir vertraut. Die plötzlich aufleuchtende Nacktheit der fremden jungen Frauen erscheint geheimnisvoll, aufregend, bedrohlich, verboten. Erschrocken schaue ich weg.

Frau Günther, die Leiterin der Schule, betritt den Saal. Sie ist groß, jedenfalls größer als die meisten der Anwesenden, schlank, wie alle Tänzerinnen, und hält sich sehr aufrecht. Ihre Gesichtszüge haben etwas Strenges, Herbes, was durch ihren Herrenschnitt noch unterstrichen wird. Nun kann es losgehen. Die Tänzerinnen formieren sich in drei Reihen und trippeln, schreiten, hüpfen, laufen und springen auf das Kommando der Meisterin und zu den rhythmischen Klängen des Flügels. Immer wieder gibt es Unterbrechungen, in denen Korrekturen gemacht, einzelne Schülerinnen angesprochen werden. Götzchen scheint immer genau zu wissen, wann sie innehalten und wann sie wieder neu einsetzen muß, ohne daß sie einen für mich erkennbaren Hinweis bekommt. Alle Tänzerinnen tragen schwarze, weite Röcke, die sich mühelos großen Schritten anpassen und jede Drehung schwunghaft mitmachen. So bekommen die Bewegungen Fülle und Kontur, vervielfältigt im rhythmischen Miteinander der Gruppe. Meine Mutter ist hier Teil eines Ganzen, bewegt sich mit den anderen, gebändigt im engen Raum zwischen der Tänzerin vor ihr, hinter ihr, neben ihr. Hier kann sie nicht aus der Reihe tanzen, herumwirbeln und mich an die Wand drücken. Ich lehne mich zurück und lasse die Beine baumeln.

Pause. Alle setzen sich etwas atemlos auf den Boden. Götzchen dreht sich auf dem Klavierhocker herum und macht mir ein Zeichen, zu ihr zu kommen. Aus ihrer abgeschabten Aktentasche zieht sie eine kleine Schachtel Pralinés. Auswählen und Kosten nimmt meine Aufmerksamkeit mehr in Anspruch als der kurze Vortrag, den Frau Günther nun ihren Schülerinnen hält. Es ist von Ausdruckstanz die Rede, von Körperbildung und Tanzerziehung, vom deutschen Tanzschaffen als Ausdruck deutscher Kultur und deutschen Geistes, vom Erleben und Gestalten, von Tanzfestspielen. Es entgeht mir allerdings nicht, daß nicht alle Tanzschülerinnen aufmerksam zuhören. Meine Mutter schaut zum Fenster hinaus auf die Bäume.

Es geht weiter, diesmal mit Kostümprobe. Alle tragen nun dunkelrote Oberteile, locker wie Schals einmal um den Nacken und zweimal um die Brüste geschlungen, und Hosen gleicher Farbe, die um die Hüften eng sitzen, deren Beine aber nach unten fast so weit wie Röcke sind und lose um die Knöchel fallen. Die Tänzerinnen bilden einen Kreis, neigen sich mit erhobenen Armen mal nach rechts, mal nach links, schreiten dabei den Kreis ab, bewegen sich dann zur Kreismitte, und wieder nach außen, lassen sich eine nach der anderen auf die Knie nieder und erheben sich nacheinander wieder. Die langen, offenen Haare und die flattrigen Hosen unterstreichen das Bewegungsspiel. Es ist ein Biegen und Wiegen und Wogen, wie bei den hochgewachsenen Wiesen im Englischen Garten, wenn der Wind hindurchgeht, die Gräser und Blumen in diese oder jene Richtung beugt und wieder aufstehen läßt. Ich werde schläfrig dabei, mir fallen die Augen zu.

Die Klavierbegleitung verstummt, ich öffne die Augen. Die im Bewegungsrhythmus vereinten Gestalten fallen plötzlich auseinander, gehen hierhin und dorthin, verwandeln sich zurück in einzelne junge Frauen, reden und gestikulieren, schlüpfen in ihre eigenen Kleider. Auch meine Mutter ist wieder da, in Rock und Bluse von heute morgen, bereit zur Heimfahrt.

Im Gartenrestaurant am Chinesischen Turm bekomme ich ein Eis und sie trinkt eine Limonade. »Na, wie hat es dir gefallen?« fragt sie. Ich schlecke meine kühle Himbeerköstlichkeit und weiß keine rechte Antwort. Dann kommt die Erleuchtung: »Es ist fast wie im Theater.« – »Meinst du das Kasperletheater?« – »Nein, das ist etwas anderes. Ich meine wie im Prinzregententheater, als ich mit Papa dort war. Da waren Räuber auf der Bühne, die saßen im finsteren Wald mit ihren Gewehren um ein Lagerfeuer. Ich habe mich gefürchtet und gefragt, ob sie echt sind. Und da hat Papa mir erklärt, daß sie nur so tun, als ob sie Räuber seien und eigentlich Schauspieler sind. Und sie würden niemals von der Bühne ins Publikum hinunterspringen.« – »Ja«, sagt meine Mutter, »wenn ich auf der Bühne tanze, dann springe ich auch nicht ins Publikum.« Ich versuche, mir meine Mutter auf der Bühne des Prinzregententheaters vorzustellen, ziemlich weit von mir entfernt. Ich sitze im Zuschauerraum neben meinem Vater in einer der Reihen von samtroten Klappsesseln innerhalb des Halbrunds von goldglänzenden Logen und Rängen. Da wüßte ich, woran ich wäre. Aber in dem Probenzimmer unserer Wohnung ist es einfach zu eng. »Darf ich mal mitkommen zu einer Aufführung?« – »Wenn du größer bist und abends länger aufbleiben kannst.« Wie ich solchen Aufschub hasse!

Der Sommer steigerte sich immer mehr in seine Hitze hinein. In der Wohnung war es stickig und öde. »Mir ist langweilig.« Es war eine Mischung aus Traurigkeit, Trägheit und Ungeduld. »Kommt die Großmama heute?« – »Darf ich hinunter?« Ich wußte, daß ich nur in Begleitung auf die Straße durfte, und dazu hatte selten jemand Zeit. Schließlich nahm Fanny mich zum Einkaufen mit. Eifrig trieb ich meinen hölzernen Roller voran, vorzugsweise mit dem rechten Bein, zur Abwechslung auch mal mit dem linken. Er war eigentlich schon zu klein für mich und zuckelte mühsam übers Pflaster, klemmte, warf den Lenker quer, und ich fiel. Gerade in diesem Augenblick kamen die Zwillingsmädchen von nebenan mit ihren Tretrollern vorbei. Auf dem Rollerbrett war ein zweites befestigt, mit dem man auf- und niederwippend den Roller antreiben konnte, ohne mit den Füßen den Boden zu berühren. Einmal Schwung geben und wipp, wipp, voran ging die Fahrt. So sausten die Zwillingsmädchen mit ihren doppelten Rollern vorbei. Fanny half mir auf und wedelte sorgsam mit ihrem Taschentuch über meine beschmutzten und leicht aufgerauhten Knie. Im Laden durfte ich mir drei Gutsel aus der bunten Auswahl in einem bauchigen Glasbehälter nehmen.

Als wir zurückkamen, standen die Zwillinge am Hoftor und betrachteten mich neugierig. Fanny schlug vor, wir sollten doch alle drei in den Hof gehen und dort zusammen spielen. Sie könne mich ja vom Küchenbalkon aus sehen und rufen. Der geräumige Hof innerhalb des Gevierts von eleganten fünfstöckigen Mietshäusern war teilweise mit Rasen bewachsen, und es standen einige Kastanienbäume darin. Vom Hoftor bis zu den Teppichstangen und den Mülltonnen führte ein schmaler, betonierter Weg. Ideal zum Rollerfahren, kam es mir in den Sinn. Also ließ ich mich auf das Abenteuer ein, mit fremden Kindern zu spielen. Ich kannte die beiden Mädchen zwar vom Sehen, hatte aber noch nie mit ihnen gesprochen. Sie waren immer völlig gleich gekleidet, hatten beide stramm geflochtene Zöpfe mit den gleichen roten Schleifen und sahen sich auch im Gesicht so ähnlich, daß ich sie nur mit Mühe voneinander unterscheiden konnte.

Das Hoftor schloß sich hinter uns. »Wie heißt du?« fragte die eine. Jetzt gab es kein Entrinnen mehr. »Natascha«, antwortete ich mit leiser Stimme. Die eine zog ein Gesicht, die andere machte es ihr nach und sagte zu ihrer Schwester gewandt: »Das ist aber ein komischer Name. Ich kenne kein Mädchen, das so heißt«. Das war kein guter Anfang. Wenn Erwachsene sich einander vorstellten, so war dies immer von Beteuerungen der Freude über das gegenseitige Kennenlernen begleitet. Hier war das wohl fehl am Platz. So stellte ich einfach die Gegenfrage. Die Zwillinge hießen Waltraud, genannt Walli, und Lieselotte, genannt Liesi.

Ich wich ihren Blicken aus und betrachtete die Tretroller, auf deren blitzblanke Lenker gestützt beide vor mir standen. Das Brett zum Treten hatte eine feingerippte Gummiauflage, damit man nicht abrutschte. Zum Hinterrad führte eine auf der Unterseite gezackte Metallschiene, die in ein Zahnrad griff. Es gab eine Trittbremse, und jedes der Vorder- und Hinterräder hatte ein richtiges kleines Schutzblech. Die beiden Roller unterschieden sich in nichts außer durch ihre Klingeln. Die eine hatte ein Kleeblatt, die andere ein Röschen aufgemalt.

»Die sind aber schön«, tastete ich mich vorsichtig heran. »Die haben wir zum Geburtstag bekommen«, kam es stolz zurück, von Liesi. Aber vielleicht war es auch Walli. Die Doppelheit der Rollerfahrerinnen verunsicherte mich sehr. *Ein* Roller hätte mir schon gereicht. Ich holte tief Luft: »Darf ich mal fahren?« Die beiden sahen sich an: »Lassen wir sie mal fahren?« Es schien, als versprachen sie sich etwas davon, und die eine händigte mir ihren Tretroller aus.

Es war schwieriger, als ich gedacht hatte. Obwohl es am Anfang so leicht erschien. Der Lenker lag bequem in meinen Händen, ohne daß ich mich bücken mußte, wie bei meinem Roller. Ich setzte den linken Fuß auf das schräg stehende Tretbrett und stieß mich mit dem rechten ab. Butterweich rollte das Gefährt auf seinen Gummirädern über den Betonpfad Richtung Mülltonnen, verlor aber bald an Tempo. Mit beiden Beinen stand ich nun auf dem Brett, das meinen Antrieb garantieren sollte. Es bewegte sich einfach nicht. Noch einmal stieß ich mich vom Boden ab, versuchte dann den Widerstand zu überwinden und mit der Wippbewegung zu beginnen. Es gelang mir nicht, der Roller eierte einfach zur Seite in den Rasen und blieb stehen. Die eine, wahrscheinlich Walli, wippte betont gelassen an mir vorbei. Die andere, es mußte Liesi sein, kam nach, packte ihren Roller am Lenker und meinte: »Du kannst es eben nicht. Du machst ihn mir höchstens noch kaputt.« Ich hatte nicht den Mut, um einen zweiten Versuch zu bitten.

Es war eben schwer, gegen die geballte Macht von Zwillingen anzukommen. Man wußte nicht, woran man war. Bisher war ich von der Unverwechselbarkeit jedes Menschen ausgegangen. Ein Zwilling zu sein wäre schrecklich gewesen! Ich war froh, daß mein Zwillingsbruder kurz nach der Geburt gestorben war. Das hatte meine Mutter einmal erwähnt und mit einem vorwurfsvollen Unterton darauf hingewiesen, daß mein Bruder doppelt so viel gewogen hatte wie ich. Wir seien Frühgeburten gewesen, mich habe man in einen Brutkasten gelegt. Ich dachte dabei an einen gläsernen Kasten, der ganz mit Watte ausgelegt war, in der man sich gut verkriechen konnte. Diese Geschichte gab mir das Gefühl, noch einmal davongekommen zu sein.

Dies wurde mir durch eine andere Geschichte meiner Mutter bestätigt: »Als du einmal fast vom Kronleuchter erschlagen wurdest.« Mein Kinderwagen stand unter besagtem Kronleuchter in der Halle. Zehn Minuten nachdem ich weggefahren worden war, löste sich die Verankerung, und er fiel mit einem fürchterlichen Klirren aufs Parkett. Ich konnte mir den Kronleuchter ganz gut vorstellen, da es auch im Schlafzimmer und im Arbeitszimmer solche Deckenbeleuchtungen kleineren Formats gab. Wenn man das Licht einschaltete, dann glitzerten die unendlich vielen geschliffenen Glasteile in zauberhaften Lichtbrechungen. Natürlich ging das alles kaputt, wenn es herunterfiel. Ich sah es mit Entsetzen vor mir, machte mir dabei aber nie Sorgen um den Kinderwagen beziehungsweise um mich selbst. Auch gab es verschiedene Meinungen darüber, wer ihn rechtzeitig weggeschoben hatte: meine Mutter, mein Vater, Fanny?

Die Sommerhitze hielt an. Und endlich fuhren wir in die Sommerfrische an den Tegernsee. Wir hatten zwei Zimmer mit Frühstück auf einem Bauernhof in Rottach-Egern, wo es Kühe und Pferde, Hühner und Kaninchen gab. Da würde ich keine Langeweile haben. Zum See war es nicht weit. Dieses Jahr sollte ich Schwimmen lernen.

Von der Sonne erhitzt, ungeduldig bis in die Zehenspitzen stand ich im warmen Gras. Rund um meinen kleinen Leib war der Gürtel aus hellbraunen, rechteckigen Korkblöcken geschnürt. Ich war bereit, mit meiner Mutter zum Wasser zu laufen. Mein Vater blieb angezogen am Ufer sitzen und sah uns zu. An ihrer Hand stürmte ich lachend über den Kies in das hochspritzende Naß. Nachdem wir eine Weile im Flachen getobt hatten, wateten wir tiefer hinein, bis mir das Wasser bis zur Brust stand, mich spürbar umgab und den Korkpanzer auffordernd zu heben begann. Nun sollte ich mich ganz dem Wasser anvertrauen. Von meiner Mutter nur leicht an der Verschnürung im Rücken gehalten, machte ich die bereits erlernten Schwimmbewegungen, während sie neben mir durch das hüfthohe Wasser ging. Sie sagte mir, wie gut ich es schon konnte. Wir bewegten uns ein wenig weiter in den See hinaus. Sie versank zusehends im Wasser, während ich eifrig Arme und Beine anzog und streckte, vorankam an der sonnenbeschienenen Oberfläche.

Auf einmal merke ich, daß sie mich losgelassen hat, daß ich allein und von selber schwimme. Vor Schreck schlucke ich erst einmal etwas Wasser. Aber sie ruft mir zu: »Der Schwimmgürtel trägt dich!« Und wirklich, er hält mich oben, ich kann gar nicht untergehen. Nur meine Beine sinken etwas zum Grund hin, den ich jedoch nicht mehr spüren kann. Also fange ich wieder an, meine Froschbewegungen zu machen, schwimme weiter, sie immer neben mir. Furchtlos und sicher umrunde ich den weit ins Wasser hinausragenden Bootssteg. Als ich wieder Boden unter den Füßen habe, renne ich jubelnd zu meinem Vater: »Ich kann schwimmen! Ich kann schwimmen!« jauchze ich und schüttle die Wassertropfen aus meinem Haar auf seinen hellen Sommeranzug.

Bald darauf schwamm ich noch einmal, diesmal ganz alleine um den Bootssteg, von dem aus meine Eltern mich bewunderten. Später mochte ich den naßkalten Schwimmgürtel nicht mehr umschnüren, und meine Mutter meinte, ich solle es doch einmal ohne ihn versuchen. Ich konnte es mir nicht vorstellen. Sie ging mit ins Wasser, bis ich kaum mehr Boden unter den Zehenspitzen hatte. »Je tiefer das Wasser, desto besser trägt es«, lautete ihr Ratschlag. Wir begannen, indem sie mir die Hand unter den Bauch hielt. Ich fühlte mich nackt und verletzlich ohne meinen Korkpanzer, paddelte ängstlich und atemlos herum, versicherte mich des Halts unter mir, beruhigte mich allmählich, fand zu kurzen, unregelmäßigen Schwimmzügen.

Plötzlich sehe ich meine Mutter neben mir schwimmen, spüre das laue, nachgiebige Wasser um mich herum, die kühlere Tiefe unter mir, lasse meine Bewegungen langsamer werden, sinke ein wenig ab, kann mit kräftigeren Bewegungen wieder mehr zur angenehm schmeichelnden Oberfläche gleiten. Es trägt mich, solange ich mich bewege. Ich gehe nicht unter. Es umschließt mich und gibt doch sofort nach. Ich habe keinen festen Boden unter den Füßen, aber ich kann die Tiefe unter mir halten, wenn ich kräftig hineintrete. Und ich kann an der Oberfläche vorankommen, wenn ich die Kraft in meinen Armen und Beinen einsetze. Ich kann wirklich schwimmen. Noch nie war ich so weit draußen im See.

Von da an wollte ich nur noch ins Strandbad gehen, wollte länger und weiter hinausschwimmen. Aber mein Vater saß eigentlich lieber auf dem Holzbalkon vor unserem Zimmer in der Sonne und las. Und meine Mutter hatte auch nicht immer Lust, zumal sie sich im Strandbad nicht nackt in die Sonne legen konnte. In München gab es ein eigenes Nacktbad, aber hier waren die öffentlichen Zugänge zum See für alle da. Ja, wenn wir die Villa noch gehabt hätten! Meine Mutter fand rasch eine Lösung und erklärte unseren Balkon zum Nacktbad. Die Bedenken meines Vaters zerstreute sie mit dem Hinweis auf die hölzernen Zwischenwände auf beiden Seiten und versprach, sich auf den Boden zu legen. Die Bretter der Balkonumrandung erlaubten zwar durch die Spalten ihrer barocken Schwünge einen Spähblick nach draußen, aber keinen Einblick in das Geschehen im Inneren des Balkons. Als Entschädigung für entgangene Schwimmgelegenheiten hatte meine Mutter für mich ein besonderes Vergnügen parat: Ich durfte ihre Haare kämmen und Frisuren machen.

Ihr schlanker, gebräunter Körper, die Rundungen ihrer Schultern, ihre Arme und Brüste dufteten in der Hitze nach nussigem Sonnenöl. Ruhig und gelöst saß sie da. Barfüßig stand ich auf der weichen Wolldecke hinter ihr. Sie neigte sich leicht zu mir zurück. Mit einer für meine Hände noch zu großen Stielbürste fuhr ich durch ihr dichtes, halblanges Haar, bändigte es zu einzelnen Partien, büschelte es zu der umrißhaft geplanten Frisur, ließ es wieder herabfallen, nahm es wieder auf und legte es an meine Wangen. Eine Auswahl von Klammern und Schleifen, Kunstblumen und Steckkämmen stand mir zur Verfügung. Ich wählte und steckte, löste wieder auf und verwarf einen halbfertigen Haaraufbau, begann von neuem mit dem Bürsten und Scheiteln, magisch verflochten mit der Berührung ihrer Haare, mit dem Bändigen und Wiederfreisetzen der rostbraunen Haarmassen. Manchmal griff ich zu kräftig zu, und meine Mutter schüttelte lachend den nach hinten geneigten Kopf. Manchmal kam die Frisur zu einer Vollendung, die wir gemeinsam in einem Handspiegel bewunderten. Ein anderes Mal dauerte es ihr zu lange, und sie brach das Spiel ab. Ich begehrte es immer wieder, konnte nicht genug davon bekommen.

Während der zwei Wochen Sommerfrische hatte ich keinen Mangel an Mamuschka, wie sie sich manchmal selbst nannte, wenn sie auf ihre Rolle mir gegenüber Bezug nahm. Ich erfuhr eine ungewohnte Sättigung. Und wenn wir nicht zum Schwimmen gingen oder »Friseur« spielten, dann waren die Tiere auf dem Hof an der Reihe. Die Kühe und Pferde wollten gestreichelt, die Hühner und Kaninchen gefüttert werden, wie mir die freundliche Bäuerin schon gleich zu Anfang versichert hatte. Die Tage hatten eine seltene Fülle. Langeweile konnte nicht aufkommen. Es hätte immer so weitergehen können.

Kaum hatte ich mich nach unserer Rückkehr in die Münchner Wohnung wieder mit dem Gewohnten arrangiert, da traten Veränderungen ein, die so plötzlich und zwiespältig waren, daß ich mich wie auf einer Schaukel fühlte, von unsichtbaren Händen angeschoben, in die Luft geschleudert und wieder aufgefangen.

An einem herbstlich kühlen und nebligen Tag kam mein Vater schon sehr frühzeitig aus dem Rundfunk zurück, brachte einen Karton mit Büchern, seinen Brieföffner, Bleistifte sowie das Bild mit den roten Pferden mit, das ich einmal bei einem Besuch in seinem Büro gesehen hatte. Er umarmte meine Mutter, die schon Bescheid zu wissen schien. »Jetzt ist es soweit«, sagte er mit einer seltsam kratzigen Stimme. Meine Mutter begann zu weinen. »Und wie soll es nun weitergehen?« Peggy und Charlie, die zur Begrüßung aufgesprungen waren, wedelten verlegen mit den Schwänzen. Meine Eltern zogen sich zur Beratung ins Schlafzimmer zurück, und ich wurde ins Spielzimmer geschickt. Meine Tiere sahen mich ratlos an. Fifi sprang auf meinen Schoß und vergrub seine Schnauze darin.

Bisher war mein Vater zuweilen zu Hause geblieben, um in seinem Arbeitszimmer zu schreiben, während ich mich still selbst beschäftigte, doch solche Tage waren die Ausnahme gewesen. Nun verbrachte er die meiste Zeit in der Wohnung und hatte viel mehr Zeit für mich. Gleichzeitig verließ uns jedoch Fanny. Sie weinte und sagte, sie würde nie mehr eine so gute Herrschaft finden, umarmte mich und drückte mich an sich. Meine Mutter schenkte Fanny einen buntgemusterten Kleiderstoff aus ihrem Vorrat, und mein Vater gab ihr ein Kuvert und sagte, es täte ihm leid, daß er sie nun nicht weiter bezahlen könne.

Von nun an übernahm mein Vater das Putzen und Kochen. Er kochte andere Speisen als Fanny, solche, die rasch fertig waren. Sie schmeckten mir ebenso gut. Nur sein Kakao war etwas wäßrig. Er wußte auch viele Geschichten zu erzählen: Sie waren erfunden und stammten oft aus Büchern. Fannys Geschichten hatten von ihrem eigenen Leben und den Menschen gehandelt, die sie kannte. Mein Vater nahm mich auch zum Einkaufen mit und berücksichtigte sogar meine Vorschläge. Allerdings wurden die bunten Gutsel gestrichen. Statt dessen kaufte mein Vater eine Tafel Nußschokolade, die er erst zu Hause auspackte, in die vorgestanzten Rechtecke zerbrach und in einer Porzellandose verwahrte. Ihr Deckel war mit Blumen bemalt und wurde feierlich gelüftet, wenn wir »eine Pause machten«. Das geschah recht häufig und war die einzige zu erfüllende Bedingung. Fannys Gutsel hatte ich fürs Bravsein bekommen, wobei ich in ihren Augen immer brav gewesen war. Warum konnte das Leben nicht Gutsel *und* Schokolade bieten?

Von Fanny kam eine Ansichtskarte mit einer Zwiebelturmkirche darauf, und sie schrieb, daß sie jetzt bei ihrem Bruder in der Molkerei arbeitete und es ganz gut dabei hätte. Fifi, dem ich die Karte zeigte, schlug vor, Fanny einmal zu besuchen. Aber daraus wurde nichts, weil wir nun auch kein Auto mehr hatten. Nicht daß wir es oft benutzt hätten. Es gab meistens Streit darüber, wer besser chauffieren konnte. Es hieß, daß mein Vater schon einmal ein Huhn überfahren und meine Mutter mit dem Verkehrsschutzmann auf der Kreuzung geflirtet und dabei sein Handzeichen übersehen hätte. Mir gefiel der Mann mit dem weißen Regenmantel und der weißen Schirmmütze auch, wie er da auf seinem Podest mitten auf dem Stachus stand und mit ausgestreckten Armen den Verkehr regelte. Auf seinen Wink standen die Autos still oder setzten sich in Bewegung.

Meine Mutter fuhr mit dem Auto in die Stadt, um Stoffe für ihre Tanzkostüme oder Schallplatten zu kaufen. Manchmal spielte sie mir dann eine Platte als Gutenachtgeschichte vor. Sie trug den schwarzen, rechteckigen Kasten in mein Spielzimmer und stellte ihn neben meinem Bett auf das zerschrammte Parkett. Mit einer Handkurbel, ähnlich der einer Drehorgel, zog sie das Grammophon auf und setzte vorsichtig den metallisch glänzenden Tonarm auf die gewählte Platte. Meist waren es die Lieder, zu denen sie gerade einen passenden Tanz erarbeitete, Schlager und Operettensoli.

Die Melodiebögen im Walzertakt, mal übermütig hüpfend, dann wieder sehnsüchtig gedehnt, spürte ich im ganzen Körper. Ich liebte die einschmeichelnd singenden Geigen, zu denen eine übermütige Frauenstimme erklang. Die Männer schienen immer auf irgend etwas aus zu sein und sangen dabei manchmal eigenartig langgezogen durch die Nase. An den Reimen der Liedtexte fand ich besonderes Vergnügen: wenn einer dem vorigen antwortete, sich unverzüglich mit dem folgenden verband, mehrere sich gegenseitig bestätigend dieses Spiel vorantrieben. Das gab mir eine beruhigende Sicherheit. Den Worten schenkte ich weniger Aufmerksamkeit. Nur einzelne Zeilen blieben mir im Gedächtnis: »Das gibt's nur einmal, das kommt nicht wieder, das ist zu schön, um wahr zu sein ...« Damit war die Entführung ins Märchenhafte und Wunderbare durch die meisten dieser Lieder ausgedrückt. Ich konnte beruhigt einschlafen.

Einmal brachte meine Mutter eine Platte mit einem Stück mit, das rasch zu meinem Lieblingslied wurde: »Vor der Kaserne, bei dem großen Tor, stand eine Laterne, und steht sie noch davor, so wollen wir uns wieder seh'n, bei der Laterne wollen wir steh'n, wie einst Lili Marleen ...« Das Lied begann mit Tempo, mit aufmunternden Marschrhythmen, wurde dann immer langsamer und melancholischer. Die Töne stiegen und fielen, trafen sich in einer Melodie, die allen Sehnsüchten des Wartens Ausdruck gab, auch die Trauer des Vergeblichen einschloß und mir das Lieben trotzdem als das schönste Gefühl nahelegte. Das Lied zerrte an mir und machte mich glücklich. So war mir auch zumute mit Fifi im Arm oder beim Kämmen der Haare meiner Mutter. Ich wollte das Lied immer wieder hören, und meine Mutter kurbelte geduldig das Grammophon an, bis mir schließlich die Augen zufielen. »Na, dann schlaf schön.«

Einige Monate nachdem ich ›Lili Marleen‹ für mich entdeckt hatte, brach der Krieg aus, von dem mein Vater sagte, wir würden ihn verlieren. Darunter konnte ich mir nicht viel vorstellen. Aber ich ahnte, daß weitere Veränderungen auf mich zukamen, und wußte nicht, ob ich mich fürchten oder freuen sollte.

Zunächst passierte nicht viel. Auf der Straße marschierten nun noch öfter als früher lange Kolonnen von Soldaten mit Stahlhelm, Gewehr und schweren Stiefeln im deutlich hörbaren Gleichschritt. Von weitem betrachtet glichen sie einer riesigen grauen Raupe, die sich gleichmäßig und vielfüßig vorwärtsbewegte. Ich mochte diesen Anblick, insbesondere wenn er von Marschmusik begleitet war, die einem so richtig in die Knochen fuhr. Wegen dieser Musik wollte ich eine Zeitlang Soldat werden.

Im Radio war viel von »unserer Wehrmacht« die Rede. Und das führte wohl dazu, daß meine Mutter auf Wehrmachtstournee ging. Sie arbeitete für KdF. »Kraft durch Freude« sollte sie den Soldaten an der Front bringen. So packte sie ihren »Kostümkoffer«, ein dunkelbraunes Ungetüm von der Größe einer flachen Kiste, mit Riemen, Schnallen und Schnappverschlüssen versehen, die weiten Reisen standhalten sollten. Sie würde länger wegbleiben. Dafür würde mein Vater immer zu Hause sein. Er mochte das offenbar nicht so sehr. Wie so oft war er »dagegen«. Ich ahnte, daß er es nicht gerne sah, wenn meine Mutter in der Öffentlichkeit auftrat. Ich hörte manchmal den Streit darüber hinter der Schlafzimmertür. Aber nun konnte er wohl nichts dagegen tun. KdF klang wie ein Trompetenstoß, dem man folgen mußte. Mein Vater und ich blieben zurück.

3.

Mein Vater arbeitet zu Hause

Wir saßen auf dem grünen Sofa im Arbeitszimmer meines Vaters, ich mit dem Rücken an einer der dick gepolsterten, nach außen geschwungenen Schmalseiten, er mir gegenüber, zurückgelehnt an die andere Schmalseite. Bequem lagen unsere Beine gegenläufig nebeneinander auf der Sitzfläche entlang der niedrigen Seitenbegrenzung, auf der man Spielzeug und Bücher ablegen konnte. Meine kurzen Kinderbeine, in der Innenseite des Sofas geborgen, reichten gerade bis zu den Knien der ausgestreckten Vaterbeine. Es war eher ein Liegesofa als ein Sitzsofa, da es keine wirkliche Rückenlehne hatte, wohl aber hohe, weit ausgreifende Seitenlehnen zum Anlehnen. Hier wurde gelesen, vorgelesen, Mittagsschlaf gehalten.

Mein Vater las, und ich hatte einige Spieltiere auf meiner Sofaseite verteilt. Fifi wartete ungeduldig auf einen Spaziergang und bellte die Katze an, die einen Buckel machte. Das Eichhörnchen und die kleinen Vögel turnten auf dem Sofarand herum. Ich wußte noch nicht, was heute auf dem Programm stand. Mein Vater hatte immer ein Programm für den Tagesverlauf, Dinge, die er zu erledigen gedachte: Hauptpunkt war das Lesen dicker Bücher und das Schreiben auf große Notizblätter. Derweilen blieb ich mir selbst überlassen. Es gab aber auch viele Dinge zu ordnen und im Haushalt zu regeln, an denen ich teilnehmen konnte und die er für mich spannend zu gestalten verstand. Manchmal verriet er, was er vorhatte, manchmal auch nicht. Heute morgen war noch alles offen.

Aus den hochgezogenen Atelierfenstern fiel lockende Helligkeit herein, eingerahmt von den wächsernen Blattreihen des Gummibaums. An ihm vorbei reichten Lichtkegel der Morgensonne bis zur Glasvitrine mit der vielfarbigen, kristallglitzernden Steinsammlung. Das schön gegliederte Bauwerk des Schreibsekretärs mit seinen Aufbauten und Schubfächern warf seinen eigenen Schatten, der mit dem Tageslauf wandern würde. Auf einer kleinen Wandkonsole stand der alte Chinese aus grünglasiertem Ton und blinzelte mich schlitzäugig an. In seinen Gewandfalten konnte ich Gesichter lesen. Eine Reihe von kolorierten Stichen an der Wand zeigte Ansichten von Städten, deren Namen mein Vater auswendig kannte, weil die Schriftzüge unter den Bildern nur mit vorgehaltenem Spiegel zu lesen waren. Manchmal unternahmen wir eine Reise nach Florenz, Rom, Petersburg oder Paris. Dazu mußten wir auch den Globus auf dem Beistelltisch konsultieren. In der Mitte des großen Zimmers standen zwei Sessel und ein niedriger runder Tisch mit rätselhaften Intarsienmustern. Auf ihm lagerten Bücher und Manuskripte. So nannte er die Stapel der von ihm beschriebenen Blätter. Der Holzkasten an der Wand enthielt in seinen Schubfächern viele eng beschriebene Kärtchen, zu denen täglich weitere hinzugefügt wurden.

»Ich möchte noch etwas schreiben, dann können wir zusammen die Steine ansehen«, kündigt mein Vater an. Ich weiß schon, was nun kommt. Zuerst werden die Bleistifte gespitzt. Mit einem scharfen Papiermesser schnitzelt mein Vater geschickt und schnell das Holz so weit ab, daß genügend von der schwarzen Mine hervortritt. Das Holz verjüngt sich mit glänzenden Kerben bis zu dem schwarzen Ende hin. Vorsichtig schabend arbeitet sich das Messer nun weiter vor, um dieses Ende zu einer scharfen Spitze zu machen. Nacheinander werden fünf grün lackierte, sechseckige Stifte bearbeitet. Damit sind die Vorbereitungen abgeschlossen. Aus einem Stapel greift sich mein Vater ein Blatt Papier, legt es auf den Sekretär, nimmt einen Stift zur Hand. Ein kurzes Zögern, dann gleitet der Stift gleichmäßig und sicher übers Papier, hält an, geht weiter, hält länger an, erhebt sich, blickt nachdenklich aufs Papier, senkt sich, zögert, gleitet weiter. Langsam und stetig geht die Arbeit voran. Und nach einer Weile ist das Papier mit der sanften, klar gerundeten Schrift meines Vaters bedeckt.

Es ist still im Raum. Nur vom Hof hört man die Stimmen spielender Kinder. In der Halle schlafen die Hunde. Solange Papa schreibt, muß ich mich ruhig verhalten. Da dehnt sich die Zeit. Aber die schweigende Sofazweisamkeit ist viel besser als das Warten auf die Großmutter in meinem Spielzimmer. Und ich kann sicher sein, daß meine Erwartungen erfüllt werden, bevor sie verwelken und absterben.

An diesem Tag durfte ich wieder einmal die Steinsammlung ansehen. In der Vitrine glitzerten milchig weiße, giftig gelbe, tief violette und graublaue Kristallstücke. Der Vater öffnete die Glastür und nahm ein paar heraus. Einige hatten Kristallhöhlen. Drusen hießen sie. Die Zwerge, von denen er mir Geschichten erzählt hatte, wohnen in größeren Höhlen dieser Art, die sie mit kleinen Laternen prachtvoll erleuchteten. In anderen Steinbröckchen blitzte Glimmer auf. Unter einer Speziallupe erschien die Oberfläche der

Kristalle wie eine Miniaturgebirgslandschaft. Jedes Fundstück war mit einem kleinen Zettel versehen, der besagte, wie es hieß und wo es herkam. Besonders vorsichtig mußte man die Fossilien in die Hand nehmen, feine Kalkabdrucke von Blättern, Insekten und winzigen Fischen. Sie legten Zeugnis ab von früherem Leben auf der Erde.

Darüber erzählte mein Vater gerne. An diesem Tag war die Geschichte vom Archäopteryx dran. Zuerst erhob sich das Land aus dem Meer und faltete sich zu Gebirgen. Dann wagte sich ein Fisch aufs Land. Unter großen Anstrengungen bildete er seine Schwimmblase zur Lunge um und bewegte sich auf seinen Flossen weiter, die allmählich zu Schuppenbeinen wurden. Er quälte sich ab, ließ nicht locker, denn er wollte so gerne mehr von der Welt sehen. Dem mutigen Abenteurer wuchsen aus seinem Schuppenpanzer Flügel, er schwang sich in die Luft und erhielt dafür diesen wohlklingenden griechischen Namen. Sein Andenken hinterließ er in seltsam verzerrten, aber doch deutlich erkennbaren Umrissen auf einem Kreidefelsen. Mein Vater besaß eine Abbildung davon. Aus ihm entwickelten sich die Dinosaurier, deren riesenhafte Skelette man später ausgrub. Sie bevölkerten eine Weile die Erde, bis sie ausstarben, weil ihre Köpfe zu klein waren und sie nicht richtig denken konnten. Die Giraffen hingegen überlebten, denn sie kamen auf die Idee, ihre Hälse so lange zu strecken, bis sie das Laub von den Bäumen fressen konnten.

In der Erdgeschichte gab es Zeiten, in denen es bitterkalt war, viel schlimmer noch als bei uns im Winter, und dann wieder Zeiten, in denen die Wärme alles üppig sprießen ließ und die Tiere sich ihres Lebens freuten. Man konnte immer auf Veränderung hoffen. Niemals war dabei vom lieben Gott die Rede. Aber ich bekam eine Ahnung von dem Wirken grausamer und freundlicher Kräfte über lange Zeiträume hinweg, von verborgenen Gesetzmäßigkeiten, von der Faszination des Möglichen und der Entwicklung des Wirklichen. Und manchmal war ich gespannt auf etwas, von dem ich nicht wußte, was es war und wann es eintreten würde. Damit konnte ich mir die Langeweile vertreiben, wenn sie mich plagte.

Doch heute kann sie gar nicht erst aufkommen. Der nächste Programmpunkt ist bereits klar: Spaghetti zum Mittagessen. Ich sitze auf dem Küchenbalkon, lasse die Beine baumeln und gebe Anweisungen: noch etwas Salz ins sprudelnde Wasser, in dem die langen Teigschlangen auf- und niederwallen. Mein Vater erzählt von dem dummen Riesen, der zu viel Salz in seine Nudeln tat, dann zum Ausgleich Zucker. Dann war das Essen zu süß, und er mußte wieder salzen, dann wieder zuckern, und so fort. Wir lachen über die Kochkünste des Riesen, bis die Spaghetti gar sind. Nun kommt der spannende Moment, wo mein Vater den Inhalt des Kochtopfs in ein Sieb kippt und unter fließendem Wasser schwenkt. Ich springe auf und fasse mit einer Hand in die glitschigen, lauwarmen Spaghetti, wühle darin herum, greife mir eine Handvoll und lasse sie mir aus der erhobenen Faust in den Mund gleiten. Die Teigschlangen sind fest geformt und doch sehr beweglich, schmiegen sich an Zunge und Gaumen, lassen sich schieben und drücken und beißen, schmecken köstlich. Da kann ich einen Mundvoll nehmen, und noch einen Mundvoll, und noch einen. Mein Vater bringt den Rest vor mir in Sicherheit und tischt dann das wieder erwärmte Teigvergnügen zusammen mit Hackfleisch und Tomaten ordentlich mit Besteck und Servietten auf. Er gönnt mir mein Spaghettivergnügen, aber er hält auf Ordnung. Erst wenn wir gegessen haben, kommen die Hunde dran. Wie üblich stecken sie dabei ihre Nasen in des anderen Futternapf. Ich habe mir jedenfalls meinen Nudelanteil bereits gesichert.

Nach dem Essen mußte der Mittagsschlaf überstanden werden. Ich hatte mich wieder ruhig zu verhalten. Zurückgelehnt in meiner Sofaecke legte ich meinen rechten Arm um die großen schwarz bestrumpften Füße meines Vaters, die aus der grauen Plüschdecke über unseren Beinen hervorragten, betrachtete den Schlafenden, versuchte ebenfalls zu schlafen. Alles an ihm war groß, die langen ausgestreckten Beine, die breiten Schultern, die kräftigen Hände, die Nase, die hohe Stirn. Sein dunkles, leicht gewelltes Haar war immer streng zurückgekämmt. Er lag mit leicht geöffnetem Mund da und schnarchte manchmal ein wenig. Ansonsten war es so still, daß ich ein Rauschen in meinen Ohren hören konnte. Ich wartete auf den nächsten, ganz besonderen Programmpunkt: Das alljährliche Umtopfen des Gummibaums war in Aussicht gestellt.

Der Gummibaum ist einmal ganz klein gewesen, noch bevor ich geboren wurde. Nun rankt er über die ganze Breite des Atelierfensters, setzt immer neue Blätter an und braucht entsprechend mehr Nahrung. Sorgfältige Vorbereitungen werden getroffen: Zeitungspapier wird ausgelegt, ein größerer Topf bereitgestellt, neue Erde in einem Sack herbeigeholt. Ich darf etwas von der feuchten, duftenden Masse auf den Grund des neuen Topfes schaufeln. Der Baum bekommt nun seine Spaghetti. Mein Vater hebt ihn mit seinen Wurzeln aus dem alten Topf und stellt ihn in den neuen. Nun muß ich ihn festhalten, bis er rundum mit Erde versorgt ist und wieder alleine stehen kann. Dann wird kräftig gegossen, so daß er durch seinen ganzen Stamm bis in die Spitzen jedes Blattes Nährstoffe saugen und weiterwachsen kann.

»Komm, jetzt messen wir mal, wieviel du gewachsen

bist.« Mein Vater greift zum Zollstock, ich stelle mich ganz gerade an den Türrahmen, wo es schon eine Anzahl Markierungen gibt, spüre auf meinem Scheitel das feste Holz, das über meine Größe entscheidet. Ein neuer Bleistiftstrich wird gezogen, ich drehe mich um und schaue auf die feine Strichleiter meines Wachstums. Wieder anderthalb Zentimeter! Wie groß ich wohl werde? Nur so groß wie meine Mutter, oder so wie mein Vater?

Auf dem Programm stand weiteres Schreiben, ein Spaziergang mit den Hunden an der Isar, Abendbrot und das Gutenachtritual. Da meine Mutter wieder auf Wehrmachtstournee war, lag die Regie allein bei meinem Vater. Ich fühlte mich gut aufgehoben im Ablauf der kleinen Ereignisse mit ihren Wiederholungen und Überraschungen.

Es gab Geschichten, die von Abend zu Abend fortgesetzt werden konnten, wie die Abenteuer jenes Mannes, der im fernen Venedig in einem Gefängnis unter dem heißen Dach eines Palastes eingesperrt war und es listenreich verstand, daraus zu fliehen. Er verehrte schöne Frauen in leise knisternden Seidengewändern und entführte eine nach der anderen in einer Gondel. Sein Name war Casanova, und er mochte, wie ich, keinen Spinat. Es gab auch kurze, sehr komische Geschichten von Leuten, die in die falsche Trambahn stiegen oder vergessen hatten, sich am Morgen die Kleider anzuziehen, oder aus Versehen Seifenschaum auf ihren Kuchen löffelten. Das konnte uns nicht passieren!

Manchmal fiel das Gutenachtritual aus, weil meine Eltern abends eingeladen waren. Sie erschienen in aufregend fremdartiger Abendtoilette an meinem Bett, verströmten feine Düfte und versprachen, mir bei ihrer Rückkehr ganz leise etwas auf den Nachttisch zu stellen. Ich wußte, daß es Süßigkeiten sein würden, Konfekt oder Backwerk, das mein Vater einfach in eine Papierserviette gewickelt in seiner Jackettasche verschwinden ließ. In Erwartung dieses Beweises ihrer Rückkehr konnte ich die Eltern in die unbekannte, für mich unzugängliche Welt der eleganten Festlichkeit ziehen lassen und beruhigt einschlafen.

Doch wenn ich mitten in der Nacht aufwache, dann überfallen mich Zweifel. Ob der Teller wohl schon dasteht? Ganz kurz, weil ich es ja nicht tun soll, knipse ich die Nachttischlampe an und wieder aus. Es ist nichts da. Das jähe Dunkel lähmt und ängstigt mich für Minuten, fest schlinge ich die Arme um mich selbst und schlafe wieder ein. Beim nächsten Erwachen ertaste ich den Tellerrand, die krümelige Form eines Plätzchens, das geruschte Papier einer Praline. Das genügt. Die Welt ist wieder im Lot, nun kann ich sicher in den Schlaf sinken. Am Morgen bewundere ich die kleinen Überraschungen, und der Vater erzählt von einem rauschenden Fest mit vielen Gästen in hell erleuchteten Zimmern. Die Gewißheit, daß er mich nie im Stich lassen würde, wächst mit jedem Mal. Hat es einmal keine Gelegenheit gegeben, eine kleine Leckerei zu stibitzen, dann arrangiert er ein paar Stückchen Nußschokolade aus seiner eigenen Dose auf meinem Nachttischteller.

Wenn meine Eltern zum Abend Gäste hatten, dann durfte ich noch eine Weile aufbleiben und mich von Platten voller bunter Sandwiches selbst bedienen. Vor allem aber hörte ich gerne den Gesprächen der Gäste zu und beteiligte mich auch daran. Manche von ihnen kannte ich schon aus Erzählungen meiner Eltern, hatte mir sogar den einen oder anderen Namen gemerkt. Der Schauspieler Axel von Ambesser erzählte vom Theater, davon, was sich hinter der Bühne abspielte und wie wichtig eine gute Souffleuse sei. Auf Nachfragen schilderte er mir genau, was ihre Aufgabe war. Ich wäre zu gerne einmal in diesem Kasten halb unter der Bühne gesessen, um unbemerkt alles beobachten zu können. Ein anderer Gast, den ich auch sofort wiedererkannte, war der Herr »mit dem Strich durchs Gesicht«. So hatte ich ihn einmal genannt, was er mir auch nicht übelgenommen hatte. Er trug ein randloses Brillenglas vor das linke Auge geklemmt, von dem ein dicker schwarzer Faden zu dem obersten Knopf seines fest geschlossenen, dunkelblauen Jacketts hinunterführte. Das sei ein Monokel, war ich belehrt worden. Der Faden diente dazu, das Glas vor einem möglichen Fall auf den Boden zu bewahren. Meine Namenserfindung machte die Runde, und es wurde ein Spitzname daraus.

Meine Eltern hatten eine Vorliebe für Spitznamen, die allerdings nicht immer in der Anwesenheit der Betroffenen auch angewandt wurden. Eine hochgewachsene, elegante Dame, deren Gesicht durch große, von den Lidern halb verdeckte Augen, kräftige Backenknochen und einen vollen, stark geschminkten Mund gekennzeichnet war, nannten sie »Sphinx ohne Rätsel«. Ihr kurzes, aschblondes Haar war vorne zu einem Pony geschnitten. Sie redete laut und viel, gestikulierte lebhaft und schwang dazu ihre überdimensionale Krokodiltasche hin und her. Eine andere Frau, schmallippig, die Mundwinkel nach unten gezogen, blaß, mit strengem Blick, das Haar straff nach hinten gekämmt, hatte die Bezeichnung »die Entsagung« erhalten. Ich wußte zwar nicht genau, was das bedeutete, fand es aber trotzdem lustig. Allerdings waren mir die Leute ohne Spitznamen sympathischer. Besonders gerne mochte ich Tante Anni, eine eher unauffällige, mütterlich wirkende Frau, von der meine Mutter sagte, sie verehre meinen Vater. Sie las seine Bücher, ging in seine Vorträge und brachte manchmal einen selbstgebackenen Kuchen vorbei.

Der Umgang mit Erwachsenen fiel mir viel leichter als

der mit Kindern, insbesondere wenn sich die Begegnungen bei uns zu Hause abspielten. Mit meinen Eltern an einem Mittagessen bei fremden Leuten teilzunehmen barg dagegen einige Gefahren in sich, zumal mir gutes Benehmen dann besonders eingeschärft wurde. Ordentliche Tischmanieren waren dabei eigentlich kein Problem, denn die mußte ich auch zu Hause einhalten. Aber beim Lunch bei Frau von Levetzow hatte ich nicht mit so widrigen Umständen gerechnet. Ich saß zwischen meinen Eltern an einer langen, weißgedeckten Tafel. Die Tomatensuppe brachte ich ohne Kleckern hinter mich. Mir gegenüber saß bedrohlich aufrecht eine ältere Dame. Sie löffelte ihre Suppe in gemessenem Tempo, pausierte mehrfach, um sich die Mundwinkel mit der fast handtuchgroßen Damastserviette abzutupfen. Sodann wurde Braten mit Gemüse und Kartoffelpüree serviert.

Ich liebte Püree, tat mir reichlich auf, brauchte auch nicht lange zu warten, bis alle zu essen begannen, und schob mir gleich eine Gabel voll in den Mund. Es war entsetzlich heiß. Erschrocken öffnete ich den Mund. Mein Gegenüber fixierte mich streng. So schloß ich den Mund wieder und schluckte tapfer die glühende Lava hinunter, ohne eine Miene zu verziehen. An dem Rest des Essens fand ich nicht mehr viel Geschmack. Niemand hatte etwas bemerkt. Meine Eltern waren mit ihren jeweiligen Tischnachbarn beschäftigt. Ich galt im allgemeinen als ein braves Kind, vielleicht weil ich es oft für ratsam hielt, etwas hinunterzuschlucken, ohne recht zu wissen warum.

Seit meine Mutter auf Wehrmachtstournee ging, fanden keine Abendgesellschaften mehr statt. Einige Sommermonate lang war sie in Polen und Rußland unterwegs. Mein Vater zeigte mir die Länder zuerst im Kleinformat auf dem Globus und dann auf einer Karte größeren Maßstabs, wo sie viel weiter entfernt von uns schienen. Er wartete täglich auf die Briefe meiner Mutter. Sie kamen per Feldpost und meist mit großer Verzögerung. So wußten wir nie genau, wo Mamuschka gerade tanzte. Aus den Briefen las mir mein Vater einige Stellen vor. Es war von unermeßlich großen Sonnenblumenfeldern die Rede, von endlosen Fahrten auf einem Lastwagen durch sengende Hitze, von ihren Auftritten auf provisorischen Bühnen hinter der Front, von dem Beifall der Soldaten. Das klang eigentlich ganz beruhigend. Aber die Unruhe und Besorgnis meines Vaters war nicht zu übersehen. Manchmal war ich froh, wenn der Postbote keinen Brief brachte. Ich wollte den Kummer meines Vaters nicht mitansehen müssen. Meine Mutter glaubte ich ganz gut aufgehoben in Rußland und wollte nicht genauer darüber nachdenken. Sie war nun einfach länger fort als sonst. Dafür war mein Vater da. Wenn dieser Halt jedoch brüchig wurde, dann drohte der Absturz aus der Geborgenheit.

»Morgen gehen wir Karussellfahren«, kündigte mein Vater an. »Wenn das Wetter schön ist«, fügte er einschränkend hinzu. Ich wußte, für meinen Vater hing viel vom Wetter ab. Er klopfte aufs Barometer an der Wand. »Das Barometer steigt.« Die Bewegung des Zeigers über das Rund seiner Maßzahlen, durch Klopfen auf den aktuellen Stand gebracht, entschied oftmals über die Stimmung und die Zukunftspläne meines Vaters. Karussellfahren im Englischen Garten war ein besonderes Ereignis. Es bedurfte dafür zwar keines Festtages oder besonderen Anlasses – es war selbst Anlaß genug –, wohl aber des richtigen Wetters. Es war ein längerer Weg durch den Park zurückzulegen. Außerdem war das Karussell bei Regen geschlossen.

Doch es wurde schön. Ein Vergnügen stand bevor, das

selten genug war, um kostbar zu sein, aber doch den Zauber der Wiederholung besaß. Man konnte sich darauf verlassen, daß man auf Vertrautes traf, und doch war es jedesmal ein bißchen anders, noch ein bißchen wunderbarer.

Das Karussell lag abseits der breiten Parkwege und ihrer Spaziergänger, etwas versteckt hinter Bäumen. Jedesmal hatte mein Vater Mühe, es zu finden. Das machte es noch spannender, und ich ging gerne auf sein Spiel ein. »Wo kann es denn nur sein?« – »Da drüben vielleicht.« Schließlich sahen wir das Rundhäuschen von der Art eines größeren Pavillons mit einem Schindeldach. Die Fenster waren mit grünen Holzverschlägen verschlossen, über die helle Lattensprossen gelegt waren: ein geschlossener Innenraum, der sich nach außen offen gab. Durch den breiten Eingang konnten wir die buntbemalten Holztiere eins nach dem anderen vorbeiziehen sehen. Nicht sehr deutlich, denn das Innere des Karussells war nur schwach beleuchtet. Sie sahen fast wie Krippenfiguren aus. Erst wenn man davor stand und in das geheimnisvolle Halbdunkel des Inneren blickte, konnte man die Tiere genauer erkennen.

Da ist der Storch. Er blickt streng auf seinen übergroßen, fast bis zum Boden reichenden roten Schnabel hinab. Ich mag den Schwan mit seinem elegant gebogenen Hals lieber. Der Vogel Strauß steht erhobenen Hauptes zur Fahrt bereit. Ich fahre allerdings nicht so gerne auf einem der Vögel. Ihre Körper sind ausgehöhlt und mit einem Sitz ausgestattet. Zutritt bekommt man durch Öffnen des rechten Flügels, der als Türchen fungiert. Das ist zwar recht putzig, mir aber zu unecht. Ich reite lieber auf dem richtigen Rücken der springenden Pferde, Hirsche oder Steinböcke. Jetzt gilt es, sich für die erste Runde zu entscheiden. Will ich die ledernen Zügel eines Pferdes halten, meine Hände um die gebogenen Hörner des Steinbocks legen oder in die Zacken des Hirschgeweihs greifen?

Ich entscheide mich für ein Pferd, sitze in der Holzwölbung des Sattels, spüre das rissige Leder der Zügel zwischen meinen Fingern. Wir beginnen uns langsam zu drehen. Die Drehorgel hebt hoppelnd an, verfällt in ihren Singsang. Ihre Töne kommen zögernd daher, einer zieht den anderen nach sich. Sie fordern auf, versprechen, verklingen, kommen wieder. Gemächlich drehen wir uns im Kreise. Draußen gleiten Menschen und Bäume vorüber, wir tauchen ins Halbdunkel des Inneren ein, gleiten weiter unter dem Kranz schwacher Glühbirnen. Alle Tiere drehen sich mit, einige von Kindern besetzt; auch die farbigen Kutschen mit ihren Baldachinen unter geschnitzten Säulen und gerüschten Vorhängen folgen der Bewegung; ebenso der grüne Schlitten, mit bunten Blumen bemalt, die Kufen vorn wie zu einem Schiffsbug zusammengeführt. Wir kreisen und kreisen vom matt erleuchteten Dunkel des Inneren ins Helle der winkenden Zuschauer draußen und wieder hinein ins Halbdunkel und die kurze Bekräftigung einer Wunderwelt. Die Musik kreist und kreist um dieselbe Melodie. Verzaubertes Drehen, wohltuende Wehmut befristeten Glücks.

Ein zunehmendes Verschleifen der Töne kündigt die Verlangsamung des Karussells an, bis es zum endgültigen Halt kommt. Mein Vater reicht mir die Hand zum Absteigen und schlägt eine kleine Pause vor. In der Gewißheit, daß ich noch mehrmals werde fahren dürfen, schaue ich nun gerne von außen zu. Der Karussellmann geht erneut herum und sammelt Geld ein. Dann geht es auf zur nächsten Runde. Nun kann ich in aller Ruhe die vorbeiziehenden Figuren betrachten. Pferde, Hirsche und Steinböcke laufen paarweise. Im innersten Kreis drehen sich das dunkelbraune Kamel, das dumm dreinschauende Lama und die gefleckte Giraffe. Mein Vater erklärt mir, daß es solche Tiere nur selten auf den üblichen Jahrmarktskarussells gibt. Vor allem die Vögel seien einmalig. Dieses Karussell ist auch schon ein Vierteljahrhundert alt. Die Tiere und Fahrzeuge müssen manchmal von einem Schreiner ausgebessert und die schadhaften Stellen neu lackiert werden. Man müsse sorgsam mit diesen schönen Figuren umgehen. »So wie mit unseren Möbeln und den Porzellanfiguren«, ergänze ich und blicke mißbilligend auf einen Buben, der mit seinen Stiefelabsätzen sein Pferd anzutreiben versucht. Deshalb geht's auch nicht schneller. Das Karussell hat sein eigenes Tempo.

Für die nächste Fahrt nehme ich die Giraffe im inneren Kreis. Hier scheint es langsamer zu gehen. Ich lege meine Arme um den Hals des Tieres und betrachte die Bilder der Mittelsäule: Struwwelpeter, Münchner Kindl und Hampelmann drehen sich an mir vorbei. Dann lege ich den Kopf in den Nacken und lasse die Lampenbirnen unter dem Dach, die geschnitzten Girlanden und die gelb-braunen Rautenmuster über mir kreisen. Nun schaue ich auf den äußeren Kreis: neben mir ist die rote Kutsche. Ein kleines Mädchen darin winkt mir zu, ich winke zurück. Karussellkutschen sind für kleine Kinder am sichersten. Ich fahre nie mit einer Kutsche; viel zu langweilig! Aber sonst will ich alles hier auskosten – das Drehen und Kreisen, den Wechsel von Dunkel und Hell, die Musik, die Tiere, die Farbigkeit, die träumerische Seligkeit.

An diesem Nachmittag fuhr ich noch dreimal: mit dem Schlitten, was ein Fehler war; mit dem Kamel, weil es so viele Schrammen hatte, die gestreichelt werden wollten, und zum Abschluß mit einem Hirsch. Dann war ich gesättigt und ging ohne Murren mit meinem Vater zum Chinesischen Turm, wo ein Schokoladeneis mit Schlagrahm den Ausflug zum Bersten schön machte.

Es rückte der Zeitpunkt heran, zu dem ich eingeschult werden sollte. Auf die Frage meiner Eltern, ob ich mich darauf freue, wußte ich nichts zu sagen. Ein lederner Schulranzen wurde gekauft und mit einer Schiefertafel, einer Schachtel Schreibgriffel, einem Lappen und einem Schwammdöschen bestückt. Der kleine, rote Gummischwamm sollte für den Ernstfall naß gehalten werden, um die beschriebene Tafel wieder zu säubern. Mit einem der Griffel zog ich ein paar hellgraue Striche und Schlangenlinien über die schwarze, von Holzleisten säuberlich eingerahmte Fläche. Dann fuhr ich mit dem Finger darüber, was einen schmierigen grauen Fleck ergab. Das entsprach so gar nicht meiner Vorstellung vom Schreiben und flößte mir geradezu Angst ein. Die bunten Blumen, die auf den Deckel der Griffelschachtel aufgeprägt waren, konnten das auch nicht wettmachen. Ich stand der ganzen Angelegenheit eher mißtrauisch gegenüber. Schließlich schnallte ich den Ranzen probeweise auf den Rücken. Das nagelneue Leder drückte, und die Riemen lagen hart auf den Schultern. Er mußte wohl eingetragen werden wie neue Schuhe.

Am ersten Schultag fragte die Lehrerin, eine ältere Person aus der Kategorie »Entsagung«, jeden nach dem Beruf des Vaters. »Kaminfegermeister, Zahnarzt, Postbeamter, Leutnant der Luftwaffe, Malermeister, Spediteur«, ertönte es nacheinander deutlich und selbstbewußt. Als die Reihe an mich kam, zögerte ich. Das mit dem »Abteilungsleiter im Rundfunk« stimmte ja nicht mehr. Also murmelte ich »Schriftsteller«. Gekicher um mich herum. »Kannst du uns das erklären?« fragte die Lehrerin freundlich. »Mein Vater schreibt Bücher.« – »Und wo tut er das?« – »Zu Hause.« Die Lehrerin nickte übertrieben beifällig und gebot dem anschwellenden Gekicher Einhalt. Nach dem Klingelzeichen umringte mich die Meute: »Das ist doch kein Beruf!« – »Wieso darf dein Vater zu Hause bleiben?« Ein besonders altkluges Mädchen, ihr Haar zu einem Kranz um den Kopf gelegt, flüsterte ihrer Freundin zu: »Der ihr Vater is' g'wiß a Jud'.« Ich raffte mein bißchen Mut zusammen: »Das ist er nicht. Und er kann Gesteinsarten bestimmen und Geschichten erzählen. Und außerdem ist meine Mutter Tänzerin.« Das alles machte mich aber nur noch verdächtiger, zumal nach dem Beruf der Mütter überhaupt nicht gefragt worden war. Fortan wurde ich entweder einfach stehengelassen, oder sie verfolgten mich mit Gejohle.

Mein Aussehen und meine Kleidung trugen auch nicht gerade dazu bei, mir die anderen Kinder besonders gewogen zu machen. Mein Haar war offen und nicht zu properen Zöpfen oder Affenschaukeln geflochten. Schulschürzen, über welche die meisten anderen Mädchen verfügten, wurden von meinen Eltern abgelehnt. Dafür traf mich die Verachtung der Mitschülerinnen. Besonderes Aufsehen erregte meine weiße Rentierfellkappe, die ich im Winter trug. Der Großonkel aus Lappland hatte sie geschickt. Sie war mit bunten Filzläppchen verziert und reichte über die Ohren. Der Heimweg von der Schule wurde zur Verfolgungsjagd. Ich versuchte so schnell wie möglich wegzulaufen. Aber die Meute war mir auf den Fersen. »Anadatschi, Anadatschi!« verhöhnten die Mädchen meinen Namen und schnitten Grimassen.

Die Buben suchten sich Haselgerten, stellten mich. »Laßt mich gehen«, bettelte ich, unfähig mich zu wehren. Aber sie peitschten die Luft mit ihren Gerten, daß es nur so pfiff, und rissen mir die Mütze vom Kopf. Sie landete im Schmutz. Ein Passant blieb neugierig stehen. Da ließen sie mich laufen. Ich sah nur noch den Fluchtweg, rannte die Böschung zum Park hinunter, rutschte auf Schneeresten, strauchelte und fiel: ein Loch im Wollstrumpf, ein blutiges Knie darunter, die Fäden klebten in der Wunde, zerrten schmerzhaft bei jeder Bewegung. Ich konnte nicht auch noch ohne Mütze nach Hause kommen und sah mich um. Niemand mehr da. Also kletterte ich wieder die Böschung hinauf und war froh, ein schmutzverklebtes Ding auf der anderen Straßenseite zu finden. Das glatte, kurzhaarige Fell war hoffentlich unter dem Wasserhahn wieder rein zu waschen.

Ich schämte mich entsetzlich, aber es gelang mir nicht, diesen Vorfall vor meinem Vater zu vertuschen. Er versprach einzuschreiten. Mehrmals kam er mir nun auf halbem Wege entgegen. Wenn angriffslustige Kinder auftauchten, dann schrie er sie an und drohte ihnen mit Ohrfeigen. Aber das machte es nur noch schlimmer. Denn wenn er nicht da war, dann nutzten sie die Gelegenheit, um sich zu rächen. Ich versuchte die Gefahr zu meiden, indem ich nach Unterrichtsende noch eine Weile in der Schule blieb, mich im leeren Klassenzimmer aufhielt oder mich auf dem Klo versteckte. Oder ich machte Umwege nach Hause, lief durch unbekannte Straßen und über fremde Plätze, beeilte mich, um die versäumte Zeit aufzuholen. Mein Vater wunderte sich, daß ich oft so müde aus der Schule kam.

Ich hätte viel darum gegeben, zu Hause bleiben zu dürfen. Meine Großmutter hatte einmal erzählt, daß meine Mutter und ihre Geschwister in den ersten Jahren zu Hause unterrichtet worden waren. Sie hatten eine Gouvernante gehabt. Es gab ein Foto von Fräulein Häuser, einer kleinen mageren Frau von unbestimmbarem Alter in einem dunklen, engen Kleid mit weißem Spitzenkragen. Ihr Hut war klein und schmalkrempig, ganz im Unterschied zu den ausladenden Kopfaufbauten meiner Großmutter und den breitkrempigen Strohhüten ihrer kleinen Töchter. Meine Großmutter erwähnte Fräulein Häuser nur am Rande. Meine Mutter erzählte öfter von ihr. Dabei schwang in ihrer Stimme verborgener Kummer mit.

Fräulein Häuser gab nicht nur den Unterricht in Französisch, Rechnen und Geographie, sie war auch zusammen mit dem Kindermädchen Tag und Nacht für die fünf Kinder zuständig. Diese sahen ihre Mutter nur selten. Manchmal kam sie zum Spielen und abends zum Gutenachtsagen, bevor sie auf eine Soirée ging. Fräulein Häuser hatte das Kommando, aber wenig Autorität. Sie wurde Opfer mancher Kinderstreiche, aber sie war immer verfügbar, wenn es eine Puppe zu heilen, ein Buch zu finden oder eine Enttäuschung zu überwinden galt. Eine Großmutter zum Spielen gab es nicht. Ihre Exzellenz Hélène von Linder saß im Salon, las den ›Figaro‹, wippte mit dem Fuß und langweilte sich. Es kam mir so vor, als würden in dieser Familie die Kinder nur ab und zu bei Hofe zugelassen, immer frisch gewaschen und hübsch gekleidet, bereit zu Handkuß und Knicks. Ansonsten hielten sie sich im Spielzimmer oder im Unterrichtszimmer auf.

So ideal erschien mir das nun auch wieder nicht. Aber vielleicht wäre es möglich, meinen Vater als Hauslehrer zu bekommen. Er sagte jedoch, das sei heutzutage nicht mehr erlaubt. Alle Kinder müßten zu Schule gehen.

So begab ich mich weiter auf meine Rennstrecke der Angst, die ich, ohne nach rechts oder links zu sehen, durchlief. Das Glück des Entkommens wurde mir immer öfter beschert, und mit der Zeit verloren die Kinder das Interesse an mir. In der Schule selbst fühlte ich mich allerdings auch nicht besonders wohl. Es fiel mir manchmal schwer zu verstehen, was die Lehrerin eigentlich meinte. So sprach sie von Hitler, der 1933 auf einen grünen Zweig kommen wollte und offenbar Deutschland auch dorthin gebracht hatte. Ein großes Foto von diesem Mann hing für alle sichtbar an der Wand hinter dem Lehrerpult. Ich versuchte mir vorzustellen, wie er auf einen der Kastanienbäume kletterte, die im Schulhof standen, und sich an einem der Äste festkrallte. Aber das war offenbar nicht gemeint.

Auch mit dem Lesen und Schreiben ging es bei mir nicht voran. Meine Noten wurden immer schlechter. Der schulischen Rangordnung entsprechend saß ich in einer der letzten Bänke. Vor mir hatte ich die Bankreihen der Guten und Besten, die ordentlich bezopften Mädchen, die hochrasierten und klar gescheitelten Bubenköpfe. Viele Arme und Zeigefinger schossen empor und signalisierten Antwortbereitschaft. Ich duckte mich, und die Tränen auf meiner Schiefertafel verwischten das mühsam Aufgeschriebene zu grauen Flecken.

Das Schlimmste war der Rohrstock. Die Mädchen heulten, wenn sie »Tatzen« auf die Finger bekamen, die Buben stöhnten, wenn die Schläge auf ihren strammgezogenen Hosenboden herabsausten. Die ausgesprochenen Strafen wurden während des Unterrichts erst einmal gesammelt, um dann kurz vor der Pause vollzogen zu werden. So blieb die Drohung allgegenwärtig im Raum.

Einmal stehe auch ich auf der Liste der Schuldigen, ohne so recht zu wissen warum. Halb versteckt hinter der Schulter des Mädchens vor mir starre ich zu der Lehrerin nach vorne. Eine dicke Schmeißfliege brummt durch das Klassenzimmer, landet auf dem Rand des Lehrerpults, marschiert darauf entlang, macht halt, wechselt auf den silbrig glänzenden Deckel des Tintenfasses.

Gleich wird die Lehrerin ihr Lineal erheben, es zielsicher auf das Insekt herabsausen lassen. Doch die Fliege macht sich rechzeitig davon, surrt über die Köpfe der Kinder, schafft es zum Fenster, krabbelt an der Scheibe hoch, bis oben, klammert sich am Holzrahmen fest und wartet. Sie wartet darauf, daß in der Pause das Fenster geöffnet wird. Kurz vor der Pause muß sich die Reihe der Schuldigen vor dem Lehrerpult formieren, um sich der Strafe zu unterziehen. Ich stehe ziemlich weit hinten und warte auf etwas, das ich als vollkommene Vernichtung erahne. Kein darüber Hinausdenken ist möglich. Die ersten Hiebe sausen auf Handflächen herab. Jedesmal gibt es einen leisen, eindringlichen Pfeifton. Da erschallt die Pausenglocke gebieterisch vom Flur. Unüberhörbar. Ihr muß Folge geleistet werden. Ich bin noch einmal davongekommen.

Dieses gedämpfte Glück der Erleichterung, des Aufatmens wurde zu einer wiederkehrenden Erfahrung, prägte sich ein als Hoffnung, wenn ich Bedrohung heraufziehen spürte, und ließ mich durchhalten, wenn die Angst ihren Höhepunkt erreichte. Solche Gefühlsbewegungen durchliefen mich nicht nur in der Schule. Ich erfuhr sie auch zu Hause, seit mein Vater mit dem Bild der roten Pferde unterm Arm aus dem Rundfunk zurückgekommen war.

Da war zum Beispiel dieser schleichende Geruch nach einem Gas, das seit einiger Zeit manchmal in die Wohnung drang. Es lauerte in den Ecken, kroch unsichtbar am Boden, kitzelte in der Nase. Man konnte daran ersticken. Es war nicht das Gas in dem bläulichen Flammenrund auf unserem Herd. Es war etwas anderes, über das ich meine Eltern hatte reden hören, bevor sie mich bemerkten und ins Französische wechselten. »Pas devant l'enfant.« Ich versuchte dem Gas zu entgehen, indem ich auf einen Stuhl stieg oder meinen Vater zu einem Spaziergang überredete. Dann war mir leichter. Oder ich schlug vor, endlich mal wieder den Staubsauger hervorzuholen. Es war ein großer Topf auf Rädern, oben mit Metallschnallen verschlossen, mit dem wir durch alle Zimmer zogen. Ich schob den Staubsauger an, während mein Vater mit einer Art von Saugschrubber an einem langen Schlauch hantierte. Mein Vater sah oft müde aus. Dann schob ich den Staubsauger noch kräftiger über Teppiche und Parkett, immer in der Hoffnung, er würde auch das verborgene Gas aufsaugen. Jedenfalls stellte sich nach Abschluß der Aktion bei uns Zufriedenheit über die saubere Wohnung ein.

Über meine Angst vor dem schleichenden Gas konnte ich nicht sprechen. Die unverstandene Formel »Pas devant l'enfant« verbot es. Ich brachte meine Angst jedoch in Verbindung mit zwei anderen Begriffen, die ich besser zu verstehen glaubte und mit denen die Menschen aufgeteilt wurden in solche, die »anti«, und solche, die »pro« waren. Diese Bezeichnungen spielten in den Gesprächen der Erwachsenen eine immer größere Rolle. Meine Großmutter mahnte zur Vorsicht gegenüber einer älteren Dame, die »hundertprozentig pro« geworden sei, und bestätigte erleichtert, daß ein befreundeter Schauspieler »anti« sei. Der Hausmeister und der Blockwart waren eindeutig »pro«. Im Rundfunk hatten die »Pros« über die »Antis« gesiegt. Ich ahnte bald, daß die »Pros« die Bösen waren und die »Antis« die Guten, denen ständig irgendwelche Gefahren drohten. Da jedoch ein Schleier des Geheimnisvollen über diesen Bezeichnungen lag und es taktlos erschien, genauer nachzufragen, verband ich meine eigenen Vorstellungen mit dieser grundlegenden Unterscheidung. Klar war für mich, daß die »Pros« schlechte Manieren hatten. Sie stützten die Ellenbogen beim Essen auf, beugten sich zu sehr über den Teller, schmatzten, konnten Messer und Gabel nicht richtig halten und sprachen mit vollem Mund. Servietten kannten sie nicht, Taschentücher waren eine Seltenheit. In der Trambahn machten sie nicht Platz für andere. An Knicks und Handkuß war bei den Kindern der »Pros« gar nicht zu denken.

Dafür hatte ich ein gewisses Verständnis. Zu einem Knicks konnte ich mich noch entschließen, aber den Handkuß scheute ich. Es ging zwar nur darum, so zu tun als ob, man brauchte die Hand der Dame (Herren waren glücklicherweise ausgenommen) mit den Lippen nicht zu berühren, sich nur ein wenig darüberzubeugen. So wie es mein Vater bei meiner Großmutter tat. Aber jedesmal, wenn ich von meinen Eltern mitgenommen wurde auf eine Gesellschaft, fragte ich: »Muß ich handküssen?« und war im Zweifel, ob ich nicht die Einsamkeit des Spielzimmers vorziehen sollte. So erließen es mir meine Eltern, sofern nicht meine Großmutter anwesend war.

Ich kam zu dem Schluß, daß die »Pros« zu den Proleten zu rechnen waren. Darin bestärkte mich eine unvorsichtige Bemerkung meines Vaters über die strammen Männer in den hundekackefarbenen Uniformen mit dem schwarzen Ledergurt quer über der Brust, die auf der Straße Entgegenkommenden nie auswichen, wie sich das gehörte. Die armen Leute hingegen in ihren abgetragenen Mänteln und dem gelben Stern darauf, die um den Englischen Garten außen herumgingen, die mußten zu sehr ausweichen. Die waren wohl ganz stark »anti«. Immer noch sprang ich höflich zur Seite, wenn mir jemand auf der Straße entgegenkam, bis mir das Ausweichen allmählich zweifelhaft erschien. Allzu leicht konnte man ins Abseits geraten.

Die Einteilung der Menschen in zwei Sorten half mir auch, einen Vorfall zu verstehen, der sich während einer

Bahnfahrt zusammen mit meiner Großmutter zutrug. Ich durfte sie bei einer Hamsterfahrt aufs Land begleiten. Wir fuhren mit dem Bummelzug nach Tegernsee. Auf der Rückfahrt war der stark geheizte Zug überfüllt mit Menschen, ihren Rucksäcken und Taschen. Meine Großmutter hatte noch einen Sitzplatz gefunden, saß sehr aufrecht auf engster Tuchfühlung zwischen zwei Reisenden. Ich stand in der Türöffnung des Abteils und bemerkte zu spät, daß es aus einer ihrer großen Taschen im Gepäcknetz langsam aber stetig zu tropfen begonnen hatte: Weißliche Flecken breiteten sich auf dem Mantelrevers und dem Ärmel ihres Nachbarn aus. Mir war klar, die Milchkanne war nicht richtig geschlossen. Schon blickte der ältere Mann neben ihr empört nach oben, die Frau gegenüber begann zu schimpfen, andere pflichteten ihr bei, es sei eine Unverschämtheit!

Meine Großmutter warf einen Blick nach oben, stand auf, stellte die Tasche in eine bessere Position, setzte sich wieder, rückte ihren Hut zurecht und sagte mit erhobener Stimme: »Wenn Sie wüßten, wer ich bin!« Sofort trat Schweigen ein, einige duckten sich, andere blickten eisig ins Leere, jemand wisperte. Meine Großmutter lächelte triumphierend. Dann schienen sie Zweifel an ihrem Erfolg zu beschleichen, bis ihr offenbar ein Licht aufging und sie ein Kichern unterdrückte. Ich wäre am liebsten an der nächsten Station ausgestiegen. Hatten die Leute immer noch so einen Respekt vor dem Adel? Oder hatte die durchschlagende Wirkung der Worte meiner Großmutter etwas zu tun mit der heimlichen Kontrolle der »Pros« über die »Antis«?

Dabei war die Großmutter doch keineswegs »pro«, sondern verwandelte den Hitlergruß immer in ein schlappes Abwinken, wenn sie mit mir an der Ehrenwache der Feldherrnhalle in München vorbeiging. Mein Vater pflegte Umwege in Kauf zu nehmen, nur um nicht den rechten Arm erheben zu müssen. Dabei sah ich die beiden Soldaten, die mit Stahlhelm und Gewehr stramm und reglos in ihren Schilderhäuschen standen, eigentlich ganz gerne. Ein angenehmer Schauer der Ehrfurcht lief mir dabei über den Rücken. Gespannt beobachtete ich das Verhalten der Passanten. Wie aufgezogene Spielpuppen erhoben sie ihren Arm, wenn sie sich den Wachposten näherten. Manche nahmen dabei Haltung an, andere handhabten den Gruß eher lässig. Dieses Hochstrecken des rechten Armes war eine eigenartige »Manie«, die immer mehr Menschen erfaßte. Meine Großmutter benutzte diesen Ausdruck für unablässig läppisches Verhalten aller Art. Auch in der Schule mußten wir den Hitlergruß üben. Jeden Morgen standen wir in genau ausgerichteten Reihen auf dem Schulhof und streckten den rechten Arm in die Luft, während eine Fahne hochgezogen wurde. Manchmal dauerte es so lange, daß einem der Arm müde wurde. Ihn jedoch mit dem linken abzustützen galt als ehrenrührig.

Vielleicht lag es an meinem müden Arm, daß meine Buchstaben auf der Schiefertafel so wacklig waren, so schief und krumm daherkamen. Aber mit dem Lesen ging es auch nicht besser. Wir benutzten am Anfang einen Lesekasten: eine Schachtel aus Holz, auf deren Boden kleine weiße Pappkärtchen mit schwarzen Buchstaben wohlgeordnet nach dem Alphabet in kleinen Fächern lagen. Der senkrecht aufstellbare Deckel war innen mit feinen Holzleisten versehen, in die man die einzelnen Buchstaben stekken und zu Wörtern und Sätzen aneinanderreihen konnte. Das gelang mir ganz gut. Wenn es jedoch darum ging, diese Wörter selbst zu schreiben oder im Lesebuch wiederzuerkennen, dann geriet ich leicht durcheinander. Dies geschah vor allem dann, wenn die Lehrerin mich aufrief, ich schnell sein sollte, rennen mußte, über die einzelnen Buchstaben stolperte und in ein verängstigtes Schweigen verfiel.

Gegenüber meinem mühsamen Buchstabieren erschien mir das Lesen oder Vorlesen meines Vaters wie Zauberei. Mir war unbegreiflich, wie sich die Buchstabenreihen auf den weißen Seiten in Geschichten verwandeln konnten. Es geschah an dem Tag, an dem wir von Pinocchio zu lesen begannen, der von seinem Vater aus Holz geschnitzt und lebendig gemacht wurde. Gerade als das »hölzerne Bengele« von zu Hause fortgelaufen und unter die Räuber gefallen war, klappte Papa das Buch zu, machte Mittagessen und wollte anschließend »etwas ruhen«. Ich mußte auf die Fortsetzung warten.

Das Buch liegt auf dem Sofarand, und ich wüßte so gerne, ob Pinocchio jemals wieder zu seinem Vater zurückkehren wird. Auf dem Bucheinband tanzt und lacht die Holzpuppe. Ich halte den Atem an und ziehe vorsichtig, fast geräuschlos das Buch heran, schlage es dort auf, wo mein Vater ein Lesezeichen eingelegt hat: Buchstabenreihen gleichmäßig über die weiße Seite verteilt. Ich beginne zu buchstabieren. Zuerst sperren sich die schwarzen Zeichen meinem Verständnis, dann bilden sich Worte, allmählich entsteht Sinn. Etwas treibt mich weiter in das ungeheure Wagnis. Es stellen sich Gefühle ein, es bilden sich Vorstellungen. Es geht immer besser, schneller, manchmal verstehe ich nicht, überspringe Zeilen, halte mich wieder an einem Wort fest, erfasse einen Satz, begreife einen ganzen Abschnitt. Als mein Vater erwacht, habe ich schon einige Seiten bewältigt, bin der Geschichte ein Stück weit gefolgt, weiß allerdings immer noch nicht, ob Pinocchio sicher nach Hause zurückkehrt. Aber ich habe die Tür zu einer neuen Welt aufgestoßen und bin eingetreten. Aus den kleinen schwarzen Zeichen kommt mir Leben entgegen. Ich will weiterlesen, gierig, immer weiter, bin unersättlich. Alles um mich herum versinkt, der Vater sitzt irgendwo in der Ferne, sagt einmal: »Du kannst ja selber lesen!«

Für einen Augenblick lehne ich mich zurück, fühle mich wie eine Seifenblase, die sich vorsichtig aus dem Strohhalm bläht, größer wird, sich rundet und plötzlich sanft und leicht löst, für sich dahinschwebt, in allen Regenbogenfarben schillert, zu allen Spiegelungen bereit ist. Von nun an sitzen wir auf dem grünen Sofa einander gegenüber, jeder in sein Buch vertieft.

Das Lesen für mich alleine gelang mir mühelos. Aber das Vorlesen einzelner Absätze in der Schule kostete mich immer noch große Anstrengung. Immerhin verbesserten sich meine Noten soweit, daß ich einige Bänke vorrücken durfte. Auch mit dem Schreiben kam ich nun voran.

Die Feldpostbriefe kamen nur spärlich. Daran war der Winter schuld. Er war in Rußland viel strenger als in Bayern. In den Briefen war die Rede von ungeheuren Schneemassen, von langsam sich durchkämpfenden Zügen, von dicken Schaffellmänteln, von Schlafzimmern, in denen das Wasser in der Schüssel gefror. Mein Vater drehte und wendete einen Brief in seinen Händen und sagte, mehr zu sich selbst als zu mir: »So muß sie unseren Lebensunterhalt verdienen.«

Er rasierte sich nicht mehr so regelmäßig wie früher. Manchmal ließ er seine Bartstoppeln tagelang wachsen, bis ich ihn darauf aufmerksam machte. Das Rasieren gehörte für mich zu den Alltagsereignissen, denen ich immer wieder Freude abgewinnen konnte, und hatte seinen besonderen Reiz. Aus einer Tube wurde eine Paste in eine halbkugelförmige Schale gedrückt und zu Schaum geschlagen. Ich durfte den zuerst locker weichen, dann glitschig kompakten Pinsel berühren und bekam dabei fast eine Gänsehaut. Eingeschüchtert von den Warnungen meines Vaters bestaunte ich die hauchdünn scharfe Rasierklinge, die er zwischen Daumen und Zeigefinger zum Einsetzen in das kleine, kurzstielige Instrument bereit hielt. Mit kräftigen Pinselzügen strich er den dicken Schaum über Kieferbogen, Kinn und Oberlippenpartie. Dann zog er mit dem Rasierer sorgsam seine Bahnen durch den Schaum, schnitt dabei seltsame Grimassen, bis seine blassen Gesichtszüge aus der weißen Maske wieder hervortraten. Noch ein paar kleine Korrekturen unter der Nase, um die Mundwinkel, und das Werk war vollbracht. Mit etwas Rasierwasser auf der flachen Hand wurde nachgeklopft. Zum Schluß wurde das Instrument auseinandergenommen, die feinen Gitterrippen der Messerhalterung gereinigt, alles wieder ohne Klinge zusammengeschraubt. Dann durfte ich selber »Rasieren« spielen, stellte mich auf den Hocker vor den Spiegel, ahmte meinen Vater nach und fühlte mich groß und stark. Er war schon in der Küche verschwunden, wo der Wasserkessel zu seinem lockenden Pfiff anhob.

Während der Wochen, die meine Mutter zu Hause verbrachte, rasierte sich mein Vater wieder täglich. Meist waren beide gleichzeitig im Badezimmer. So etwas wie eine festliche Normalität stellte sich ein. Meine Mutter hatte einen Beutel Sonnenblumenkerne und einige Fleischkonserven mitgebracht. Sie hängte einen Schaffellmantel, außen Leder, innen dickes weißes Fell, in den Schrank und ließ mich in einen ähnlichen schlüpfen. Er war viel zu groß, so daß ich hoffen konnte, mein Auftreten in der Schule in dieser russischen Verkleidung noch etwas aufschieben zu können. Die von meinem Vater befürchtete Invasion von fremden Insekten trat nicht ein, da meine Mutter erfolgreich durch die Entlausung geschleust worden war. Sie hatte sich einer desinfizierenden Dusche unterzogen, und ihre gesamte Kleidung war durch eine Gaskammer gegangen.

Meine plötzlich auftretende Krankheit konnte also nichts damit zu tun haben. Vielmehr hatte ich mir den Scharlach in der Schule geholt. Er galt als eine sehr ansteckende Krankheit. Laut Vorschrift mußte ich sofort ins Krankenhaus auf eine Quarantänestation. Weiße Betten, weiße Nachtkästen, weiße Anstaltshemden, alles auf weiß reduziert. Der Gedanke an das grüne Sofa und die bunten Steine in der Vitrine tat zu weh, als daß ich ihn länger als ein paar Sekunden ausgehalten hätte. Es gab nur wenige Bücher. Sie waren schwarz eingebunden, mit einem Kreuz in Goldprägung geschmückt, und unerträglich langweilig. Die Zeit dehnte sich in eine weiße Unendlichkeit. Sechs Wochen Krankenhausaufenthalt verbrachte ich in Abwesenheit von mir selbst. Nur wenige Bilder prägten sich mir ein: meine Eltern, die hinter einer Glastür unverständliche Worte sprachen und gestikulierten. Briefe von ihnen, auf die ich nicht antworten durfte, wegen der Ansteckungsgefahr. Ein Gewittersturm, der einen Baum vor dem vergitterten Fenster krachend niederwarf. Nonnen in weiß gestärkten Flügelhauben, die heißes Wasser hinter Fußleisten gossen, um die schwarzen Käfer zu vertreiben, die jede Nacht in Scharen über den weißen Fliesenboden krochen. Andere Kinder, die mich in die Manipulation von Fieberthermometern einweihten, mit der man schneller wieder rauskommen konnte. Und Freitag abends halb geschmolzene Camembertscheiben auf heißen Pellkartoffeln, die sahnig und mehlig auf der Zunge lagen und so beruhigend wirkten.

Als meine Eltern mich endlich abholen durften, war mir die Fähigkeit, mich zu freuen, vergangen. Zudem bemerkte ich graue Haarsträhnen an den Schläfen meines Vaters und erschrak so sehr, daß ich rasch wegsehen mußte. Zu Hause hatte sich auch etwas verändert, das ich nicht recht verstehen konnte. Bedrückung lag in der Luft. Am nächsten Tag fiel mir auf, daß der Holzkasten mit den Schubfächern im Arbeitszimmer fehlte und daß keine Manuskripte mehr auf dem Tisch lagen. Mein Vater saß vor seinem seltsam aufgeräumten Schreibsekretär und tat nichts. Ich wurde zum Lesen in mein Spielzimmer geschickt, hörte, wie Besuch kam, schnappte Worte auf wie »Hausdurchsuchung ... Vorladung ... noch einmal davongekommen ... in die Schweiz gehen ... kein Geld«.

Meine Angst vor dem schleichenden Gas wuchs. Sie wurde bestätigt durch das Gerede über die Gasbomben, die »der Feind« in unverantwortlicher Weise in den Luftangriffen gegen Deutschland einsetzte. Der Blockwart, ein bierbäuchiger Mann, dessen schütteres blondes Haar hinten immer hochrasiert und der Rest klar gescheitelt war, verteilte Gasmasken an alle Mieter: feldgraue Gummikapuzen mit großen Glaseinsätzen zum Durchschauen und einem radförmigen Filteraufsatz aus Metall zum Atmen. Wir sollten sie anprobieren. Das würden wir dann schon selber machen, sagte mein Vater und schloß die Wohnungstür. Er dachte aber gar nicht daran, sich dieses Ding über den Kopf zu stülpen. Meine Mutter tat es, mir zuliebe, und sah aus wie eine riesige Kaulquappe.

Dann wollte ich sie probieren. Ich bekam meine Gasmaske, eine Nummer kleiner, nur mit großer Anstrengung über den Kopf, sah die Welt verschwommen durch die Gläser, sog mühsam Luft ein, wobei die Gummihaut um den Mund nach innen gezogen und dadurch alles noch viel enger und unheimlicher wurde. Das Tragen der Gasmaske war hautnah und eigentlich noch schlimmer als das Gas. Meine Eltern zogen mit vereinten Kräften, um mich aus meinem stinkenden Gummigefängnis zu erlösen. Fortan lagen unsere Gasmasken auf dem Entreetisch bereit zum pflichtschuldigen Mitnehmen in den Keller.

Wenn nachts die Sirenen zu ihren durchdringenden Warnungen anhoben, in angstvollen Atemzügen aufjaulten, dann war ich als erste aus dem Bett und mahnte meine Eltern zur Eile. Unablässig drang das Geheule aus dem Dunkeln durch die Fenster und Türen, ließ nicht locker, trieb uns die Treppe hinunter ins Gedränge vor dem Luftschutzkeller. Der Blockwart kontrollierte am Eingang, rügte unser Zuspätkommen und maß meinen Vater mit einem giftigen Blick von oben bis unten. Gerade als er die Eisentür schließen wollte, kam noch ein altes Ehepaar von draußen und bat um Einlaß. »Nein, Sie dürfen hier nicht rein«, bellte der Blockwart. Ich sah noch, daß der alte Mann einen gelben Stern auf seinem Mantel trug. Dann wurde die Tür mit einem dumpfen Geräusch geschlossen und der Riegel vorgeschoben. Niemand durfte mehr raus oder rein. Ein Blickwechsel zwischen meinen Eltern hielt mich von jeder Frage ab.

Wir saßen auf Holzbänken mit dem Rücken zur Wand. Die Deckenbeleuchtung verbreitete eine hinterhältige Fahlheit. Einige redeten im Flüsterton, die meisten schwiegen. Ein Eimer voll Sand mit einem kurzstieligen Spaten darin erinnerte an die Verhaltensregeln im Brandfall oder bei Verschüttungen. Wir hatten das in der Schule gelernt. Damit sollten wir dem Führer helfen. Ich fragte mich, warum der wollte, daß wir gegen Feuer und Einsturzgefahr kämpften. Je länger wir im Luftschutzkeller saßen, um so stickiger wurde es. Man hörte die Flak ballern, unregelmäßig, in heftigen Schüben, so wie man sich unbeholfen gegen einen übermächtigen Feind wehrt. Sonst geschah nichts. Ich hoffte, daß das alte Ehepaar woanders Unterschlupf gefunden hatte. Oder vielleicht saßen sie draußen in dem kleinen Park an der Isar und hatten wenigstens frische Luft.

Die Entwarnung – ein langgezogenes Sirenengeheul in einem penetrant gleichen Ton – entließ uns nach einigen Stunden aus dem stickigen Gefängnis. Im Dusel von Müdigkeit und Hellwachsein stiegen wir die vier Stockwerke in unsere Wohnung hinauf. Die Hunde begrüßten uns überschwenglich. Es war nicht erlaubt, sie in den Luftschutzkeller mitzunehmen, weil sie zu viel Sauerstoff verbrauchten. Meine Mutter sorgte sich um die Tiere, die gewiß große Ängste auszustehen hatten, zumal während der Angriffe kein Licht brennen durfte. Alle Fenster waren zudem mit schwarzem Verdunkelungspapier verdeckt, das tagsüber aufgerollt wurde. Jetzt durften wir sparsam Licht anmachen. Aber das schwarze Papier an den Fenstern erzeugte eine Düsternis, die kein Kronleuchter verdrängen konnte. Die sonst so farbigen Bezüge der Möbel erschienen fahl, ihre Umrisse gespenstisch. Plötzlich fühlte ich mich fremd in unserer Wohnung.

4.

Evakuierung aufs Land

Die Fliegeralarme wurden häufiger. Meistens folgte darauf ein Luftangriff, den man zunächst am Ballern der Flak erkennen konnte. Gleichzeitig wanderten grellweiße Lichtkegel gespenstisch über den dunklen Nachthimmel, kreuzten sich manchmal und verloren sich wieder. Spätestens dann mußten wir in den Keller rennen und dort bis zur Entwarnung ausharren. Wenn wir Glück hatten, dann kamen die Bombeneinschläge nicht zu nahe. Aber manchmal krachte es so heftig, daß wir die Erschütterung im Keller spüren konnten.

Mit jedem Mal nahm meine Angst vor den Sirenen und den Bomben zu, ergriff von mir Besitz, steigerte sich ins Unkontrollierbare, überschlug sich auf jeder Treppenstufe zum Keller hinab, blieb dort zitternd und unzugänglich für jede Tröstung sitzen und verfolgte mich später bis in den Schlaf. Meine Eltern sahen besorgt drein und berieten sich auf Französisch. Dann hörte ich einmal meinen Vater im Badezimmer sagen: »Wir müssen hier weg.« Er verreiste für zwei Tage und kam zurück mit der Nachricht: »Wir haben zwei kleine Zimmer in Rottach.« Ich wußte, das war am Tegernsee, das war auf dem Land, wo es Hühner und Katzen gab, wo im Sommer Kühe auf der Weide grasten und Heu eingefahren wurde. Dort konnte ich draußen frei herumlaufen, mit anderen Kindern spielen, oben auf dem Heuwagen mitfahren. Ich führte einen Freudentanz auf. Es würde wie in der Sommerfrische sein. Vielleicht doch etwas anders, das spürte ich aus Worten wie »im Rahmen der Evakuierung«, »Zuteilung von Zimmern«, »recht provisorisch« heraus.

Daß die Veränderung gravierender sein würde, als sie ein zweiwöchiger Ferienaufenthalt mit sich brachte, wurde mir aus den Vorbereitungen bald deutlich. »Die Hunde können wir nicht mitnehmen«, erklärte mein Vater. Peggy und Charlie standen schweifwedelnd und nichtsahnend in der Halle. Meine Mutter begann zu weinen. Es dauerte eine ganze Woche, bis die Hunde an verschiedenen Stellen bei freundlichen Menschen untergebracht waren, Charlie in einem Vorort von München, Peggy am Chiemsee. Dort hatten sie sicher auch besseren Auslauf als hier und waren außer Gefahr. Sie hatten ebenso große Angst vor Luftangriffen wie ich und begannen schon beim ersten Sirenenton zu winseln. Ich gönnte den beiden ihre Sommerfrische und war auch ein wenig erleichtert, daß sie nicht mehr die Aufmerksamkeit meiner Mutter beanspruchen würden. Natürlich ließ ich mir das nicht anmerken. Denn Mamuschka litt sehr unter der bevorstehenden Trennung.

Dann gab es Streit darüber, was wir überhaupt mitnehmen konnten. Und vor allem darüber, was man auslagern sollte, um es vor Bomben zu schützen. »Wenn wir auch nur ein Bild von der Wand nehmen, fällt mit Sicherheit eine Bombe aufs Haus«, war die Ansicht meines Vaters. »Das ist Unsinn. Du willst doch nicht so abergläubisch wie die Großmama sein«, protestierte meine Mutter. »Es kommt mir nichts aus der Wohnung!« widersprach mein Vater.

»Denk an all unsere Möbel und Bilder! Wenn das alles draufgeht, dann haben wir gar nichts mehr«, versuchte es meine Mutter erneut. Als sie merkte, wie bedrückt mein Vater war, schwieg sie. Aber ich ahnte, daß sie nicht aufgeben würde. Wie schon manchmal in solchen Fällen würde sie einen Geheimplan entwickeln, dessen Ergebnis wir erst später erfuhren. Zunächst mußte alles zurückbleiben. Ich durfte nur ein Spieltier mitnehmen und konnte mich nicht entscheiden. Schließlich wählte ich das Eichhörnchen und dachte dabei an den Wald und daran, daß es in meine Manteltasche paßte. Aber irgendwie hatte ich ein ungutes Gefühl dabei.

Die Übersiedlung per Bahn und Bus war einfach, da wir nur mit ein paar Koffern reisten. Die beiden Zimmer im ersten Stock eines Einfamilienhauses erwiesen sich wirklich als sehr klein. Meine Eltern saßen sich auf den beiden schmalen Betten gegenüber und stießen fast mit den Knien aneinander. »Wenn wir die Villa jetzt noch hätten ...«, hob meine Mutter an. Mein Vater winkte ab: »Sie wäre längst zwangsbewirtschaftet oder eine Bonzenvilla geworden.« Ich dachte sofort an unseren »Bonzo«, eine rote Porzellandose in Form eines grinsenden Mopses, in der meine Mutter ihre Schminkwatte aufbewahrte. Die Dose stammte aus einem Trödelladen, wo es auch eine Serie älterer Ansichtskarten von diesem Typ Hund gab. Die Villa Adlerberg als Hundehütte für viele kleine rote Möpse konnte ich mir nicht recht vorstellen und fragte nach. Meine Mutter warf meinem Vater einen zur Vorsicht mahnenden Blick zu. Er antwortete prompt: »Ein Bonze ist ein hohes Tier in der Partei. Ursprünglich bezeichnete das Wort einen buddhistischen Mönch. Aber davon kann keine Rede mehr sein.« Er stand auf und fügte hinzu: »Benutz das Wort besser nicht in der Schule.«

Unsere Sachen paßten nicht alle in den schmalen Schrank. Was dort keinen Platz fand, blieb in den Koffern, die unter die Betten geschoben wurden. Im zweiten Zimmer, das durch eine Zwischentür von dem »Schlafzimmer« getrennt war, gab es eine Couch für mich zum Schlafen, auf der man tagsüber auch sitzen konnte. Sie war bei weitem nicht so bequem und kuschelig wie unser grünes Sofa zu Hause. Ich plazierte mein Eichhörnchen auf einer der Armlehnen. Es saß sehr aufrecht, den buschigen Schwanz artig an den Rücken angelegt, und umklammerte mit seinen Pfötchen eine Nuß. Ein schmaler Tisch und zwei harte Stühle komplettierten die Einrichtung. Die Wände waren kahl bis auf ein Hitlerbild. Mein Vater nahm es ab und hängte statt dessen ein Portraitfoto meiner Mutter auf. Ob wir das so ohne weiteres durften? Ich behielt meine Bedenken für mich, denn meine Eltern waren ohnehin schon nervös genug. Im Schlafzimmer gab es ein Waschbecken mit fließend kaltem Wasser. Die Toilette durfte nur bis neun Uhr abends benutzt werden. »Wir brauchen unbedingt zwei Potschamperl«, meinte meine Mutter umsichtig vorausplanend. Dieser bayerische Ausdruck klang irgendwie unkompliziert und einladend im Vergleich zu *pot de chambre*. Und die treudeutsche Bezeichnung »Nachttopf« kam nicht in Frage.

Die Vermieter waren ein Ehepaar, dem jene habituelle Mißmutigkeit eigen war, die meine Großmutter gerne als »typisch deutsch« bezeichnete. Dr. Obermair führte im Untergeschoß eine Arztpraxis. Er hatte ein scharfkantiges Gesicht, schmale, zusammengepreßte Lippen und schütteres Haar. Auf seiner Trachtenjoppe trug er das Parteiabzeichen. Ich hatte ein ungutes Gefühl beim Anblick des »Spiegeleis« und hielt natürlich meinen Mund, wohl wissend, daß diese Bezeichnung nur unter »Antis« üblich war. Es gab noch einen Sohn, der etwas älter war als ich. Die Familie hatte zusammenrücken müssen »aufgrund der Kriegsereignisse« und war offensichtlich nicht gerade erfreut darüber. »Küchenbenutzung ist nicht erlaubt«, beschied uns Frau Obermair, die im Gegensatz zu ihrem Mann füllig war, ihm sonst aber ähnlich sah. Meine Mutter installierte mit Hilfe eines Verlängerungskabels auf dem überdachten Balkon eine elektrische Kochplatte, auf deren rotglühenden Drähten man Wasser erwärmen und mit viel Geduld sogar Kartoffeln kochen konnte. »Im Winter wird man sich wohl Handschuhe anziehen müssen«, bemerkte sie.

Wir gingen nun öfters ins Gasthaus, wo es für Stammgäste ein »Stammgericht« gab, wechselweise Kohlrabi, Weißkohl oder Rüben zusammen mit Kartoffeln in einer fettlosen Mehlschwitze. Mein Vater wertete sie zur »Béchamelsoße« auf. Serviert wurde in klobigen Suppentellern aus so schwerem Porzellan, wie ich es noch nie in der Hand gehabt hatte. Im übrigen achtete ich vor allem darauf, ob der Teller voll genug war. Jedesmal bangte ich, ob das Stammgericht schon ausverkauft war. Dann konnte man nur noch »auf Marken« essen, und die wollten wir für Lebensmitteleinkäufe sparen.

Über die beengten Wohnverhältnisse machte ich mir nicht so viele Gedanken. Es war Frühling, und meine Eltern schienen keine Bedenken zu haben, mich draußen spielen zu lassen, vielleicht weil sie andere Sorgen hatten oder weil ich größer geworden war, oder einfach, weil wir auf dem Land waren. Also sah ich mich erst einmal um. Von außen wirkte das Haus größer als von innen. Vielleicht lag es an dem auf drei Seiten umlaufenden Holzbalkon. Von vorne war es, wie die meisten Häuser in Rottach, einem Bauernhof nicht unähnlich: im unteren Geschoß weißgekalkte

Mauern, im Obergeschoß Holzverkleidung. Die grünen Holzläden vor den Fenstern versprachen Schutz vor der Winterkälte. Der Garten war zu dem kaum befahrenen Asphaltweg hin durch Hecke und Zaun zweifach geschützt. Im hinteren Teil fand sich einiges von dem, was zum Leben auf dem Land dazugehört: eine Wiese, Obstbäume, Johannisbeersträucher, ein Komposthaufen, Kaninchenställe und ein Geräteschuppen. Über den Holzzaun hinweg sah man auf das in gebührender Entfernung stehende Nachbarhaus ähnlicher Bauart. All das war mir von früheren Sommeraufenthalten vertraut und heimelte mich an.

Ich begann, auf der Wiese Löwenzahnblätter zu sammeln, um die Kaninchen zu füttern. Sie preßten ihre schnüffelnd vibrierenden Nasen an das Maschendrahtgitter der kleinen Holzverschläge, durch das ich die Blätter schob, und kauten mit der atemberaubenden Geschwindigkeit einer Nähmaschine. Meine Büschel von Löwenzahn waren im Nu verschwunden. Ich streckte einen Finger durch das Gitter und versuchte das hellgraue Fell zu berühren. Es schien wunderbar weich und lebendig zu sein. Hier war es schön. Hier wollte ich bleiben.

Mein Rendezvous mit den Kaninchen wurde jäh unterbrochen. Ich hörte etwas, drehte mich um. Ein Bub in Lederhose und kariertem Hemd, schon größer als ich, aber nicht wirklich groß, lief vom Haus her auf mich zu und bremste kurz vor mir ab: »Ich bin der Adi. Und ich wohn' hier.« – »Ich heiße Natascha«, brachte ich schüchtern hervor. »Dann g'hörst du zu den Evakuierten bei uns?« Das mußte ich zugeben. »Macht nix. Komm, ich zeig' dir was.« Er ging voraus, ich hinterher. Es sah fast aus wie Marschieren, so gleichmäßig schritt er voran. Das Gartentor schloß er mit einer strammen Kehrtwendung hinter uns.

Ein paar Häuser weiter begannen die eingezäunten Wiesen mit Kühen und Pferden. Adi interessierte sich mehr für die Pferde und hatte Karottenabfälle in der Hosentasche, lockte sie damit an den Zaun und hielt sie ihnen auf der flachen Hand unters Maul. Das fand ich sehr mutig. Mir gab er nichts ab, aber ich hätte mich wohl auch nicht getraut. Immerhin strich ich einem Pferd mit den Fingerspitzen über den Nasenrücken bis fast zu dem samtweichen Maul hinunter. Ich wollte es auch am Hals streicheln, aber Adi warnte: »Die beißt!« Er zeigte mir noch den Hund von den Hubers, der vor seiner Hütte bellend an seiner Kette zerrte, und wies auf den Hühnerstall vom Hinterrisser. »Der behält immer zu viele Eier von der Abgabe zurück. Er ist ein Volksschädling«, bemerkte Adi in tadelndem Ton. Das Wort war mir nicht unbekannt, aber ich konnte dabei nur an böse Insekten denken. Der alte Mann mit dem Bart, der da im Garten herumwirtschaftete, sah eigentlich nicht wie ein Schädling aus.

Dann mußte Adi zurück, um die Kaninchen zu füttern. Die unterlagen wohl nicht der Kontrolle des Ernährungsamtes. Gehorsam machten sie einen Hopser zur Seite, wenn die Gittertür für etwas Heu und Gemüseabfälle geöffnet wurde. Nach verrichteter Arbeit lachte Adi zufrieden, stellte sich breitbeinig vor den Schuppen, öffnete die Klappe seiner Lederhose und schickte sich an zu pinkeln. Ein Reflex meiner guten Erziehung ließ mich sofort in eine andere Richtung sehen. »Du kannst ruhig hinschaun«, sagte Adi gelassen. Mit dieser Erlaubnis konnte ich meiner Neugier nachgeben, betrachtete dieses geheimnisumwitterte Körperteil, das stolz einen dünnen Strahl gegen die Schuppenwand sandte. Ein aufregend prickelndes Gefühl durchfuhr mich. »Das nächste Mal darfst du ihn anlangen«, versprach Adi und schloß seine Lederhose mit größter Selbstverständlichkeit.

Da wir nicht einfach zur Sommerfrische hier waren, wurde ich in der Schule angemeldet. Dort herrschte großer Andrang, da viele evakuierte Kinder als Neuzugänge aufgenommen wurden. So fiel ich zunächst nicht auf und war froh darüber. Das sollte sich rasch ändern. Hier auf dem Lande gab es noch Religionsunterricht. Dabei stellte sich heraus, daß ich zwar katholisch getauft, aber noch nicht zur Ersten Heiligen Kommunion gegangen war. Dies sollte nun schleunigst nachgeholt werden. Ich wurde zur Religionszugehörigkeit meiner Eltern befragt. Da mußte ich erst selbst zu Hause nachfragen: Mein Vater war protestantisch und kam aus Berlin. Meine Mutter war katholisch und stammte aus München. »Eine Bluatschand«, witzelte meine Mutter in genauer Kenntnis der Volksmeinung. Meine Eltern hatten mich auf Betreiben meiner Großmutter, die konvertiert war, katholisch taufen lassen. Sie sprach manchmal ein Nachtgebet mit mir, das wie ein Kindervers klang und mich wenig beeindruckte: »Vater laß die Augen dein über meinem Bette sein.« Darum brauchte ich nicht zu beten, denn es war ohnehin mein Vater, der fast jeden Abend an mein Bett kam und mir Gutenachtgeschichten erzählte. Sonst passierte in unserer Familie nichts, was irgendwie mit dem lieben Gott zu tun hatte.

Ich vermißte auch nichts. Mein Sinn für das Wunderbare war durch die Erzählungen meines Vaters über die Entstehung des Lebens im Wasser, den Sprung auf das feste Land und schließlich in die Lüfte geweckt worden und bewegte sich in erdgeschichtlichen Dimensionen. Die Leiden des Lungenfisches im Übergang zum Landtier waren mir wie eine stellvertretende Erlösungstat in der Entwicklung vom Tier zum Menschen dargestellt worden, und meine Gebetsformel lautete »Archäopteryx«. Meine Rituale waren das Ordnen der Gesteinssammlung und das alljährliche Einsenken des Gummibaums in neue Erde. Über nächtliche Einsamkeit trösteten mich die Beutestücke meines Vaters von den Abendgesellschaften hinweg, die er auf meinem Nachttisch ablegte. Leiden und Trauer kannte ich aus der ›Wunderbaren Reise des kleinen Nils Holgersson mit den Wildgänsen‹ oder dem ›Pinocchio‹.

Meine Eltern gingen höchstens mal zu einer Hochzeit in die Kirche oder um die Architektur zu bewundern. Wenn mein Vater mir eine Kirche zeigte, galt meine ganze Aufmerksamkeit diesen wunderbaren Glaskästen nahe dem Eingang, deren Szenario man durch Einwerfen eines Zehnerls in Betrieb setzen konnte: Es wurde licht, die Pforten einer kleinen Kapelle öffneten sich, das liebe Jesulein marschierte schnurgerade heraus, segnete mit einem mechanisch eckigen Gruß, machte eine exakte Kehrtwendung und marschierte zurück, bis die Kapellentür sich wieder schloß. Dazu läutete ein Glöckchen in dem ebenfalls erleuchteten Turm. Die akkurate Zierlichkeit und wundersame Bewegtheit des Vorgangs sowie die Tatsache, daß mein Vater nie an Zehnerln sparte, machten mich glücklich.

Nun also sollte ich Jesus in der Heiligen Kommunion empfangen. Darunter konnte ich mir zunächst gar nichts vorstellen. Gegenüber dem Herrn Kaplan schwieg ich, um meine Eltern nicht zu blamieren. Im Katechismusunterricht würde ich mehr erfahren. Aber auch dort begriff ich nur, daß das Ganze eine hochgefährliche Angelegenheit war. Man mußte mit der Hostie äußerst ehrerbietig und vorsichtig umgehen, sie langsam auf der Zunge zergehen lassen, ja nicht draufbeißen. Denn das brachte den Leib des Herrn unweigerlich zum Bluten. Ganz vorsichtig sollte man sie in den Magen hinuntergleiten lassen. Und wenn man sich dabei verschluckte? Außerdem mußte man vorher sehr brav sein, durfte vor allem keine Todsünde auf dem Gewissen haben, sonst passierte etwas Furchtbares. Also mußte man vorher unbedingt zur Beichte gehen.

So wurden wir in die Kunst des Beichtens eingeführt. Im Beichtspiegel standen Sünden, von denen ich nie etwas gehört hatte. Insbesondere das Problem der Keuschheit begriff ich lange nicht. Es wurde nicht gut erklärt. Es war da die Rede von Stellen am Körper, die man immer bedeckt haben sollte. Aber meine Mutter lief oft nackt in der Wohnung herum. War sie deshalb unkeusch? Meinen Vater hatte ich allerdings nie nackt gesehen. War er ein Heiliger? Und dann ging mir plötzlich ein Licht auf: Die Sache mit dem Adi war etwas Unkeusches, und zwar gar nicht so sehr das Hinsehen, sondern dieses seltsam aufregende Gefühl in meinem Körper. Jetzt war mir aber auch klar, daß ich meine Eltern nicht zum sechsten Gebot befragen konnte. Dabei hätte mein Vater es mir sicher besser erklären können als der Herr Kaplan. In dieser Zeit unternahm ich beträchtliche Anstrengungen, beim An- und Ausziehen immer einen Schlüpfer am Leib zu haben, oder diesen nur unter dem Schutz des Nachthemds zu wechseln. »Was hast du eigentlich?« fragte meine Mutter irritiert. »Ich bereite mich auf die Kommunion vor«, dachte ich im stillen und schwieg.

Zur Vorbereitung gehörte auch das Einüben eines reibungslosen Ablaufs: Einzug mit Kerze in der Rechten – immer schön gerade halten! – und dem Gebetbuch in der Linken. Kniebeugen, in die Bank einreihen, niederknien. Sich erheben, langsam nacheinander aus der Bank heraustreten, eine Reihe bilden, gemessenen Schrittes zur Kommunionbank nach vorne gehen, niederknien, Hände gefaltet. Erst den Mund öffnen, wenn der Priester vor einem stand. Mit gesenktem Blick zurückgehen an der Reihe vorbei, die sich noch in Erwartung des großen Ereignisses in

Richtung Altar bewegte. In diesem Mai wurden an die hundert Kommunionkinder erwartet. Da mußte die Choreographie stimmen. Proben für einen Auftritt war mir nicht fremd. Aber hier fehlte die prickelnde Erwartung, die bei meiner Mutter vor einem Tanzabend herrschte. Und es gab keine Kostümprobe.

Das Kommunionkleid stellte meine Eltern vor fast unlösbare Probleme. Für meine Mitschülerinnen war dieser Höhepunkt im Leben eines katholischen Kindes mit großen Erwartungen an Festlichkeit und Geschenken besetzt, deren Erfüllung keinem Zweifel unterlag. Bei uns gab es dafür kein Geld. Schließlich gelang es, durch Vermittlung meiner Großmutter, über Bekannte ein bereits getragenes Kleid, weiße Handschuhe und ziemlich enge Schuhe auszuleihen. Der weiße Kranz aus Kunstblumen kostete nicht viel, und für die große weiße Kerze mit Wachsschnörkeln und Goldprägung brachten meine Eltern das Geld auf. Sie lag in einer soliden Schachtel, in der sie lebenslang aufbewahrt werden sollte, zumindest aber bis zur Firmung. Ich betrachtete sie mit Ehrfurcht. Aber es fehlte die unbeschwerte Freude, die ich mit dem Auftritt des Jesuleins im Glaskasten verband. Regelmäßiger Kirchgang, das Zeremoniell vor dem Altar, die Teilnahme daran durch Kreuzschlagen und An-die-Brust-Klopfen, der Umgang mit dem schlanken, jungen Mann im schwarzen Gewand, von oben bis unten wie in ein Futteral gesteckt und zugeknöpft – das alles war ungewohnt. Die meisten meiner Mitschülerinnen waren damit aufgewachsen. Für mich blieb es eine exotische Veranstaltung. Daher erschien es mir auch nicht weiter schlimm, daß ich keine Geschenke zu erwarten hatte.

Der Tag selbst verlief ohne jeden Zwischenfall. Ich war vor allem darauf konzentriert, alles richtig zu machen. Beim Empfang der Hostie hatte ich etwas Angst und empfand sonst nichts, weshalb ich tagelang ein schlechtes Gewissen hatte. Meine Eltern waren dabei, was ich ihnen hoch anrechnete. Und zu Hause hatten sie ein Schächtelchen für mich bereitstehen: meine erste Armbanduhr. Da überkam mich ein heftiges Schluchzen. »Warum weinst du denn«, fragte mein Vater. Ich wußte es selbst nicht genau. Weil sie so lieb zu mir waren? Weil ich meine Erstkommunion mit einem schlechten Gewissen beging? Weil alles überstanden war und man nun wieder normal weiterleben konnte?

Doch bald schon begann die nächste Aufregung. Diesmal ging es um einen Auftritt meiner Mutter. Einige ihrer Tourneefreunde aus der Zeit an der Ostfront waren nun an der Heimatfront mit einem Programm für Soldatenlazarette unterwegs und wollten sie bei ihrem Bunten Abend dabei haben. Sie wurde offiziell angefordert. Der Tourneeleiter, ein großer, dicker, freundlicher Tenor, fuhr sie in einem etwas klapprigen Dienstauto nach München, um ihre Kostüme zu holen, brachte sie dann zur Probe nach Garmisch-Partenkirchen und organisierte alles weitere. In Rottach war das beste Hotel am See als Lazarett eingerichtet worden. So ergab sich für mich zum ersten Mal die Gelegenheit, einen größeren Auftritt meiner Mutter zu sehen.

Aufgeregt und ängstlich presse ich das Eichhörnchen an mich. Mein Vater sitzt mit einem gequälten Lächeln neben mir. Um uns herum Männer mit weißen Kopfverbänden anstelle der Haare, mit unsicheren, amputierten Bewegungen auf Krücken gestützt oder mit ausgestreckten Gipsbeinen auf hölzernen Liegen. Im Scheinwerferlicht vorne auf der Bühne dreht sich meine Mutter unbeschwert zu den Klängen eines Ländlers, stampft übermütig den Dreivierteltakt, stützt die Arme in die schlanke Taille des langen

Dirndlrocks und wiegt sich hin und her. Unter dem kekken Hütchen sucht sie neckisch die Blicke des Publikums. Begeisterter Beifall. Sie verschwindet während einer Gesangseinlage. Die Sopranistin, eine schlanke, nicht mehr ganz junge Frau, singt sehnsüchtig: »Für eine Nacht voller Seligkeit, da geb' ich alles hin ...« Da ist es wieder, dieses Märchenhafte voller Versprechungen, das ich aus den Gutenachtliedern in München kenne, die ich seither nicht mehr gehört habe. Das Grammophon hat zurückbleiben müssen.

Nun erscheint meine Mutter wieder, mit verführerischen Bewegungen, ein weinrotes Gewand umfließt ihren biegsamen Körper. Sie bietet sich einem Unbekannten dar, entzieht sich ihm wieder, gleitet über die manchmal leise knarrenden Bretter, wieder und wieder. Pianist und Geiger begleiten sie mit langsamen, abrupt einhaltenden und neu ansetzenden Rhythmen. Klatschen, Zurufe, kehlige Männerlaute. Nun tritt der Bariton auf: »Beim ersten Mal, da tut's noch weh ...« Ich höre nur halb hin und denke an meine Mutter hinter der Bühne. Sie muß ganz rasch ihr Kostüm wechseln. Hoffentlich schafft sie es. »Alles muß eisern fest sitzen«, erklärte sie mir mal bei einer Kostümprobe zu Hause. Erneute Verwandlung meiner Mutter. Ich weiß schon, was jetzt kommt. Die Sängerin hebt an: »Hoch die Gläser, hoch das Leben, hoch die Liebe, tralalala ...« Meinem Vater neben mir gefällt das nicht. Ich lasse mich mitreißen von den oft gehörten Klängen und dem Spiel der Reime: »Ja, ja, der Chiantiwein, der lädt uns alle ein! Drum laßt uns glücklich sein und uns des Lebens freu'n.« Im Saal herrscht das, was meine Mutter eine Bombenstimmung zu nennen pflegt. Die Verwundeten scheinen ihre Schmerzen und Behinderungen vergessen zu haben.

Dann wird es ernster. Die Tänzerin verwandelt sich in

eine junge Mutter in hochgeschlossenem blauen Gewand, bewegt sich sanft zu den Klängen eines Wiegenlieds, ernst und in sich zurückgezogen, ein imaginäres Kind im Arm. Die nächste Gesangsnummer, von dem dicken Bariton ausgeführt, klingt eigentlich auch wie ein Wiegenlied, ist von besänftigender Traurigkeit: »Heimat deine Sterne ...« Die Soldaten beginnen mitzusummen. Sie sind zurück in der Heimat. Ich kenne das Lied aus dem Wunschkonzert der Wehrmacht.

Eine Nummer folgt der anderen. Und immer aufs neue beherrscht meine Mutter die Bühne. Reglos starre ich auf das hellerleuchtete Podium zu der Frau, die nicht mehr mir gehört, von der aber etwas ausgeht, das hinter allen Verkleidungen mich schmerzhaft vertraut anrührt: ein unerklärliches Leid, das in den klanggeführten Bewegungen seinen Ausdruck sucht. Es ist in den ruhigen Schrittfolgen wie in den leidenschaftlichen Sprüngen, im Drehen und Kreiseln, in fließenden Armbewegungen und der feingliedrigen Sprache ihrer Hände, im rasenden Wirbel oder im sanften Ausschwingen, in den wechselnden Stimmungen ihres Gesichts. Ich sitze da und kann mich nicht wehren. Es ist, als ob eine Wand einstürzt, Vertrautes plötzlich auf die Bühne tritt, für alle sichtbar. Ich kann verstehen, warum mein Vater das nicht so gerne hat.

Es geht auf den Schluß zu. Lili Marleen tritt auf die Bühne: »Vor der Kaserne, bei dem großen Tor, ...« Mein Einschlaflied hier in dem großen Saal, vor allen Anwesenden! Es ist eine Bloßstellung meiner Sehnsüchte. Und trotzdem kann ich mich der Melodie, die mit meinen Gefühlen so beladen ist, nicht entziehen. Das Publikum stimmt ein in den Refrain: »Mit dir, Lili Marleen.« Die Begeisterung erreicht ihren Höhepunkt, das Singen geht in Beifallklatschen über. Die Tänzerin dankt froh und erschöpft.

Diese Nacht durfte meine Mutter bei uns bleiben. Ich hörte keinen Streit aus dem Nebenzimmer, wie das sonst oft der Fall war, wenn meine Mutter einen Auftritt hatte. Das verhaltene Flüstern und das Knarren und Ächzen des Bettgestells waren vertraute Geräusche, zu denen ich beruhigt einschlafen konnte.

Die Gastspielreise blieb auf Bayern beschränkt. Die Gage war auch meinem Vater willkommen. »Da kommt mal wieder Geld in die Familie«, zitierte er meine Großmutter. »Nun können wir dem Kind endlich ein Fahrrad kaufen«, schlug meine Mutter vor. Meine Eltern hatten ihre Fahrräder bereits von München im Gepäckwagen des Zuges nachgeholt. Nun taten sie sich wieder bei unseren Bekannten um und fanden tatsächlich ein gebrauchtes Mädchenfahrrad, nur unwesentlich kleiner als Erwachsenenräder und eine Rarität unter ihnen.

Für mich ist es immer noch viel zu groß. Vom niedrig gestellten Sattel kann ich gerade mit den Zehenspitzen die Pedale erreichen. Mit Hin- und Herrutschen auf dem harten Ledersitz ließe sich das Problem bewältigen, wäre da nicht noch die Balance zu wahren. Unbegreiflich, wie die anderen das schaffen. Meine Mutter hält mich hinten fest, erst am Sattel, dann nur noch ein wenig am Gepäckträger, während das Vorderrad über den rissigen Asphalt schlingert. »Du lernst es schon!« Und auf einmal gleite ich von selbst, freigesetzt, ohne Schwanken, mühelos, staunend, glücklich, immer schneller bergab, die Dorfstraße hinunter. In der Kurve packt mich der Schrecken und schleudert mich vor den Stufen des Milchladens auf den Betonboden. Aufgeschundene Hände und Knie, in denen die Enttäuschung nachzittert, aber Hauptsache, dem Fahrrad ist nichts passiert. »Hat man dir denn nicht gesagt, wie man bremst?« fragt die Milchfrau mit erhobenen Händen. Ich begreife: Fahren ist herrlich und Bremsenkönnen unerläßlich.

Nun fuhr ich mit dem Rad zur Schule, obwohl es nicht weit war. Viele Kinder waren unterwegs, Einheimische, Evakuierte und Ausgebombte. Bald wetteiferten wir mit Kunststücken: freihändig, eine Selbstverständlichkeit! Zu zweit auf einem Rad, die eine lenkt, die andere tritt – schon schwieriger. Und wer konnte mit den Füßen lenken? Ich nicht. Aber trotzdem wurde ich aufgenommen in die Gemeinschaft der radelnden Kinder, wenig beachtet, aber immer mit dabei. Kinderfahrräder gab es selten. Die Kleineren strampelten einfach im Stehen auf den Pedalen eines ausgedienten Damenfahrrads, den Sattel hoch oben im Rücken. Etwas Größere zuckelten auf dem gerade eroberten Sattel mit kühnen Rutschbewegungen nach rechts und links durch die Gegend. Nur wer schon fest im Sattel saß, wurde ernst genommen.

Ich begann mich in Rottach wohl zu fühlen. In der Schule war ich keinen Hänseleien und Verfolgungen mehr ausgesetzt. Fliegeralarm wurde nur geprobt. Es gab keine Flak, die ballerte, keine Bomben, die fielen, ebensowenig Menschen in schäbiger Kleidung mit einem gelben Stern. Und außer bei den verwundeten Soldaten im Lazarett sah man kaum Uniformen. Meine Spiele mit Adi machten mir zwar manchmal ein schlechtes Gewissen, aber das konnte ich im Beichtstuhl wieder loswerden. Das Geflüster im Halbdunkel, durch ein Holzgitter vom Herrn Kaplan getrennt, war mir allerdings immer etwas peinlich. Auch mochte ich den Adi nicht wirklich. Er hatte immer einen gerade gezogenen Scheitel und die Haare mit Wasser angeklatscht. Andererseits war ich froh, mit ihm ohne Streit und Drohung umgehen zu können.

Noch lieber fuhr ich alleine mit meinem Fahrrad los, erkundete alle Wege zum See und bis zum Fuß der Berge, die das Tal umschlossen. Öfters schaute ich bei meiner Großmutter vorbei. Sie hatte sich nicht offiziell evakuieren lassen, sondern privat ein Zimmer bei einer Baronin Rolshausen gefunden. Dort durfte sie die Küche mitbenutzen. Irgendwie war meine Großmutter an einen Mehlvorrat gekommen, und von ihrer Nippessammlung aus ihrer Münchner Wohnung opferte sie ein Stück nach dem anderen, um es gegen ein paar Eier von dem benachbarten Bauern einzutauschen. So gab es fast immer Pfannkuchen, wenn jemand zu Besuch kam: mit Marmelade oder Ersatzleberwurstaufstrich. Manchmal kamen meine Eltern mit. Dann mußte ich langsam fahren, weil mein Vater nicht so schnell konnte. Es ging ihm mal wieder nicht besonders gut. Er litt unter der Enge der zwei Zimmer, und ihm fehlten seine Bücher, erklärte mir meine Mutter. Er hatte nur wenige mitgebracht, noch ein paar nachgeholt, die er bei gutem Wetter auf dem Balkon sitzend las.

An einem drückend heißen Augustnachmittag komme ich früher nach Hause als sonst, da sich ein Gewitter zusammenbraut. Mit Gewittern ist im Gebirge nicht zu spaßen. Mein Vater in seiner grauen Strickjacke blickt wütend vom oberen Treppenabsatz herunter, nicht weil ich zu spät bin, sondern offensichtlich im Streit mit Frau Obermair. »Wie kommen Sie überhaupt dazu, in unseren Zimmern zu schnüffeln«, sagt er mit der eisigen Stimme mühsamer Zurückhaltung. »Ich muß hier schließlich nach dem Rechten sehen.« Unsere Vermieterin steht auf halber Treppe, eine Hand am Geländer, die andere in die Hüfte gestützt. »Und das war ja auch nötig. Sie können nicht einfach das Bild unseres Führers herunternehmen und an die Wand stellen!« schrillt sie nach oben. »Ich kann diesen Kerl doch nicht immer anschauen«, fährt es aus meinem Vater heraus. Er verschwindet im Zimmer und knallt die Tür zu. »Das wird Konsequenzen haben«, ruft Frau Obermair die leere Treppe hinauf. Ich versuche so rasch wie möglich an ihr vorbei nach oben zu kommen, bevor sie noch weiterkeifen kann.

Im »Wohnzimmer« saß mein Vater auf der Couch, nach vorne gebeugt, das Gesicht mit seinen Händen bedeckt. Über ihm hing das Führerbild an der Wand, und der Führer richtete seinen starren Blick auf mich, wie ich es aus der Schule kannte. Ich setzte mich neben meinen Vater, wagte aber nicht, ihn zu berühren. Nach einer Weile nahm er die Hände vom Gesicht, stand auf, nahm das Bild herunter und hängte wieder das ebenso große, in Silber gerahmte Portrait meiner Mutter auf. Es zeigte sie im Halbprofil, den Kopf nach hinten geneigt, als ob sie ihrer dichten Haarmähne möglichst viel Freiraum geben und ihr Gesicht der Sonne zuwenden wollte. Draußen ging das erwartete Gewitter nieder. Wir schienen unendlich weit entfernt von unserer Münchner Wohnung zu sein, von ihrer Geräumigkeit, den vertrauten Möbeln. Würde das grüne Sofa die Bombenangriffe überstehen?

In dieser Nacht hörte ich heftiges Flüstern aus dem Nebenzimmer, dann das Weinen meiner Mutter, dann das Ächzen des Bettgestells. Der Donner grollte ermüdet zwischen den Bergen hin und her. Am nächsten Morgen schien wieder die Sonne. Ich ging zu den Kaninchen und hoffte, daß alles wieder gut sein würde. Da sehe ich den Postboten kommen. Kurz darauf läuft meine Mutter aus dem Haus und auf mich zu, umschlingt mich weinend, sucht Trost. Was sie sagt, erreicht mich nicht, was sie will, wehre ich ab. Da fährt ein unbekanntes Auto vor, zwei Männer mit scharfkrempigen Hüten in langen, festgegürteten

Mänteln steigen aus. Meine Mutter läuft ans Gartentor. Ich renne weg, verstecke mich hinter der Hecke und schaue durch ein Loch auf die Straße. Meine Mutter redet mit den Männern, gestikuliert heftig, zeigt Papiere vor. Nach einer Weile des Hin und Her steigen die Männer wieder ein und fahren weg.

Ich blieb hinter der Hecke sitzen, riß einen Zweig nach dem anderen ab, zog jeden durch die Finger, zerquetschte die Blätter in meiner Faust. Erst nach einer Weile ging ich wieder ins Haus. Meine Eltern saßen auf den schmalen Betten einander gegenüber. »Du siehst, wie gut es war, diese Tourneen zu machen«, sagte meine Mutter gerade. »Sie können schließlich nicht einfach den Mann einer Künstlerin von KdF abholen.« Ich wurde angewiesen, ins Nebenzimmer zu gehen, und versuchte dort, etwas von dem Gespräch der Eltern zu erhaschen. Sie sprachen im Flüsterton, wurden lauter, verfielen wieder ins Flüstern. Was ich ausmachen konnte war: »Anzeige wegen Führerschmähung«, – »in eine Geldstrafe umgewandelt«, – »ob die damit zufrieden sind?« Sie war wieder da, diese Angst vor dem am Boden kriechenden Gas. Konnten meine Eltern etwas dagegen tun? Mir schien, daß auch der Schlachtruf meiner Großmutter »Wenn Sie wüßten, wer ich bin!« hier wenig nützte.

Nun erhielt ich die Anweisung, unsere Vermieter nicht mehr zu grüßen. Dies verstieß gegen alles, was ich bisher über höflichen Umgang gelernt hatte, und war mir ziemlich peinlich. Uneins waren meine Eltern darüber, ob ich noch mit dem Adi spielen durfte. »Es sind doch Kinder«, meinte meine Mutter. »Ich wünsche diesen Umgang nicht mehr«, befand mein Vater. Von nun an blieb ich häufiger im Zimmer oder entfernte mich möglichst rasch vom Haus, am besten mit dem Fahrrad. Kein Besuch mehr bei den Kaninchen. Auch kein Suchen nach den ersten Falläpfeln unter den Obstbäumen.

Es herrschte eine Stimmung nervöser Angespanntheit, wie bei einer Föhnlage kurz vor dem Wettersturz. Mein Vater zuckte zusammen, wenn eine Tür geöffnet oder geschlossen wurde. Im Gesicht meiner Mutter wechselten sich Bedrückung und gespielte Heiterkeit ab. Dann sprach mein Vater ein klärendes Wort. Wir saßen abends auf dem Balkon und verzehrten einige Scheiben Brot mit einem Stück Wurst, das meine Mutter bei ihrem letzten Auftritt in einem Lazarett von einem Verehrer geschenkt bekommen hatte. Plötzlich sagte mein Vater: »Wir müssen hier weg.« Das hatte er auch schon in München gesagt. Aber wohin sollte es diesmal gehen? Gab es vielleicht Bekannte oder entfernte Verwandte im Tal, die uns aufnehmen konnten? Meine Großmutter wurde eingeschaltet.

Eine Woche später brachen wir mit den Rädern nach Kreuth auf, einem entfernten und höher gelegenen Dorf im Tal der Weißach. Über Waldwege entlang des Flusses ging es eine gute Stunde lang kräftig bergauf. Wir waren mit dem dortigen Ortsgruppenleiter der Partei, Sanitätsrat May, verabredet. Er war ein entfernter Verwandter von uns. Der zierliche ältere Herr hatte sowohl die Wohnungsbewirtschaftung wie die Lebensmittelkartenverteilung unter sich und wußte Rat. Er sparte aber auch nicht mit Ermahnungen: Mein Vater solle in Zukunft besser seinen Mund halten. Und meine Mutter wurde belehrt, daß eine deutsche Frau sich nicht schminke. Eine Schrecksekunde lang schämte ich mich für meine Eltern, da ich ahnte, daß von Onkel Sani viel abhing.

5.

Zuflucht im Jagdhaus

Das Jagdhaus der Gräfin Törring lag etwa drei Kilometer außerhalb von Kreuth auf einer kleinen Anhöhe am Waldrand. Es überblickte eine Windung des Tals und ein Stück Straße, ohne selbst sichtbar zu sein, und bot so einen strategisch günstigen Aussichtspunkt. Deshalb hieß es wohl »Auf der Schanz«. Von Fichten umstanden war es eine echte Zuflucht. Dabei war dieses Holzhaus von komfortabler Geräumigkeit. Unten wohnte die Gräfin, durch deren Vermittlung uns das Dachgeschoß zugewiesen worden war. Sie hatte es vorgezogen, unter dem Zwang der Wohnungsbewirtschaftung jemanden »aus ihren Kreisen« als Evakuierte aufzunehmen. Nach der Erfahrung bei Obermairs erschien uns die neue Behausung wie ein Palast: Die beiden Zimmer waren etwas größer und voneinander durch eine kleine Küche getrennt, in der es einen Wasserhahn und einen Spülstein gab. Außerdem verfügten wir über ein eigenes Klo.

Nun kam der Geheimplan meiner Mutter zum Tragen: Sie hatte hinter dem Rücken meines Vaters einige unserer Möbel aus München abtransportieren lassen und in Rottach bei den Wittgensteins in der Scheune unterstellen dürfen. Einige Stücke konnten wir nun hier unterbringen. Der zierliche Biedermeierschrank paßte so gerade unter die niedrige Holzdecke. Das grüne Sofa fand in dem größeren Zimmer Platz und nahm sich gegen die hellen, holzvertäfelten Wände gut aus. Es war fast wie zu Hause, wenn mein Vater dort saß und las oder seine Mittagsruhe hielt. Ich hatte mittlerweile das Alter erreicht, in dem Kinder mittags nicht mehr schlafen mußten.

In der Küche wurde der eiserne Herd zum Erhitzen von Wasser geschürt, das wir recht vornehm in großen schlanken Porzellankrügen in die Zimmer holten. Die Zugehörigkeit jedes Kruges zu seiner Waschschüssel zeigte sich in der Besonderheit seines Blumenmusters. Jedes Paar hatte seine eigene Girlande am oberen Rand. Nur die weißemaillierten, mit einem Deckel verschließbaren Eimer für das verbrauchte Wasser waren schmucklos, entsprechend ihrer niederen Funktion. Alles gehörte zum Inventar, repräsentierte Geschmack und überstieg deutlich unsere seit der Evakuierung stark herabgestuften Erwartungen an Komfort. Während der »kalten Jahreszeit«, die schon im Herbst begann und bis in den Frühling reichte, siedete auf dem Herd den ganzen Tag und bis in die Nacht hinein ein großer Kessel Wasser vor sich hin. Mein Schlafplatz war auf der Couch gegenüber dem Herd, und dieses heimelig summende Geräusch sang mich abends in den Schlaf und verstummte erst, wenn das Feuer im Laufe der Nacht langsam niederbrannte und ausging.

Das Machtspiel zwischen Wärme und Kälte war ein alles beherrschendes Erlebnis während mindestens acht Monaten des Jahres. Mitte Oktober fiel die Kälte schon mal probeweise nachts ein und zeigte sich am Morgen mit Rauhreif. Im November kämpfte die Kälte mit der Nässe und besiegte sie hin und wieder durch leicht hingeworfenen Schnee. Drinnen wurde bereits tüchtig eingeheizt. An Holz mangelte es nicht. Dann begann es zu schneien. Manchmal waren die kleinen Fenster, die aus dem Dach hinauslugten, am Morgen von einer Schneewand verschlossen. Ein eigenartig grauweißes Halbdunkel herrschte im Zimmer. Meine Mutter öffnete ein Fenster, Schnee stäubte herein. Mit einem Schrubber schob sie die Schneemassen Lage für Lage das Dach hinunter. Um alles frei zu bekommen, mußte sie sich am Ende bäuchlings auf die nicht allzu abschüssige Dachpartie legen. Mein Vater assistierte, indem er sie an den Beinen festhielt und Mahnungen zur Vorsicht aussprach. Sie wäre allerdings von dem weit nach unten gezogenen Dach nicht sehr tief gefallen und außerdem von den Schneemassen rundherum weich aufgefangen worden.

Ein Fenster nach dem anderen kam dran. Schließlich konnte man die Holzschindeln unter dem Schnee hervorkommen sehen. Die kristallklare frische Schneeluft wehte herein. Es war ohnehin kühl im Raum, denn während wir schliefen, ging das Feuer im Kachelofen meist aus. Morgens fühlte er sich nur noch lauwarm an. Während meine Eltern mit dem Freiräumen der Fenster beschäftigt waren, saß ich auf der Holzbank, die um den Ofen herumführte, und schmiegte mich an die grünen Kacheln. Immer mehr Schneehelligkeit fiel in die Stube und ließ den Tag beginnen. Dann richtete meine Mutter mit Spänen und Tannenzapfen das Feuer in der großen Höhlung des Ofens und zündete es unter vorsichtigem Blasen an. Mit Zeitungspapier wurde möglichst gespart, denn wir brauchten es vor allem fürs Klo. Wenn der kleine Haufen knisterte und loderte, wurde etwas von dem rasch brennenden Fichtenholz nachgeschoben, später die schweren Buchenscheite, die wirklich Hitze gaben. Es dauerte eine ganze Weile, bis der Ofen allmählich seine innere Wärme auszustrahlen begann, die sich zögernd bis in alle Ecken ausbreitete. Richtig gemütlich wurde es erst gegen Mittag. Aber dann blieb die Wärme verläßlich und sicher, während die dicken Buchenscheite im Innern dieses bauchigen Kachelturms vor sich hinglühten. Manchmal öffnete ich die Ofentür, um mich dessen zu vergewissern. Ich durfte auch selbst nachlegen, wenn ich wollte. An Tagen mit hohem Neuschnee wurde nicht erwartet, daß ich zur Schule ging.

Aus dieser Wärme hinaus in den knirschenden und stäubenden Schnee zu gehen war ein Vergnügen. Solange es seine zehn bis zwanzig Grad minus hatte, konnte man ihn locker und leicht mit der Schaufel handhaben. Auf Skiern versank man anfangs, aber wenn der Schnee sich erst etwas gesetzt hatte, war er gut zu begehen. Die Kälte wurde zuweilen durch einen Föhnsturm gebrochen, der die weiße Pracht so rasch aufleckte, daß man dabei zusehen konnte. Aber wenn der Föhn, der das schlechte Wetter auf der anderen Seite der Alpen wegdrückte, wie mir mein Vater erklärte, seine Kraft verlor und zusammenbrach, dann gab es mit Sicherheit wieder einen Schub Neuschnee. Es kamen immer neue Lagen hinzu, die im Wechsel der Temperaturen gefroren, antauten, wieder gefroren und schließlich verharschten. Das in der Sonne gleißende, pulvrige Weiß wandelte sich zu einem körnigen Mattweiß, auf dem Fichtennadeln und kleine Zweige eingefroren waren und Wildspuren kreuz und quer liefen.

Der täglich sich verändernde Schnee fühlte sich immer wieder anders an. Pulverschnee ließ sich mit einigem Kraftaufwand zusammenballen. Harsch piekte in den nackten Handflächen und bröselte zwischen den Fingern durch. Tauender Schnee ließ sich leicht zusammendrücken und schrumpfte im Nu zu einem lächerlichen Klümpchen unansehnlicher, wäßriger Masse. Die schönsten Kugeln konnte man aus einem drei Tage alten Schnee bei gleichbleibend geringen Minusgraden formen. Über die Außentemperaturen wußte ich anhand eines Thermometers Bescheid, das mein Vater aus München mitgebracht, auf dem Balkon von Obermairs installiert, beim Auszug wieder mitgenommen und am ersten Tag im Jagdhaus an den Fensterrahmen montiert hatte. Soweit ich zurückdenken konnte, hatten wir auch immer ein Barometer an der Wand, das von meinem Vater mehrmals am Tag beklopft und konsultiert wurde.

Das Wild litt unter der Kälte und scharrte vergeblich nach Nahrung unter dem gefrorenen Schnee. Gleich hinter dem Haus gab es eine Wildfütterung. Mehrmals in der Woche brachte der Jäger mit einem Schlitten Roßkastanien und Heu in die überdachten Futterraufen. Ich konnte vom Fenster aus sehen, wie Rehe und Hirsche sich dort versammelten. Sie waren um diese Zeit nicht so scheu. Im Schutz einer niedrigen Fichte kam ich ihnen näher. Sie drängten sich um die Futterstelle, tänzelten auf ihren schlanken, kräftigen Beinen umeinander, gaben einem Hirsch mit ausladendem Geweih den Vortritt. Immer wieder erhob er lauschend seinen Kopf und schien in die Ferne zu schauen. Ich kannte das unheimliche Röhren unsichtbarer Hirsche während der Brunftzeit. Nun hätte ich ihm so gerne in die Augen gesehen. Aber er würdigte mich hinter meinem Tannenversteck keines Blickes. Als ich ein wenig hervorlugte, machte er einen Satz zur Seite und entfernte sich mit ein paar wilden Sprüngen. Die anderen folgten ihm. Aber sie blieben nicht lange weg.

Zur Straße hinunter, die unter dem Haus vorbeiführte, bahnte ein alter, vom Forstamt für diesen Dienst abgestellter Holzknecht den Weg. Die Straße selbst wurde von einem Schneepflug freigehalten. Wann immer es Neuschnee gab, warteten wir mit Spannung auf dieses kräftige Ungetüm, das mit großem Getöse gebieterisch alles zur Seite schob und die Schneewälle zu beiden Seiten immer aufs neue aufhäufte. Sie reichten mir manchmal bis auf Augenhöhe. Auf dem Asphalt war der Schnee festgefahren, zeigte Spuren von Schneeketten und vereiste Stellen. Mit Skiern kam ich über diesen Weg am raschesten ins Dorf und zur Schule. Aufregender war der Waldweg durch den Tiefschnee. Meine Eltern besaßen keine Skier und mußten die halbe Stunde zu Fuß zum Einkaufen gehen. Für mich hatte die Gräfin ein altes Paar im Schuppen gefunden.

Mein Vater ging nur bei gutem Wetter hinaus. Er hustete viel und mußte sich schonen. Aber er schien doch etwas entspannter, seit wir in dem Jagdhaus Zuflucht gefunden hatten, holte einen Stoß Papier hervor und begann wieder zu schreiben. Regelmäßig hörte er durch das Plumeau gedämpft den Feindsender. Klassische Musik ließ er offen und laut aus dem Radio spielen. Es störte die Gräfin nicht. Während er auf dem grünen Sofa lag, hatte ich mir einen festen Platz unter dem Kachelofen gesucht. Wenn ich mich geschickt zusammenrollte, dann fand ich zwischen den Füßen des Ofens, massiven, hellbraun glasierten Löwenpranken, so halbwegs Platz. Wohlige Wärme umgab mich in dem schläfrigen Halbdunkel unter dem Vordach der Ofenbank. Die Pranken des Ofentiers hielten mich schützend umschlungen. Von oben fielen flirrend die Töne eines Mozartschen Violinkonzerts herab, zehrten in den Solopartien an mir, hüllten mich mit dem begleitenden Orchesterklang ein, machten mich traurig und selig zugleich. Meine vibrierende Rührung wurde aufgefangen durch die Geborgenheit in der Höhlung unter dem Ofen. Hier wußte ich mich sicher, erfuhr zum ersten Mal so etwas wie ein

Bei-mir-selbst-Sein. Seither konnte ich mich in Krisensituationen auf die Musik verlassen. Mein Vater sprach die Namen Mozart und Beethoven mit Ehrfurcht aus und benannte mir einzelne Musikstücke. Bezeichnungen wie Violinkonzert G-Dur, Klarinettenkonzert A-Dur, Beethovens Siebte klangen wie Beschwörungsformeln für den Bestand einer kleinen Innenwelt, umgeben von einer bedrohlichen Außenwelt.

Im Laufe des März brach die Kälte noch einige Male herein, wurde feucht und durchdringend. Sie lagerte nicht einfach vor dem Haus, sondern drang ein. Die Kachelofenwärme mußte sich anstrengen, um diese weinerliche Feuchte zu vertreiben. »Kranker« Schnee, wie die Einheimischen ihn nannten, fiel in großen schweren Flocken herab und machte alle Anstrengungen der vorangegangenen Frühlingswärme, den Schnee zum Abschmelzen zu bewegen, kurzzeitig wieder zunichte. Bis endlich doch der braune Boden und vergilbte Grasflächen zum Vorschein kamen. Die Asphaltstraße war schon länger schneefrei. »Es ist wieder aper«, riefen wir uns in der Schule fröhlich zu. Aber an den Waldrändern und im Straßengraben hielten sich schmutzigweiße Reste bis in den April. An den Berghängen versank das Weiß im Stahlblau der Fichten und zog sich auf den Wiesenzungen immer weiter nach oben zurück. Bis in den Mai hinein wurde geheizt.

Wenn eine milde Wärme allmählich die Oberhand gewann, begann ich bei meiner Mutter auf die Erlaubnis zu drängen, endlich Kniestrümpfe tragen zu dürfen. »Wenn Kniestrümpfe, dann aber dicke Strickjacke«, war die Auflage. Bei diesem Wetter galten Kniestrümpfe einfach als normal unter Kindern. Dicke Jacken waren lästig. Die Entscheidung fiel mir manchmal schwer. Aber meine Mutter war ängstlich, und ich neigte zu Erkältungen. War ich

»falsch angezogen« gewesen, dann traf mich die Schuld an meinem Husten. Für die Schule entschied ich mich für Kniestrümpfe, um wie die anderen Kinder zu sein. Wenn ich dann nachmittags durch den Wald streifte und zur Weißach hinunterging, bevorzugte ich die Alternative ohne Jacke und mit langen Wollstrümpfen. Sie waren allerdings durch Dornen und Gestrüpp gefährdet, konnten aber notfalls gestopft werden. Lange Hosen waren zu jener Zeit für Mädchen nur im strengsten Winter unter dem Rock zu tragen erlaubt.

Meine Streifzüge unternahm ich meist alleine. Die Weißach floß nicht weit von unserem Haus in Richtung Tegernsee. Der Name dieses kleinen Flusses leitet sich aus seinen hellen Steinen ab, während die Rottach, die den Tegernsee von einem anderen Tal her ansteuert, rötliche Steine hat. In dieser Region wird ein frisch vom Berg herabkommendes Flüßchen gerne als »Ache« bezeichnet. Auf unserer Höhe war die Weißach fast noch ein großer Bach, an manchen Stellen nur drei bis vier Meter breit. Hie und da führte ein Trampelpfad durch das Uferdickicht zum Wasser. Im Frühjahr während der Schneeschmelze strömte es heftig und reichlich zu Tale und war eisig kalt. Es war, als ob die Weißach eifrig dazu beitragen wollte, den Schnee möglichst rasch loszuwerden, und ihre Leistung mit deutlichem Rauschen kundtat. In dieser Zeit durfte man ihr nicht zu nahe treten.

Je länger und wärmer die Tage wurden, um so gelassener gab sich die Weißach. Nun konnte ich hindurchwaten oder flußaufwärts teils im Wasser, teils am steinigen Ufer ihren Lauf erkunden. An den engen Stellen, wo das Wasser zusammengedrängt wurde, mußte ich am Ufer entlang über glattgewaschene Felsbrocken klettern, da ich mich in dem reißenden Wasser kaum hätte halten können. Je weiter ich vordrang, um so enger wurde der Lauf, um so steiler die Ufer. Umgestürzte Bäume versperrten mir den Weg. Schließlich gab es kein sicheres Vorankommen mehr. Beglückt durch das Wissen um die Herkunft meines Flusses kehrte ich in den freundlicheren und leichter zugänglichen Teil der Weißach zurück.

Im Laufe des Sommers wurde mir der kleine Fluß vertraut. In der Nähe unseres Hauses kannte ich jede Biegung, jede Ausbuchtung, jeden größeren Felsbrocken, dem das Wasser ausweichen mußte, um dann um so rascher weiterzudrängen. Ich beobachtete Strömungen und wechselnde Wasserstände. Nach den plötzlich eintretenden und ebenso rasch wieder nachlassenden Gewitterhochwassern veränderte sich das Bild manchmal deutlich. Das Geröll hatte sich neu geordnet und die Strömungsmuster verändert, andere Steine waren hinzugekommen, kleinere Brocken an eine andere Stelle verschoben worden. Dieser ständige Wandel im Fluß des Wassers und im Gefüge der Steine war mir eine spannende Lektüre, zumal in dieser Zeit kaum Bücher zu haben waren.

Zeitweilige Beruhigung im Flußgeschehen gab es an heißen Sommertagen. Das Wasser floß dann einfach so vor sich hin. An ruhigen Stellen konnte ich das Gemisch von hellen und dunklen Steinen am Grund sehen, ihre Rundungen und Flecken leicht verschoben und entrückt durch die Brechung des Wassers. Libellen schwirrten darüber, standen plötzlich still mitten in der Luft, drehten ab und verschwanden. Eine Bachstelze stand wippend auf einem Stein, keck und immer bereit zum Abflug. Eine Kreuzotter, erkennbar an dem gelben Zeichen auf dem Kopf, schlängelte sich am Ufer entlang. Beklommen verhielt ich mich ganz ruhig, bis ich sie in sicherer Entfernung vermuten konnte. Auf einem besonders großen, vom Wasser umspülten und oben abgeflachten Felsbrocken konnte ich stundenlang sitzen. An schönen Tagen hatte er alle Sonnenwärme für mich gespeichert. Mein Körper sog sie auf, die Sonne schloß mir die Augen, und ich hörte nur noch das Rauschen des Wassers, das mit seiner Melodie den Stein umspielte und weiter über das Geröll talabwärts hüpfte. All das waren tägliche Offenbarungen für mich.

In größeren Vertiefungen des Flußbetts, die sich meist unterhalb einer Felsengruppe bildeten, konnte man zwei oder drei Schwimmzüge machen, wobei man mit dem Bauch den Kies am Boden berührte. Zu viel mehr hätte man bei der Kälte des Wassers ohnehin kaum Lust gehabt. In dem von mir »bewohnten« Flußabschnitt gab es besonders viele solcher »Gumpen«. Weiter unten, mit der Verbreiterung des Flußbetts zum Dorf hin, wurden sie seltener. Mit dem Gefühl, etwas bieten zu können, lud ich meine Schulkameradin Resi zum Schwimmen ein. Sie wohnte auf halbem Weg zwischen Dorf und Schanz. Wir trafen uns oft auf dem Weg zur Schule. Sie war klein und stämmig, hatte besonders dicke und lange Zöpfe und war auf dem Rad kaum einzuholen. Den besonderen Reiz von Gumpen wußte sie zu schätzen.

Spritzend und kreischend planschten wir herum, zitterten bald vor Kälte, wärmten uns am Ufer in der brennenden Julisonne wieder auf, kühlten uns erneut im Wasser ab, wateten kreuz und quer und bekamen natürlich schrecklichen Hunger. Resi hatte ein Schmalzbrot von zu Hause mitgebracht. Ihr Vater war Holzknecht und hatte gute Beziehungen zu den Bauern. Ich lief schnell im Badeanzug hinauf zur Schanz und erbettelte ein Extra-Marmeladebrot von meiner Mutter. Resi und ich teilten dann unsere Brote miteinander und ließen dabei die Füße im Wasser baumeln.

Natürlich liefen wir im Sommer meistens barfuß. Auch in der Schule war es durchaus üblich. Zur Kirche ging man allerdings sonntags in Schuhen. Ich hatte nach anfänglicher Empfindlichkeit an den Fußsohlen rasch die nötige Hornhaut entwickelt, konnte überallhin laufen und hatte die Fahrradpedale fest im Griff. Bei Regen mußte ich meine Holzklapperln anziehen oder mich in meine viel zu eng gewordenen Halbschuhe zwängen. Barfußlaufen gehörte nicht nur einfach zum Leben in der warmen Jahreszeit. Es half auch Schuhe zu sparen. Was nützte der schönste Bezugsschein für ein neues Paar, wenn es einfach keine gab! Ansonsten trug ich den ganzen Sommer mein Dirndl mit dem ausgewaschenen Blumenmuster und der grünen Schürze. Dabei rutschte der Bund des leicht gereihten Rockes immer höher, und meine Beine ragten allmählich unverhältnismäßig lang unter dem Rock hervor. Aber unanständig war es noch nicht. Unser modischer Ehrgeiz beschränkte sich auf »schön braun sein« und fand seinen Höhepunkt in einem neuen Paar Holzsandalen.

Resi kam nun öfters »zum Schwimmen«. Für uns war die Weißach die einzige Bademöglichkeit. Der Tegernsee lag für einen Nachmittagsausflug per Rad zu weit weg. Eine Zeitlang war es lustig, mit Resi im Wasser herumzutoben, am Ufer zu sitzen, die mitgebrachten Brote zu teilen und über allerhand zu reden. Aber dann wurde es mir plötzlich zu viel. Ich sehnte mich nach der von Ufer zu Ufer reichenden Ruhe, nach dem Gefühl der Leichtigkeit und Tiefe zugleich, das nur im Alleinsein mit meinem Fluß aufkommen konnte. »Heute kann ich nicht«, sagte ich eines Tages brüsk, als sie auf der Hälfte unseres Schulwegs zu ihrem Haus abzweigen mußte. »Warum nicht?« – »Es geht halt nicht.« Man konnte sehen, daß Resi enttäuscht war. »Pfüat di dann.« Ich radelte weiter und fühlte mich schlecht dabei. Zu Hause mußte ich erst Holz holen, essen und abspülen. Als ich dann endlich ans Wasser hinunterkam, stand die Sonne schon schräg. Die Fichten warfen Schatten, die Steine wirkten grau, das Wasser stand im Seichten fast still. Das besondere Gefühl wollte sich nicht einstellen. Mir kam plötzlich mein ödes Kinderzimmer im vierten Stock der Wohnung in München in den Sinn, das ich schon ganz vergessen hatte.

Am nächsten Tag fuhren wir wie üblich nach der Schule den Teil des gemeinsamen Wegs zusammen. An der Kreuzung stieg Resi vom Rad ab, sah mir gerade ins Gesicht und sagte: »Du gehst mit mir grad' nur, wenn du mi brauchn koast. Aber i bin net dein Dienstbot'. Pfüat di.« Sie schwang sich aufs Rad und fuhr davon. Erschrocken und hilflos blieb ich zurück.

Meine Mutter fragte, warum ich mich nicht mehr mit der Resi traf. Ich wollte darüber nicht reden, auch nicht daran denken. Es war mir peinlich, zumal ich die Stimme von Resis Mutter herausgehört zu haben glaubte. Ich ging nun nicht mehr so gerne hinunter zur Weißach, hob ab und zu einen Stein auf und trug ihn nach Hause. Gleichzeitig kümmerte ich mich wieder mehr um mein Eichhörnchen, das ich etwas vernachlässigt hatte, und fühlte mich wieder ganz gut. Das Alleinsein hier draußen war so viel besser als das Warten auf die Großmutter im Kinderzimmer.

Als ich einige Tage nach unserem Zerwürfnis durch die Weidenbüsche zum Fluß lief, hörte ich Stimmen, Planschen, das Aufklatschen von Steinen. Das war völlig neu. Beim Näherschleichen erkannte ich einige Buben aus dem Dorf. Zwei rangen in einer Gumpe miteinander und tauchten sich gegenseitig unter. Die anderen hatten ihre kurzen Lederhosen anbehalten, standen im Wasser und hantierten mit größeren Steinen. Sie bauten etwas und überschrien sich gegenseitig mit Anweisungen und Erfolgsmeldungen. Ihre Fahrräder lagen kreuz und quer am Ufer. Sie waren eigens hierhergekommen, obwohl die Buben sich sonst immer unterhalb des Dorfes in der Weißach tummelten. Ob die Resi unsere Gumpen an ihren Bruder verraten hatte? In der Schule sorgte der Herr Oberlehrer dafür, daß die Buben uns Mädchen in Ruhe ließen. Aber hier draußen konnte man nicht sicher sein. Meine Erfahrungen auf dem Schulweg in München ließen es mir kalt den Rücken hinunterlaufen, und ich trat unbemerkt den Rückzug an.

Trotz eines zeitweiligen Nieselregens ging ich gleich am nächsten Tag wieder hinunter. Niemand war zu sehen. Genau an der Stelle, wo ich mich am häufigsten aufhielt, ragte ein Damm aus großen Brocken mit kleineren Steinen, die einigermaßen verfugt waren, diagonal in das Flußbett. Er hielt tatsächlich das Wasser von der dahinterliegenden kleinen Bucht weitgehend ab. Widerwillig floß es in eine andere Richtung. In der Bucht erhob sich ein etwa ein Meter hoher Turm aus Steinen, von einem rostigen Kochtopfdeckel gekrönt und von einer kleinen Mauer umgeben. Mehrere Haufen von nicht verwendeten Steinen lagen herum. An einer Stelle war der Versuch gemacht worden, die Uferlinie mit einer Wasserrinne zu durchbrechen.

Nie hatte ich meine Weißach so radikal verändert gesehen. Die Wildwasser der Sommergewitter oder der Schneeschmelze waren zwar bösartig braun und schäumend, aber sie hielten sich doch an eine gewisse Ordnung. Dieser brutale Eingriff in das Geschiebe und Getriebe des Flusses, in seinen Lebenslauf, war mir unerträglich. Wütend sprang ich in das knöcheltiefe Wasser, ergriff Steine und warf sie weit weg oder wälzte schwerere zur Seite und versuchte ein Loch in den Damm zu reißen. Es gelang mir nur teilweise, das Wasser wieder in seine ursprünglichen Bahnen zu lenken. Ich war bald total ermüdet, meine Finger schmerzten. Ich stieß noch ein paar der oberen Steine vom Turm und warf den rostigen Deckel ins Gebüsch. Dann mußte ich aufgeben, setzte mich ans Ufer und weinte, ohne so recht zu wissen warum.

Der Sommer ging mit einer Plötzlichkeit in den Herbst über, wie es oft im Gebirge geschieht. Die Nächte wurden kalt, am Tag hatte die Sonne eine milde Helligkeit und keine Kraft mehr. Die Buben kamen kein zweites Mal. Sie hatten wohl das Interesse verloren. Ich verwandelte den Turm in einen Steinhaufen und riß noch weitere Löcher in den Damm. Das übrige besorgte das Hochwasser eines Wettersturzes, der nach einem Föhntag mit heftigem Regen den Beginn der kalten Jahreszeit ankündigte.

Man begann zu heizen. Den ganzen Sommer über hatte ich Tannenzapfen gesammelt, kannte die Plätze, wo besonders viele herunterfielen, und trug die Ausbeute in einem Leinensack nach Hause. Sie wurden in Holzkisten aufbewahrt, wo sie trockneten. Zuerst waren sie schlank und glatt. Dann öffnete sich ihr Schuppenkleid, und sie blähten sich zu ihrem doppelten Umfang auf. Der Geruch von Harz und Wald verbreitete sich. Die Zapfen waren reif zum Verfeuern. Fallholz war von den Behörden zum Sammeln freigegeben. So schleppte ich Zweige und Äste heran, brach sie in möglichst handliche Teile und stapelte diese an einer uns zugewiesenen Wand am Schuppen auf. Ich war stolz darauf, meine Eltern zu unterstützen, und es befriedigte mich, Vorsorge für den Winter zu treffen. Bald würde der Kachelofen getreulich seine Wärme ausstrahlen, und ich konnte wieder zwischen die Löwenpranken unter dem Ofen kriechen. Hoffentlich paßte ich noch hinein, denn ich war gewaltig gewachsen.

6.

Heilige Messe oder Geländespiel?

Der jahreszeitliche Wandel und die täglichen Veränderungen des Wetters prägten während unseres Exils auf der Schanz mein einzelgängerisches Leben und Erleben. Befreit von der beschaulichen Enge der Stadtwohnung genoß ich meine Streifzüge durch den Wald und am Fluß, ohne mich vor irgend etwas zu fürchten. Giftgas konnte sich hier nicht halten, und hämische Schulkinder drangen nicht bis hierher vor. Meine Eltern hatten offenbar keine Bedenken mehr, mich außer Haus zu lassen, solange ich vor Einbruch der Dunkelheit zurückkam. Und mir genügte es, sie als meinen Rückhalt zu Hause zu wissen. Meine Mutter war immer seltener und meist nur wenige Tage mit KdF im Umland unterwegs. Sie ging nicht mehr an die immer näher rückende Ostfront, sondern diente dem Endsieg an der Heimatfront. Mein Vater kränkelte und mußte sich schonen.

Mein vertrautes Revier um das Jagdhaus herum verließ ich nur, um zur Schule oder zur Kirche zu gehen. Das Dorf war eine gute halbe Wegstunde von der Schanz entfernt. Sein gotisches Kirchlein mit steilem Dach und spitzem Turm überblickte das Dorf von einem Hügel aus. Die Schule hatte ihren Platz ein Stück unterhalb der Kirche. Sie besaß nur zwei Klassenräume, einen für die Kleinen, die Lesen und Schreiben lernten, und einen für die Größeren. Zu ihnen konnte ich mich bereits zählen. Mit zehn Jahren wäre es eigentlich Zeit für den Besuch einer höheren Schule gewesen. Aber meine Eltern entschieden sich für die nahe gelegene Dorfschule, weil das nächste Gymnasium mehrere Busstunden entfernt war und ein Internat nicht in Frage kam. Das genügte mir als Begründung, auch wenn ich spürte, daß es noch andere Gründe gab.

Mein Schulweg führte leicht bergab über eine geteerte Straße oder wahlweise über einen Waldweg entlang des Flusses durch ein Stück des Tals. Im Winter mit Skiern und im Sommer auf dem Fahrrad ging es talabwärts fast von selbst. Der Heimweg war etwas anstrengender. Natürlich fuhr ich lieber mit dem Fahrrad, zumal meine Skier aus dem Schuppen der Gräfin ziemlich alt und verbogen waren und ich mir die Fortbewegung darauf mit nur mäßigem Erfolg selbst beigebracht hatte. Ganz zu schweigen von meinem unzureichenden Schuhwerk, mit dem ich immer wieder aus der Seilzugbindung herausrutschte und den Halt verlor. Auf mein eigenes Fahrrad hingegen konnte ich mich verlassen, damit fühlte ich mich sicher.

So benutzte ich es schon im Spätwinter, wenn es zu tauen begann, balancierte vorsichtig durch wäßrige Eisrillen und rutschte geschickt durch Schneematsch. Die leere Milchkanne baumelte am Lenker. Sie mußte gefüllt zurückgebracht werden. Auf halber Strecke sah ich die Resi vor sich hinstapfen. Sie durfte erst fahren, wenn's aper war. Hier, außerhalb meines sorgsam gehüteten Erlebnisraumes, verspürte ich keine Abneigung gegen sie und hätte mich gerne mit ihr versöhnt. Ich überholte sie, stieg ab und rief: »Grüaß di! Magst aufsitzen?« Dieses hier übliche

Freundschaftsangebot an solche, die aus irgendeinem Grunde zu Fuß unterwegs waren, hatte ich mir bereits angeeignet. Bei den derzeitigen Straßenbedingungen war es allerdings heldenhaft, zu zweit auf einem Fahrrad sitzen zu wollen, um nicht zu sagen utopisch. »Des geht doch net. Schau dir die Straßn an!« Mit einem brummigen Gesicht kam sie näher. »Dann nimm i dein' Ranzen auf dem Gepäckträger mit.« Ihr Gesicht hellte sich schließlich doch auf, und sie nahm mein Angebot an.

So mutig wäre ich vor einem halben Jahr noch nicht gewesen. Aber der Besitz eines Fahrrads und die leidliche Beherrschung des einheimischen Dialekts gaben mir eine gewisse Sicherheit. Zu Hause wurde Hochdeutsch gesprochen, von meinem Vater mit einem leichten Berliner und von meiner Mutter mit einem leichten bayerischen Akzent. Schon in der Volksschule von Rottach hatte ich begriffen, daß ich mir die einheimische Sprache aneignen mußte, um nicht als »Saupreiß« eingestuft und angefeindet zu werden. Die kehligen, vokal- und doppellautreichen Klänge waren mir schon von München her im Ohr, so daß mir zunächst eine etwas angestrengte Nachahmung, bald aber eine nahezu perfekte Anpassung gelang. Typische Redewendungen lernte ich aus den Situationen, in denen sie vorkamen. Was ich allerdings nie lernte, war das angestrengt artikulierende Vorlesen der Mädchen und Buben in der Dorfschule, die Mühe mit dem Schriftdeutsch hatten. Wenn ich etwas vortrug oder eine Frage des Lehrers beantwortete, dann klang das akzentfrei hochdeutsch. Alles andere hätte ich wohl als Verrat an der Welt der Bücher empfunden.

Mit zwei Schultaschen hinter mir auf dem Fahrrad und der Hoffnung, daß sich der Umgang mit Resi wieder einfädeln ließ, strampelte ich weiter. Ich kam frühzeitig vor

Schulbeginn an, legte Resis Schulranzen auf ihren Platz schräg hinter mir und packte meine Sachen aus. Unser Schulzimmer hatte drei Bankreihen mit je zehn Sitzplätzen. Buben und Mädchen saßen getrennt, aber eine Sitzordnung nach Leistung gab es nicht, schon eher nach Größe. Es verlief jedoch eine imaginäre Grenze zwischen der fünften und der sechsten Klasse, die gleichzeitig am Unterricht teilnahmen, aber oft unterschiedliche Aufgaben erhielten. Ein mächtiger eiserner Ofen in der Ecke neben dem Lehrerpult sorgte für Wärme. In der anderen Ecke hinter dem Pult hing ein Kreuz mit dem leidenden Christus. Von der gegenüberliegenden Wand hinter unserem Rücken blickte Hitler starr über uns hinweg zum Pult. So mußte ihm nur der Herr Oberlehrer ins Auge blicken. Unsere Mäntel oder Jacken hängten wir an der einen Längsseite des Zimmers an die Haken einer dafür vorgesehenen Holzleiste. Bei nassem Wetter dampften sie so vor sich hin, füllten den Raum allmählich mit einem warmen Dunst von feuchter Wolle, in den sich Schwaden von Körpermief und Kuhstall mischten. Die Fenster an der anderen Seite blieben meist geschlossen.

Wir wurden vom Herrn Oberlehrer unterrichtet. Außer ihm gab es noch eine junge Aushilfslehrerin für die Kleinen nebenan. Wenn er das Zimmer betrat, standen alle sofort auf und riefen in einem schlecht abgestimmten Chor: »Grüß Gott, Herr Oberlehrer!« Er war ein wuchtiger, aber keineswegs dicker, alter Mann, der seinen massigen, von spärlichem Haar bedeckten Kopf leicht gesenkt hielt, was ihn einerseits wie einen angreifenden Stier, andererseits unendlich traurig erscheinen ließ. In der Tat neigte er zu Jähzorn, aber seine kleinen braunen Augen waren im Grunde freundlich. »Grüß Gott. Setzt euch.« Die Stunde begann für die sechste Klasse mit dem Aufsatzthema »Almauftrieb« und für uns in der Fünften mit Kettenrechnen. »Drei und sieben, mal fünf, weniger vier, geteilt durch zwei ...« Alle waren mucksmäuschenstill und dachten mit. Langsam, mit kleinen Pausen zum Denken, sprach unser Lehrer. Es durfte nichts aufgeschrieben werden. Mir kam es vor, als ob ich mich an einem Seil über einen Abgrund hangelte. Kein Griff durfte falsch sein, nie durfte man loslassen. Ich mußte es schaffen. Mit einer kleinen Kunstpause beendete der Herr Oberlehrer die Rechenübung und gab dann das Ergebnis bekannt. Wieder einmal hatte ich es geschafft. Ich begann, die knisternde Atmosphäre der Konzentration während des Kopfrechnens zu lieben.

Dann waren Heftaufgaben dran, während die sechste Klasse unverdrossen an ihrem Aufsatz schrieb oder auch nur am Federhalter kaute. Resi gab mir einen Stups, und ich versuchte unauffällig nach hinten zu schauen. Sie machte eine hilflose Geste und sah mich fragend an. Ich war mir nicht sicher, ob ich sie abschreiben lassen sollte. Einerseits empfand ich mein Wissen als mein Eigentum und wollte es für mich behalten, als Faustpfand für mein Weiterkommen. Andererseits wollte ich wieder gut sein mit ihr. Auch galt es, dem kontrollierenden Blick des Herrn Oberlehrer zu entgehen. Als er schließlich zum Fenster ging und für eine Weile wie abwesend nach draußen starrte, schob ich rasch mein Heft in Sichtweite von Resi. Hoffentlich war sie schnell genug, meine Rechenergebnisse zu erfassen. Ob sie alle richtig waren, konnte ich natürlich nicht garantieren.

Während der Pause auf dem Schulhof stand ich in einer Gruppe von Mädchen, hörte aufmerksam auf ihr Reden und ließ mir den Klang der bayerischen Doppelvokale ins Ohr gehen. Mein dürftig bestrichenes Schulbrot hatte ich schon gierig aufgegessen, als Resi zu uns stieß. Sie hatte ein Schmalzbrot, das von einem umfangreichen runden Laib mit einer fast schwarzen Kruste stammte. »Magst mal beißen?« Sie streckte mir das Brot großzügig hin, und ich ließ mich nicht zweimal bitten.

Die Pausenzeit wurde locker gehandhabt und endete immer dann, wenn der Herr Oberlehrer mit seiner Brotzeit fertig war, die er in seinem Haus nebenan einnahm. Man konnte ihn dann durch seinen an den Schulhof angrenzenden Garten kommen sehen. Die Frau Oberlehrer, eine kleine rundliche Frau mit Küchenschürze, stand in der Tür und winkte. Bevor wir ins Schulhaus gingen, rekrutierte er einige Buben zum Holztragen, damit der Vorrat neben unserem Ofen nicht ausging. Im Sommer wurden wir manchmal zum Unkrautzupfen in den Garten der Frau Oberlehrer beordert, wo wir zugleich Naturkundeunterricht mit lebendigem Anschauungsmaterial erhielten. Dieses umfaßte nicht nur den Garten, den Kaninchenstall und den Hühnerhof, sondern auch die umliegenden Wiesen und Berge.

Heute fand für beide Klassen gemeinsam Naturkunde drinnen statt. Tafelbilder mit Pflanzen und Tieren wurden entrollt und aufgehängt. Der Herr Oberlehrer legte Wert darauf, daß wir die Alpenblumen beim Namen kannten, über den Wildbestand Bescheid wußten und immer die nötige Ausrüstung zum Berggehen mitnahmen: In den Rucksack gehörten zu jeder Jahreszeit ein Wetterschutz, Mütze, Schal, Handschuhe oder zumindest Pulswärmer, Streichhölzer, Bindfaden und ein Taschenmesser sowie Proviant. Feste Schuhe waren eine Selbstverständlichkeit. Man sollte für jeden Wettersturz gerüstet sein. Das leuchtete mir ein. Ich beschloß, mich immer daran zu halten. Außerdem empfahl der Herr Oberlehrer das Berggehen als Medizin gegen Erkältung und Grippe und erzählte, daß er in einem solchen Fall einfach den Wallberg hinaufging, kräftig schwitzte und am nächsten Tag gesund war. Eine solche Kur würden meine Eltern wohl nicht erlauben.

Nacheinander wurden einige von uns nach vorne gerufen, um mit dem langen, hölzernen Zeigestab auf Abbildungen von genannten Pflanzen und Tieren auf einer Schautafel zu deuten. Es entstand Unruhe, ein Bub mit einem schwarzen Lockenkopf, dem keine Schere so recht beikommen konnte, glaubte sich unbeobachtet und warf eine Papierkugel nach hinten. Er hätte besser mit dem scharfen Blick des Herrn Oberlehrer rechnen sollen. Wütend stürzte dieser sich auf den Missetäter, schob mit sicherem Griff drei Finger vorne in dessen Hemdkragen, drückte ihm mit dem Daumen das Kinn zurück, zog ihn hoch, schüttelte ihn wie ein Kaninchen und sagte mit eindringlich tiefer Stimme: »Du Lausbua! Laß di' ja nimma derwischen!«

Das alles sah schlimmer aus, als es war. Wir kannten die Art, wie der Herr Oberlehrer sich Respekt zu verschaffen wußte. Im äußersten Falle wurde der Bub gegen die Tür geschleudert, daß das Holz krachte. Bei den Mädchen blieb es meist bei der Androhung einer Watschen. Der Rohrstock in der Ecke unter dem leidenden Christus hatte wohl nur symbolische Bedeutung. Er war noch nie zum Einsatz gekommen, seit ich die Dorfschule besuchte. Anfangs fürchtete ich mich ein wenig, aber bald merkte ich, daß das Grollen des alten Mannes nicht so bös gemeint war. Auch hieß es, er sei erst so geworden, seit seine zwei Söhne im Krieg geblieben waren.

Nach Schulschluß fuhr ich mit einigen anderen zum nahegelegenen Kirchner Hof zum Milchholen. Die Milch wurde mit einem zylinderförmigen Halblitermaß an einem langen Griff aus einem großen Kübel geschöpft und war noch kuhwarm. Ein Schluck aus der eigenen Milchkanne schmeckte köstlich. Bevor wir die Kannen sorgfältig mit dem Deckel verschlossen, übten wir uns in einem waghalsigen Wettstreit: Es galt, die offene Milchkanne mit festem Griff und sehr viel Schwung so lange wie möglich kreisförmig am ausgestreckten Arm durch die Luft zu schleudern, ohne dabei einen Tropfen zu verlieren. Falls es nicht gelang, konnte man am Hof noch einmal nachfassen. Nach anfänglichem Zögern machte ich mit, lernte rasch, das nötige Tempo vorzulegen, gewann zwar nie, hatte mir aber wieder ein Stück Zugehörigkeit erarbeitet.

Die Evakuierung aufs Land hatte sich für mich zum Guten gewendet. Sie hatte mir größere Freiheiten gebracht, und das Problem mit den Proletenkindern schien sich von selbst erledigt zu haben. Solange ich mein Rückzugsgebiet im Wald und am Fluß hatte, wagte ich mich nun auch unter Gleichaltrige.

Eine Zeitlang nahm ich am Kirchenchor der Kinder teil. Dabei hatten es mir die »Hauchbildchen« besonders angetan, jene postkartengroßen, durchsichtigen Bilder, Blaupausen von Heiligengestalten, die sich durch Anhauchen regten und so ihre spirituelle Kraft zeigten. Nach jedem Singen verteilte der Herr Kaplan einige solcher Bilder. Ich hatte sie eigentlich gar nicht verdient, denn ich traf die Töne nicht sehr gut und stand in der hintersten Reihe bei den »Brummern«. Resi hingegen sang klar und rein in der ersten Reihe. Es tat unserer Freundschaft keinen Abbruch. Als der Vorrat an Hauchbildern verbraucht war und nur noch die üblichen Heiligenbilder in heftig bunten Farben und mit Goldrand zur Verfügung standen, verabschiedete ich mich im Einverständnis mit dem Herrn Kaplan aus dem Chor.

Vielleicht war er froh, mich los zu sein. Er ermunterte mich jedoch, jeden Sonntag in die Heilige Messe zu kommen. Seit dem Empfang der Kommunion gehörte ich schließlich dazu. Ich ging gerne zur Messe, saß oder kniete in der von Generationen blankgewetzten Kirchenbank und folgte dem Geschehen am Altar. Die Dramaturgie war mir in groben Zügen geläufig, ohne daß ich den lateinischen Wechselgesang verstehen konnte. Die Steigerung bis zum Höhepunkt der Wandlung, das anrührende Agnus Dei, Chorgesang und Orgelspiel von der Empore, der süßliche Weihrauchduft, all das versetzte mich in einen angenehmen Zustand des sich Verlierens und Wiederfindens. Dabei versenkte ich mich in den Anblick der gemalten Blumengirlanden des Rippengewölbes oder den Goldglanz des Tabernakels. Oft ließ ich meinen Blick von einer Heiligenfigur zur nächsten wandern: der Heilige Lorenz mit dem Rost, auf dem er gemartert worden war; der Heilige Florian, der ein Wasserschaff über die holzgeschnitzten Flammen eines brennenden Hauses ausgoß; die Heilige Katharina, die linke Hand auf ihr Märtyrerwerkzeug gestützt, ein großes Speichenrad. Dazu konnte ich mir spannende Geschichten ausdenken. Dabei verpaßte ich manchmal fast den Einsatz zum Aufstehen oder Niederknien. Zur Beichte und zur Kommunion ging ich selten. Wir wurden auch nicht besonders gedrängt. Und im übrigen vermied ich durch den regelmäßigen Kirchgang eine Todsünde.

Dann brachte mich Resi in einen Konflikt. Sie war seit einiger Zeit nicht mehr zur Heiligen Messe gekommen. An einem Sonntagmorgen im Sommer überholte sie mich mit dem Rad auf meinem Weg ins Dorf. Ich erkannte sie fast nicht wieder und rief ihr nach, sie solle mal absteigen. Ich wollte sie genauer betrachten. Anstelle ihres Sonntagsdirndls trug sie eine weiße Bluse und ein hellbraunes Tuch um den Hals, das vorne mit einem aus schmalen Lederriemen kreuzweise geflochtenen Ring zusammengehalten wurde. Dazu einen blauen Faltenrock, weiße Kniestrümpfe und ihre schwarzen Sonntagsschuhe. »Ich bin jetzt bei den Jungmädeln«, erklärte sie stolz. »Wo fahrst jetzt hin?« In so einem Aufzug konnte sie wohl kaum in die Kirche gehen. »Zum Fahnenappell und zum Geländespiel an der Weißach.« Fahnenappell kannte ich von der Volksschule in München her, wo mir immer der rechte Arm vom langen Hochstrecken weh getan hatte. Aber Geländespiel? »So wie Versteckspielen zu vielen.« Ich versuchte es mir vorzustellen. »Aber des kannst' doch net in dem Gwand!« Resi verwies auf den schwarzen Sack mit Turnsachen auf ihrem Gepäckträger. Wir hatten nur selten Turnen. Es fand auf einer Wiese neben dem Schulhaus statt. Die Junglehrerin ließ uns auf Kommando Kniebeugen und Liegestütz machen oder im Kreis laufen. Geländespiel klang viel spannender. »Komm halt mal mit. I muaß weiter. Pfüat di.« Sie stieg aufs Rad und sauste davon. Mich überfiel wieder das alte Gefühl des Ausgeschlossenseins, dieses grundlose Verharren im Trüben, und ich fühlte mich wie gelähmt.

Ich hatte gelegentlich vom BDM, dem Bund Deutscher Mädel, und von der Hitlerjugend gehört. Der Adi war beim Jungvolk gewesen. Man mußte beitreten und sich die Uniform besorgen. Es hatte mich nie besonders interessiert. Aber da nun die Resi dabei war, wollte ich es auch. Außerdem träumte ich von diesem Lederknoten, so knapp und bündig, so griffig und weich. Mein Vater war nicht begeistert von der Idee. »Wir haben kein Geld für so etwas.« – »Eine weiße Bluse hätte ich schon.« Mein Vater besann sich: »Und wann willst du dann in die Kirche gehen?« Er hatte mich nie besonders ermuntert, die Messe zu besuchen. Jetzt schien ihm das plötzlich wichtig zu sein. Irgend etwas war hier faul. Meine Mutter schaltete sich ein und sagte begütigend: »Laß sie doch.«

Mit dem heimlich von meiner Mutter zugesteckten Geld besorgte ich mir Knoten und Halstuch und meldete mich an. Den passenden Rock erließ man mir. Ich wollte auch nur mal sehen, wie es bei den Jungmädeln zuging. Resi nahm mich zu dem Treffpunkt weit außerhalb des Dorfes mit. Von den Mädchen und Buben kannte ich nur wenige. Die meisten waren aus anderen umliegenden Ortschaften gekommen. In ihrer Uniform waren sie außerdem schwer voneinander zu unterscheiden, wirkten fast wie eine Horde von Zwillingen. So hielt ich mich an Resi. Zum Fahnenappell mußten wir uns in einem Quadrat aufstellen und schnurgerade ausrichten. Einige der Älteren marschierten zur Mitte, machten zackige Wendungen, standen stramm vor dem Fahnenmast. Einer zog ruckartig die Fahne hoch. Die Mechanik der Bewegungen war der des Jesuskindes im Glaskasten nicht ganz unähnlich, aber es fehlte der Charme des Wunderbaren. Nur das Singen des Deutschlandliedes bewegte mich immer aufs neue. Die Melodie hatte ich schon zu Hause gehört.

Danach Abmarsch. Wir Jungmädel marschierten auf dem Waldweg entlang der Weißach. Die Buben marschierten am anderen Ufer. Sie sangen: »Hört ihr die Trommel schlagen.« Wir konnten den Trommelschlag ihres Anführers hören. Anfangs fiel es mir schwer, Gleichschritt zu halten. Ich wurde von der Scharführerin freundlich ermahnt, Tritt zu fassen. Leichter wurde es, als auch wir ein Lied anstimmten. »Die Fahne hoch, die Reihen fest geschlossen ...« Der schmale Weg hielt unsere bescheidene Zweierreihe ohnehin fest zusammen. Ich achtete nicht mehr auf den Text und überließ mich dem Marschrhythmus, den ich schon immer gern gehabt hatte. Resi konnte ich ein paar Reihen vor mir im Gewoge der Mädchenköpfe erkennen. Ihre helle Stimme führte unseren Gesang an.

Der eigentliche Höhepunkt war das Geländespiel, zu dem wir uns umzogen: schwarze kurze Turnhose, weißes Trägerhemd. Wir wurden recht willkürlich in zwei Gruppen aufgeteilt. Wie Resi plötzlich in die andere Gruppe geriet, wußte ich nicht. Wir sollten uns hinter Buschwerk und Bäumen verstecken. Wir waren nun Feinde, sollten uns unbemerkt anschleichen und Gelände erobern, indem wir die feindlichen Linien durchbrachen und uns nicht fangen ließen. Wer vom Feind gefangengenommen wurde, durfte nicht mehr weiterspielen.

Ich ducke mich, springe auf und renne zum nächsten Baum, werfe mich hin. In einigen Metern Entfernung neben mir tut es ein Mädchen mir gleich. Weiter drüben läuft eines im Zickzack zwischen den Bäumen durch. Der Wald lichtet sich, ich krieche über Gras, durch Heidekraut und Laubwerk, überquere eine Lichtung, ducke mich wieder, robbe zum nächsten Busch. Ziemlich außer Atem bleibe ich dort eine Weile sitzen, atme den Duft des Bodens ein, höre einen Specht hämmern. Da sehe ich drei Mädchen von der Seite auf meinen Busch zulaufen. Freund oder Feind? Versteckt bleiben oder weiterlaufen? Ich kauere mich unter ausladende Äste, warte. Zwei von ihnen biegen in eine andere Richtung ab. Die Dritte läuft direkt auf meinen Busch zu. Da erkenne ich, daß es die Resi ist. Soll ich sie gefangennehmen, oder wird sie mich ...? Was soll ich tun? Im Zweifel versteckt bleiben. Ich höre meinen rasenden Herzschlag, spüre, wie der Schweiß meinen Nacken hinunterrinnt. Sie läuft weiter, an mir vorbei. Nun arbeite ich mich wieder voran. Es dauert eine Weile, bis ich unsere

Gruppe gefunden habe. Ich bin außer Atem. Meine Arme und Beine sind zerkratzt, ich schmecke Salz auf meiner Oberlippe.

Nach langwierigem Abzählen stellte sich heraus, daß unsere Gruppe einen Gefangenen weniger gemacht hatte als die andere. Wir hatten verloren. Das nächste Mal sollten wir uns mehr anstrengen. Wir mußten noch eine Stunde marschieren, bis wir unsere Fahrräder erreichten.

Nun stellte sich ernsthaft die Frage: Geländespiel oder Heilige Messe? Ich wollte weder auf das Triumphgefühl totaler körperlicher Anstrengung noch auf die Entrückung in der Dorfkirche verzichten. Bei den Jungmädeln hatte ich einen Fehler gut zu machen, wollte ich zum Sieg meiner Gruppe beitragen. Wenn ich jedoch nicht regelmäßig die Sonntagsmesse besuchte, dann beging ich eine Todsünde und mußte zur Beichte gehen. Der Druck, mich entscheiden zu müssen, saß mir wie ein dicker Kloß im Hals. Und soviel ich auch schluckte, er ging nicht weg. Heißes Kartoffelpüree wäre mir lieber gewesen. Mit Resi konnte ich darüber nicht reden, denn sie hatte sich bereits entschieden. Auch die Meinung meines Vaters stand fest. Und dann gab es den Herr Kaplan auf der einen, die Scharführerin auf der anderen Seite. Den Herrn Oberlehrer zu fragen verbot sich. Es war eine Sache des Taktgefühls. Nachdem ich die ganze Woche mit einem verschlossenen und mürrischen Gesicht herumgelaufen war, wollte meine Mutter wissen, ob sie die weiße Bluse mit den kurzen Ärmeln oder die Dirndlbluse mit den Puffärmeln waschen sollte. Da brach das Elend aus mir heraus. Meine Mutter legte tröstend einen Arm um meine Schultern. Plötzlich lachte sie: »Es ist doch ganz einfach: einen Sonntag gehst du in die Kirche, den anderen zum Geländespiel.«

Das schien eine gute, versöhnliche Lösung zu sein. Sich

bescheiden zu müssen und dabei vom einem wie vom anderen etwas zu haben prägte sich mir als Erfahrung ein. Einigermaßen erleichtert wechselte ich Woche für Woche zwischen Dorfkirche und Weißachauen. Resi achtete nun darauf, mit mir in eine Gruppe zu kommen, und manchmal schwänzte sie sogar den BDM und ging mit mir in die Kirche. Aber beide Veranstaltungen, mit der unermüdlichen Wiederholung ihrer Riten, verloren für mich allmählich ihren Reiz. Immer öfter hielt ich mich wieder alleine an der Weißach auf.

7.

Ausflug zur Katzengräfin

In der Abgeschiedenheit des Jagdhauses lebten meine Eltern möglichst unauffällig und äußerst zurückgezogen. Es war wie beim Verstecksspielen, wenn man beschwörend und mit geschlossenen Augen rief: »Vorder meiner, hinter meiner, rechts, links guit's net (gilt es nicht)«, um die anderen auf Distanz zu halten, damit sie nicht unversehens dicht neben einem abschlagen konnten, bevor man selbst eine Chance bekam. Meine Großmutter kam nur selten zu Besuch, weil sie den weiten Weg per Bus und zu Fuß scheute. Sonst kam niemand.

Mit der Gräfin Törring ergab sich schon mal ein kurzes Gespräch auf der Treppe oder vor dem Haus. Sie redete meinen Vater einfach mit »Würzbach« an, eine eigenartige Mischung aus Intimität und Distanz. Ihr verdankten wir den Unterschlupf und das geschmackvolle Waschgeschirr. Es galt, möglichst rücksichtsvoll zu sein und wenig Lärm zu machen. Für mich war das kein Problem, denn ich war es gewohnt, immer leise zu sein, wenn der Vater schlief oder arbeitete. Ich versuchte allerdings, unserer Hausherrin möglichst auszuweichen. Der Grund war eine Anweisung meiner Großmutter, die von meinen Eltern allerdings nur sehr lax unterstützt wurde: Ich sollte die Gräfin Törring in der dritten Person anreden, weil sie als Schwester von Herzog Ludwig Wilhelm, dem Stammhalter des ehemaligen Königshauses, eine königliche Hoheit sei.

Ich probte heimlich: »Guten Morgen, Hoheit. Haben Hoheit gut geschlafen? Würden Hoheit mir erlauben, die Schaufel kurz auszuleihen?« Ich hatte immer Angst, mich dabei zu verhaspeln. Groß und aufrecht, stets in dunkelbrauner Lodenkleidung und mit ihrem wetterfesten, oben spitz zulaufenden braunen Filzhut mit schmaler Krempe, die elegantere Version des einheimischen Seppelhuts, erschien sie mir wie Rübezahl. Sie hatte ein wettergegerbtes Gesicht und war meist kurz angebunden, aber freundlich zu mir. Ich vermied eine direkte Anrede und längere Sätze. Glücklicherweise reichte sie mir nie die Hand, so daß der Handkuß, der immer noch in der Erinnerung meiner frühen Kindheit herumgeisterte, nicht zur Diskussion stand.

Leichter war es mit der Gräfin Isenburg. Sie lebte zwei Fußwegstunden entfernt in Richtung österreichischer Grenze, wo sich Fuchs und Hase gute Nacht sagten. In einem unheimlichen Tempo sah man sie ein- bis zweimal die Woche auf der Straße vorbeimarschieren. Sie war ähnlich gekleidet wie unsere Hausherrin, aber zierlicher von Gestalt. Wenn sie einem von uns begegnete, drehte sie sich im Weitergehen rasch herum, so daß ihr Lodenumhang fast ein Rad schlug, gestikulierte, rief Begrüßungsworte und fragte nach unserem Befinden. Sie hatte eine wunderbar tiefe Stimme, und ihr Gesicht war wie feines, um die Augen elegant gefälteltes, braunes Leder. Sie war so gut zu Fuß wie keiner von uns. Im ganzen Tal war sie bekannt als die »Katzengräfin«, weil sie alle zum Ertränktwerden verurteilten Katzenkinder in der Umgegend vor ihrem frühen Tod bewahrte und zu sich nahm. Die Angaben über die

Anzahl der Katzen in ihrem winzigen Blockhaus schwankten zwischen zehn und zwanzig. Natürlich wollte ich wahnsinnig gerne all diese Katzen sehen und drängte darauf, der von der Gräfin gegenüber meinem Vater ausgesprochenen Einladung bald zu folgen.

So machten wir uns an einem Frühsommertag mit den Fahrrädern auf den Weg. Es ging stetig bergauf, und wir mußten ganz schön in die Pedale treten. Zeitweilig stieg mein Vater ab und schob. Meine Mutter kam gerade noch voran. Für mich gab es kein Absteigen, und wenn ich senkrecht in den Pedalen stehen mußte. Die Straße wand sich durch das Tal, in dem die Berge manchmal auf beiden Seiten zusammenrückten, dann wieder etwas zurückwichen und Wiesenstücken Platz machten. Einzelne kleine Fichten klammerten sich an den steilen Berghängen neben hellgrauen Geröllabbrüchen und Felsvorsprüngen fest.

Während ich in dem unteren, breiteren und waldreichen Teil des Tals zwischen Schanz und Dorf jede Fichtengruppe und jeden Felsen genau kannte, war hier alles neu und aufregend für mich. Die Berge rückten zusammen. Die Landschaft wurde immer wilder. Durch die mittäglich angewärmte Luft zogen nun häufiger Fetzen von frischer Kühle. Die Straße wurde schmaler, Frostrisse und Schlaglöcher nahmen zu. Ich umfuhr sie spielerisch in großen Kurven. Nur selten erschien ein Auto. An einigen Stellen konnte man in eine Schlucht hinunterschauen, wo die Weißach, hier nur ein Bächlein, über Steinbrocken talwärts schäumte. Anfangs waren wir noch an der einen oder anderen verwitterten Holzhütte vorbeigekommen. Einmal weideten ein paar Jungkühe auf einem eingezäunten Wiesenstück. Die unterschiedlichen Klänge ihrer Glocken mischten sich zu einem Geläut, das uns eine Weile begleitete. Dann wurde es immer einsamer.

Ein Drang nach Abenteuer trieb mich voran, hob mich aus dem Sattel, hielt mich keuchend über den Lenker gebeugt. Ich hätte gerne die Grenze erreicht. Nicht weit dahinter lag auch die Wasserscheide. Beides konnte ich mir nicht so recht vorstellen. Aber ganz so weit würden wir heute nicht fahren. Mein Vater fand, er schulde mir wenigstens eine Beschreibung, und sprach von einem weißblauen Schlagbaum und einem Wächterhäuschen. Das klang wenig aufregend. Und eine Wasserscheide war eben die Trennungslinie der Einzugsgebiete von Gewässern. Soviel wußte ich schon aus der Schule. Wir näherten uns der Hütte der Katzengräfin, die über uns am Hang lag, wo der Wald begann. Jetzt wurde es spannend.

Ein steiler Pfad führte hinauf zu einem Hexenhäuschen, das in Stapel von sauber geschichteten Holzscheiten eingehüllt war. Vorne auf der Sonnenseite ragte eine Holzveranda auf Stelzen über den Abhang. Zwei Bernhardiner, fast so groß wie Kälber, erhoben sich bedächtig, kamen uns gemessenen Schrittes entgegen, sahen uns mit ihren kleinen Triefaugen an und bewegten ihre Schwänze zum Zeichen ihres Wohlwollens gelassen hin und her. Beim Näherkommen konnte man hinter den Glasscheiben der kleinen Fenster mehrere Katzen erkennen. Sie saßen auf den Fensterbrettern und schauten wie erwartungsvolle Kinder hinaus. Andere spielten auf der Veranda, balancierten auf dem Geländer, sonnten sich, liefen uns entgegen. Es wimmelte von Katzen. Sie hatten hier eindeutig das Sagen. Die Gräfin erschien in der Tür und ließ eine von ihrer Schulter gleiten, um uns mit Handschlag zu begrüßen. Ihre tiefe Stimme klang erdnah und verläßlich. Sie erschien mir wie eine Begleitmelodie zu dem wundervollen Geläute der Kuhglokken, das ich noch im Ohr hatte.

An das Halbdunkel in der Hütte müssen sich die Augen erst gewöhnen. Dann sehen wir die Katzen auf den Fensterbrettern, auf der Ofenbank, unterm Tisch, durch die halboffene Tür im Nebenzimmer. Sogleich werden uns einige vorgestellt. Der fuchsige Riesenkater auf dem Kachelofen ist der Fürst Hohenlohe. Die weiße Angorakatze mit dem schwarzen Fleck zwischen den Augen, die sich auf der Anrichte putzt, kann nur Lola Montez sein. Frau von Levetzow schlabbert gerade Milch aus einem Napf. Und ein etwas altersschwacher getigerter Kater hört auf den Namen Prinzregent Luitpold. Die schwarz-weiß gestreifte Gräfin von der Tann macht einen Buckel. Wir erfahren auch, daß Ludwig II. gerade verstorben und hinter dem Haus beerdigt worden ist. Der Graf Montgelas ist abgängig und streunt vermutlich durch den Wald. Während die Gräfin uns ihre adlige Katzengesellschaft vorführt, hat sie Lachfalten um die Augen und die Unterlippe spitzbübisch vorgeschoben. Ich muß plötzlich an das Kasperletheater meiner Großmutter denken. Im Nebenzimmer liegt Maria Theresia in einem Korb der Länge nach ausgestreckt. Vier graue Winzlinge krabbeln unbeholfen auf ihrem Bauch herum. Mein Entzücken kennt keine Grenzen.

Zum Tee sitzen wir um einen massiven, viereckigen Bauerntisch. Die Gräfin stellt Tassen und Teller aus dem mir von zu Hause vertrauten Nymphenburger Service, weiß mit einer zierlichen Reihe kleiner Noppen um den Tellerrand, ohne Umstände einfach auf die blanke Holzplatte, deren Kerben und Flecken von langem Gebrauch zeugen. Auch das Geschirr hat schon sein Alter. Hier ein kleiner Haarriß, dort ein schadhafter Henkel, die Zuckerdose barhäuptig, doch das spielt weiter keine Rolle. Die Gräfin gießt echten schwarzen Tee auf, den sie aus einer »Quelle« hat, und serviert zu handlichen *petits fours* geschnittenes Schwarzbrot, das tatsächlich mit echter Butter und echtem Honig bestrichen ist.

Unsere Gastgeberin hatte gute Beziehungen zu den meisten Bauern unten im Tal. Unsere eigene Butterzuteilung betrug ein achtel Pfund pro Kopf und Nase im Monat. Ab und an wurde etwas Butter sorgfältig geschabt ganz dünn auf eine dicke Brotscheibe aufgetragen. Mein Traum war ein richtiges Butterbrot, das hauptsächlich nach Butter schmeckte, sahnig frisch. Der wurde nie erfüllt, aber manchmal fielen die Scheiben dünner aus, so daß der Aufstrich eine Chance hatte. Ein solches Brot nannte mein Vater dann den »Buttertod« und überließ es mir großzügig. Ansonsten gab es – selten genug – Kunsthonig: eine harte, weißliche Masse, in Form von Würfeln, ähnlich den Margarinewürfeln. Ihr Geschmack war von einer faden Süßlichkeit.

Schön aufrecht sitze ich am Tisch. Durch einen mahnenden Blick meines Vaters an meine guten Manieren erinnert, greife ich nur zu, wenn mir angeboten wird. Aber die Gräfin ahnt wohl meinen inneren Kampf zwischen Anstand und Gier und meint, ich solle mir doch immer gleich zwei Stückchen nehmen, ich sei doch sicherlich hungrig nach dem langen Weg. Dieser Begründung hätte es nicht bedurft, denn ich bin fast immer hungrig. Ich kann mich allerdings dem Genuß der Honigbrotstückchen nicht völlig hingeben, denn die Katzen beanspruchen ebensosehr meine Aufmerksamkeit. Sie jagen einander am Boden, spielen mit einem Wollknäuel Katz und Maus, streichen um unsere Beine. Hin und wieder springt eine lautlos und geschmeidig vom Kachelofen zur Anrichte oder über unsere Köpfe hinweg aufs Fensterbrett. Sie sind die wahren Trapezkünstler, wie ich sie einmal im Zirkus Krone gesehen habe. Bei ihnen geht nie etwas schief.

Als die Gräfin sich dann eine kleine Pfeife anzündete und duftenden Rauch in die Luft blies, war die Verzauberung perfekt. Die Gespräche drehten sich um die Hoffnung auf ein baldiges Kriegsende. Die Invasion der Alliierten würde wohl nicht mehr lange auf sich warten lassen. Hier oben konnte man offenbar frei reden. Niemand hörte mit oder bestimmte, welche Bilder an der Wand zu hängen hatten. Allerdings wurde ich darauf hingewiesen, »darüber« nicht in der Schule zu reden. Aber ich hatte schon einigermaßen begriffen, worüber man in der Öffentlichkeit redete und worüber nicht, und machte nur selten einen Fehler. Außerdem würde es meinen Mitschülerinnen Spannenderes zu berichten geben.

Wir blieben noch eine Weile über die Teezeit hinaus. Lola Montez erwies sich als besonders zutraulich und saß bald schnurrend auf meinem Schoß. Ich kraulte ihr seidiges Fell und versuchte mich zu erinnern, was ich schon über ihr menschliches Pendant gehört hatte. Richtig, sie hing wie meine Ururgroßtante in der Schönheitsgalerie von König Ludwig I. Gewohnt, mich an den Gesprächen der Erwachsenen zu beteiligen, natürlich nur, wenn eine Pause entstand – »immer erst ausreden lassen« war mir eingeprägt worden –, wartete ich auf den richtigen Augenblick. Dann schlug ich meine Vorfahrin Amelie von Krüdener, spätere Gräfin Adlerberg, als Patin für eines der kleinen Katzenkinder vor. Die Gräfin wußte sofort, um wen es sich handelte, kannte natürlich auch die Villa Adlerberg, und fand das eine gute Idee.

Viel zu früh für mich, aber gerade zeitig genug vor Einbruch der Dämmerung verabschiedeten wir uns. Hochbefriedigt, beschwingt und gesättigt ließ ich das Fahrrad bergab laufen, baumelte manchmal waghalsig mit den Beinen und ließ die Landschaft der neu eroberten Wegstrecke an mir vorbeifliegen. Bei den Kühen hielt ich kurz an, um auf meine Eltern zu warten. Die Kühe hatten sich zum Wiederkäuen und Schlafen niedergelegt. Nur ab und an, wenn eine den Kopf bewegte, kam ein vereinzelter Glockenton auf, wie ein kostbarer Nachhall.

Am nächsten Morgen auf dem Schulweg freute ich mich schon darauf, meinen Klassenkameradinnen von meinem Abenteuer zu berichten. In der Pause setzte ich mich etwas erhöht auf die Schreibfläche meines Pults. Fünf oder sechs Mädchen drängten sich um mich herum auf den Sitzflächen der anderen Pulte. Ich erzählte, was ich erlebt hatte. Sie kannten die Katzengräfin vom Sehen. Aber niemand war je bei ihr eingeladen gewesen. Nur die Hütte hatten einige von der Straße aus oben liegen sehen. Aus dieser Entfernung war allerdings nicht viel zu erkennen. Die Menge der Katzen und deren Zusammenleben mit zwei Hunden beeindruckte. Daß die Katzen nach Fürstlichkeiten und Hoheiten benannt waren, nahmen meine Mitschülerinnen gelassen auf. Schließlich war vieles hier immer noch »königlich-bayerisch«, von Schlössern und Brauereien bis zur Gemütlichkeit. Und die Eltern sprachen immer noch vom »Kini« (Abkürzung für den bayerischen König), unter dem man sich dies und jenes nicht erlaubt hätte, was jetzt so manchmal passierte.

Dann erzählten die anderen Mädchen von ihren Katzen zu Hause. Manchmal waren es zwei oder drei, aber mindestens eine war auf jedem Hof. Es wurde wild durcheinandergeredet, beschrieben, wie die eine Katze Mäuse jagte, sie fing und mit ihnen herumspielte; wie eine andere auf der Tenne herumtobte oder stundenlang unbeweglich in einer Wiese saß und auf Beute lauerte, wie eine sich kraulen ließ und eine andere immer fortlief. Manche hatten

Namen wie Mietzi, Mausi oder Schnurri. Andere waren einfach »unsere Katz«. Von allen wurde erwartet, das Anwesen frei von Mäusen zu halten.

Der Herr Oberlehrer scheuchte uns auf unsere Plätze zurück. Zufrieden tauchte ich meine Feder ins Tintenfaß für die nächste Heftübung. Als Erzählerin gefragt zu sein, gab mir ein Gefühl der Sicherheit, ja sogar der Anerkennung. Aber vor allem war in mir nun der brennende Wunsch entstanden, selbst eine Katze zu haben. Mäuse gab es auch bei uns genug.

Hauptsächlich nachts hörte man es rascheln und leise trappeln. Machte man das Licht an, dann konnte man manchmal noch eben sehen, wie ein Mäuschen über den Holzboden raste und sich unter dem Türspalt hindurchdrückte. Es war erstaunlich, wie platt sich die kleinen grauen Tierchen machen konnten. Und wie flink sie waren. Einmal jedoch blieb eine Maus einfach auf der Holzkiste sitzen und sah mich mit ihren dunklen Knopfäuglein eine Weile an, bevor sie behende hinuntersprang und unter der Kiste verschwand. Auge in Auge mit dem kleinen Mäusetier empfand ich eine plötzliche Zuneigung und hätte es gerne gestreichelt und gefüttert. Gegen das nächtliche Mäuseballett, wie es meine Mutter nannte, hatten wir nichts einzuwenden. Aber unsere kleinen Mitbewohner hinterließen Spuren. Die Pantoffeln meines Vaters waren angenagt, unsere wenigen Bücher zeigten Bißwunden, unter dem Tisch fand sich ein Häufchen winziger Holzspäne. Schlimmer noch: Immer wieder lagen in unserem Mehlvorrat kleine schwarze Stifte, so daß man das kostbare Mehl durchsieben mußte, um es zu retten. Und neuerdings begannen sie sogar am grünen Sofa zu nagen. Außerdem wurden es immer mehr.

Meine Eltern zeigten sich erstaunlich aufgeschlossen gegenüber meinem Vorschlag, eine Katze anzuschaffen. Vielleicht spielten dabei auch meine in München zurückgebliebenen Spielsachen eine Rolle. Es wurde beschlossen, daß es ein Kater sein sollte, damit wir nicht mit weiteren Katzen rechnen müßten. Ich sollte mich mal bei meinen Schulkameradinnen umhören. Überraschend schnell fand sich ein halberwachsener Kater, der auf einem Hof überzählig war. Das grau-weiß getigerte Katzentier mit weißer Brust und weißen Pfoten wurde rasch in einen gut verschließbaren Deckelkorb gepackt, den ich hinten auf meinem Fahrrad im Triumph nach Hause fuhr. Es war eine aufregende Fahrt, denn das Tier gab zwar das anfängliche Maunzen bald auf, bewegte sich aber unruhig in seinem kleinen Gefängnis. Ich mußte die Balance halten und zugleich hart gegen mein Verlangen kämpfen, den Korbdeckel etwas zu heben und hineinzuschauen, wovor ausdrücklich gewarnt worden war. Dabei fragte ich mich, wie wohl die Katzengräfin ihre Schützlinge zu sich gebracht hatte. Vielleicht in ihrem großen Rucksack aus grobem Leinen mit den breiten, rissigen Lederriemen.

Zu Hause hob ich den Korbdeckel, der Kater sprang mit einem Satz heraus und sah sich erhobenen Schwanzes um. Die Erfüllung eines Wunsches, der wohl weiter zurückreichte, als ich wußte, ließ mich Aufseufzen vor Glück. Unser neuer Mitbewohner wurde mit einem Schälchen verdünnter Milch empfangen, ließ sich streicheln und kraulen, spielte mit einer leeren Garnrolle, die wir abwechselnd an einem Faden durch die Wohnung zogen, erprobte seine Krallen am grünen Sofa und hinterließ in einer Ecke eine kleine, scharf riechende Lache. Über die notwendigen Erziehungsmaßnahmen wußten wir Bescheid, und er begriff rasch. Allerdings durfte er zunächst nur unter Aufsicht nach draußen. Ich hatte schrecklich Angst, mein

Kätzchen könnte mir wieder abhanden kommen, könnte einfach verschwinden, wie meine zurückgelassenen Spielsachen, wie unsere Wohnung, wie manche Freunde meiner Eltern in München, die plötzlich nicht mehr zu Besuch kamen und auch keine Ansichtskarte schickten.

Aber ich konnte den Kater schließlich nicht an der Leine ausführen. Sicher würde es helfen, wenn man ihn beim Namen rufen könnte. Mein Vater sah den Kater nachdenklich auf der Ofenbank sitzen und schlug »Sokrates« vor. Das wurde jedoch als zu lang verworfen. Als der Kater auf den Hinterbeinen tänzelte, um die vor seiner Nase hin und her geschwenkte Garnrolle zu erreichen, erwog meine Mutter Nijinski oder Harald Kreuzberg, verwarf die Namen aber wieder als zu kompliziert. Schließlich, eingedenk der russischen Vorfahren, kamen die Zaren ins Spiel: Iwan »der Schreckliche«. Das würde der Großmama gefallen. Und die Katzengräfin wäre sicher auch damit zufrieden.

Kater Iwan entwickelte bald genügend Anhänglichkeit, um von seinen Ausflügen nach draußen wieder zu seiner Milchschüssel und den Essensresten auf einer alten Untertasse zurückzukehren. Er spielte mit allem, was sich bewegte, Wollknäueln, Garnrollen, Glasmurmeln. Ich war von der Grazie und Geschicklichkeit seiner Bewegungen begeistert, bewunderte die Schnelligkeit, mit der er von der Lauer aufsprang und zupackte. Nach einigen Monaten hatte er offensichtlich die nötige Größe erreicht, um nach der Übung mit den Garnrollen nun den Mäusefang ernsthaft in Betracht zu ziehen.

Die erste Mäusejagd gestaltet sich dramatisch. Es ist spät abends. Wir sind in der Küche und wollen gerade zu Bett gehen, als Iwan mit einer Maus im Maul erscheint. Er läßt sie fallen und das Tier läuft ungeschickt und mühsam los, wird aber sofort von seinem Jäger eingeholt und mit einem Tatzenschlag festgenagelt. Es ist eine ziemlich große Maus, offensichtlich ist sie verletzt und sicher total verängstigt. Den Kopf nach vorne geneigt, blickt Iwan konzentriert auf seine Beute, läßt sie wieder frei, fängt sie mit gelassener Souveränität wieder ein. Vergeblich sammelt die Maus ihre Kräfte zur erneuten Flucht. Es gibt kein Entkommen. Iwan ist Herr über Leben und Tod.

Wir bilden einen Kreis um das Geschehen. Mein Vater steht in seinem blau-weiß gestreiften Pyjama da und sieht blaß aus. Meine Mutter schreit aufgeregt: »Aber das geht doch nicht!« Ich sitze im Nachthemd auf der Couch, die Knie bis unter das Kinn gezogen. Zunächst bin ich von der spielerisch ausgeübten Macht meines Katers fasziniert. Doch dann achte ich mehr auf die Maus und verspüre einen schmerzhaften Stich. Das hier ist schließlich keine Garnrolle. Ich glaube den rasenden Herzschlag der Verfolgten zu hören und denke an jene kleine Maus von der Holzkiste, die mich aus ihren dunklen Knopfaugen ansah. Ich spüre die Gertenschläge der Buben, die mich auf meinem Schulweg in München verfolgten. Gerade ist die Maus wieder ein Stück weit entkommen, und wieder saust Iwans harmlos weiße Pfote auf sie nieder, gerade schwer genug, um sie zu halten, aber nicht zu töten. Plötzlich packt mich die Angst, Angst vor den Bomben, dem Gas, den Männern in Hut und gegürtetem Trenchcoat und vor gänzlich Unbekanntem. Mein Mund ist trocken, meine Kehle zugeschnürt. Mit jedem neuen Satz des Katers, mit jedem Tatzenschlag hat die Angst mich stärker im Griff.

Da schreitet meine Mutter ein, faßt den Kater am Genick und hebt ihn in einem Augenblick hoch, als er die Maus gerade wieder freigelassen hat. Diese rennt so schnell sie kann davon und verschwindet in einer Ritze der Holzvertäfelung. Vielleicht kann sie sich in ihrem Versteck wieder erholen. Mein Vater atmet erleichtert auf, kommt zu mir und legt den Arm um mich. Ich beginne stoßweise und atemlos zu schluchzen. So habe ich mir das nicht vorgestellt. Mein Kater läuft unruhig herum und sucht vergeblich nach seiner Maus. Wir setzen ihn nach draußen und gehen schweigend zu Bett. Ich lege noch schnell ein Stückchen Karotte vor die Ritze, in der die Maus verschwunden ist.

Am nächsten Morgen war das Karottenstückchen weg. Aber es konnte auch eine andere Maus geholt haben. Kater Iwan hatte die Nacht draußen verbracht und legte uns eine Maus vor die Tür. Sie war glücklicherweise bereits tot. Er wollte seine Beute vorzeigen. Das tun alle Katzen. Später fraß er sie wohl auch. Schließlich gab es bei uns kaum je Fleisch. Von nun an fanden wir öfters im Garten oder im Hausflur Überreste der Katermahlzeit: Fellteile oder mal einen Kopf oder eine Pfote. Einmal fand ich eine tote Maus unter dem Holzstoß am Haus. Ich konnte mich nicht zurückhalten und strich ihr mit einem Finger über das graue Fell. Es war von einer so winzigen, unbeschützten samtenen Weichheit, daß es mir die Tränen in die Augen trieb. Iwans Fell hatte eine griffige Weichheit. Darin konnte ich wühlen und ihn zum Schnurren bringen. Mir gegenüber war er besonders zutraulich, rieb die Seiten seiner Schnauze an mir, leckte meine Finger mit seiner rauhen Zunge, blickte mich sanftmütig an und machte es sich auf meinem Schoß gemütlich.

Unsere Wohnung war nun mäusefrei. Die überlebenden Tiere hatten sich andere Verstecke gesucht. So spielte sich das Drama draußen ab, nicht selten unter unseren Augen. Manchmal entkam eine Maus in ein Loch, manchmal retteten wir eine, meist jedoch wurden unsere kleinen Mitbewohner getötet und verspeist. Und manchmal schauten wir auch einfach weg und blieben doch Mitwisser. Kater Iwan war immer stolz auf seine Leistung und befriedigte seinen Hunger. In mir wuchs ein Zwiespalt. Auf welcher Seite stand ich? Meine Schulkameradinnen oder gar Resi wollte ich nicht um Rat fragen. In dieser Geschichte spielte ich eine unrühmliche Rolle. Und für sie gehörte es ohnehin zum Alltag, daß Katzen Mäuse fraßen. Meine Eltern schienen beunruhigt und gereizt. Zuweilen sprachen sie Französisch miteinander, was immer ein schlechtes Zeichen war.

Schließlich kam die Bedrückung zur Sprache. »Ich kann dieses grausame Sterben der kleinen Tiere einfach nicht ertragen«, sagte mein Vater. »Mir geht es auch an die Nerven«, stimmte meine Mutter zu. Ich ahnte bereits, was kommen würde und, ohne selbst recht daran zu glauben, schlug ich vor: »Vielleicht kann man Iwan besser erziehen.« – »Die Katze läßt das Mausen nicht.« Mein Vater benutzte nie feste Redewendungen. Ich spürte seine Unsicherheit heraus. Schlimmes ahnend schrie ich: »Aber ich will meine Katze nicht hergeben!« Ratlos blickte mein Vater zu Boden. Wie immer suchte meine Mutter nach einer Lösung: »Vielleicht könnten wir ja Iwan bei der Katzengräfin in Pension geben.« Nun wurde lange darüber geredet, wie gut er es dort hätte, daß ich ihn immer besuchen könnte. – Von wegen immer! Anderthalb Stunden mit dem Rad hin und zurück. Dreimal so lang wie mein Schulweg. Und im Winter bezog die Gräfin mit ihrem Katzentroß in einem Bauernhof in Enterrottach Quartier. Das war in einem anderen Seitental. Ich dachte an meinen schnurrenden Kater, und ich dachte an die kleinen Mäuse in ihren Verstecken, und ich wußte nicht mehr weiter.

Im Spätherbst war es soweit. Meine Eltern hatten Rücksprache mit der Katzengräfin gehalten. Sie hatte sofort verstanden, warum wir das Katz-und-Maus-Spiel nicht länger ertragen konnten. Iwan wurde trotz heftigen Protests wieder in den Deckelkorb gepackt, in den er nun kaum mehr hineinpaßte. Fest verschlossen schnürte ich ihn auf meinen Gepäckträger und trat die Fahrt an. Diesmal alleine, da mein Vater mit einer Bronchitis zu tun hatte und meine Mutter sich auch nicht wohl fühlte. Den Weg kannte ich ja jetzt. Es war mir ganz recht so. Wenn es denn sein mußte, dann wollte ich es alleine tun. Es war schließlich mein Kater. Heftig trat ich in die Pedale, um meine schwere Last voranzubringen. Kühle Herbstnässe lag auf den Hängen und Wiesen. Die Kühe waren schon in ihren heimischen Ställen. Bunte Blätter begannen zu fallen. An der Hütte angekommen, trug ich den Korb in die Stube. Die Gräfin Isenburg hatte ein Schälchen Milch für Iwan und ein Honigbrot für mich bereit. Iwan mischte sich rasch unter die anderen Katzen und verabschiedete sich nicht einmal von mir. Ich mußte bald wieder aufbrechen, da die Tage schon kürzer geworden waren. Bergab mit dem leeren Korb fuhr es sich leicht, zu leicht.

Der Winter stand bevor. Wir hatten unsere Zuweisung von zwei Zentnern Kartoffeln und einem Zentner Karotten, die wir in Sand einlegten, schon im Keller. Sehr viel mehr war nicht zu erwarten. Die Mäuse kehrten allmählich zurück, trappelten nachts über den Boden, und wir mußten wieder das Mehl durchsieben. Aber der Vorrat war ohnehin gering. Aus den Nachrichten und dem, was meine Eltern dazu sagten, entnahm ich, daß es überall schwere Kämpfe gab, die feindlichen Truppen näher rückten, aber der Endsieg nicht mehr weit war. Vom Feindsender hörte ich nur die Erkennungsmelodie. Dann verschwand mein Vater mit dem Radio unterm Plumeau und kam nach einer Weile mit einem relativ zuversichtlichen Gesicht wieder hervor. »Es kann nicht mehr lange dauern«, meinte er.

8.

Die Befreiung

Als ich von der Schule nach Hause kam, merkte ich sogleich, daß etwas Schlimmes passiert sein mußte. Auf dem ohnehin meist ernsten Gesicht meines Vaters lag eine erschreckende Traurigkeit, und meine Mutter hatte offensichtlich geweint. Wie unter einer geheimen Regie gingen wir ins Wohnzimmer und setzten uns auf das grüne Sofa. Sie nahmen mich in die Mitte zwischen sich. Ich wollte mir erst gar nichts vorstellen und wartete mit zusammengebissenen Zähnen ab. »Unsere Wohnung ist total ausgebombt worden. Es ist nichts mehr übrig«, sagte mein Vater leise.

Als erstes fuhr mir durch den Kopf: Was war mit meinen Spielsachen? Aber ich brachte die Frage nicht heraus. »Eine Sprengbombe ist mitten durchs Haus gegangen. Es ist alles weg, meine Bücher, die Möbel, deine Spielsachen«, ergänzte mein Vater und legte seinen Arm um mich. Ich konnte es mir immer noch nicht vorstellen. »Aber ein paar Möbel und Bücherkisten stehen auf der Tenne bei Wittgensteins«, versuchte meine Mutter zu trösten, ohne irgendeinen Stolz auf ihre heimliche Heldentat zu zeigen. »Der kleine Schreibsekretär, der Eckschrank aus der Goethezeit ...« Sie stockte. Mein Vater stand auf: »Die Kartoffeln werden gar sein. Wir können essen.«

Ich konnte mir einfach nicht verzeihen, daß ich Fifi zurückgelassen hatte. Ich begriff auch nicht, warum ich statt dessen das Eichhörnchen mitgenommen hatte. Es war in letzter Zeit vernachlässigt worden, saß im Regal und knabberte unbekümmert an seiner Nuß. Das war alles nicht auszuhalten. Nachdem ich eine Kartoffel heruntergewürgt hatte, bat ich aufstehen zu dürfen und lief zur Weißach hinunter. Eine fahle Spätherbstsonne verbreitete trübes Licht. Ich warf Steine ins flache Wasser, daß es spritzte. Aber es half nichts.

Nachdem unser Bombenschaden behördlich anerkannt worden war, erhielten wir ein Bündel Bezugsscheine, für die es allerdings nichts zu beziehen gab. Außerdem waren die alten Möbel, die Bibliothek meines Vaters und meine Spielsachen nicht so einfach zu ersetzen. Dann kam eine Nachricht von Tante Anni, der getreuen Verehrerin meines Vaters. Sie hatte zwei Fremdarbeiter, die mit Schutträumung beauftragt waren, mit einigen Stücken Brot dazu bewegt, ihr bei der Suche nach Büchern zu helfen. Auf diese Weise wurde unsere gesamte Goetheausgabe gerettet. Die vierzig Bände mit Lederrücken waren teilweise vom Löschwasser gewellt und mit Sand durchsetzt. Vielleicht konnte man sie einmal aufarbeiten lassen, wenn wieder bessere Zeiten kamen. Wann das sein würde, darüber schwiegen sich meine Eltern aus. Vorläufig war jedenfalls Krieg, und es gab nichts – außer dem, was für kriegswichtig erachtet wurde. Und das waren Papas Bücher sicher nicht.

Nun erreichten die Fliegeralarme auch unser Dorf. In der Schule war das Heulen der Sirene ohrenbetäubend, denn sie befand sich direkt über uns auf dem Dach des Schulhauses. Wir wurden prompt nach Hause geschickt und benutzten den Waldweg, um für Tiefflieger unsichtbar zu bleiben, von denen allerdings nie einer auftauchte. Allenfalls sahen wir die Dreiecksformationen der amerikanischen Silbervögel am blauen Himmel unbehelligt in Richtung München ziehen.

An einem solchermaßen freien Tag mußte man sich etwas ausdenken, damit es nicht langweilig wurde. Es ging auf den Winter zu, aber der Schnee blieb noch nicht liegen. Skifahren und Rodeln schieden also aus. Im Sommer mußten die meisten Kinder beim Heuen oder Kühehüten, manchmal sogar auf der Alm mithelfen. Aber jetzt gab es nicht viel zu tun. »Gemma amol ins Bad, schaun was los is.« Gemeint war das Wildbad Kreuth, ein Kurheim von schloßähnlichen Ausmaßen, das in einem höhergelegenen Talausläufer weit außerhalb des Dorfes gelegen war. Resi, die den Vorschlag gemacht hatte, wohnte nicht weit davon und kannte sich dort aus. Unsere Schanz war nur eine viertel Wegstunde entfernt, und ich war auch schon öfters im »Bad« gewesen, hatte es aber nicht so interessant gefunden.

Mein Vater erzählte, daß er dort einmal eine Luftkur gemacht und mit Thomas Mann Liegestuhl an Liegestuhl über Literatur, Politik und das Auswandern geredet habe. Das war, bevor ich geboren wurde. Mein Vater sagte, er habe in München ein paar Häuser weiter von uns gewohnt, sei aber dann mit seiner Familie nach Amerika gegangen. Diesen Herrn hatte ich nie kennengelernt. Aber für meinen Vater war er offenbar wichtig. Er unternahm einige Anstrengungen, den Feindsender zu suchen, um Thomas Manns Vorträge unter dem Plumeau versteckt zu hören.

Da Resis Vorschlag bei einigen anderen Mädchen Gefallen fand, machte ich auch mit. Zu fünft gingen wir hinauf ins Wildbad, das nun als Lazarett diente. Unterwegs trafen wir einen Mann im Rollstuhl, der sein Gefährt durch das gegenläufige Vor- und Zurückbewegen armhoher, mit Handgriffen versehenen Stangen vorantrieb. Es war wie Fahrradfahren mit den Armen. Dabei galt es, eine Art von Sessel mit hoher Rückenlehne und abgeschabter Lederpolsterung in Schwung zu halten. Über dem leicht nach unten abgeschrägten Fußteil des Rollstuhls lag eine Wolldecke, die unterhalb der Oberschenkel nur noch flach auflag. Ich sah diese Merkwürdigkeit sofort und brauchte eine Weile, bis ich sie begriff. Dann mochte ich nicht mehr hinschauen.

Wir boten natürlich sofort an, den Rollstuhl bergauf anzuschieben, wechselten uns darin ab, stritten uns fast darum, wer als nächstes drankommen durfte, schoben manchmal zu zweit. Der blasse junge Mann in seiner abgetragenen Uniformjacke ließ die Hände auf der Decke ruhen. Die beiden Antriebsstäbe mit ihren hölzernen Griffen bewegten sich nun geisterhaft wie von selbst hin und her. Sie waren durch ein Kettensystem mit den Rädern des Rollstuhls verbunden. »Das ist nett von euch«, bedankte sich der Soldat. Und mehr zu sich als zu uns fügte er hinzu: »Ich bin froh, aus Rußland raus zu sein.« Da das Gespräch ohnehin eher stockend war und wir eigentlich nicht recht wußten, was wir sagen sollten, begann ich von meiner Mutter zu erzählen, die mit KdF in Rußland gewesen war. »Als Tänzerin«, fügte ich ein wenig stolz hinzu. »Ja, das Fronttheater, das war immer eine schöne Ablenkung«, bestätigte er. »Aber es hat auch verdammt Heimweh gemacht.« Ich zählte noch ein paar Tanznummern meiner Mutter auf und beschrieb die Kostüme.

Da meinte er plötzlich, daß er sie einmal gesehen habe. Ja, er könne sich genau daran erinnern. Seine bisher so traurige und müde Stimme wurde lebhaft. Zuerst glaubte ich ihm, aber als ich mir dieses riesige Rußland und die vielen Soldaten dort vorstellte, kamen mir Zweifel. Ich ging gerade neben dem Rollstuhl, der von Resi und Annerl, ihrer Banknachbarin in der Schule, geschoben wurde. Er streckte mir die rechte Hand hin und sagte: »Ich freue mich, daß ich jetzt die Tochter kennenlerne.«

Nachdem die Steigung gemeinsam überwunden war, wollte er wieder selbst fahren und ergriff die Antriebshebel. Wir konnten kaum mehr Schritt halten, so sehr legte er sich plötzlich ins Zeug. Die kleine Ebene zwischen den wolkenverhangenen Bergen weitete sich zu einer großen Wiese, an deren Rand das Kurhaus lag, auf das wir zufuhren. »Kommt, ich zeig euch was.« Mir kam in den Sinn, daß meine Mutter mir eingeschärft hatte, nie mit fremden Männern mitzugehen. Aber schließlich waren wir ja zu fünft.

Auf der Rückseite des Gebäudes befand sich ein Anbau mit einem breiten Holztor, die Remise. Der junge Mann führte uns an eine Seitentür, die er mit einem Trick öffnete. Er schien sich auszukennen und manövrierte seinen Rollstuhl geschickt an der Stelle hinein, wo keine Schwelle war. Wir mußten uns erst an das Halbdunkel gewöhnen. Licht kam nur durch einige völlig verschmutzte Seitenfenster. Wir konnten ein paar Pferdewagen erkennen: zweisitzig, viersitzig, mit oder ohne Verdeck, ein Heuwagen, ein Pferdeschlitten. Das alles erinnerte mich ein wenig an das Karussell im Englischen Garten. Aber hier war alles in Unordnung, die Wagen schadhaft, Deichseln abgebrochen, Räder fehlten, überall gab es Staub und Spinnweben. Das Dämmerlicht beherrschte ungebrochen den großen Raum und wurde von den dunklen Ecken aufgesogen. Keine noch so schwache Beleuchtung stand ihm entgegen, konnte jene Märchenstimmung im Karussellhäuschen erzeugen.

Sofort machten wir uns an die Erkundung der Wagen,

kletterten hinauf und hinunter, balancierten auf einer Deichsel, krochen unter eine Kutsche, machten uns durch Zuruf auf Entdeckungen aufmerksam. Schließlich nahm jede ein Gefährt für sich in Besitz. Ich setzte mich auf den Kutscherbock eines Landauers, ergriff imaginäre Zügel und schnalzte mit der Zunge. Es war immer schon mein Traum gewesen, ein Pferdegespann zu führen und flott dahintraben zu lassen. Einmal hatte ein Bauer mich für eine Weile die Zügel seines Ackergauls halten lassen. Der war gemächlich dahingetrottet, schließlich stehengeblieben und hatte sich von mir nicht zum Weitergehen überreden lassen.

Wir hatten unseren Begleiter im Rollstuhl ganz vergessen. Plötzlich überfiel mich die Befürchtung, er könnte uns hier einschließen. Aber die Tür stand noch offen, ein helles Rechteck am anderen Ende des dunklen Raumes. Der Mann konnte sich mit seinem Gefährt nur schwer auf dem Kopfsteinpflaster der Remise fortbewegen. Mühsam arbeitete er sich zwischen den Wagen durch auf meine Kutsche zu, hielt an, winkte zu mir herauf. Ich winkte zurück und trieb meine Pferde an. »Komm doch mal runter zu mir!« Ich hatte eigentlich keine Lust, wollte aber nicht unhöflich sein. Also kletterte ich von dem Bock und stand in einer engen Gasse von zwei Wagen, eingezwängt zwischen dem Rad meiner Kutsche und dem Rollstuhl.

Der blasse junge Mann versuchte ein Lächeln, das jedoch gegen die Traurigkeit in seinem Gesicht nicht recht ankam. »Mach's dir bequem und erzähl mir noch etwas von deiner Mutter.« Er deutete auf die flache Stelle des Fußteils. Nein, da wollte ich nicht sitzen. Angestrengt wühlte ich in meiner Erinnerung nach irgendwelchen Anekdoten aus den Wehrmachtstourneen meiner Mutter und blieb stehen. Er beugte sich zu mir, legte einen Arm um mich, lehnte seinen Kopf an meine Schulter. Mir was das alles fremd und unheimlich. Aber ich wagte nicht, mich zu rühren. Verlegen blickte ich auf die Decke, in die er von den Hüften abwärts eingewickelt war, bemerkte eine ungewöhnliche Erhebung unter dem Karomuster, schaute rasch woandershin. Da schien er sich zu besinnen, gab mich frei und flüsterte: »Ich hab' eine kleine Tochter zu Hause. Du siehst ihr ähnlich.«

Ich rannte fort, kletterte zu Resi auf den Schlitten und drängte sie: »I muaß jetzt heim.« Es begann schon zu dunkeln, und so hatten auch die anderen es eilig aufzubrechen. Wir bedankten uns und verabschiedeten uns von dem Rollstuhlfahrer. Während er die Tür von außen verriegelte, sagte er: »Wir hatten einen Zweispänner und einen Vierspänner und viele Reitpferde, als wir noch in Ostpreußen lebten. Da bin ich jeden Tag gefahren und geritten.« Mit einem Ruck wendete er und rollte in Richtung Haupthaus, wo einige andere Rollstuhlfahrer ihn begrüßten.

Auf die üblichen Fragen meiner Eltern, wo ich gewesen und was ich gemacht hatte, erzählte ich von der Remise und von den vielen Rollstuhlfahrern um das Kurhaus herum. Mein Vater sagte etwas über die schrecklichen Folgen dieses Krieges, von dem er hoffte, daß er bald zu Ende sein würde. Meine Mutter sorgte sich um ihren Bruder Costy, der in Italien gegen die Partisanen kämpfte.

Eigentlich wollte ich so schnell nicht mehr nach Wildbad Kreuth. Aber bereits eine Woche später war ich schon wieder auf dem Weg dorthin, diesmal mit einem älteren Einheimischen, der kräftig ausschritt. Es war der Kiem Pauli, den ich schon öfters getroffen hatte. Er schaute manchmal bei der Gräfin Törring vorbei und kam auch schon mal in die Schule. Dort wurde er vom Herrn Oberlehrer jedesmal mit herzlichem Respekt begrüßt. Er spielte uns etwas auf seiner Zither vor und ermunterte uns, bei ihm Gesangsunterricht zu nehmen. Der Kiem Pauli war außerdem ein Volksliedsammler und ein bekannter Volksmusiker. In Anbetracht meines geringen Gesangstalents hatte ich mich bisher nicht gemeldet. Unlängst hatte er mich auf der Schanz direkt angesprochen, und ich konnte nicht nein sagen. Meine Eltern hofften, daß ich dadurch etwas musikalischer werden würde. Ich war es allmählich leid, daß alle auf meiner Unsicherheit, die richtigen Töne zu treffen, herumritten. Schließlich hörte ich doch so gerne Musik.

Mein Begleiter war ein überaus freundlicher Mann, hager, mittelgroß, mit einer dicken Brille, einem gefurchten Gesicht und einer scharfen Hakennase unter seinem Sepplhut. Jeder Mensch könne singen, man müsse nur ein bißchen nachhelfen. Ihm seien schon so viele Menschen begegnet, die alle Freude am Singen hätten. Und dann erzählte er von seinen Fahrradreisen in der Zeit vor dem Krieg durch Oberbayern, mit der Zither und dem Notizbüchlein im Rucksack. Und jetzt in Kriegszeiten sei das Singen besonders wichtig, damit man ein fröhliches Herz behielte.

An seinem Häuschen angekommen, von dem er sagte, der Herzog Albrecht von Bayern habe es ihm zur Verfügung gestellt, der sei sein großer Gönner, geleitete er mich sogleich in die Stube. Stapel von Notenheften, Regale voll Bücher bestimmten das Bild. Auf dem Tisch lag seine Zither. Kiem Pauli summte eine Melodie, setzte sich und stimmte das Instrument. Ich sollte ihm etwas vorsingen. Jetzt gab es kein Entkommen mehr. Ich sang zwar ganz gerne für mich allein, wenn niemand meine falschen Töne hören konnte, aber hier? Was, in Gottes Namen, sollte ich nun singen? »Dein Lieblingslied«, ermunterte er mich. Da setzte ich an: »Vor der Kaserne, vor dem großen Tor, da steht eine Laterne ...« Es ging mir sogar ganz gut von den Lippen. Aber mein zukünftiger Lehrer schien nicht sehr begeistert. Es war mein Glück, daß er mich nach der ersten Strophe unterbrach, denn ich hätte ohnehin nicht weiter gewußt. »Brav«, meinte er. »Aber jetzt wollen wir mal ein echtes Volkslied singen.«

Er begann auf der Zither zu spielen, deren einschmeichelnden Klang ich sehr liebte. Ich hätte stundenlang zuhören können, aber ich sollte ja singen lernen. »Jetzt hob i mei Häusl an Woid außi baut, holaridrei ...« Mit ihm zusammen ging es halbwegs gut, aber wenn ich solo singen sollte, dann rutschte so mancher Ton ein oder zwei Noten bergab. Wir brachten die Stunde herum, indem vor allem der Kiem Pauli sang und mir am Schluß noch einen wunderbaren Jodler hinlegte. Er schien melodisch von Berg zu Berg zu hallen, so wie ich es einmal auf einer Alm gehört hatte. Mit ungetrübter Freundlichkeit verabschiedete er mich mit der Aufforderung, bald wieder zu kommen, vielleicht zusammen mit den anderen Mädeln aus meiner Klasse, die schon Unterricht bei ihm hatten.

So sehr ich die einheimischen Melodiefolgen mit ihrer hüpfenden Fröhlichkeit und ihrer glückseligen Traurigkeit mochte, fand ich doch nicht mehr den Mut hinzugehen. Ich bat meinen Vater, für mich eine Entschuldigung zu finden. Mit schlechtem Gewissen wich ich dem Kiem Pauli aus, wo immer ich ihn sah.

Im Verlauf des Winters wurden unsere Schulbesuche immer unregelmäßiger. Zum BDM ging fast niemand mehr. Es gab immer weniger zu essen. Nicht einmal Kartoffeln und Brot waren in ausreichendem Maße vorhanden. Das spürte ich am eigenen Leib. Das Näherrücken des Kriegsgeschehens hingegen, das mein Vater übers Radio verfolgte, Feindsender unterm Plumeau und den offiziellen Wehrmachtsbericht ohne Tarnung, löste in mir nur das schwache Gefühl unbestimmter Erwartung aus. Meine unmittelbare Erfahrung des Krieges war bisher auf das Lazarett im Wildbad, die Fliegeralarme in München und hier auf dem Dorf, die Silbergeschwader am Himmel und den plötzlichen Verlust unserer Wohnung beschränkt gewesen.

Anschaulich wurde das Kriegsgeschehen für mich erst im Frühjahr, als der Schnee bereits geschmolzen war und die Weißach Hochwasser führte. Auf der Schanz erschienen Soldaten und besetzten das Haus. Die Gräfin zog es vor, woanders zu wohnen. Wir mußten in einem Zimmer zusammenrücken. In den übrigen Räumen hörte man die schweren Tritte der Soldaten. Jederzeit konnte die Tür aufgehen und ein fremder Mann mit einem Gewehr hereinkommen. Im Hof wurde eine Gulaschkanone aufgefahren, die allerdings nur selten in Betrieb genommen wurde, und es brannte ein Lagerfeuer. Der tiefer liegende Lattenzaun um das Grundstück wurde zur HKL erklärt, eine Abkürzung für Hauptkampflinie, die mir aus Soldatenheftchen bekannt war. Allerdings zeigten die Männer in den feldgrauen Uniformen keine besondere Lust zu kämpfen. Erst als zwei SS-Leute mit gezogenen Pistolen auftraten, bezogen sie ihre Posten. Ganz offensichtlich beunruhigte meinen Vater die Gegenwart der SS.

Es war schon dunkel, als Onkel Ferdinand, ein Massenbachscher Verwandter, aus dem Dorf heraufkam. Er lebte dort als Kunstmaler. Wir sahen ihn nur selten und waren um so erstaunter über seinen Besuch. Er redete mit meinen Eltern im Flüsterton. Sie sahen besorgt und schließlich erschrocken aus. »Wir müssen hier weg.« Diesen Satz meines Vaters hörte ich nun schon zum dritten Mal. Es schwang darin etwas Bedrohliches und die Ankündigung von Veränderungen.

Ich lag auf dem Sofa und sollte schlafen. Im Haus war ein ständiges Kommen und Gehen. Man hörte heftige Wortwechsel und das Wiehern von Pferden. Zwischen angespanntem Halbwachsein und erlösendem Dösen dahintreibend, war meine Wahrnehmung schmerzhaft geschärft. Mein Vater raschelte mit Papieren. Er war damit beschäftigt, die Blätter eines Manuskripts zu sortieren, einige im Herd zu verbrennen, andere in eine Mappe zu legen. Mein Mutter suchte aufgeregt ein Stück Räucherschinken, das sie beim Bauern gegen ein Hemd meines Vaters eingetauscht und nun in der Aufregung verlegt hatte. Sie fand es noch gerade rechtzeitig vor Aufbruch in der Kiste mit dem Feuerholz. Drei Rucksäcke wurden gepackt. Ich hielt die Augen meist geschlossen und hoffte, daß die Nacht irgendwann vorüber sein würde. Mir war, als hingen wir zwischen gestern und morgen im Leeren. Mamuschka und Papa geisterten irgendwo herum. Das Jetzt hatte sich verflüchtigt.

Meine Eltern, die glaubten, ich schliefe, weckten mich, noch bevor es hell wurde. Im Haus war es ruhig geworden. Wir schlichen die knarrende Treppe hinunter. Der wachhabende Soldat vor der Haustüre döste vor sich hin und schloß die Augen ganz, als meine Mutter in einer theatralisch eindringlichen Geste den Zeigefinger an ihre Lippen legte. Geschickt manövrierte sie fast lautlos unsere Fahrräder aus dem Schuppen heraus. Die Rucksäcke wurden auf die Gepäckträger geklemmt, und dann ging es los. »Wir fahren jetzt hinunter ins Dorf. Dort werden bald die Amerikaner sein. Da sind wir sicher«, flüsterte mein Vater mir zu. Auf einem schmalen Waldweg, auf dem sich noch Eiskrusten vom Winter gehalten hatten, fuhren wir vorsichtig und schweigend dem schwachen Schein unserer Fahrradlampen nach. Feuchte Kälte kroch mir in die Kleider, mit klammen Händen hielt ich den Lenker auf Spur. Ich hatte meine Handschuhe vergessen. Auch meine rote Spieluhr mit der Melodie »Üb' immer Treu und Redlichkeit« war zurückgeblieben. Manchmal hörte man in der Ferne Geschützfeuer.

Onkel Ferdinand, ein freundlicher Mann von der Statur eines müden Löwen und mit Händen wie Pranken, weshalb er den Spitznamen »Pratzentoni« erhalten hatte, erwartete uns. Er überließ uns seine Schlafkammer und stellte ein Feldbett auf. An den Wänden hingen Berglandschaften aus allen Jahreszeiten. Wir schliefen bis in den Mittag hinein. Er weckte uns: »Sie sind da!« Wir standen in der Sonne auf dem Balkon und sahen die ersten amerikanischen Panzer über die Dorfstraße heranrollen, beugten uns weit über die Brüstung, an der ein weißes Leintuch hing, und winkten. Die fremden Soldaten saßen ohne Deckung auf ihren Panzern und winkten zurück. In ihren hellen Uniformen sahen sie so fröhlich und unbeschwert aus, wie ich noch nie einen Soldaten gesehen hatte.

Mein Vater richtete sich auf, legte einen Arm um meine Mutter, drückte mich mit dem anderen an sich und sagte: »Nun sind wir befreit.« In der hellen Frühjahrssonne sah sein Gesicht sehr müde aus. Mir war, als müßten bald die ersten Schwalben kommen, mit ihren hellen Schreien durch die Luft sausen, den Sturzflug erproben, ihre Nester unterm Dach an die Wand kleben und ihre verhalten piependen Jungen großziehen. Meine Mutter schnitt den Schinken auf, und der Onkel mit den Löwenpranken spendierte die Kartoffeln dazu. Es wurde ein Festessen. Jetzt waren die Amerikaner da, und die »Antis« hatten über die »Pros« gesiegt.

Wir blieben eine weitere Nacht. Denn in dem Gebiet um die Schanz gab es offenbar noch Kämpfe. Man hörte wieder Geschützfeuer, und in der Dunkelheit sah man einen Feuerschein am Himmel. Meine Eltern befürchteten, wir könnten nun auch den Rest unserer Habe verloren haben, hielten aber an ihrer Freude über das für uns bereits eingetretene Kriegsende fest. Dann hieß es, auf der Schanz habe es nicht gebrannt. Am übernächsten Tag konnten wir zurückkehren.

Dieses Mal fuhren wir bequem auf der geteerten Straße in Richtung Schanz. Rechts und links stand und lag allerhand militärisches Gerät herum, wie ich es aus Abbildungen kannte, aber noch nie so real gesehen hatte: Maschinengewehre, Ketten von Patronen, ein kleiner, kaputter Panzer, ein umgestürzter Kübelwagen, Motorräder. Es hatte auch einen Toten gegeben. Aber den hatten sie schon fortgeschafft, worüber ich sehr erleichtert war. Der kleine Panzer würde sich wunderbar für Geländespiele eignen oder vielleicht auch als Häuschen bei Regen. Wir sahen zum Zaun hinauf, der seinen Bogen unterhalb des Hauses beschrieb, als sei er nie HKL gewesen.

Die folgenden Tage durfte ich das Haus nicht verlassen, denn man wußte nicht, was noch passieren könnte. Dann kam die Nachricht von der Kapitulation, und bald darauf tauchten vereinzelt oder in Gruppen deutsche Soldaten auf, die über den Brennerpaß gekommen waren und sich hierher durchgeschlagen hatten. Sie trugen keine Waffen mehr, und wer das Glück hatte, an Zivilkleidung zu kommen, warf seine Uniform und sein Soldbuch einfach in den Wald. Restbestände führerloser Wehrmachtsversorgung blieben ebenfalls überall liegen. Die Soldaten wollten nichts wie weg in Richtung Heimat.

Da sah meine Mutter ihre Chance zum »Requirieren«. Wir brauchten nur unseren Unterschlupf in der gräflichen Jagdhütte zu verlassen, um auf Beutesuche zu gehen. Mein Vater war für eine derartige Unternehmung nicht geeignet. Aber meine Mutter fühlte sich in ihrem Element und nahm mich auf ihren Streifzügen per Rad immer mit. Ein Gerücht verhieß einen Lastwagen mit Zucker, der in eine Schlucht gestürzt sei. Wir radelten, was das Zeug hielt, kamen jedoch zu spät. Dafür fand sich in einem liegengebliebenen Kübelwagen einen Sack Linsen, aus dem wir mit unseren Händen so viel in unsere Rucksäcke schaufelten, bis sie kaum mehr zu tragen waren. Ein anderes Mal entdeckte meine Mutter im Straßengraben einen schwarzen Kasten, der eine Schreibmaschine enthielt. Obzwar niemand von uns ein solches Gerät bedienen konnte, griff sie sofort zu, lud das schwere Ding auf ihren Gepäckträger, der bedrohlich schwankte, und balancierte es über zehn Kilometer nach Hause. »Nun komm schon!« Ich strampelte auf meinem kleiner dimensionierten Mädchenrad hinterher. Die Schreibmaschine sollte sich noch als sehr nützlich erweisen.

Besonders reiche Beute konnte man mit den weggeworfenen Wehrmachtsuniformen machen. Die amerikanische Besatzungsmacht hatte angeblich die Todesstrafe auf die Aneignung solcher Kleidungsstücke ausgesetzt. Es galt also, vorsichtig zu sein. Am Rande einer Waldlichtung wurden wir fündig. Meine Mutter klemmte zwei feldgraue Jacken und eine Hose auf ihren Gepäckträger. Einen dunkelgrünen Mantel, der ihr bis zu den Knöcheln reichte, zog sie einfach an. Ich stieg in Schaftstiefel, in denen ich bis über die Knie versank. »Laß die Knobelbecher, die trägt doch niemand mehr.«

Plötzlich raschelt es im Gebüsch, jemand nähert sich.

Amerikaner? »Mach schnell, wir müssen fort!« Meine Mutter schiebt bereits ihr Fahrrad auf den Forstweg. Ich komme aus den verflixten Stiefeln nicht mehr heraus, bin mal wieder zu langsam für das Tempo meiner Mutter, schreie vor Angst. Das Gebüsch teilt sich, und drei Rehe rasen an uns vorbei. Meine Mutter hilft mir aus den Stiefeln, packt noch ein Kleidungsstück auf meinen Gepäckträger, und mit zitternden Knien steige ich in die Pedale.

Die Uniformstücke wurden zunächst in einem Versteck unter dem Dach gelagert. Mein Vater hatte, wie immer, Bedenken. Im Laufe der nächsten Tage ergänzte meine Mutter unsere Kleiderkammer unermüdlich. Einmal kamen zwei junge Amerikaner in hellen Khakiuniformen ins Haus. Sie staksten lässig herein, wirkten so ungewohnt unmilitärisch, waren strahlender Laune und hatten diese gut geschnittenen Hosen und diese »wunderschön prallen Popos«, wie meine Mutter schon mehrfach beobachtet hatte. Sie führte das auf die gute Ernährung der amerikanischen Soldaten zurück. Mein Vater schlich in Schlabberhosen herum. Niemand von uns verstand Englisch, aber es war klar, daß es sich um eine Kontrolle handelte. Mund halten war mal wieder angesagt.

Meine Mutter griff auf ihr Repertoire der Ablenkung und Beschwichtigung beim Erscheinen von Obrigkeit in Uniform zurück und legte die Nummer »Fronttheater« auf, die sie allerdings etwas amerikanisierte. Sie machte einige Tanzschritte weg von dem Zugang zum Dachboden, hob die Arme, drehte eine Art Pirouette, warf den beiden neugierig dreinblickenden jungen Männern kokette Blicke zu und sprach mehrmals beschwörend das Wort »dance« aus. Sie erreichte das Bücherregal, griff ihr Album mit Szenenfotos und blätterte es auf. Ich weiß nicht, wieviel die beiden Amis davon begriffen. Jedenfalls lachten sie zustimmend, blickten noch einmal kontrollierend umher, spielten prüfend mit dem Brieföffner meines Vaters, schenkten mir schließlich eine Tafel Schokolade und verabschiedeten sich. Es hatte funktioniert.

Bald wurden die Wehrmachtsuniformen zu bayerischer Trachtenkleidung verarbeitet. Meine Mutter trennte alle Nähte mit einem Rasiermesser auf, und ich zupfte die Fäden raus. Die Stoffteile wurden gewaschen, getrocknet, gebügelt und dann zur Schneiderin gegeben, die im Anfertigen solcher Kleidung schon Übung hatte. Kostüme, Anzüge, Mäntel von sehr haltbarer Qualität kamen so zustande. Für die rot abgesetzten Litzen an Kragen und Ärmeln wurde das Rot aus Hakenkreuzfahnen verwendet. Mit etwas Glück konnte man an Hirschhornknöpfe kommen und damit die Mimikry vollkommen machen. Der grüne Militärmantel blieb allerdings unverändert, da er meinem Vater paßte, sah man von den etwas zu breiten Schultern ab.

Dann ergriff ein heftiges Fieber meine Mutter, von dem der Arzt vermutete, daß es von einem Insekt aus den Nähten der Uniformen übertragen worden war. Mit ihrer Gesundung wurde auch unsere neue Kleidung fertig. Ihr nächster Plan zu unserer Versorgung scheiterte allerdings am strikten Verbot meines Vaters. Sie wollte eines der frei herumlaufenden Pferde einfangen, schlachten und das Fleisch verarbeiten. In der Tat warf das Schlachten gewisse Probleme auf. So beschränkte sich meine Mutter darauf, bei dem amerikanischen Militärkoch Seidenhemden meines Vaters aus der Vorkriegszeit gegen Corned Beef und Schmalz in Dosen zu tauschen. Ich schlich nun häufig um die Unterbringungen der amerikanischen Soldaten herum, in der Hoffnung, es würde etwas für mich abfallen. Die Schokoladentafeln waren klein, aber doppelt so dick wie diejenigen, die mein Vater seinerzeit zerteilt und in der Porzellandose aufbewahrt hatte. Das war so lange her, daß es mir wie durch ein umgedrehtes Fernglas verkleinert erschien.

Es gab also wieder Schokolade, die allerdings anders schmeckte, mehr nach Milch und weniger nach Schokolade. Auch nahm meine Mutter ihr gewohntes Sonnenbaden wieder auf. Sobald es etwas wärmer wurde, breitete sie eine Wolldecke auf dem recht flachen Schindeldach des Jagdhauses aus und legte sich nackt in die Sonne. Der Einspruch meines Vaters hatte sich auf die Gefahr der Beobachtung durch Nazis oder Tiefflieger gegründet. Jetzt gab es kein stichhaltiges Argument mehr. Und schließlich waren rundherum nur Berge und Wald. Die Amis trieben sich dort kaum herum. Also warum nicht!

Nun erschien mein Vater auch wieder häufiger mit Spuren von Lippenstift um den Mund zum Frühstück. Obwohl ich nicht genau wußte, was das bedeutete, so war es doch ein gutes Zeichen. Ich kannte das von früher. Meine Mutter machte sich manchmal abends vor dem Zubettgehen noch schön, zog vielleicht ein Tanzkostüm an, bürstete ihr langes, dichtes Haar vor dem Spiegel. In der Münchner Wohnung hatte man dann Grammophonmusik aus dem Schlafzimmer gehört. Mein Vater war glücklich, wenn sie allein für ihn tanzte, und nannte sie »meine kleine Bajadere«. Seit unserer Evakuierung schien dieser Brauch in Vergessenheit geraten zu sein.

Zu essen gab es immer noch wenig. Immerhin war es für uns nun etwas leichter, an zusätzliche Lebensmittel zu kommen. Die Amis gaben großzügig aus ihren Armeevorräten im Tausch für »unser letztes Hemd«, wie meine Mutter das ausdrückte. Immer wieder wußte sie den Militärkoch zu becircen. Bei den Bauern hatte sie weniger Erfolg gehabt. Vielleicht lag es an ihrer Aufmachung, die von den Dorfkindern mit »Hosenweib, Malkasten« kommentiert worden war. In der Tat trug hier keine andere Frau weite Flanellhosen oder schminkte sich.

Ein einmaliges Ereignis auf unserem Speisezettel, das in einer Freßorgie gipfelte, trat mit dem Auftauchen von Onkel Costy ein. Er hatte sich von Italien über den Brenner zu uns durchgeschlagen und stand eines Tages in abgetragener Zivilkleidung und mit einem halben Spanferkel im Rucksack vor unserer Tür. Woher er das hatte, erfuhren wir nicht. Es dauerte Stunden, bis es durchgebraten war und endlich braungebrannt mit einer glänzenden Speckkruste auf dem Tisch stand. So viel Fleisch hatte ich noch nie auf einmal gegessen. Mein Vater warnte, es würde mir übel werden. Aber das trat nicht ein. Ich wurde nur endlich mal richtig satt.

Nun begannen meine Eltern auch über das zu reden, was vorher nur auf Französisch, im Flüsterton oder in meiner Abwesenheit zur Sprache gekommen war, wovon ich einige Brocken aufgeschnappt und sonst nur Böses geahnt hatte. Ich erfuhr, weshalb mein Vater seine Stelle als Leiter der Kulturabteilung im Rundfunk verloren hatte. Er war nicht in die Partei eingetreten, und er hatte jüdische Mitarbeiter beschäftigt. Einmal habe er den Auftrag bekommen, den Benediktinerabt Pater Hugo Lang auszuhorchen und das Gespräch heimlich über ein Mikrophon aufzunehmen, das in einer Vase versteckt sein sollte. Er habe ihn einfach nicht mehr eingeladen. Ich erfuhr, wie bei einer Hausdurchsuchung alles durchwühlt und die Zettelkästen und Manuskripte meines Vaters beschlagnahmt worden waren. Das war geschehen, während ich mit Scharlach im Krankenhaus lag. Kurz darauf hatte das Verhör bei der Gestapo im Prinz-Carl-Palais stattgefunden, von dem mein

Vater sagte, er habe nicht gewußt, ob er da wieder rauskommen würde. Ich erfuhr auch von der Anzeige durch Obermairs wegen Führerschmähung, als mein Vater das Hitlerbild in unserem Untermietszimmer abgenommen hatte. Und diese Leute wollten schließlich wenige Tage vor Kriegsende »den Würzbach noch schnell umlegen lassen«. Davon hatte Onkel Ferdinand noch rechtzeitig erfahren, um uns zu warnen. »Umlegen« klang recht merkwürdig, als ob es sich um das Fällen eines Baumes handelte.

Für mich waren das zunächst einmal spannende Geschichten, deren Bedrohlichkeit ich nicht an mich herankommen ließ. Wir waren immer knapp davongekommen. Dabei begriff ich nun, daß dies dem Auftreten meiner Mutter als Tänzerin bei der Truppenbetreuung und der Unterstützung durch ein Netzwerk von Freunden und Bekannten zu danken war. Und ich merkte, daß die Angst vor dem schleichenden Gas, die immer im Hintergrund gelauert hatte, auch wenn ich gar nicht daran dachte, allmählich von mir wich. Freilich sollte sie später in anderen Gestalten wieder auftauchen. Ebenso wie mein Vater für den Rest seines Lebens beim Klingeln an der Haustür zusammenzucken und auf dem Balkon immer nur im Flüsterton sprechen würde.

9.

Des Madl lernt guat

Meine Mutter hatte gerade die Kartoffeln zum Kochen auf den Herd gestellt. Ungeduldig wartete ich darauf, daß sie gar würden. Ich beneidete andere Kinder um die Pünktlichkeit ihrer Essenszeiten. Bei den meisten stand die Mahlzeit bereits auf dem Tisch, wenn sie aus der Schule kamen. Während das Kartoffelwasser brodelte und die Kartoffeln unter dem Deckel auf- und niederhüpften, setzte sich meine Mutter zu mir an den Küchentisch. Sie wollte etwas sagen und zögerte gleichzeitig. »Was ist denn schon wieder los«, fragte ich mürrisch. »Ja, weißt du: Ich bin in der Hoffnung. Du wirst ein Geschwisterchen bekommen.« Ich starrte sie entgeistert an. Was sollte ich nun sagen? »Es wird noch eine Weile dauern. Aber wir werden eine größere Wohnung brauchen. Wahrscheinlich ziehen wir wieder nach Rottach.« Das gefiel mir nicht so recht. Ich würde die Weißach, das Wohnen mitten im Fichtenwald und die Resi zurücklassen müssen. Andererseits konnte ich nun darauf hoffen, bald auf eine höhere Schule gehen zu können.

So geruhsam und friedlich es in der Dorfschule war, es wurde mir allmählich langweilig. Und außerdem hatte der

Herr Oberlehrer meinen Vater zu sprechen gewünscht und ihm gesagt: »Des Madl lernt guat. Die muß auf'd Oberschui.« Mein guter Ruf in der Schule beruhte vor allem auf meinen Aufsätzen, die vor der Klasse vorzulesen ich regelmäßig aufgefordert wurde. Im Rechnen und in Naturkunde war ich auch nicht schlecht. In meinem letzten Zeugnis stand in sauberer Sütterlinschrift: »Gutmütig und zutraulich – gute Erziehung. Sehr begabt, aber wenig Selbstbewußtsein und weiß daher ihr Können nicht recht zur Geltung zu bringen.« Meine Schwächen waren Handarbeit und Hauswirtschaft. Dazu hatte ich von zu Hause keinerlei Anregung bekommen. Die schlechte Note in Musik empfand ich als Kränkung, wo ich Musik doch so gerne hatte. Aber es lag wohl an meinem Singen.

Also wurde beschlossen, mich auf die Oberschule zu schicken. Es bestand die Aussicht, daß eine solche in Tegernsee gegründet würde. In der Zwischenzeit erbot sich der Herr Oberlehrer, mir Lateinunterricht zu erteilen. So saß ich einmal in der Woche in seiner Wohnstube und schrieb lateinische Vokabeln und Deklinationen säuberlich auf kariertes Papier. Nur die Ministranten und zukünftigen Oberschüler durften Latein lernen. Der einzige Sinn und Zweck dieser Übung schien für mich der erhoffte Zugang zu einer neuen Schule zu sein, auf die zu gehen offenbar nicht selbstverständlich war. Die Vorbereitung durch das Erlernen von Wörtern, die schön klangen, aber sonst wenig Sinn für mich ergaben, und die damit verbundene Erwartungsfreude – zum ersten Mal freute ich mich wirklich auf eine Schule – überlagerten den Gedanken daran, daß meine Mutter in der Hoffnung war.

Wir fanden eine Wohnung in Rottach-Egern im ersten Stock eines Privathauses. Sie bestand aus drei Zimmern, einer Küche und einem Badezimmer. Wir standen in den leeren, nackten Räumen und planten eifrig drauflos. Dieses großzügige Raumangebot – an einen Vergleich mit der früheren Münchner Wohnung dachte schon lange niemand mehr – erlaubte eine freie Gestaltung nach unseren Wünschen. »Dies könnte dein Arbeitszimmer werden, in dem du auch schlafen kannst«, schlug meine Mutter vor. Mein Vater hustete oft nachts, was meine Mutter störte. »Dort kann auch das grüne Sofa stehen.« Wir gingen durch das Zimmer, in dem unsere zögernd erkundenden Schritte einen hohlen Klang erzeugten.

Eine Tür führte auf den Holzbalkon, der ungewöhnlich großzügig über zwei Ecken um die gesamte Wohnung lief. »Hier kannst du im Liegestuhl luftkuren und lesen«, ließ meine Mutter ihre Phantasie spielen. Von jeher hatte mein Vater bei seiner Lektüre gerne eine halbliegende Stellung eingenommen, oft in eine warme Decke gewickelt. Diese Gewohnheit ging auf seinen Aufenthalt in Davos zurück, wo er wegen eines Lungenleidens ein paar Wochen verbracht hatte. Nun, nachdem seine Gesundheit durch die Naziverfolgung erneut gelitten hatte, kündigte er häufig an: »Ich lege mich jetzt ein wenig hin.« Das Zimmer neben seinem wurde zum Wohnzimmer erklärt. »Da stelle ich mir das zweite Bett hin und tarne es als Divan mit vielen Kissen«, plante meine Mutter. »Und auf dem Balkon kannst du sonnenbaden«, fügte ich schelmisch mit einem prüfenden Seitenblick auf meinen Vater hinzu. Der meinte einschränkend: »Wenn dann noch Platz ist neben dem Kinderwagen.« Natürlich würde auf diesem großen Balkon reichlich Platz sein.

Diese beiden nach Süden gehenden Zimmer waren die schönsten. Ein weiteres kleines Zimmer nach Osten sollte aus finanziellen Gründen erst einmal untervermietet und später zum Kinderzimmer werden. »Und wo soll ich schlafen?« Nun erwies es sich als ein Glück, daß meine Mutter keinen besonderen Wert aufs Kochen legte. »Du bekommst die sogenannte Küche. Wir stellen statt dessen einfach zwei elektrische Kochplatten ins Bad. Das genügt. Schließlich mußt du jetzt in Ruhe Schulaufgaben machen können.« Der Sinn meiner Mutter für die Rangordnung von Wichtigem und Unwichtigem beeindruckte mich. Das Zimmer ging nach Nordwesten und bot Raum für ein schmales Bett sowie Tisch und Stuhl am Fenster. Der Ausblick auf eine dichte Reihe hoher Fichten ganz nah am Haus machte das Zimmer zu einer halbschattigen Höhle. Beträchtlichen Platz nahm ein grüner Kachelofen ein, der an einer Seite auf halber Höhe zum Kochherd erweitert war, ein sogenannter Sesselofen. Dort konnte man Wasser erhitzen oder auch mal etwas kochen. Ein gemeinsamer Kleiderschrank sollte auf dem Flur stehen. Ich war hochzufrieden. Es war mein erstes eigenes Zimmer, sah man von dem ungeliebten Spielzimmer in München ab.

Wir inspizierten das Badezimmer. Einen unerhörten Luxus stellte die Badewanne dar, die behäbig auf vier Füßen stand und mit einer Handbrause ausgestattet war. Warmes Wasser konnte man bei Bedarf durch Heizen des Badeofens bekommen. Das zylinderförmige Ungetüm stand am Kopfende der Wanne. Der untere Teil des Wasserbehälters war zum Feuermachen eingerichtet. Mit Hilfe von Holz und Briketts bekam man so heißes Badewasser. Kalt duschen konnte man natürlich zu jeder Zeit. Außerdem stand es jedem frei, den Kälteschock im Waschbecken durch Beigabe von etwas heißem Wasser, das vom Sesselofen herübergeholt oder auf einer Kochplatte erhitzt worden war, zu mildern. Insbesondere das Zähneputzen ließ sich so angenehmer gestalten. »Woher kam eigentlich das warme Wasser in der Münchner Wohnung?« fragte ich mich plötzlich. »Aus der Wand«, war die lapidare Antwort meiner Mutter. Da erinnerte ich mich auch an die warmen Heizkörper. Hier stand in jedem Zimmer ein eiserner Ofen für den Winter bereit.

Voller Vorfreude begannen wir uns einzurichten. Die seinerzeit heimlich von meiner Mutter evakuierten Möbel und Kisten wurden auf einem Pferdewagen aus der Wittgensteinschen Scheune herangeschafft, Bilder an die Wände gehängt, Sofakissen, Porzellan und Bücher ausgepackt. Die gerettete Goetheausgabe fand ihren Platz und wurde nunmehr als »unser Goethe, der durch die Luft geflogen ist« tituliert. Der Biedermeier-Eckschrank war das Prunkstück im Wohnzimmer. Das grüne Sofa erhielt seinen angestammten Platz im Arbeitszimmer meines Vaters. Es sah schon recht mitgenommen aus, stand allerdings immer noch fest auf seinen kurzen Holzbeinen.

Manchmal saß ich darauf, wenn ich Papa in seinem Zimmer besuchte, in das er sich nun oft zurückzog. Über den Mittagsschlaf war ich längst hinaus. Ich hatte nun meine eigene Zeiteinteilung und mein eigenes Zimmer. Die Fichten rauschten bei jedem Windstoß. Gegen Abend versuchte die Sonne, durch die dichten Zweige des Nadelvorhangs vor meinem Fenster zu blinzeln. Ich mußte nun allein zurechtkommen. Bei meinen Streifzügen an der Weißach war das nicht schwierig gewesen. Im eigenen Zimmer mußte ich es erst noch lernen.

Es war gut, daß die Schule bald nach unserem Einzug begann. Sie wurde im Sengerschlößchen, einer großzügig dimensionierten Prachtvilla mit Erkern und Türmchen an einem Berghang über dem Ort Tegernsee, mit wenigen Klassen eröffnet. Mit dem Fahrrad war ich in knapp einer halben Stunde dort. Per Bus ging es nicht wesentlich schneller. Denn dieser wurde mittels Holzkohle aus einem Gerät ähnlich unserem Badeofen angetrieben, stieß dunklen Rauch aus, schnaufte mühsam voran und verlor regelmäßig am Tegernseer Berg die Puste. Dann hieß es: »Alle aussteigen und anschieben.« Bis wir lachend und um die besten Plätze rangelnd wieder eingestiegen waren, verging einige Zeit.

Ich kam nicht gerne zu spät zur Schule, denn in mir war eine neue Lerngier aufgekommen, die nur zeitweilig von dem Hunger nach der Schulspeisung überlagert wurde. Wir saßen in alten, von Schrammen und Tintenrunen gezeichneten Schulbänken unterschiedlicher Größe und Herkunft. Die Fensterreihe hatte den Blick über den See. Vorläufig wurde nicht geheizt. Es bestand die vage Hoffnung auf eine Lieferung Koks, um die Zentralheizung zu befeuern.

Heute hatten wir mal wieder unsere Mäntel oder Jacken an. Erste Stunde Rechnen: »Wenn ein Zug von A nach B zwanzig Minuten braucht, wie lange braucht er dann nach ...« Textrechnungen waren anschaulicher als Kettenrechnungen und leichter zu lösen, selbst wenn die Geschwindigkeit eines heranbrausenden Gegenzugs zu berechnen war. Der junge Lehrer trug eine braune Jacke, die in der Taille mit einem Bund abschloß. Ich hatte solche Jacken an den Amis gesehen. Er war in amerikanischer Kriegsgefangenschaft gewesen.

In der nächsten Stunde gab er Naturkunde: das Leben der Bienen. Nun erfuhr ich endlich genauer, wie Honig entstand. Bisher kannte ich die Bienenhäuser bei den Bauern nur von außen, hatte die Tiere geschäftig ein- und ausfliegen sehen. Wie viele mußten wie lange Blütennektar sammeln, bis genügend Waben gefüllt waren, um daraus ein Glas dieser goldgelben Masse herauszuschleudern, deren besondere, herbe und zugleich heftige Süße ich so liebte? »Wer von euch kennt Honig?« Ich erinnerte mich an die Besuche bei der Katzengräfin und hob den Arm. Einige in der Klasse zeigten nicht auf.

Bei mir meldete sich schon wieder der Hunger, und ich sehnte die Pause herbei. Kurz vor dem Klingelzeichen durchzog immer ein Duft von Erbsensuppe oder Haferbrei den Flur und drang durch die Ritzen der Tür. Heute war es eindeutig Haferbrei. Alsbald rollte ein riesiger Kochtopf auf einem Transportwägelchen herein, schon fast einer Gulaschkanone gleich, wurde vor der Tafel in Stellung gebracht, und wir bildeten rasch eine Schlange. Prüfend starrte ich auf die Schöpfkelle in der Hand des Hausmeisters. Er sah meinen hungrigen Blick und gab mir einen Nachschlag in mein Kochgeschirr, das aus den im Wald zurückgelassenen Heeresbeständen stammte. Die meisten Kinder hielten ähnliche Gefäße bereit. Einige hatten kein Interesse an der Schulspeisung, weil sie dicke Pausenbrote von zu Hause mitbekamen.

Zu ihnen gehörte Susi Henlein, ein lebhaftes, selbstbewußtes Mädchen mit kurzem schwarzem Haar, Pausbakken, grünem Faltenrock und weißer Bluse. Man munkelte, ihr Vater sei ein Schieber. Diese Bezeichnung für Leute, die auf dem Schwarzmarkt tätig waren, jagte mir immer einen Schauer über den Rücken, so wie seinerzeit die Räuber auf der Bühne des Prinzregententheaters. Schieber zu sein hatte etwas Anrüchiges und zugleich Faszinierendes. Es bedeutete Zugang zu Dingen, die für normale Sterbliche ohne entsprechende Tauschware, wie etwa Ami-Zigaretten, unerreichbar blieben, so zum Beispiel echter Kaffee, ein Bügeleisen oder Fahrradschläuche. Susi Henlein rümpfte die Nase über die Schulspeisung, während ich mein Wehrmachtsgeschirr mit Genuß leer aß. Heute war der süße Haferbrei mit Kakao angereichert worden. Offenbar verfügten die Amis über unvorstellbare Vorräte an Schokolade.

Was die nächste Stunde bringen würde, wußten wir noch nicht. Es war ein improvisierter Stundenplan, der nicht selten Überraschungen brachte. Der Unterricht wurde von Kriegsheimkehrern und »politisch unbelasteten« pensionierten Lehrern abgehalten. In meiner Klasse war ich unter dreißig Mädchen und Buben mit Abstand die älteste. Eine »zweijährige Verspätung für den Besuch der höheren Schule aufgrund von Kriegseinwirkungen und politischer Verfolgung der Eltern« war in meinem Übergangszeugnis verbucht. Darauf hatte mein Vater beim Herrn Oberlehrer bestanden. Niemand beachtete diesen Altersunterschied. Wir waren ein bunt zusammengewürfelter Haufen von Einheimischen, Evakuierten und Flüchtlingen. Jeder hatte seine eigene Geschichte zu erzählen. Aber danach wurden wir nicht gefragt.

Jetzt kam Deutsch an die Reihe. Unser Lehrer, Herr Weinert, war ein blasser, hagerer kleiner Mann unbestimmten Alters, von dem es hieß, daß er aus russischer Kriegsgefangenschaft geflohen sei. Er verstand keinen Spaß und führte uns am straffen Zügel, wie er selbst erklärte. Ich mochte ihn, denn er trug die Balladen von Schiller, Heine und Uhland wunderbar dramatisch vor und brachte uns zum Nachdenken über diese merkwürdigen Erzählungen in Versen.

Schillers ›Die Bürgschaft‹: Das fing schon so unheimlich spannend an: »Zu Dionys, dem Tyrannen, schlich« – kleine Pause – »Möros, den Dolch im Gewande ...« Herr Weinert trug diese Zeilen mit verhaltener Stimme vor. Es war, als ob ein Gewitter schwarz drohend am Himmel aufzog. Möros will den Tyrannen töten, die Freiheit erkämpfen und wird dabei erwischt. Herr Weinert machte klar, daß der Tyrannenmord eine legitime, ja sogar eine Heldentat sei. Er nannte jedoch keine Beispiele aus der jüngeren Geschichte.

>Ich bin«, spricht jener, »zu sterben bereit
Und bitte nicht um mein Leben;
Doch willst du Gnade mir geben,
Ich flehe um drei Tage Zeit,
Bis ich die Schwester dem Gatten gefreit;
Ich lasse den Freund dir als Bürgen,
Ihn magst du, entrinn' ich, erwürgen.«

Die Verse hatten irgendwie einen erhebenden Klang. Die Rede des Gefangenen und zum Tode Verurteilten wirkte so stolz und sicher, wie ich mich gerne auch einmal fühlen wollte. Dann folgten all die Hindernisse, die er zu überwinden hatte, um rechtzeitig zurückzukommen. Man hörte das Hochwasser geradezu kommen und wüten:

Da reißet die Brücke der Strudel hinab,
Und donnernd sprengen die Wogen
Des Gewölbes krachenden Bogen.

»Wer von euch hat schon mal so etwas Ähnliches erlebt?« Ein Mädchen erzählt von Überschwemmungen an der Elbe. Ich schildere die Weißach während der Schneeschmelze. Ein Bub berichtet von einem Gewitter am Berg, das im Nu den Weg in einen reißenden Bach verwandelt habe.

Unser Held muß noch manches Abenteuer bestehen. Er verdurstet fast unter sengender Hitze, wird aber gerettet: »Und sieh, aus dem Felsen geschwätzig, schnell, / Springt murmelnd hervor ein lebendiger Quell.« Ich höre das Wasser plätschern, spüre seine Kühle. Ein Aufatmen geht durch die Klasse: »Und freudig bückt er sich nieder,/Und erfrischt die brennenden Glieder.« Aber bloß nicht zu lange Rast machen! Er muß doch rechtzeitig zurück sein, um seinen Bürgen auszulösen. Er scheint zu spät dran zu sein: »Zurück! Du rettest den Freund nicht mehr, so rette das eigene Leben!« So wird ihm geraten.

»Und was hättet ihr getan?« Da schweigt die Klasse. Ernüchtert sehen einige schon das Aufsatzthema auf sich zukommen. Andere können sich nicht entscheiden. Ich muß an den Luftschutzkeller denken. Hätte ich den Mut gehabt, dem alten jüdischen Ehepaar, dem der Blockwart den Zutritt verweigert hatte, draußen Gesellschaft zu leisten? Glücklicherweise geht die Geschichte von der Bürgschaft ja gut aus, und sogar der Tyrann ist gerührt und schenkt beiden das Leben. Herr Weinert diktiert uns den Text, denn Schulbücher gibt es noch nicht. Und dann läutet die Pausenglocke, und wir sollen bis zum nächsten Mal die ganze Ballade auswendig lernen.

Zu Hause machte ich mich gleich an die Arbeit, sprach Strophe für Strophe zum Fenster hinaus zu den Fichten. Später hörte mein Vater mich ab. Es zeigte sich, daß er ›Die Bürgschaft‹ selbst nahezu auswendig kannte. Und manche andere Ballade:

> Die Mitternacht zog näher schon;
> In stummer Ruh lag Babylon.

Das klang ganz friedlich, aber man konnte schon heraushören, daß es unheimlich werden würde. König Belsazar spottet dem Gott der Juden Jehovah, wird von einer Flammenschrift an der Wand zu Tode erschreckt und »in selbiger Nacht von seinen Knechten umgebracht«.

Mein Vater holte sein Balladenbuch vom Regal, wir setzten uns aufs grüne Sofa, und er trug vor, erklärte, wiederholte manche Zeilen. Sehr schwer zu verstehen fand ich ›Der Ring des Polykrates‹.

> Drum, willst du dich vor Leid bewahren,
> So flehe zu den Unsichtbaren,
> Daß sie zum Glück den Schmerz verleihn.

Darüber grübelte ich eine Weile. Mehrmals hat der König seinen Ring ins Meer geworfen, um ein böses Schicksal abzuwenden. Und immer wieder gelangt der Ring zu ihm zurück. Daraufhin reist sein Gast überstürzt ab, denn er fürchtet, das für Polykrates bestimmte Unglück miterleben zu müssen. War es gefährlich, zu viel Glück zu haben? Hatte ich bisher zu viel Glück gehabt? Manchmal dachte ich ja, manchmal nein. Meine Eltern mochte ich nicht fragen, denn ich ahnte, daß niemand diese Frage für mich beantworten konnte. Es blieb das Gefühl: Nichts geht lange gut. Es kommt immer mal wieder etwas dazwischen. Ich hatte Schwierigkeiten, an das eigene Glück zu glauben.

In der nächsten Deutschstunde wurde unsere Hausaufgabe eingefordert. Ich hatte mir fest vorgenommen, mich zum Vortragen der ›Bürgschaft‹ zu melden. Mir selber gehorchend, streckte ich nun sogleich die Hand in die Höhe. Nur wenige außer mir schienen freiwillig zu einem Auftritt bereit. Der Rudi war noch schneller gewesen als ich und kam zuerst dran. Er stand vorne neben der Tafel, verhaspelte sich in der zweiten Strophe, stockte. »Komm nach vorne und hilf ihm«, nickte der Lehrer mir zu. So kam ich zwar um die erste Strophe, hatte aber jetzt meine Chance. Mein Mund wurde trocken, und ich sagte mir innerlich vor: »Ich bin, spricht jener, zu sterben bereit ...«

Und dann ging es einigermaßen reibungslos. Ich sprach schnell und nicht so bühnenwirksam, wie ich es zu Hause geübt hatte. Aber ich wollte mir jetzt die Ballade nicht mehr nehmen lassen. Rudi stand neben mir und schwieg. »Ich sei, gewährt mir die Bitte,/In Eurem Bunde der dritte,« schloß ich. »Bravo«, ließ sich Herr Weinert vernehmen. Gleichzeitig sah ich, wie Rudis Verwunderung in Bewunderung umschlug. Dann wurde geklatscht. Ich war hochrot im Gesicht und schwitzte unter den Armen. Es war geschafft!

Von da an war ich die Balladenrezitatorin vom Dienst. Ich durfte sogar Texte meiner Wahl vortragen, die nicht in der Klasse besprochen worden waren. »Wer wagt es, Rittersmann oder Knapp, zu tauchen in diesen Schlund?« – »Sieh da, sieh da, Timotheus, die Kraniche des Ibykus!« – »Es stand in alten Zeiten ein Schloß so hoch und hehr ...« Und mein Vater riet mir zum ›Zauberlehrling‹.

> Hat der alte Hexenmeister
> Sich doch einmal wegbegeben!
> Und nun sollen seine Geister
> Auch nach meinem Willen leben.

Wir inszenierten das kleine Drama in der Klasse. Mir wurde die Titelrolle zugesprochen. Susi Henlein durfte den alten Zauberer spielen, und Rudi verkörperte eindrucksvoll den wasserholenden Besen. Dabei hatte ich am meisten Text zu lernen und mimte den erst übermütigen und dann angsterfüllten Zauberlehrling recht überzeugend. Aber Susi kehrte ihre Überlegenheit als Hexenmeister gehörig heraus und würdigte mich keines Blickes, nachdem sie den Besen wieder unter ihre Kontrolle gebracht hatte.

Für einige Wochen bewegte ich mich in der Welt der Balladen, erlebte Edelmut und Tragik, Bestrafung des Bösen und Belohnung des Guten, alles in wohlklingende Worte gebannt. Ich sprach die Zeilen vor mich hin, zeichnete sogar Illustrationen zu einigen Szenen. Ebenso wichtig war mir die Anerkennung, die ich als »unsere Balladenspezialistin« in der Schule erhielt. Ich gehörte nun dazu.

Daß ich nicht nur mit Bestätigung, sondern auch mit Ablehnung rechnen mußte, sollte sich bald zeigen. Dabei ging es um unseren Geschichtslehrer. Herr Grote war ein schlanker alter Herr, der immer in demselben dunklen Anzug erschien, der so abgetragen war, daß auch sorgfältiges Bügeln dies nicht verbergen konnte. Spärliches weißes Haar flaumte um den kugelrunden Kopf unseres Lehrers. Sein Gesicht hatte im Alter an Rundungen verloren. Er sprach mit leiser Stimme und unterstrich das Gesagte mit sanften Gebärden. Der Geschichtsstoff begann bei den alten Griechen und handelte vor allem von Schlachten. Herr Grote konnte lebendig erzählen. Wie Alexander der Große die Perser besiegte – 333, bei Issos Keilerei –, mit seiner Armee bis nach Asien vordrang, ein Weltreich begründen wollte, das jedoch nach seinem frühen Tod durch ein tückisches Fieber rasch wieder zerfiel. Herr Grote schilderte, wie dieser siegreiche Held viel Leid über die unterworfenen Völker gebracht habe, und fügte hinzu, so etwas habe sich in der Geschichte bis in die jüngste Zeit wiederholt. Dazu schien er aber dann nichts mehr sagen zu wollen.

Er war eigentlich ein guter Geschichtslehrer. Aber er konnte sich keinen Respekt verschaffen. Da flogen Papiersegler durch die Luft. Es wurde getuschelt und geschwätzt. Hefte klatschten zu Boden. Und je mehr er um Ruhe bat, um so lauter wurde es. Ich leistete meinen Beitrag zur Unruhestiftung durch die Herstellung von Papierseglern und ging dabei ganz in dem Gemeinschaftsgefühl der Meute auf. Allerdings fand ich es ein bißchen schade, daß der Fluß seiner interessanten Geschichten immer wieder unterbrochen wurde.

Der Höhepunkt der Ruhestörung wurde eines Tages durch das eindringliche Läuten eines Weckers erreicht, der in der Glasschale der Hängelampe plaziert worden war, was den schrillen Klang enorm verstärkte. Herr Grote schrak zusammen und wurde noch blasser, als er es ohnehin schon war. Er schien zu begreifen, daß er dieses klirrende Geratter mit seiner Stimme nicht übertönen konnte, und schwieg. Auch war ihm die Quelle des penetranten Geräuschs nicht sofort klar. Er sah sich verstört und hilfesuchend um. Für einen Augenblick trafen sich unsere Blicke, nicht gezielt, nicht gesucht, verhakten sich ineinander. Mich durchfuhr ein Schrecken und ein Schmerz. Die Erinnerung an den Blickwechsel zwischen mir und der Maus, wie sie auf der Kiste in der Küche gesessen und mich angeschaut hatte, nahm Kontur an. Um mich herum schwoll das Gelächter an, brach ein wildes Durcheinander aus. Ich zerknüllte einen Papiersegler in meiner Hand und verhielt mich ruhig. Bald hatte sich der Wecker so verausgabt, daß er schwieg, und der Trubel verebbte. Herr Grote konnte mit dem Unterricht fortfahren.

In mir arbeitete es den ganzen Tag. Irgendwie konnte es so nicht weitergehen. Der alte Mann tat mir leid. Das Katz-und-Maus-Spiel mußte beendet werden. Inspiriert vom Heldentum und Kampfesmut aus den Balladen beschloß ich, etwas zu unternehmen, wußte aber noch nicht recht was.

Zuerst redete ich mit meiner Banknachbarin. Helga Wolff war erst einige Wochen nach Schulbeginn zu uns gestoßen, denn sie hatte von der sehr viel weiter entfernten

Oberschule in Bad Tölz hierher gewechselt. Ihr ungeheuer volles dunkelbraunes Haar und eine gewisse Robustheit in Körperbau und Auftreten waren mir gleich aufgefallen. Sie stimmte mir sofort zu, daß das mit dem Grote nicht so weitergehen könne. Sie hätte sich das schon lange gedacht. Er täte ihr auch leid. »Übrigens, eigentlich werde ich Nussi genannt, wegen der nußbraunen Haare«, fügte sie hinzu. Damit war eine Vertrauensbasis geschaffen, und wir wollten uns gemeinsam um den verfolgten Lehrer kümmern.

Die nächste Geschichtsstunde fiel aus, weil Herr Grote erkrankt war. Wir sollten auf die Vertretung warten. Nussi und ich nutzten die Zeit der Abwesenheit einer Lehrperson für unser Vorhaben. Zunächst redeten wir mit einzelnen, dann mit mehreren zusammen. »Des geht net so weiter ... Wir dürfen den nicht so hetzen ... Wir nehmen uns jetzt vor, ruhig zu sein.« Wenn es mir besonders ernst war, verfiel ich rasch ins Hochdeutsche, zumal hier in der Schule ein bayerisch gefärbtes Hochdeutsch vorherrschte. Nussi sprach kaum Bayerisch. Etwa zehn Mädchen konnten wir überzeugen und waren schon sehr zufrieden mit uns. Aber dann mischte sich Susi Henlein ein: »De Gaudi laß me uns net nehmen«, verkündete sie und fand sogleich von einigen anderen Unterstützung. »Gschichte is eh fad«, meinte einer der Buben. So wurde hin und her geredet, bis Herr Weinert als Vertretung erschien und alle mucksmäuschenstill wurden.

Da hatte ich eine Idee, die wir sogleich in die Tat umsetzten. Wir gründeten einen »Geheimbund für Grote« mit dem schicken Kürzel GfG. Das zog und hielt unsere Leute zusammen. Vor der nächsten Geschichtsstunde wurde die Losung ausgegeben: »Stad sein.« Diese Worte zischten wir gegen jene, die wieder ihre Späße durchsetzen wollten. Die Klasse war nun in zwei Lager gespalten. Susi

Henlein avancierte zur Anführerin der Gegenpartei und zu meiner Erzfeindin. Ich haßte sie mit der ganzen Kraft meines Widerstandes gegen alles, was nicht zu den Erfahrungen und Gedanken meines Elternhauses paßte. Es hatte nichts mit meiner Großmutter und ihrer Abneigung gegen Proleten zu tun. Aber es hatte etwas mit der Liebe zu Büchern und Mozart und bunten Steinen und mit der Toleranz gegenüber einem Mäuseballett zu tun. Und die Angst vor Angriffen auf meine vertraute Welt spielte dabei sicherlich eine Rolle. Es war die Angst vor der Macht der »Pros«, obwohl es die nach der Befreiung, oder dem Zusammenbruch, wie andere es nannten, eigentlich gar nicht mehr geben konnte.

In der Pause traf sich der Geheimbund in einer Ecke des zum Schulhof erklärten Geländes vor dem Haus. Es wurde getuschelt und geplant. Vorschläge wurden gemacht und wieder verworfen. Nussi erbot sich, auf einen freien Platz hinter Susi zu wechseln. Der Grote würde das eh nicht merken. Von dort wollte sie Susi durch Festhalten am Rock am Aufstehen und Werfen von Gegenständen hindern. Die Geschichtsstunden wurden zum Kampfplatz, GfG zum Schlachtruf. Es wurde dadurch nur bedingt ruhiger in der Klasse. Ich fühlte mich wohl in meiner Rolle als Beschützerin der Schwachen und Anführerin einer guten Sache. Der Sieg über Susi Henlein war unser Ziel. Aber es gab immer wieder Rückschläge und Niederlagen. Susi mit ihrer Meute ließ nicht locker, störte und höhnte. Sie mochte mich nun einmal nicht. Manche Unterrichtsstunde war ruhiger, in anderen war der Teufel los. Herr Grote fand immerhin den Mut, mit Einträgen ins Klassenbuch zu drohen. Aber die Meute nahm ihn nicht ernst und beschimpfte uns nach der Stunde als Streber.

Als die Adventszeit begann, entstand eine neue Idee. Wir

wollten unserem Geschichtslehrer eine kleine Weihnachtsfeier bereiten. Da wir in der Klasse mit Störungen rechnen mußten, sollte sie vor seiner Haustür stattfinden. Er bewohnte ein Zimmer im Rückgebäude des Sengerschlosses, in dem von der Schulverwaltung genutzten ehemaligen Dienstbotentrakt. Unser Vorhaben war streng geheim. Leni, die in Handarbeiten gut war, strickte Pulswärmer. Rudi versprach, einen echten kleinen Weihnachtsbaum aus dem Forst seines Vaters zu besorgen. Nussis Mutter hatte noch einen Vorrat von Lametta zu Hause, und in der Drogerie gab es gerade eine Zuteilung von Stearinkerzen. Hansi, ein Bauernsohn, überredete seine Mutter, einen Stollen für einen guten Zweck zu backen. Ich zeichnete eine Weihnachtskarte mit Krippe und allem, was dazugehört. Außerdem sammelten wir aus unseren Taschengeldern für ein Geschenk, einen in Kunstleder gebundenen Notizblock mit Bleistifthalter.

An einem Spätnachmittag, es hatte etwas geschneit, und es dunkelte bereits, schlichen wir um das Sengerschloß herum, postierten uns vor seiner Tür und stimmten das Lied an:

> Leise rieselt der Schnee,
> Still und starr liegt der See,
> Weihnachtlich glänzet der Wald,
> Freue dich, 's Christkind kommt bald.

Ein erstaunter Herr Grote in einer dunkelbraunen, um die Taille durch einen Gürtel zusammengehaltenen Hausjakke, darunter eine graue, makellos gebügelte Hose, öffnete die Tür und stand für uns nur umrißhaft erkennbar im Gegenlicht seiner Zimmerbeleuchtung. Sein dünnes, flaumiges Haar erschien wie ein Heiligenschein um seinen Kopf, und als er seine Arme in den weit angeschnittenen Ärmeln seiner Hausjacke in erschrockenem Erstaunen erhob, hatte er für einen Moment die Kontur eines Engels. Er bat uns herein. Wir drängten uns in seiner engen Stube. Mir war der Part zugefallen, ein frohes Weihnachten zu wünschen. Dann überreichten wir mit einer Mischung aus Stolz und Verschämtheit unsere Geschenke und stellten die kleine, mit glitzernden Lamettafäden geschmückte Fichte auf den Tisch. Rudis Vater hatte sie vorsorglich mit einem Holzfuß versehen. Nun war ›Stille Nacht, Heilige Nacht‹ an der Reihe. Ich hielt mich stimmlich etwas zurück und sah verstohlen Herrn Grote von der Seite an. Es war unverkennbar, er hatte Tränen in den Augen. Er dankte uns mit belegter Stimme und sagte, wie sehr er sich freue. Das konnte man ihm ansehen.

Seine Freude sprang auf uns über, und auf dem Heimweg bestätigten wir uns gegenseitig, daß dies ein voller Erfolg gewesen sei. Die Rottacher hatten das Glück, noch den Abendbus zu erwischen. Nussi hatte mich untergehakt und ließ mich auch im Bus nicht mehr los. »So etwas brächte die Susi nie fertig!« Davon war ich auch überzeugt. Dabei hatte ich das angenehme Gefühl, etwas wiedergutgemacht und ins Lot gebracht zu haben.

Kurz vor Weihnachten, es schneite schon kräftig, und der Sanitätswagen hatte Mühe durchzukommen, brachte meine Mutter im Kreiskrankenhaus einen Buben zur Welt. Das Ereignis traf mich im Grunde völlig unvorbereitet. Ich war so mit der Schule beschäftigt gewesen, daß ich das Anwachsen des Bauches meiner Mutter nur gelegentlich wahrgenommen hatte, es vielleicht auch gar nicht wahrhaben wollte. Einmal hatte sie mich aufgefordert, an ihrem Kugelbauch auf die Herztöne des Kindes zu horchen. Aber vor lauter Aufregung hatte ich nichts gehört. Dieser kleine Bruder war nun aus dem Bauch meiner Mutter herausgekommen, hatte Gestalt angenommen. Ich verband damit keine genaue Vorstellung, denn ich war nur sehr nebulös aufgeklärt. Der Anblick des neugeborenen Winzlings war dann ein Schock. Tagelang saß ich unter dem Eindruck dieser Veränderung in unserer Familie völlig geistesabwesend in der Klasse, wurde aufgerufen und murmelte etwas von »Michael«. So sollte er heißen.

Von nun an drehte sich alles um ihn. Meine Mutter spann einen Kokon aus ängstlicher Fürsorge um den Neugeborenen. Nie sollte er weinen. Um ihn zu beruhigen, mußte ich stundenlang den Korbwagen im Zimmer hin- und herrollen. Um seinen Schlaf nicht zu stören, mußten alle auf Zehenspitzen gehen. Nie durfte sein kleiner Po wund werden, den zu waschen und zu wickeln ich lernte. Die Brust wurde ihm öfters gegeben, als er offenbar wollte, und unermüdlich schabte ich Karotten und preßte sie durch ein dünnes Tuch. Nur selten durfte ich von dem ein wenig erdig duftenden Saft einen Schluck kosten, schluckte statt dessen meine Gelüste herunter. Ich stellte mich in der Säuglingspflege ganz geschickt an, aber die Ängstlichkeit meiner Mutter und die Sorge, etwas falsch zu machen, verdarben mir die Freude. »Laß ihn nicht fallen!« – »Daß er sich bloß nicht verschluckt.« – »Decke ihn gut zu!« In der kleinen Wohnung roch es ständig nach feuchten Windeln, die in einem Eimer eingeweicht, dann auf dem Sesselofen in meinem Zimmer ausgekocht und dort zum Trocknen aufgehängt wurden. Der Kleine blieb dabei recht unbekümmert, schrie, lachte und gedieh. Immer wenn er lachte, war ich ihm zugetan.

Meine Mutter nahm die Geburt ihres Sohnes zum Anlaß, über meine Geburt zu sprechen. »Du warst eine Frühgeburt, ein Siebenmonatskind, nur zweieinhalb Pfund. Das sieht man dir jetzt nicht mehr an! Dein Zwillingsbruder wog vier Pfund, starb aber bald nach der Geburt. Du wolltest unbedingt raus und hast ihn rausgetreten. Vielleicht hat auch der Arzt etwas falsch gemacht. Er war schon ziemlich senil und nur auf Empfehlung der Großmutter herangezogen worden. Dich hat man dann in einen Brutkasten gelegt.« So war das also mit mir gewesen. Der Zwillingsbruder interessierte mich nicht weiter, zumal ich auch noch schuld gewesen sein sollte an seinem Tod.

Aber wie war es mit mir weitergegangen? Ich sei in den ersten Jahren oft krank gewesen, hätte wegen eines verkrümmten Rückgrats im Gipsbett gelegen, früher sprechen als laufen gelernt und sei einmal fast vom Kronleuchter erschlagen worden. Diese Geschichte kannte ich. Die Erzählung meiner Mutter löste bei mir ein unbestimmtes Unbehagen aus und bestärkte mich in meinem Eindruck, daß um den nun geborenen Bruder, »unseren kleinen Stammhalter«, wie meine Mutter ihn zuweilen scherzhaft titulierte, einfach zu viel Wirbel gemacht wurde.

Dem wich ich zunehmend aus. Ich war viel unterwegs, in der Schule oder zusammen mit meiner besten Freundin Nussi. Für die Schularbeiten zog ich mich in mein Zimmer zurück und ließ mich dort nur ungern stören. Häufig brütete ich über einem Fach, das bisher schlicht als Rechnen bezeichnet worden war, seit dem Aufstieg in die nächste Klasse nun als Mathematik daherkam. Der neue Lehrer verstand es nicht sehr gut, uns zu erklären, warum wir jetzt auf einmal mit Buchstaben anstatt mit Zahlen rechnen sollten. Manchmal verzweifelte ich über der Unlösbarkeit der Aufgaben, starrte durch Tränenschleier auf die Fichtenwand vor meinem Fenster und wartete vergeblich auf eine Eingebung. Doch eigentlich gab es keinen Grund zur Sorge. Das vergangene Schuljahr hatte ich als Klassenbeste abgeschlossen. Aber »Adel verpflichtet«, wie meine Großmutter zu sagen pflegte, und ich fühlte mich unter Druck.

Nussi tat sich ebenso schwer mit dem Buchstabenrechnen. Ihre ältere Schwester hatte schon einen Freund, und der verstand etwas von Algebra. Er erklärte uns, daß diese Buchstaben nur stellvertretend für etwas anderes standen, eine Art Kürzel waren, bei deren Benutzung man gewisse Regeln beachten mußte. »Jetzt geht mir ein Licht auf«, frohlockte Nussi. Und von da an waren wir wieder erfolgreich. Wir teilten immer noch dieselbe Schulbank, fragten uns gegenseitig ab und halfen einander. Nussi nahm allerdings die Schule lange nicht so ernst wie ich.

Den Freund ihrer Schwester bezahlten wir mit Brotmarken. Sie waren neben Zigaretten, an die wir nicht rankamen, die beste Währung. Man konnte dafür nicht nur Brot und Nahrungsmittel kaufen, sondern auch ins Café am See gehen und einen Kuchen oder eine Ochsenschwanzsuppe essen. Auch wenn der Kuchen die erforderliche Süße nur ahnen ließ und sonst eher wie Pappe schmeckte und bei der Suppe der Ochse bestenfalls einmal darübergewedelt hatte, so war doch der Besuch des Cafés an sich schon ein Hochgenuß. Wir benahmen uns dort wie Damen, blätterten in den abgegriffenen Zeitschriften des Lesezirkels und schlürften unser Heißgetränk, das es ohne Marken gab. Es war jedenfalls heiß und schmeckte vor allem säuerlich, was durch die knallrote Farbe noch unterstrichen wurde. Ich bekam unweigerlich Durchfall davon.

Für die vielversprechenden Brotmarken hatte Nussi eine gute Quelle. Sie wurde regelmäßig von ihrer Mutter als Anstandswauwau mitgeschickt, wenn ihre ältere Schwester mit ihrem Freund unterwegs war. Für eine halbe Stunde

»Wegschauen« gab's dann die begehrten Brotmärkchen. In meiner Familie war das Entlohnungssystem nicht so ausgeprägt. Ich erbettelte mir die Marken von meiner Mutter und machte dann freiwillig den Abwasch. So erschien es mir zumindest.

Essen, das Träumen von gutem Essen, das Herbeischaffen von Eßbarem, das Warten aufs Essen war auch noch zwei Jahre nach Kriegsende ein bestimmender Teil unseres Lebens, vor allem derer, die weder eine Landwirtschaft betrieben noch vermögend waren. Einige erhielten diese sagenhaften Care-Pakete aus Amerika, über deren Inhalt wunderbare Geschichten erzählt wurden. Meine Großmutter verfügte über eine extravagante Variante davon. In unregelmäßigen Abständen kamen Freßpakete, wie sie sie nannte, von den Verwandten in Finnland. Ihre Ankunft sprach sich rasch herum. Dann pilgerten wir zu ihrem kleinen Untermietszimmer im Sonnenmoos, wo sich jedesmal geradezu eine Schlange bildete. Dazu gehörten auch mein Vetter Harald, zwei Jahre jünger als ich, gefolgt von seinen beiden kleineren Geschwistern. Sie waren mit ihrer Mutter aus dem Osten geflohen und hatten bei einem Bauern Unterschlupf gefunden. Mit Harald verstand ich mich am besten. Er wurde wegen seines karottenroten Haars oft als »Rotschopf« verspottet und verstand es nicht, sich zu wehren. Dafür hatte ich viel Verständnis.

An einem heißen Sommertag war es wieder soweit. Wir drängten uns in dem kleinen Zimmer. Die rituelle Öffnung des Freßpakets wurde mit Spannung erwartet, obwohl der Inhalt immer der gleiche und längst bekannt war. Obenauf lagen die durchsichtigen Päckchen mit schwarz glänzenden Rosinen. Darunter kam das Herzstück der Sendung zum Vorschein: ein Spanholzkistchen, in dem silberglänzende Würfel dicht an dicht gedrängt in drei Schichten lagen. Es war Nougat von Fazer, der größten Schokoladenfabrik Finnlands, der ein Onkel von uns vorstand. Sein Sohn war etwa in meinem Alter und von Großmama als gute Partie für mich in Reserve gehalten. Nun hob sie die Schachtel heraus und stellte sie erst mal auf ihren Nachttisch. Darunter fanden sich Päckchen mit Eipulver, eine Dose Speiseöl und zwei Päckchen Makkaroni, die ich besonders liebte, sowie Tüten eines grauen Pulvers, das man zu Pfannkuchen verbacken konnte. Sie schmeckten fremdartig, ohne daß man dies genauer bestimmen konnte, eigentlich etwas fad, und galten als finnische Spezialität. Angeblich enthielten sie Ochsenblut. Meine Großmutter bot ihre »Blutpfannkuchen« an, wann immer wir zu Besuch kamen. Sie wurden dankbar angenommen, denn sie waren gut gegen den Hunger.

Meine Zuteilung an Nougatwürfeln teilte ich natürlich mit Nussi. Sie steuerte Kartoffelsalat in einem Marmeladeglas bei. Das war unser Proviant für die nachmittäglichen Schwimmausflüge im Sommer, und wir sparten ihn auf für den großen Hunger danach. Am meisten machte es Spaß, wenn wir uns dabei richtig verausgabten. Wir sprangen mehrmals vom Dreimeterbrett, tauchten nach Steinen, schwammen weit in den See hinaus und um die Wette zum Ufer zurück. »Völlig ausgepumpt« und vor Kälte bibbernd zogen wir uns am Holzsteg hoch und legten uns zum Trocknen und Braunwerden in die Sonne. Das ging bei mir immer viel rascher als bei meiner hellhäutigen Freundin, die mich darum beneidete. Dafür bewunderte ich ihr dichtes Haar und blickte neidvoll auf ihre sich schon deutlich profilierenden Brüste.

Kaum lagen wir auf den vorgewärmten Brettern, war »die Belohnung« fällig. Wofür wir uns eigentlich belohnen sollten, wo doch alles so riesig Spaß gemacht hatte und so »pfundig« war, fragten wir uns nicht. Es galt wohl, diesen Höhepunkt des Badevergnügens abzurunden. Nachdem alles genüßlich aufgegessen war, dösten wir vor uns hin. Das Geschrei und Geplansche anderer Kinder erreichte uns kaum, und alles, was mit Schule zu tun hatte, war weit weg. Wir verfielen in jenen wunderbaren Schwebezustand, in dem Erschöpfung und Erholung mühelos ineinanderspielen.

Wenn wir nicht zum Schwimmen gingen, dann begaben wir uns auf Nahrungssuche. Im Sommer war das Angebot besonders reichlich. Wir sammelten Löwenzahnblätter und junge Brennesseln, die zu Salat oder Gemüse verarbeitet wurden. Das wurde so nebenher erledigt. Eine größere Unternehmung war das Beerensammeln. »Heute gehen wir in die Beeren.« Nussi brachte noch zwei Mädchen mit, die einen Geheimtip für einen besonders ergiebigen Beerenschlag hatten. Das klang beruhigend. Trotzdem blieb für mich noch ein Rest bangen Zweifels, ob wir unsere Gefäße im Rucksack einigermaßen füllen würden. Ich traute meinem Glück erst, wenn ich es mit Händen greifen konnte. Wir stiegen eine Stunde steil bergauf, bis wir den Hang erreichten, an dem ein Holzeinschlag von vor einigen Jahren von Wildwuchs, insbesondere Himbeer- und Brombeersträuchern, überwuchert war. Wir legten unsere mitgebrachte Ausrüstung an: Ein Ledergürtel umgeschnallt, eines der Gefäße daran gehängt, damit die Hände frei blieben fürs Pflücken. Die übrigen Gefäße, die Rucksäcke und das Brot versteckten wir an einem Ort, der leicht wiederzufinden war.

Wir verteilten uns über den Hang. Es war Ehrensache, das Revier der anderen in einem Umkreis von etwa drei Metern zu respektieren. Durch Zuruf verständigten wir uns über unsere Standorte, denn zwischen den hohen Sträuchern wurde nur ab und an ein Kopf sichtbar. »Mei, ich hab' einen pfundigen Strauch! Alles voll«, rief Nussi mir zu. »Und erst bei mir!« echote ich zurück. Man konnte es einem Strauch nicht auf den ersten Blick ansehen, wieviel er trug. Erst beim Hineinkriechen wurde man richtig fündig. Hier leuchtete es wieder rot, dann wieder dort. Und das Wasser lief einem im Mund zusammen. Die besten waren oft schwer erreichbar. Man riskierte dabei, daß die Dornen sich einem unvermutet in den Arm senkten und bei der nächsten Bewegung feine Blutspuren hinterließen. Auf die Beine achteten wir schon gar nicht mehr. Sie waren am Ende völlig zerkratzt.

Steil bergauf arbeitete ich mich langsam vorwärts. Es war nicht immer leicht, einen festen Stand zu finden, um dann mit einer Hand Zweige heranzuholen oder wegzubiegen und mit der anderen die Beeren zu pflücken und in die Milchkanne am Bauch fallen zu lassen. Schweiß bildete kleine Bäche auf Gesicht und Rücken. Über dem Hang lagerte reglose Hitze, schwer vom Duft nach Wildpflanzen und dem Summen der Insekten. Innehaltend ließ ich eine Beere im Mund zergehen, und noch eine. Die Himbeersüße war überwältigend. Ich setzte mich auf einen Baumstumpf und gab mich für einen Augenblick einem Dämmerzustand aus Hitze und Himbeeren hin.

Ein Aufschrei von Nussi ließ mich hochschrecken. »Was ist los?« Ich konnte sie nicht sehen. Mehrere mögliche Gefahrenmomente schossen mir durch den Kopf: Wespenstich, verknackster Knöchel, böser Mann. Die vage Angst vor Vergewaltigern verdankten wir den warnenden Andeutungen von Erwachsenen. Daß ein solcher Bösewicht sich ausgerechnet einen Himbeerschlag heraufmühen würde, erschien mir allerdings unwahrscheinlich. »Ein Weps hat mich gestochen«, tönte es von weiter unten. Das war unangenehm, aber harmlos. »Auslutschen«, rief ich hinunter. »Ich komm' nicht dran.« Also stieg ich, meinen Beerenbehälter in der Hand, vorsichtig hinunter und versuchte, die rasch entstandene Beule an ihrem Oberarm auszusaugen und anschließend mit Spucke zu behandeln. Sie atmete auf: »Schon besser.«

Wir verglichen unsere bisher eingebrachte Ernte. Nussi hatte schätzungsweise einen Liter beisammen. Meine Ausbeute war sichtlich geringer. »Du hast ja nur die schönen gepflückt«, meinte sie erstaunt. Da hatte sie wohl recht. Nussi war nicht so wählerisch, zumal ihre Beeren zu Marmelade verkocht wurden. Die Kunst des Marmeladekochens war meiner Mutter fremd. Wir aßen die Beeren natur. »Und was macht ihr mit den wurmigen?« fragte ich. »Fleischration ohne Marken«, lachte Nussi, räumte aber ein, daß die Beeren zu Hause noch einmal verlesen wurden.

Die beiden anderen Mädchen stießen zu uns, und wir suchten eine Weile nach den Rucksäcken, um unsere Sammelgefäße umzuleeren. Wenn zu viele Beeren in einer Milchkanne waren, dann wurden sie leicht matschig. Wir genehmigten uns eine Handvoll aufs Brot, das bei dieser Unternehmung ruhig unbestrichen sein konnte. Angespornt vom Erfolg und begierig, den gesamten Himbeerschlag abzuernten, gingen wir noch mehrere Male hinein. Wir merkten uns genau die Stellen, die wir bereits abgegrast hatten. Schließlich waren alle Gefäße halb gefüllt. In ein paar Tagen würden neue Beeren nachgereift sein. Die Bäume warfen schon Schatten über den Weg, als wir ins Tal hinuntergingen. Ich ließ locker einen Fuß vor den anderen fallen, glücklich mit einem Gefühl der Fülle, wo am Morgen eine hohle Ängstlichkeit an mir gesaugt hatte. Außerdem wollte ich meine Eltern nicht enttäuschen. Am Abend saßen wir auf dem Balkon und aßen reichlich Beeren in gestockter Milch, die mein Vater vor zwei Tagen angesetzt hatte; in weiser Voraussicht, wie er sagte. Von den Bergen senkte sich angenehme Kühle herab.

Zu Beginn des neuen Schuljahres wurde Nussi und mir die Verwaltung des Kartenzimmers übertragen. Nun waren wir Herrscherinnen über eine beachtliche Zahl von Landkarten verschiedener Größe, die man während des Unterrichts im Klassenzimmer an einem Kartenständer für alle gut sichtbar aufhängte. In einem Glasschrank wurden außerdem ausgestopfte Tiere aufbewahrt. Ein Steinadler hatte hoch aufgerichtet mit seinem sprichwörtlichen Stolz auf einem Aststück Platz genommen. Eine Anzahl kleinerer Vögel, alle in einer aufrechten Habachtstellung, versuchten es ihm gleichzutun. Das Prachtstück der Sammlung war ein Fuchs, der mit erhobenem Schwanz auf Beutejagd über ein Holzpodest trabte. Unsere Aufgabe war es, Ausgang und Rückgabe des Lehrmaterials zu kontrollieren.

Öffnungszeiten waren morgens und am Anfang der Pause. Die Verantwortung für den wertvollen Bestand gemeinsam zu tragen gab dem Spaß größeres Gewicht gegenüber unserer Sorge, daß etwas abhanden kommen könnte. Einmal verschwand ein Haubentauchermännchen, das wir jedoch nach zweitägiger Suche sicherstellen und seinem Weibchen wieder zuführen konnten. Der Vogel saß auf dem Ablagekorb des Tafelschwamms. Niemand wußte, wie er dorthin gekommen war. Nussi und ich handelten meist gemeinsam. Manchmal gab es kleine Eifersüchteleien darüber, wer einem besonders beliebten Lehrer ein Stück aushändigen durfte.

Aber ernsthafter Streit war zwischen uns noch nicht aufgekommen. Wir verbrachten fast unsere gesamte freie Zeit zusammen. Meinem Drang nach Alleinsein gab ich zuweilen mit einer Bergwanderung nach, wozu Nussi keine Lust hatte. Ihr ging leicht die Puste aus. Aus dem Zerwürfnis mit Resi hatte ich gelernt, meine geheimen Wünsche, und seien sie noch so drängend, etwas vorsichtiger zu formulieren.

»Ihr steckt ja viel zusammen«, bemerkte meine Mutter ohne böse Absicht beim Abendessen. »Ja, die Nussi ist meine beste Freundin.« Mein Vater zog die Augenbrauen hoch, so daß tiefe Falten auf seiner hohen Stirn entstanden, und schob das Kinn leicht nach vorne: »Das ist aber leider kein Umgang für unsere Tochter. Schließlich war ihr Vater SS-General.« Ich erschrak, nicht so sehr wegen der Nazizugehörigkeit der Eltern meiner besten Freundin, sondern weil mein Vater mit einem Nachdruck sprach, hinter dem sich lange unterdrückter Ärger verbarg. Zugleich kamen Wut und Entschlossenheit in mir auf. »Dafür kann sie schließlich nichts. Außerdem haben die Amis ihnen das Haus weggenommen und die Mutter mit vier Kindern in eine Art Hühnerstall verfrachtet.« Die Kinder hatten tatsächlich eine Zeitlang in den Fächern für Futter und Streu geschlafen. »Aber sie waren nie in Lebensgefahr«, entgegnete mein Vater wütend. »Und ich habe während der Nazizeit sieben Jahre keinen Pfennig verdient. Und jetzt bekomme ich wieder keine Anstellung, weil die Nazis überall drinsitzen!«

An unsere schlechte finanzielle Lage, wie es im alltäglichen Sprachgebrauch meiner Eltern hieß, wollte ich möglichst nicht erinnert werden. Dafür konnte die Nussi schließlich nichts. Sie schwamm gewiß auch nicht in Reichtum und teilte außerdem ihren Kartoffelsalat mit mir. Von Kater Iwan hatte ich mich trennen müssen. Noch eine Trennung kam nicht in Frage. Meine Mutter, wie immer in solchen Situationen, versuchte zu vermitteln. »Vielleicht erinnerst du dich daran, was Costy erzählt hat, als er am Kriegsende hier bei uns mit seinem Spanferkel erschien. Die vorzeitige Kapitulation in Italien, die vielen das Leben gerettet hat, verdankte man dem General Wolff, Nussis Vater.« – »Ja, seine SS-Leute hat er gerettet.« Mein Vater war in Sachen Nazis unerbittlich, was ich auch für richtig hielt. Aber das hier war ein Ausnahmefall. »Es sind auch Soldaten verschont geblieben«, insistierte meine Mutter, »auch der Costy. Er hat gesehen, wie der General in einem Kübelwagen zu Verhandlungen mit den Amerikanern fuhr. Die Partisanen haben ihn durchgelassen.« Mein Vater war blaß geworden und bekam einen stechenden Blick: »Und vorher war er zwölf Jahre der Mitwisser und Nutznießer der Naziverbrechen gewesen.«

In diesem prekären Moment hörte man Michael nebenan weinen. Meine Mutter wurde abgelenkt und ging ins Nebenzimmer. Das Gespräch kam zum Stillstand. Schweigen lag zähflüssig im Raum. War diese Geschichte mit den »Antis« und den »Pros« immer noch nicht zu Ende?! Meine Mutter kam mit dem kleinen Bruder auf dem Arm zurück. Er hatte seinen Daumen im Mund und war rundum zufrieden. Jetzt, wo er sich beruhigt hatte, konnte ich wieder mit meiner Mutter rechnen. »Nun hat sie hier endlich Anschluß gefunden, so laß sie doch! Es sind doch Kinder.« Ich konnte sehen, daß mein Vater seine Bedenken nicht aufgegeben hatte. Aber vielleicht behielt er sie jetzt für sich.

Ich wollte an die ganze Sache nicht mehr denken, schon gar nicht mit Nussi darüber reden, als wir einige Tage später »aufs Paraplui« gingen. Den runden Aussichtsplatz mit dem sanft nach oben zugespitzten Holzdach konnte man von weitem durchaus mit einem Regenschirm vergleichen. Er markierte die höchste Stelle eines kleinen Wiesenhügels über dem See, wo unten eine Ruderfähre Tegernsee mit Rottach-Egern verband. Manchmal fuhren wir auf diese Weise für ein Zehnerl hinüber. Wenn der Überfahrersepp, ein kräftiger älterer Mann in Lodenjacke und Filzhut, guter Laune war, überließ er uns die schweren Ruder für ein paar Schläge.

Nebeneinander auf der Ruderbank sitzend ergriffen Nussi und ich je ein Ruder. Die aus dem Ruderholz herausgeschnitzten Griffe waren vom langen Gebrauch in schwieligen Händen blank poliert und lagen so gut in der Hand wie kein anderes Ruder. Dieses Gefühl von vollkommener Harmonie zwischen menschlichem Zugriff und hölzernem Werkzeug gab der Fortbewegung in kurzen, schweren Schlägen etwas Bedeutsames. Eng nebeneinander sitzend bewegten wir die Ruder im selben Rhythmus. Wenn die wuchtigen Ruderblätter sich hoben, perlten Tropfen nach kaum merklichem Zögern von ihnen ab und fielen in langen Ketten aufs Wasser. Der schwere Kahn, der für höchstens zehn Personen Sitzplätze bot, glitt langsam und stetig über den See. Das Egerer Ufer blieb allmählich zurück.

Das Anlegen besorgte der Fährmann selbst. Den Hügel hinauf waren es noch zehn Minuten. Als wir oben auf der Bank saßen, die um das Paraplui herumführte, begannen die Kirchenglocken von Egern herüberzuläuten. Wie jeden Samstagnachmittag um drei wurde der Sonntag eingeläutet. Die Klänge kamen so langsam und nachdenklich über den See daher, als wollten sie einen ganz unaufdringlich an etwas erinnern. Als schwache Begleitung krochen dann einzelne Töne von Tegernsee herüber. Dieses Geläute konnte man kaum hören, weil die Klosterkirche hinter einer Landzunge in der nächsten Bucht lag.

»Ich wäre so gerne katholisch«, sagte Nussi und holte tief Luft. »Ich würde so gerne an einen Gott glauben. Aber meine Eltern haben immer gesagt, das sei Quatsch.« – »Also ich glaube schon, daß es so etwas wie Gott gibt. Aber ich weiß nicht, was ich mir dabei vorstellen soll. Einen alten Mann mit Rauschebart jedenfalls nicht. Ich gehe ganz gern in die Messe, wegen der Festlichkeit, der schönen Musik und der andächtigen Stimmung.« Über mein ganz persönliches Verhältnis zu »dem Göttlichen«, ein Begriff, den ich von meinem Vater übernommen hatte, wollte ich selbst mit meiner besten Freundin nicht reden. Es mußte mein Geheimnis bleiben. Sonst würde es seinen Verwandlungszauber verlieren, der vom Archäopteryx bis zu Mozarts Violinkonzerten reichte.

Nussis Gesicht war vor Nachdenklichkeit ganz weich. »Ich möchte so gerne zu etwas beten und etwas haben, woran ich mich halten kann.« – »Das verstehe ich gut. Aber man kann sich auch an die Kunst, die Musik und die Literatur halten.« Wir ließen noch einmal Revue passieren, was wir in letzter Zeit in der Schule gelesen und besprochen hatten. Immer wurden wir gefragt: Und was sagt uns das? Wie ist das zu verstehen? Balladen, Gedichte, Erzählungen riefen wir uns ins Gedächtnis zurück. »Über allen Gipfeln ist Ruh ...« Das sei doch gerade so gut wie ein Gebet. Und aus Gottfried Kellers ›Romeo und Julia auf dem Dorfe‹ könne man doch allerhand über Feindschaft und Liebe lernen.

»Und was nehmt ihr im Religionsunterricht durch?« wollte Nussi wissen, die als Konfessionslose davon befreit war. Mir fiel sogleich die Schöpfungsgeschichte ein. Unser Religionslehrer hatte uns darauf hingewiesen, daß darin die gesamte Erdgeschichte symbolisiert sei. Ich war allerdings der Meinung, daß die Mühen der Evolution in der

Bibel mit allzu leichter Hand abgetan wurden. Die geometrische Schönheit eines Kristalls, das düstere Funkeln des Granits, die vom Druck ihrer Entstehung befreite Schieferoberfläche, die abgeschliffenen Kiesel im Flußbett waren das Ergebnis eines langen Atems der Natur. Das waren für mich die eigentlichen Wunder. Und meiner Meinung nach gehörte die Geschichte des Archäopteryx in die Bibel. Um alles noch anschaulicher zu machen, erzählte ich Nussi von der Steinsammlung meines Vaters und seinen Geschichten auf dem grünen Sofa.

»Gell, du verehrst deinen Vater sehr. Meiner war nicht viel zu Hause. Und außerdem ist er jetzt mit einer anderen Frau verheiratet. Meine Eltern sind geschieden.« Ich konnte mir das nur als Katastrophe vorstellen, die ich niemals verkraftet hätte. »Du Arme, wie schrecklich!« Dann wechselte ich rasch das Thema: »Willst du mal heiraten?« – »Natürlich, und ganz süße Kinder bekommen. Aber das ist noch lange hin. Und du?« – »Ich möchte erst mal die Schule fertig machen. Und ich möchte einen Mann zum Liebhaben. Heiraten ist nicht so wichtig. Und aus kleinen Kindern mache ich mir nichts.« – »Weißt du auch Bescheid?« Ich glaubte, Bescheid zu wissen. Aber was Nussi über das wußte, was Erwachsene, Mann und Frau, miteinander taten, war sehr viel genauer. Schließlich hatte ihre ältere Schwester schon einen Freund. Ich war beeindruckt und irritiert. Für meine Eltern konnte ich mir das nicht vorstellen. Und für mich auch nicht. Immerhin hatte ich schon meine erste Periode hinter mich gebracht und dabei praktische Instruktionen von meiner Mutter erhalten. Nussi war da etwas früher dran gewesen. »Ganz toll, daß wir über so vieles reden können«, meinte sie. »Ja, pfundig«, bestätigte ich mit Nachdruck.

Auf dem Heimweg – wir gingen nun den längeren Weg

zu Fuß, um das Zehnerl zu sparen – faßten wir uns von Zeit zu Zeit an den Händen. Was für ein Glück, daß ich diese Schule besuchen konnte und dort auch eine Freundin gefunden hatte. Vor meinem Eintritt in die Oberschule hatte mein Vater mich in eine Dirndlschneiderei mitgenommen, wo er etwas für meine Mutter abholen wollte, und mir scherzhaft gedroht: »Wenn du es auf der Schule nicht schaffst, dann geben wir dich hier in die Lehre.« Acht Frauen unterschiedlichen Alters saßen über ratternde Nähmaschinen gebeugt oder stichelten an irgendeinem Saum entlang. Obwohl ich wußte, daß meine Eltern mich niemals zu dem mir verhaßten Nähen zwingen würden, erschrak ich doch über den flüchtigen Blick auf eine Lebensweise außerhalb meines Erfahrungsbereiches, in dem ich sterbensunglücklich geworden wäre. Und obwohl mein Schuljahresabschlußzeugnis nur Einser und Zweier aufwies und Nussi hier neben mir ging, kam wieder die Angst auf, es könne sich plötzlich alles verändern. Ich griff nach Nussis Hand und sprach über dieses Gefühl, über einen Schwebebalken balancieren zu müssen, wo ich doch so leicht schwindelig wurde. »Wir bleiben zusammen«, beschwor ich sie. Sie nickte heftig, blickte dabei aber so merkwürdig drein, daß ich meine Zweifel doch nicht ganz loswerden konnte.

10.

Dies ist kein Kuhdorf

»Heute nehme ich dich zu Fräulein Lafontaine mit«, kündigte Nussi an. Sie hatte öfters von ihr erzählt und sie als etwas ganz Besonderes geschildert, eine mondäne Frau und zugleich Künstlerin. Fräulein Lafontaine wohnte in zwei Zimmern bei den Wittgensteins zur Untermiete. Dieses große Haus mit mehreren Nebengebäuden, ursprünglich ein Bauernhof, bot vielen Platz. Unsere Möbel hatten während des Krieges in der Scheune Schutz gefunden. Nussis Mutter war nach dem Aufenthalt im Hühnerstall mit ihren Kindern dort untergekommen. Und das, obwohl die Wittgensteins immer »anti« gewesen waren.

So war ich schon öfters in dem weitläufigen Gebäude gewesen, allerdings nicht dort, wo Fräulein Lafontaine wohnte. Wir tasteten uns durch einen langen, dunklen Flur bis zu ihrer Tür, die sich nach unserem Anklopfen zu einem großen, hellen Raum hin öffnete. Das Fräulein begrüßte uns mit überschwenglicher Herzlichkeit. Mit ihrem schwarzen, wallenden Kleid, den langen, rotgefärbten Haaren, das Gesicht stark geschminkt, hatte sie tatsächlich etwas Mondänes. Dieses Wort beinhaltete für mich etwas Schillerndes, Exotisches, Großstädtisches. Auffallend große, glitzernde Ohrringe und eine mehrfach um den Hals gewundene Kette aus bunten Glassteinen komplettierten diesen Eindruck. Ich schätzte das Fräulein als etwa gleichaltrig mit meiner Mutter ein, die ich allerdings nicht als mondän bezeichnet hätte.

Der Raum hatte hohe Fenster und war von einem großen Tisch beherrscht, auf dessen einer Seite kleinere und größere Stoffstücke bunt durcheinanderlagen. Scheren und Nähzeug nahmen eine andere Ecke ein, und die Umrisse einer Giraffe, eines Dackels und eines Elefanten waren in ausgeschnittenen Stoffteilen zu erkennen. In den Fächern eines Regals war eine ganze Arche Noah von Stofftieren versammelt, die in Farben und Mustern der verwendeten Stoffe deutlich von der Realität abwichen. Ein braun-grün gestreiftes Nilpferd und ein schwarz-rot getupftes Pferd fielen mir sogleich ins Auge.

Nussi hatte hier schon öfters beim Ausstopfen von Tieren geholfen, und daran sollte ich mich jetzt beteiligen, damit zum Weihnachtsverkauf noch möglichst viele fertig wurden. Holzwolle lag in einer Schachtel bereit. Als Belohnung winkten Kaffee und Kuchen. Nussi begann mit dem Elefanten. Bald straffte sich der Stoff über seinem Körper aus Holzwolle, und das Muster aus kleinen blauen Blüten auf weißen Grund kam zur Geltung. Es waren Vergißmeinnicht. Der Elefant würde süß aussehen im fertigen Zustand! Das konnte nicht mehr lange dauern, denn Nussi hatte schon Routine. Ich mühte mich mit einer Giraffe ab. Bei ihrem langen Hals mußte man mit dem Stil eines Kochlöffels nachstopfen, damit sie nicht den Kopf wie eine welke Blume hängen ließ. Ähnlich mußte man mit den Beinen verfahren, um sie richtig standfest zu machen. Das gelang mir nicht auf Anhieb. Aber ich war schon froh, daß ich nicht die ausgeschnittenen Stoffteile zusammennähen mußte. Fräulein Lafontaine besorgte dies mit erstaunlicher Geschwindigkeit selbst an der Nähmaschine.

Mir war es immer ein Rätsel geblieben, wie man das Tempo des Fußantriebs mittels eines gußeisernen Trittbretts unter der Maschine sowie das Nähen an sich richtig koordinieren konnte. Der erste Anschub wurde über ein Handrad von etwa zehn Zentimeter Durchmesser hergestellt. Dann traten die Füße in Aktion. Gleichzeitig mußte der zu nähende Saum, oder was immer es war, unter der auf- und niederhüpfenden Nadel geradlinig und ohne unerwünschte Faltenbildung hindurchgeführt werden. Meine Versuche an der Nähmaschine, eine Küchenschürze herzustellen – unsere Aufgabe im Handarbeitsunterricht –, waren kläglich gescheitert. Ich hatte auch keine besondere Lust, einen Gegenstand herzustellen, der im Haushalt meiner Mutter mit Sicherheit keine Verwendung finden würde. Die Schürze wurde von einer Mitschülerin fertiggestellt, der ich im Gegenzug bei der Verfassung von Aufsätzen tatkräftig zur Seite stand. Inzwischen hatte ich das Fach Handarbeiten abgewählt.

Nussi war schon bei einem Dackel angelangt, der zwar ganz konventionell aus braunem Loden gefertigt war, jedoch durch überdimensionierte Schlappohren und überlange Beine seine künstlerische Akzentuierung erhalten hatte. Ich war immer noch mit meiner Giraffe aus buntem Dirndlstoff beschäftigt. Um ihren langen Hals schlangen sich Blumengirlanden. Fräulein Lafontaine nähte inzwischen Knopfaugen an fertige Tiere. Dabei erzählte sie aus ihrem Leben. Sie war eigentlich Malerin. Aber von ihren abstrakten Bildern hatte sie im Krieg nicht leben können. So mußte sie zum Arbeitsdienst und hatte dort nähen gelernt. »Wir saßen zu dreißig in einem großen Saal und stellten Wehrmachtsuniformen her. Sie haben uns Hormone in die Frühstücksmarmelade gemischt, damit unsere Periode ausbliebe und wir immer einsatzfähig waren. Davon habe ich mich nie wieder ganz erholt. Und deshalb bin ich so aus dem Leim gegangen.« Sie war in der Tat recht füllig, was im Widerspruch zu ihrem eher scharf geschnittenen Gesicht stand. »Nach dem Krieg kam ich als Flüchtling aus Schlesien hierher und habe auf Stofftiere und Puppen umgesattelt. Die gehen ganz gut im Tegernseer Tal, vor allem jetzt nach der Währungsreform. Vielleicht kann ich einmal einen kleinen Laden eröffnen.«

Die Tiere in ihrer Buntheit und Exzentrik gefielen mir. Man konnte sie nicht mit den Steiff-Tieren meiner Kindheit vergleichen, deren Wirklichkeitsnähe mich fasziniert hatte. Dies waren Tiere wie aus einem Märchen, die vielleicht gleich zu sprechen beginnen und die Geschichte ihres Stoffmusters erzählen würden. Jetzt bemerkte ich auch die Bilder an den Wänden: farbige Formen, geradlinig oder geschwungen, aber ohne die Regelmäßigkeit der Stoffmuster, in die sich Fräulein Lafontaine nun mit ihren Tierkreationen gefügt hatte. Daß sie den ganzen Tag nähen mußte, ließ Mitleid in mir aufsteigen. Mir reichte schon das Ausstopfen, und ich sehnte die Belohnung herbei. Ich wunderte mich, warum Nussi hier schon öfters ausgeholfen und so begeistert davon berichtet hatte. Heute allerdings sah sie nicht gerade glücklich aus. Sie schwieg die meiste Zeit.

So war ich bemüht, die Konversation in Gang zu halten, und erzählte schließlich von meiner Mutter, wie sie mit KdF an der Ostfront getanzt hatte. »Und was macht sie jetzt?« – »Sie hütet meinen kleinen Bruder und macht den Haushalt.« Das erstere traf viel eher zu als das letztere, denn beim Kochen und Putzen improvisierte sie. »Und ist sie traurig, daß sie keine Zeit mehr zum Tanzen hat?« Darüber hatte ich bisher vermieden nachzudenken, konnte mich jedoch bei dieser Frage der Wahrheit nicht entziehen und bejahte nach einigem Zögern. »Sie könnte vielleicht Tanzunterricht geben. Es gäbe sicher genügend junge Mädchen, deren Eltern ihnen das ermöglichen würden.« Ja, es sei schon mal von der Gründung einer Gymnastikschule die Rede gewesen, beeilte ich mich zu erwidern. Im stillen war ich dagegen, denn wer sollte sich dann um Michael kümmern? Ich war froh, daß Fräulein Lafontaine den Gedanken nicht weiterverfolgte und sich daran machte, auf einer elektrischen Kochplatte Kaffeewasser aufzusetzen. In einer Ecke des geräumigen Zimmers war eine Kochecke eingerichtet. Ein paar Tassen und Teller sowie Lebensmittel wurden in einem Wandschrank daneben aufbewahrt. Hinter einer geschlossenen Tür vermutete ich das Schlafzimmer von Fräulein Lafontaine.

Obwohl mich das Werkeln mit der Holzwolle fatal an Handarbeiten erinnert hatte, fand ich unseren Besuch insgesamt gelungen. Nussi blieb auch auf dem Heimweg schweigsam und hörte meinen Beobachtungen über die neue Bekanntschaft gar nicht recht zu. »Was ist eigentlich los mit dir? Hast du deine Tage?« Nussi blieb stehen und zog den Elefanten mit der Vergißmeinnichthaut aus ihrer Umhängetasche. Genau über seinen Rücken, zwischen den Ohren hindurch und den Rüssel hinunter, verlief eine Scheitellinie von kleinen blauen Blüten. »Den schenke ich dir«, schluchzte sie. Erschrocken sah ich auf den märchenhaften Elefanten. »Wir ziehen nach München. Ich muß dort in die Schule.« Ich konnte das nicht glauben. »Das ist gemein«, entfuhr es mir, ohne recht zu wissen, gegen wen sich meine Empörung richtete. »Ich will ja auch nicht. Aber ich muß«, sagte sie traurig. Daß sie es einfach so hinnahm, machte mich erst recht wütend. »Dann können wir uns gar nicht mehr sehen!« Die Feststellung dieser allzu offensichtlichen Folge von Nussis Übersiedlung nach München entsprang meiner völligen Hilflosigkeit. Aber Nussi nahm mir das übel. »Das weiß ich auch.«

Schweigend gingen wir nebeneinander her. »Du kannst mich ja besuchen.« – »Dazu habe ich kein Geld. Soll ich vielleicht mit dem Fahrrad kommen?« – »Dann komme ich eben hierher.« Wir stritten über die Anreisemöglichkeiten, fanden schließlich über das gegenseitige Versprechen regelmäßiger Besuche wieder zueinander und schoben damit die unbestreitbare Tatsache der bevorstehenden Trennung erst einmal beiseite.

Aber es war nicht mehr wie früher. Nussi redete mir zu viel über das neue Haus, das bereits als Rohbau in einem Vorort von München stand. Sie versuchte, sich dort einzurichten, mich daran teilhaben zu lassen. Ich hingegen probte schon die Trennung, wollte mich nicht mehr so oft verabreden, baute einen Schutzwall von Empörung gegen meinen Schmerz. Empörung darüber, daß ich wieder allein sein würde, mich jetzt schon so fühlte. Das war ich ja gewöhnt, würde es auch aushalten, ja genießen. Auf mich allein gestellt, war ich am stärksten. So stieg ich in zügigem Tempo auf den Wallberg, ließ mit jedem knirschenden Schritt und jedem aufwärts gerichteten Tritt alles immer weiter unter mir zurück, erklomm die tausend Meter Höhenunterschied vom Tal in anderthalb Stunden. Heftig atmend, zum Bersten erhitzt und gleichzeitig vom Wind abgekühlt, erreichte ich das Gipfelkreuz, blickte auf die Spielzeughäuser im Tal hinunter, folgte der langgestreckten Wasserfläche des Sees nach Norden und verlor mich im Dunst, hinter dem München liegen mußte.

Am liebsten hätte ich unseren Abschied in die Verabschiedung durch die Klasse, ins allgemeine Händeschütteln und Mach's-gut-Rufen der Mädchen und Buben in der Schule verlegt gesehen. Aber Nussi bestand darauf, daß wir noch einmal zusammen aufs Paraplui gingen. Und es war gut so. Wir verabredeten, immer beim Samstagsläuten um drei Uhr aneinander zu denken. Ich fragte mich allerdings, ob es in diesem Vorort von München überhaupt eine Kirche mit Samstagsläuten gab.

Mein erster Besuch in München war randvoll mit gemeinsamen Unternehmungen, gleichgestimmter Fröhlichkeit und wechselseitiger Bestätigung unserer Freundschaft. Wir gingen aufs Oktoberfest, schwangen in einer Schiffschaukel durch die Lüfte, fuhren lachend und kreischend Geisterbahn, tanzten kichernd vor den Zerrspiegeln in einem Vergnügungszelt und gönnten uns am Schluß ein Eis am Steckerl. Vanille mit Schokoladenguß. »Zur Belohnung!« Abends gingen wir ins Kino, bewunderten Ingrid Bergman und Charles Boyer in ›Das Haus der Lady Alquist‹ und vergossen Tränen beim Happy-End. Den zweiten Abend verbrachten wir in Nussis Zimmer, wo für mich eine Matratze ausgelegt war, und »ratschten« bis spät in die Nacht. Alles war insgesamt »pfundig«.

Zurück in Rottach versackte meine gute Stimmung in einem modrigen Untergrund von Unlust und Trägheit. Sogar meine selbstverständliche Routine bei der pünktlichen Erledigung von Schularbeiten knickte ein. Die Aufforderungen meiner Mutter, den Abwasch zu machen oder mal mit dem Michael im Garten zu spielen, stießen auf mürrischen Widerstand. Schließlich polterte ich in das Arbeitszimmer meines Vaters, setzte mich auf das grüne Sofa und fragte ohne jede Einleitung: »Warum ziehen wir nicht auch nach München? Ich will nicht mehr in diesem Kuhdorf bleiben.«

Mein Vater sah erstaunt von seinem Buch auf. »Aber es hat dir doch immer auf dem Lande gefallen.« – »Aber jetzt eben nicht mehr. Es ist so langweilig in diesem Kuhdorf.« – »Also ein Kuhdorf ist das nun wirklich nicht.« Mein Vater bewahrte Ruhe. »Du kannst eine gute Schule besuchen. Es gibt ein Kino, zwei schöne Barockkirchen. Und außerdem haben wir kein Geld, um in der teuren Stadt zu leben.« Das Geldargument war immer unschlagbar. Ich hatte es schon zu oft gehört, um mich noch zu einem Widerspruch aufraffen zu können.

Nach seinem Mittagsschlaf klopfte mein Vater an meiner Tür und schlug vor, einen kleinen Spaziergang zu machen. Ich brachte ohnehin nichts Rechtes für die Schule zustande und willigte ein. Es war ein stiller, sonniger Oktobernachmittag. »Ich möchte mit dir zum Egerer Friedhof gehen.« Er lag nur zehn Minuten von unserem Haus entfernt. Obwohl ich den Friedhof ganz gut kannte, hatte ich an einem Herbsttag wie diesem nichts gegen einen Besuch.

Wir betraten den Friedhof durch das niedrige Tor in der weißgekalkten Mauer und gingen zuerst nach links zu dem Grab von Ludwig Ganghofer, von dem ich einen Roman gelesen hatte. Er handelte von einem Adligen, einem leidenschaftlichen Jäger, von seinen Kindern, die ihre eigenen Wege gingen, und von Wildschützen. Der Sohn heiratete eine Sängerin, die Tochter einen Maler. Das hatte mir ebenso gefallen wie die Bergwelt, in der sich die Konflikte abspielten. Der Roman paßte zu meiner eigenen Erfahrungswelt. Auf der in die Friedhofsmauer eingelassenen Grabplatte war ein Hubertushirsch gemeißelt. »Ganghofer hat oben am Leeberg gewohnt«, erläuterte mein Vater. Das war ein nach Süden gerichteter Wiesenhang oberhalb der Villa Adlerberg, auf dem im Frühjahr der Schnee am raschesten wegschmolz.

Neben Ganghofers Grab lag das von Ludwig Thoma. Die beiden Schriftsteller waren befreundet gewesen. Die »Lausbubengeschichten« von Thoma fand ich zwar lustig, aber seine schlechte Beurteilung der Schule gefiel mir weniger, denn ich ging ausgesprochen gern zur Schule. Jedes Jahr lasen wir seine Weihnachtsgeschichte. Ludwig Thoma war auch mit dem Kiem Pauli befreundet gewesen und hatte den Herzog Ludwig persönlich gekannt. Wir gingen weiter unsere Runde über den Friedhof, in dessen Mitte die Pfarrkirche stand. Daß auch der Tenor Leo Slezak hier lag, der zahlreiche Wagnerpartien gesungen hatte, bewies ebenfalls, daß Rottach-Egern kein Kuhdorf war, sondern ein Ort, an dem sich Künstler und Schriftsteller gerne ansiedelten.

Mein Vater erinnerte mich auch an den Maler Mildner, den wir manchmal besuchten und dessen Landschaftsstudien mit ihrem zarten, leicht entrückten Lichteinfall ich sehr mochte. Schließlich gab es noch den Onkel Ferdinand mit seinen Hochgebirgsbildern in Öl. Mein Vater erwähnte auch Wilhelm Furtwängler, der oft im Haus seines Bruders in Bad Wiessee wohnte. Ich ging ja mit den Neffen zur Schule. Und dann waren da noch die kunstsinnigen und naturliebenden Adligen, die von der Bergkulisse und dem bäuerlich durchwachsenen kulturellen Flair des Tales angezogen worden waren. Zum Beispiel The Right Honourable William Lord Ponsonby aus Irland, der sich in eine Sennerin verliebt hatte und nun in seinem Sarkophag ein Hochgrab in Anspruch nahm. An meinen Ururgroßonkel, den Grafen Adlerberg, brauchte mein Vater mich ja nicht eigens zu erinnern. Auf dessen Grabkapelle steuerten wir nun zu.

Sie lag nicht weit von der Kirche mit derselben Ost-West-Ausrichtung, umgeben von einem schmalen Streifen begrünten Landes, auf dem weitere Familienangehörige bestattet werden konnten. Das kleine Grundstück war von einem schmiedeeisernen Gitter umgeben. Der Graf hatte die Kapelle im Einvernehmen mit der katholischen Kirche errichten lassen und eigens einen russischen Popen mitgebracht, der für ihn dort die Messe zelebrierte. Meine Großmutter besaß nun die Schlüsselgewalt über ein kompliziertes Sicherheitsschloß. Ich kannte das Innere. Die weißen Marmorsarkophage des Grafen und seiner Frau Amelie, von meiner Großmutter »die Schöne« genannt, nahmen einen großen Teil des Raumes ein. Sein Sohn Kolja, der so gerne tafelte, war im Ausland gestorben. Von ihm hatte meine Urgroßmutter die Villa geerbt, die dann nebst der Enklave auf dem Friedhof auf meine Großmutter übergegangen war. Nun war uns nur noch die Kapelle geblieben. »In zwei Wochen ist wieder Allerheiligen«, bemerkte mein Vater mit einem vielsagenden Blick. Zu diesem kirchlichen Fest öffnete meine Großmutter die Kapelle für die Öffentlichkeit und beorderte alle erreichbaren Familienmitglieder dorthin. Weder mein Vater noch ich liebten diese Veranstaltung besonders.

Zwei Wochen später versammelten wir uns dort pünktlich um neun Uhr morgens: meine Eltern, Michael an der Hand meiner Mutter, ihre ältere Schwester Kitty mit den drei Kindern, ihre jüngere Schwester Lory aus München. Auf Einladung meines Vaters kam noch der Geschichtsprofessor Alexander von Müller hinzu, der sich aus historischen Gründen für unsere Kapelle interessierte. Nun lag naßkaltes Novemberwetter über dem Tal. Von den Bergen wehte die erste Schneekälte herab. Meine Großmutter schloß zunächst unter lautem Knirschen das Gittertor mit einem langstieligen Schlüssel auf und mühte sich dann mit dem Sicherheitsschloß ab. Eine runde, silbrig glänzende Scheibe, auf einer anderen aufliegend, mußte durch Drehen in die richtige Position gebracht werden, bevor man den Schlüssel einführen konnte. Jedes Jahr kam für einen Augenblick ängstliche Spannung auf, ob man überhaupt in die Kapelle hineinkommen würde oder ob man den ganzen Weg umsonst hierhergekommen war. Mein Vater, der einzige Mann in der Familie, versuchte zu helfen.

Wir begannen schon jetzt zu frieren, insbesondere die beiden Vettern, die noch kurze Hosen trugen und schon vom Anmarsch ganz blaue Knie hatten. Sie sollten abgehärtet werden. Tante Lory zog ihren schwarzen Pelzmantel enger um sich und rückte ihren ebenfalls schwarzen, breitkrempigen Hut zurecht. Sie trug Vorkriegselegan z von unverwüstlicher Qualität. Der schwarze Persianer meiner Großmutter wies einige speckige Stellen auf. Tante Kitty, Flüchtling aus dem Osten, vergrub ihre Hände in einem grünen, unförmigen, vermutlich von irgend jemandem »geerbten« Lodenmantel. Der Geschichtsprofessor trug einen eleganten Herrenpelz. Endlich konnte die schwere, zurückhaltend quietschende Tür geöffnet werden.

Nach Überwindung des ersten Hindernisses galt es, die großen weißen Kerzen am Fußende der Sarkophage und an dem kleinen Altar anzuzünden. Alle wollten behilflich sein. Streichhölzer wurden gezückt, bis der kleine Raum endlich in flackerndem Halbdunkel erschien. Einige glitzernde Ikonen blickten von den Wänden auf uns herab, ernste, dunkelfarbige Gesichter von Madonnen und Heiligen. Jedes Jahr wurden es weniger. Sie verschwanden vermutlich im Pfandleihhaus. Aber darüber sprach man nicht. Die Tür blieb für die zu erwartende Prozession offen. Die Kerzenflammen hielten sich nur mühsam in der Zugluft.

Modrige Feuchtigkeit erfüllte den Raum. Wir standen auf den eiskalten Fliesen, Schneeflocken trieben herein. Wie jedes Jahr war man zu früh gekommen. Nun entstand jene besondere Stille des Wartens, die sich sinnlos in die Länge zieht und in der doch jeder Flüsterton peinlich wirkt. Der kleine Michael trat unruhig und lautstark von einem Bein auf das andere. Ich hoffte nur, daß mein Vater sich nicht wieder eine Bronchitis zuziehen würde.

Wir standen in Habachtstellung zwischen den Sarkophagen, blickten alle in die gleiche Richtung durch die offene Tür ins Freie. Endlich hörte man das Klingeln der Ministranten, in rhythmischen Abständen begleitet vom Gebetsmurmeln der Prozessionsteilnehmer. Die Vorhut mit einem schwarz umflorten Tragekreuz erreichte uns. Ein Ministrant schwang das Weihrauchfaß hin und her. Dann schritt der Herr Pfarrer vorüber und segnete die Gräber mit dem Weihwasserwedel. Auch wir bekamen ein paar Tropfen ab. Es folgten Männer und Frauen, meistens in Tracht, dann die Jugendlichen und Kinder. Es waren auch einige aus meiner Klasse dabei. Die meisten warfen neugierige Blicke in die Kapelle. Sie betrachteten uns wie Tiere im Zoo. Einige bekreuzigten sich.

Ich fror, spürte meine Füße kaum mehr und dachte an die Villa, die ich vom Motorboot aus, das zwischen Rottach und Tegernsee verkehrte, öfters aus einiger Entfernung gesehen hatte. Sonst kannte ich sie nur aus den Fotoalben meiner Großmutter und ihren Erzählungen. Die Kapelle war spürbare Realität. Aber ich war insgeheim der Meinung, daß sie ohne die Villa nicht mehr viel taugte. Die Prozession war vorüber und wir konnten endlich unseren Posten verlassen, die Kerzen ausblasen und die Tür hinter unserer Vergangenheit wieder schließen.

Auf dem Weg durch den Friedhof bemerkte meine

Großmutter mit gespieltem Ernst und der Miene einer königlichen Hoheit: »Immerhin bin ich die rechtmäßige Erbin dieses Friedhofsgrundstückes. Es ist im Grundbuch unter dem Namen des Grafen Adlerberg eingetragen. Was sagt ihr dazu?« Meine Mutter erfaßte die ganze Absurdität dieser Rechtskonstellation: »Soll ich mir vielleicht hier einen Liegestuhl aufstellen?« Allgemeines Gekicher und Gelächter. Nur Tante Lory warf ihrer älteren Schwester einen Blick zu, der bedeutete: »Wie kannst du nur!« Mein Vater brachte uns wieder auf den Boden der Tatsachen: »Das erzbischöfliche Ordinariat in München wird das gar nicht komisch finden.« Immerhin waren nun alle besserer Stimmung, und wir verließen den Friedhof auf der Seite, wo Ganghofer und Thoma lagen. Die Vettern meldeten Hunger an. Michael zerrte meine Mutter an der Hand voran, um schnell nach Hause zu kommen. Dort sollte es Kaffee und Schnecken geben, die mein Vater noch vom Bäcker holen wollte. Alle freuten sich auf diese kulinarischen Genüsse.

Während bei vielen Familien nach der Währungsreform schrittweise ein gewisser Wohlstand eingezogen war, der Kaffee und Kuchen, Fleischspeisen und eine der Mode angepaßte Kleidung selbstverständlich werden ließ, waren wir froh, genug zu essen zu haben und die Miete bezahlen zu können. Selbst das war nicht immer gewährleistet. Mein Vater lektorierte ab und zu ein Manuskript für den Desch-Verlag, schrieb ab und an etwas für den Süddeutschen Rundfunk, überarbeitete seine Nietzsche-Biographie. Das war zu wenig zum Leben. Meine Mutter sann auf Abhilfe. Zur Faschingszeit spannte sie eine Leine durchs Wohnzimmer, hängte daran ihre Tanzkostüme auf und eröffnete einen Kostümverleih. Mein Vater war mal wieder dagegen. Hinweiszettel an den Straßenbäumen und in einigen Geschäften sowie Mundpropaganda sorgten für einen mäßigen Zulauf. Das Hauptproblem war die Taillenweite der Kostüme; nicht jede Kundin war so schlank wie meine Mutter.

Die Benutzung des Wohnzimmers wurde durch diesen Kostümverleih erheblich erschwert. Als wir eines Abends auf dem Bettdivan und den zur Seite gerückten Stühlen saßen und Brote verzehrten, ging plötzlich ein zischendes Geräusch durch die Luft. Die Kostüme gerieten in Bewegung und sausten an ihren Kleiderbügeln wie die Gondeln einer gerissenen Seilbahn zu Boden. »Michael! Wo ist der Michael?« schrie meine Mutter hysterisch, ein Zigeunerinnenkostüm beiseite schiebend. Er konnte rasch und wohlbehalten aus einem Haufen Kleidungsstücke gerettet werden, bevor ihm überhaupt in den Sinn kam zu heulen. Mein Vater kämpfte noch mit dem Donauwalzerrock und einer Harlekinhose. Ich hatte mich in einigen Schals verfangen. Wir alle waren froh, daß bald Aschermittwoch sein würde.

Der saisonabhängige Kostümverleih brachte natürlich keine Lösung unserer finanziellen Probleme. Ein Antrag auf Wiedergutmachung der durch politische Verfolgung erlittenen materiellen und gesundheitlichen Schäden war bei den Behörden versackt. Zu den stehenden Redewendungen meiner Mutter gehörte: »Wenn wir die Villa noch hätten! Wir hätten eine Fremdenpension eröffnen können.« Aber ich konnte mir meine Mutter als deren Leiterin nicht recht vorstellen. Ihre Kochkünste beschränkten sich auf nur wenige einfache Gerichte, und der Vergleich mit den Haushalten meiner Mitschülerinnen ließ eine gewisse Großzügigkeit meiner Mutter erkennen, was Sauberkeits- und Ordnungsprinzipien anging.

Da brachte meine Mutter wieder den Plan einer Gymnastikschule aufs Tapet und hatte diesmal Erfolg. Auf den Hinweiszetteln, nun in einer Druckerei hergestellt, wurden Kurse für tänzerische Gymnastik angeboten. Meine Mutter nahm ihr Fahrrad und machte in allen Orten rund um den See Reklame für etwas, das es bisher noch nicht gegeben hatte. Der Turnsaal unserer Schule wurde zweimal die Woche am Spätnachmittag zur Verfügung gestellt. Nun sollten die Töchter der wohlhabenderen Einheimischen und Zugereisten bei Dolly Würzbach Körpergefühl und Grazie lernen. Es sprach sich herum, daß meine Mutter eine »gelernte Tänzerin« war – sie konnte ein Abschlußzeugnis der Befähigung zum Unterrichten aus der Güntherschule vorweisen –, und die Zahl der Schülerinnen stieg so rasch, daß sie nach Altersgruppen in mehrere Kurse eingeteilt wurden. Die Leute rund um den Tegernsee konnten es sich wieder leisten, ihren Kindern Klavier- oder Tanzunterricht zu ermöglichen. So hatten wir zumindest indirekt teil am Wirtschaftswunder.

Ich hatte meine Mutter schon lange nicht mehr so fröhlich und aktiv gesehen. Allerdings hieß es nun »Abnehmen! Abnehmen!« Seit der Geburt meines kleinen Bruders war sie etwas mollig geworden. Nun begann sie mit eiserner Disziplin an ihrer Figur zu arbeiten. Ein Nebeneffekt davon war, daß noch weniger als bisher auf regelmäßige Mahlzeiten geachtet wurde. Glücklicherweise übernahm mein Vater häufig das Kochen. Unseren immer noch recht einfachen Speisezettel konnte er leicht bewältigen. Auch von mir wurde Einsatz verlangt. An Nachmittagen, an denen meine Mutter unterrichtete, mußte ich meinen kleinen Bruder hüten.

Das einfachste wäre Vorlesen gewesen. Aber Michael zeigte kein besonderes Interesse an Geschichten. Nach wenigen Minuten sprang er auf und wollte etwas anderes tun. Das Kind hatte eine eigenartige Unruhe in sich. Er lief auf dem Balkon hin und her und führte dabei brummend und aufjaulend Spielzeugautos auf dem breiten, hölzernen Geländer entlang. Dies wiederum störte Papa beim Arbeiten. Also sollten wir in den Garten gehen oder Kühe anschauen oder sonst etwas tun. Kühe hatte ich in meinem Leben nun schon reichlich gesehen. Aber ich tat es, ihm zuliebe. Er konnte so nett lachen und rief mich immer »Tascha«. Also nahm ich ihn auf den Arm und ließ ihn die Schnauzen der Kühe streicheln. Ballspielen war eine weitere Möglichkeit. Vor allem aber wollte er rennen. Dabei fiel er oft hin, stieß sich am Kopf, bekam Beulen, die meine Mutter dann meiner Unachtsamkeit zuschrieb.

Er war mein Bruder. Aber ich konnte mit kleinen Kindern nicht viel anfangen. Sie gehorchten nie, machten immer Lärm und mußten obendrein noch beaufsichtigt werden. Außerdem hatte ich schließlich Schularbeiten zu machen. Das war mein Beitrag zum Lebensunterhalt. Denn aufgrund meiner guten Leistungen erhielt ich Schulgeldbefreiung. Außerdem gab es in unregelmäßigen Abständen eine Erziehungsbeihilfe von 100 DM, die ich getreulich zu Hause ablieferte.

Die Unterstützung begabter, jedoch finanziell schwacher Schülerinnen und Schüler gehörte zum Programm der Schule, die sich von einem anfänglichen Provisorium zum Gymnasium gemausert hatte. Wir waren inzwischen in die stattlichen Räume des ehemaligen Klosters Tegernsee, eine Benediktinergründung aus dem 8. Jahrhundert, gezogen. Nach der Säkularisierung war das Gebäude zum königlichen Schloß umgebaut worden. Breite Flure und geräumige Klassenzimmer mit imposanten, hohen Eichentüren sowie ein barocker Festsaal als Aula verliehen der Schule den äußeren Rahmen für ihr traditionsbewußtes Prestige. Die feierlichen Schulgottesdienste in der ursprünglich romanischen, später barock ausgestatteten Kirche liebte ich sehr. Niemand konnte etwas dagegen einwenden, wenn man während der Messe auch mal länger den frommen Blick nach oben erhob, um die Fresken der Brüder Asam zu betrachten. Direkt neben der Kirche bot die hauseigene Brauerei ihr Bier im Bräustüberl an. Manche aus unseren oberen Klassen verbrachten dort die Pause.

Den erwarteten schulischen Leistungen konnte ich genügen, dem Erscheinungsbild nicht so ganz. Ich wuchs viel zu schnell aus meinen Kleidern heraus, übernahm Röcke und Blusen aus der »Adelsgenossenschaft«, die Abgelegtes an bedürftige Standesgenossinnen weitergab, trug eine Zeitlang ein Paar Schuhe meines Vaters, die mit dicken Wollsocken einigermaßen paßten. Mit meiner ohnehin als zu wenig »weiblich« gerügten Gangart zog ich wie der Gestiefelte Kater daher. Es war mir ziemlich egal, Hauptsache die Sachen waren im Sommer nicht zu warm und schützten im Winter vor Kälte. Die Erfahrungen mit meiner lappländischen Fellmütze und die Betrachtung meiner Urahnin aus der Schönheitsgalerie hatten mich langfristig immunisiert gegen übertriebene Eitelkeit.

Und im übrigen nahmen meine Mitschülerinnen und -schüler keinen Anstoß. Nach Herkunft wie nach Kleidung waren wir ohnehin ein bunter Haufen. Lederhosen und Dirndlkleider, Strickjacken mit Lederherzen auf den Ärmeln oder die ersten Popelineröcke, bestickte Blusen oder selbstgestrickte Pullover, im Bund gereihte oder gefaltete Röcke bis übers Knie bestimmten das Bild. Als die Röcke zeitweilig länger getragen wurden, war die Verlängerung durch einen farblich einigermaßen passenden

Stoffstreifen durchaus akzeptabel. Dies konnte als breit angelegte Verzierung des Rocksaumes gelten. Für Mädchen waren Hosen nur beim Skifahren und Bergsteigen erlaubt oder, wenn hoher Schnee lag, mit einem Rock darüber zu tragen. Das hielt warm genug. Kleidung diente nicht dazu, Klassenunterschiede zu markieren, zumal die Grenzen zwischen Einheimischen und Zugereisten durch das verbreitete Tragen von Trachtenartigem, das manchmal noch aus alten Wehrmachtsstoffen hergestellt war, verwischt wurden.

Sogar eine alte Dienerlivree, deren Rockschöße abgeschnitten wurden, ging als mein Trachtenjanker durch. Sie war aus bestem blauen Tuch, hatte einen schwarzsamtenen Kragen, und in die Silberknöpfe war das Massenbachsche Wappen eingeprägt. Meine wieder einmal ungewollt ein wenig exzentrische Kleidung blieb diesmal innerhalb der Toleranzgrenze, die auch die zuweilen etwas flüchtig zusammengestellte Ausstattung der drei Furtwängler-Buben einschloß. Sie konnten sich einen fehlenden Hemdknopf oder einen Riß in der Hose erlauben, denn sie galten ebenso wie ich als bunte Vögel. Unser Gymnasium kannte außer dem Sauberkeitsanspruch und der Sittlichkeitsnorm keinen Kleiderzwang.

In der Aula fanden Konzerte statt. Ihr barocker Stuck verlieh den Veranstaltungen eine Festlichkeit, die der Einmaligkeit der Gastspiele entsprach. Nun erlebte ich die Mozartschen Violinkonzerte, die ich auf der Schanz unter dem Kachelofen kauernd zum ersten Mal gehört hatte, in der Unmittelbarkeit einer Aufführung, sah die Töne entstehen und fühlte sie durch den Saal schwingen. Ein Operngastspiel mit der ›Zauberflöte‹ versetzte mich in ein zwei Stunden andauerndes Entzücken. Gesungene Dramatik war noch um einige Grade ergreifender als gelesene.

Dann wurde Kleists ›Der zerbrochene Krug‹ aufgeführt. Den Richter gleichzeitig den Schuldigen sein zu lassen, fand ich eine tolle Idee.

Dies waren seltene Höhepunkte in meinem Nacherleben inszenierter Gefühle. Das vierzehntägig wechselnde Angebot des Rottacher Kinos war weniger erhaben, hatte aber auch seinen Reiz. Von Dunkelheit umgeben, ganz auf den flimmernden Leinwandausschnitt konzentriert, wurde man eingesogen vom Geschehen, ganz gleich, wie gut oder schlecht der Film war. Über Hans Mosers ›Einmal der liebe Herrgott sein‹ und Charlie Chaplins Überlebenskünste als Goldsucher war ich hinaus. Liebesfilme »ab sechzehn«, in die ich mich nun nicht mehr hineinmogeln mußte, mit James Mason, Bette Davies, Humphrey Bogart oder Katharine Hepburn und Spencer Tracy (in einem Boot durch tropische Sümpfe), schlugen mich anderthalb Stunden in ihren Bann. Die Unaufmerksamkeit der knutschenden Pärchen in der hintersten Reihe konnte ich nicht begreifen.

Greta Garbo in ›Anna Karenina‹ und ›Menschen im Hotel‹ führte mir die Verwandlungskünste einer guten Schauspielerin vor Augen: einmal als leidenschaftliche Geliebte und zärtliche Mutter, ein anderes Mal als hysterische Diva. Zutiefst gerührt wurde ich durch das Schicksal der ›Waise von Lowood‹ mit Orson Welles. Die Leitmelodie aus ›Der dritte Mann‹, voller Spannung und falscher Versprechungen, ließ mich nicht mehr los. Wann immer sie im Radio erklang, drehte ich auf volle Lautstärke. Nach jedem Kinobesuch taumelte ich benommen in die Spätnachmittagshelligkeit hinaus, schluckte manchmal noch während des kurzen Heimwegs an meinen Tränen. Vor dem Einschlafen träumte ich mich dann den Mustern der Filme folgend in meine eigene Liebesgeschichte hinein.

Ich hatte mich in unseren neuen Deutschlehrer verliebt. Wie konnte es auch jemand anderes als der Deutschlehrer sein! Mit ihm war ich in jeder Stunde im Gespräch, ihm konnte ich seine Stunde »retten«, wie er selbst spaßhaft lobend meinte, ihm konnte ich mit meinen Aufsätzen imponieren. Studienrat Holzscherer war ein großgewachsener Mann mittleren Alters mit schütterem blondem Haar, einem traurigen Hundeblick aus braunen Augen und einem sensiblen Mund. Er war ein guter Deutschlehrer, auch in den Augen der meisten anderen. Aber er erfreute sich nicht annähernd derselben Beliebtheit wie der junge Block oder der fesche Steiner, für den viele der Mädchen schwärmten, obwohl er verheiratet war. Von meiner heimlichen Liebe wußte natürlich niemand. Und ich selbst widersprach mir darin ständig, schalt mich realitätsfern, hielt wiederum dagegen, daß zwischen meinen Eltern schließlich auch ein Altersunterschied von zwanzig Jahren bestand. Als Michael weinerlich zu zahnen begann, erhielt mein Vater gerade seine dritten Zähne. Aber darum ging es ja auch gar nicht. Holzscherer schätzte mich zwar als Schülerin, aber das war auch alles. Ich konnte also nur von ihm träumen, von tiefsinnigen Gesprächen und vorsichtigen Annäherungen.

Zu Haus erzählte ich von unserem tollen Deutschlehrer, wie belesen und gebildet er sei. Meine Eltern kannten keinen meiner Lehrer persönlich. Sie gingen nie in irgendeine Elternsprechstunde. Da ich ohnehin immer blendende Zeugnisse nach Hause brachte, sahen sie nicht die Notwendigkeit solcher Rücksprache. Nun erhielten sie von Holzscherer eine Aufforderung. Der Anlaß war mein Aufsatz über den Sinn der mythischen Erzählung von Orpheus und Eurydike. Ich konnte so gut verstehen, daß Orpheus sich nach Eurydike umsehen mußte, obwohl er damit ihre

Rückkehr aus dem Hades verwirkte. Die Trennung der beiden, das nicht mehr Zueinanderkönnen hatte mich offenbar zu Worten bewegt, die meinen Deutschlehrer beeindruckten. Meinem Vater legte er dringend nahe, mich das Abitur machen zu lassen. Das war zu diesem Zeitpunkt noch nicht gesichert, denn mein Vater hielt das für ein Mädchen keineswegs für notwendig, schon gar nicht in unserer schwierigen Lage. Diese unerwartete Rückendeckung durch meinen Deutschlehrer erfüllte mich mit einem langanhaltenden Wohlgefühl der Anerkennung und Fürsorge. Mein eigener Entschluß, das Abitur zu machen, stand allerdings schon vorher fest.

An einem sonntäglich ruhigen, nur von gemächlichen Kirchgängern belebten Morgen fuhr ich durch Tegernsee, um mich mit einigen aus meiner Klasse zu einem Radausflug zu treffen. Bergab am Schloßcafé vorbei legte ich Tempo zu, vorbei an dem Haus, in dem »er« wohnte. Ob er wohl zu sehen sein würde, vielleicht in Damenbegleitung am Seeufer spazierengehend? In der Tat, da steht er, im hellen Sonntagsjackett, eine Hand in der Hosentasche, allein, wie ich aufatmend feststelle, winkt mir sogar zu. Ich bremse, daß es nur so zischt. »Na, wo geht's denn hin?« Ich gebe Auskunft, er will Genaueres wissen. Wie es meinen Eltern ginge, und meinem kleinen Bruder. Wenn ich mich jetzt nicht losreiße, versäume ich noch das Treffen mit den anderen. Einfühlsam wie er ist, erinnert er mich schon selbst daran, daß ich sicher weitermüsse. Er zieht eine Tafel Schokolade aus der Innentasche seines Jacketts. »Wie wär's mit einer kleinen Wegzehrung?« – »Oh, vielen Dank. Das ist ja wunderbar.« Ich bin überwältigt und verabschiede mich. Diese Reliquie würde allerdings so schnell nicht aufgegessen werden.

Mit meiner unerwiderten und von mir selbst als hoffnungslos eingeschätzten Liebe ließ es sich auch nicht so schlecht leben. Ich war einsam, erlebte dabei aber viel und stärkte mich an dem Gefühl des Unverstandenseins. Und ich wandte mich wieder mehr der Religion zu. In der barocken Festlichkeit von Messe und Gesang gelang manchmal der Absprung in eine meditative Gestimmtheit, die sich von Gebetsformeln entfernte und sich bei der Vorstellung von dem Wirken göttlichen Geistes in der Natur wohl fühlte, wie sie mir mein Vater von Kindheit an eingepflanzt hatte. Immer häufiger ersetzte ich den Sonntagsgottesdienst durch einen Spaziergang am See oder eine Bergwanderung.

Im Religionsunterricht schwieg ich. Aber außerhalb des Unterrichts führte ich lange Gespräche mit dem Lehrer: Ob es wirklich eine Todsünde sei, sonntags nicht in die Messe zu gehen. Ob es nicht ebenso gut sein könnte, zu Hause eine Mozartmesse übers Radio zu hören oder sich mit einem guten Gedicht auf den Sonntag einzustimmen. Warum Unkeuschheit so streng geahndet wurde, und warum man unbedingt verheiratet sein mußte, um sich lieben zu dürfen. Warum nur Männer Priester und Ministranten werden durften. Der Religionslehrer, ein älterer Mann mit einem nachdenklichen Kindergesicht, zeigte viel Verständnis für meine Fragen, blieb aber im Kern hart. Er schenkte mir eine Ausgabe der Sprüche von Angelus Silesius.

Mensch werde wesentlich, denn wenn die Welt vergeht,
So fällt der Zufall weg, das Wesen, das besteht.

Diese und ähnliche Verse schienen mir in ihrer Vagheit die ersehnte Allgemeingültigkeit zu vermitteln, an die ich mich halten konnte. Was gemeint war, sollte man nur ahnen, den Rest konnte ich mit eigenen Vorstellungen und Empfindungen ausfüllen.

Nun hatte ich auch wieder neuen Stoff für meine Briefe an Nussi. Sie kaufte sich sogar eine kleine Auswahl der Sprüche des schlesischen Barockmystikers. Sie dachte auch daran, sich taufen zu lassen. Wir hatten uns längere Zeit nicht mehr gesehen. Ich vermißte sie. Aber mein Bild von ihr war nicht mehr so sehr von der Erinnerung an gemeinsame Schulerlebnisse und Unternehmungen bestimmt. Es nahm vielmehr die blassen Umrisse einer gleichgesinnten Briefschreiberin an. Wenn sie allerdings andeutete, daß sich bei ihr viel verändert habe, dann bekam ich Angst, unsere auf Gemeinsamkeiten gebaute Vertrautheit könnte sich bei der nächsten Begegnung nicht mehr einstellen.

Endlich ergab sich eine Mitfahrgelegenheit nach München. Als ich an der Tür klingelte, öffnete eine Nussi, die sich in der Tat verändert hatte: Ihr dichtes, langes Haar zu einem modischen Kurzhaarschnitt zusammengestutzt, ihre Lippen stark geschminkt, ihre Augenbrauen begradigt und durch einen deutlichen Strich betont, ihr füllig gewordener Körper in einen glockigen roten Rock und eine engsitzende Bluse gezwängt, die unter Girlandenmuster ihren kräftigen Busen betonte und so weit geöffnet war, daß man ihre Weiblichkeit ansatzweise sehen konnte. Eine plötzliche Fremdheit sprang mich an. Über das Bild, das ich mir von ihr gemacht hatte, wurde knirschend ein neues geschoben. Wir umarmten uns.

Als wir dann in ihrem Zimmer saßen und die ersten Fragen, was inzwischen so passiert sei, ausgetauscht und beantwortet hatten, machte sie ein geheimnisvolles Gesicht, wie sie es immer tat, wenn sie etwas Spannendes zu erzählen hatte. »Heute abend gibt's eine Party. Dann wirst du Achim kennenlernen. Er ist toll und kann ganz süß sein. Er hat bei Siemens angefangen und spart auf ein Motorrad. Wir machen oft Fahrradtouren zusammen. Meine Mutter mag ihn auch.« Sie zeigte mir ein Foto, auf dem ein Junge, schon etwas älter als wir, in Anzug und Krawatte angestrengt in die Kamera blickte. Es war ein sehr kleines, graues Bild, das Nussi mit ihrer einfachen Boy-Box gemacht hatte und auf dem man nichts Genaueres erkennen konnte.

Es gab noch vieles über Achim zu berichten. Aber schließlich fragte sie: »Und du?« Ich? Ich hatte keinen realen Freund vorzuweisen. Nur eine unglückliche Liebe, die in meinem Kopf tobte. Im übrigen hatte keine meiner Klassenkameradinnen schon einen festen Freund, bestenfalls einen »Schwarm«, mit dem sie geneckt wurde. Hier in der Stadt war das wohl anders. Sollte ich ihr etwas erzählen? Ich schüttelte den Kopf und versuchte das Thema zu wechseln. »Ach, du bist so süß, immer noch die alte. Was nicht ist, kann ja bald werden.« Nussi war wirklich nicht mehr die alte, wenngleich sie nun viel älter wirkte als ich.

Die Party sollte hier im Reihenhäuschen ihrer Mutter stattfinden. Ich hatte Zweifel, ob mein Rock mit gedecktem Blumenmuster und meine blaugetupfte Bluse aus der Adelsgenossenschaft den Anforderungen entsprachen. Nussi schlug vor, mich ein bißchen zu schminken. Mit Feuereifer ging sie mit Lippenstift, Augenbrauenstift, Wimperntusche und etwas Puder daran. Ich ertrug den Eingriff in meine Persönlichkeit mit Fassung, sah zum Schluß in den Spiegel und fühlte mich mir selbst fremd. Mit meinem fast schulterlangen Haar konnte man nicht viel mehr anfangen, als es zu bürsten. Meine flachen Halbschuhe waren noch ein Problem. Aber in den rasch herbeigeholten

Pumps von Nussis Mutter knickte ich sofort um und weigerte mich, so etwas Unbequemes anzuziehen.

Ich hatte mich auf vertraulich-vertraute Gespräche gefreut. Aber dazu blieb keine Zeit. Statt dessen schmierten wir in der Küche kleine Brötchen, von denen ich ab und zu eines in meinem Mund verschwinden ließ. Irgend etwas wollte ich schließlich auch von meinem Besuch haben. Nussis Mutter, eine große, stattliche Frau mit markanten Gesichtszügen, die schwarzgefärbten Haare zu einem lockeren Knoten gewunden, arrangierte die Brötchen auf Platten, steckte Salzstangen in Gläser und griff regelmäßig zu ihrem Rotweinglas, als ob sie sich zwischendurch stärken müßte. Nach dem ersten Klingeln wandte sie sich der Begrüßung der Gäste zu.

Wohnzimmer, Küche, die schmale Treppe bis hinauf in die oberen Zimmer waren rasch mit Leuten unterschiedlichen Alters gefüllt, die ich nicht kannte. Ich hatte den Eindruck, daß alle paarweise auftraten. Im Laufe des Abends änderte sich dieses Muster etwas. Es bildeten sich teilweise neue Paare. Die meisten tanzten eng umschlungen oder knutschten in einer Ecke. Nussi blieb die ganze Zeit bei ihrem Achim.

Sie stellte ihn mir vor. Eine Weile standen wir zu dritt und redeten darüber, wie gelungen die Party sei und was wir so machten und vorhatten, und über die Notwendigkeit, etwas Geld in der Tasche zu haben. Achim sah ganz passabel aus und hatte etwas sehr Entschiedenes an sich, von dem er allerdings zu fürchten schien, es nicht durchhalten zu können. Mir war er viel zu jung. Außerdem hielt ich ihn für oberflächlich, denn er interessierte sich kaum für Literatur oder klassische Musik. Den ganzen Abend wich er nicht von Nussis Seite. Sie küßten sich. Und es sah anders aus als in den Filmen, heftiger, aber nicht so innig und leidenschaftlich. Ich saß die meiste Zeit auf dem Sofa, beschäftigte mich mit meinem Glas und fühlte mich ziemlich benebelt. Es fehlte mir der Mut, jemanden anzusprechen.

Schließlich drängelte sich ein junger Mann zwischen den tanzenden Paaren zu mir durch. Alles an ihm war rundlich. »Wollen Sie mit mir tanzen?« Peinlich. Ich mußte gestehen, daß ich nicht tanzen konnte. »Dann versuchen wir's mal«, meinte er gönnerhaft. Nachdem er mich kurze Zeit übers Parkett geschoben und gezerrt hatte, wobei er jede Gelegenheit nutzte, mich an seinen wabbligen Körper zu pressen, gab er auf, und wir landeten auf dem Sofa. Schon war er beim vertraulichen Du mit dem wohlgemeinten Hinweis, ich würde es schon noch lernen. Um ihm wenigstens etwas bieten zu können, ließ ich ihn an mir rumfummeln.

Doch plötzlich befand ich mich wieder auf dem Schulweg in München, die bösen Buben hinter mir her. »Laßt mich doch gehen!« Dieses Mal fand ich die Kraft, mich selbst zu befreien. »Ich muß mal kurz auf die Toilette.« Ich drückte mich an den Pärchen auf der Treppe vorbei und schloß mich oben im Badezimmer ein. Es war klar, mit denen konnte ich nicht mithalten. Aber schließlich gab es noch andere Dinge, die wichtig waren. Nur war ich zu müde, um mich im einzelnen auf sie besinnen zu können. Alkohol war ich überhaupt nicht gewohnt. Hier konnte ich aber auch nicht bleiben. Es wurde bereits an der Klinke gerüttelt. So schlüpfte ich rasch hinaus und in Nussis Zimmer, ließ mich auf die Matratze neben ihrem Bett fallen und schlief sofort ein.

Als ich mit einem bleiernen Schädel aufwachte, war ihr Bett immer noch leer und unbenutzt. Zuerst erschrak ich, dann fühlte ich mich gekränkt. Wo ich so selten zu Besuch war! Sie erschien erst zum Frühstück, ein wenig später kam Achim dazu. Sie mußten in dem kleinen Dachzimmer geschlafen haben. Nussis Mutter hatte offenbar nichts dagegen, denn sie spielte mit Anzüglichkeiten auf die Enge dort oben an. Eher schleppend unterhielten wir uns am Frühstückstisch über das Wetter, über die Sorten und Preise von Marmelade, über die Geschäfte in der Umgegend, über die Vor- und Nachteile des Lebens in einem Vorort von München.

Nun stellte sich die Frage, ob wir den ganzen Tag zu dritt verbringen wollten oder ob es vielleicht eine Möglichkeit gäbe, daß ich mit Nussi ein paar Stunden allein sein konnte. »Schließlich kannst du mit deinem Achim auch jeden anderen Tag zusammen sein, wenn ich wieder weg bin.« Achim zeigte sich einsichtig und meinte, er müsse ohnehin mal wieder seine Eltern besuchen.

So saßen wir in Nussis Zimmer einander gegenüber, sie auf ihrem Bett, ich in dem kleinen Sessel in der Ecke. Nussi sprudelte über vor neuen Plänen und glücklichen Zukunftsaussichten. Sie wollte mit der Schule aufhören, Kurse in Steno und Schreibmaschine besuchen und als Sekretärin bei Siemens anfangen. Da würde sie endlich mal etwas verdienen. Sie wollte sich Kleider kaufen und vielleicht mit Achim auf ein Häuschen sparen. »Von der Schule gehen?« Ich war entsetzt. »Du warst doch immer gut in der Schule und mochtest Deutsch und Englisch so gerne. Und das Lesen hat dir Spaß gemacht.« – »Ja, draußen gab es ja auch sonst nicht viel. Aber hier in München habe ich viel bessere Möglichkeiten.« Jetzt fehlte nur noch, daß sie Rottach-Egern ein Kuhdorf nannte. Dem wollte ich zuvorkommen. »War es nicht schön zusammen in den Himbeeren? Und das Schwimmen im See? Und was ist mit unserem ›wesentlich werden‹? Denkst du noch an die Verse von

Angelus Silesius?« Nussi rutschte unruhig auf ihrem Bett hin und her und sah etwas verlegen aus. »Ich komme sicher mal wieder raus. Dann können wir etwas Schönes unternehmen. Oder du kommst wieder auf Besuch.«

Mit dieser Antwort war ich nicht zufrieden. »Du wolltest dich doch taufen lassen. Da werden sie dir aber die Hölle heiß machen mit dem Keuschheitsgebot«, bohrte ich weiter, mit der Entschiedenheit, die aus Verzweiflung entsteht. Nussi lachte: »Man muß das alles nicht so ernst nehmen.« So so. Für mich war das ein Problem. Entweder man glaubte an die christlichen Lehren der katholischen Kirche und hielt sich daran, oder man mußte die Konsequenzen ziehen. Ich wollte die Wahrheit herausfinden, den Dingen auf den Grund gehen. »Liebst du ihn denn wirklich?« Sie stand auf. »Was soll das? Ich lasse mich nicht von dir verhören.«

In gedrückter Stimmung ließ ich mich zum Schaufenstergucken durch die Stadt schleifen. Was ich da an Kleidern, Mänteln und Schuhen sah, war ohnehin unerreichbar für mich. Es interessierte mich auch im Augenblick nicht. Nur ein Fahrradgeschäft erregte meine Aufmerksamkeit: blitzende Speichen, elegante Lenker, unverwüstliche Ledersättel, schicke Accessoires wie Fahrradpumpe und Werkzeugtäschchen. Von einer Gangschaltung hatte ich schon mal etwas gehört. Einige der Buben aus den höheren Klassen verfügten über diese respekteinflößende Vorrichtung und kamen damit mühelos jeden Berg hinauf. Vor allem ein lindgrünes Damenrad der Marke Windt fiel mir ins Auge – einfach ein Traum! Ein solches Rad würde mich zur Herrscherin über alle Straßen und Wege im Tegernseer Tal machen. Nussi drängte zum Weitergehen. Sie brachte mich schließlich zur Bushaltestelle am Alten Botanischen Garten. Unser Abschied war von einer angestrengten Fröhlichkeit, durchbrochen von Tränen in Nussis Augen und meiner heiseren Stimme. »Servus. Mach's gut, und bis bald.«

Während der Bus sich von einer Kreuzung zur nächsten südwärts aus der Stadt hinausarbeitet, sitze ich da, meine Schultasche als Reisegepäck zwischen den Füßen, die Hände im Schoß, und sehe ohne besonderes Interesse hinaus. Straßenlärm, Abgase, Staub dringen durch das offene Fahrerfenster und die schräggestellten Oberlichte herein. Daß es Spätnachmittag ist, sieht man nur am Einfallwinkel der Sonne auf die Häuserfassaden. Alles was sonst zum Absinken eines Sommertages in den Abend gehört, die Veränderungen am Himmel, das Aufkommen von Luftbewegung, die Ankündigung von Kühle, die Intensivierung des Wiesengeruchs, ist hier ausgeblendet. Jede Tröstung fehlt. Ich hatte mir die Reise zu meiner besten Freundin anders vorgestellt. An mir nagt das unbefriedigt gebliebene Bedürfnis nach Vertrautheit und dem Austausch von Erlebnissen.

Die Busfahrt über die Dörfer zieht sich hin. Der Zug wäre schneller gewesen, aber auch teurer. Nachdem einige Leute ausgestiegen, andere zugestiegen sind, kann ich einen Fensterplatz ergattern und in die vorübergleitende Landschaft schauen. Allmählich wird sie vertrauter. Ansteigende und abfallende Wiesenflächen wechseln mit Gruppen von Fichten ab. Braun-weiß gefleckte Kühe stehen eingezäunt auf ihrer Weide. Weiße Kirchtürme mit ihren zwiebelförmigen Hauben markieren die Dörfer. Dann rückt der Horizont näher, und es erscheint die Berglinie der Alpen, stahlblau, manchmal leicht gezackt. Mein trauriges Alleinsein verfließt zu einem ruhigen Beimirselbstsein und sammelt sich in belebender Erwartung, nicht nur des Ankommens im Tal zwischen den nach Süden hin immer mächtiger werdenden Bergen, sondern auch der kommenden Schulstunden, der Stimmung über dem See, des nächsten Films im Kino, meines eigenen Zimmers mit den Fichten vor dem Fenster.

Während der folgenden Monate kreisten meine Gedanken immer wieder um die Frage, ob und wieweit ich mich auf Kompromisse einlassen wollte oder sollte. Es erschien mir unwahrhaftig und unmoralisch, sich mit Halbheiten abzugeben. Man mußte konsequent sein. Wenn ich katholisch sein wollte, dann mußte ich eben jeden Sonntag die Heilige Messe besuchen, regelmäßig beichten und zur Kommunion gehen. Dann mußte ich mich mit den Leiden Christi befassen, anstatt in Musik zu schwelgen oder Gedichte auf einem Berggipfel zu lesen. Und wie war das mit der Nussi? Konnte ich noch länger mit einem Menschen befreundet sein, der so oberflächlich geworden war? Sie schrieb mir weiterhin – nicht mehr so häufig –, als ob nichts geschehen sei. Wenn sie nichts von dem Bruch gemerkt hatte, dann war das ein Zeichen ihrer Naivität. Sie sah das Problem nicht. Ich konnte nicht mit jemandem umgehen, der mich nicht verstand, der nicht das für wichtig hielt, was auch für mich obenan stand. Und wie war das mit Gott, mit einem höheren Wesen? Verstand es mich?

»Ich bin so groß wie Gott, er ist als ich so klein; Er kann nicht über mich, ich unter Ihm nicht sein.« So las ich es bei Angelus Silesius, kopierte es in mein Tagebuch und fühlte mich in diesem Augenblick wichtig und bedeutend. Die Schöpfung war auf den Menschen angewiesen und umgekehrt. Im Deutschunterricht sprachen wir über den Wert der Persönlichkeit. Dazu wurde ein Aufsatzthema gestellt: »Das höchste Glück der Erdenkinder ist doch die Persönlichkeit.« Goethe, ›Westöstlicher Divan‹. In den Klassenaufsätzen ging es immer darum, Richtiges und Falsches in einem Zitat gegeneinander abzuwägen, gute Beispiele zu finden und zu einer abschließenden Bewertung zu kommen.

Ich saß an meinem Schreibtisch, starrte hinaus auf meine vom ersten Schnee bestäubten Fichten und brütete über dem Thema. Eine Persönlichkeit mußte stark sein. Sie durfte sich nicht von ihrem Weg abbringen lassen. Sie durfte keine Kompromisse schließen. Ich mußte mich entscheiden. Ich mußte auf die Festlichkeiten in der Kirche und die Geborgenheit in einem Glauben voller Versprechungen, aber auch Drohungen verzichten, meine Zugehörigkeit aufgeben, mich von den Zwängen des Glaubens befreien. Und Nussi? Neuerdings fehlte mir dieses blitzartig aufleuchtende Verstehen zwischen uns. Die Gemeinsamkeiten waren verlorengegangen. Wir drifteten auseinander wie Eisschollen, zwei unter vielen in einem kalten Meer.

Eben hatte ich mich noch stark gefühlt. Jetzt überflutete mich ein Verlassenheitsgefühl, das mir den Atem nahm. Ging es ihr ähnlich? Sie hatte schließlich ihren Achim. Aber konnte ich sie so einfach sitzenlassen? »Tu deviens responsable pour toujours de ce que tu as apprivoisé.« Saint-Exupérys kleiner Prinz sah mich mit kindlicher Ernsthaftigkeit an. Über den Wolken fliegen, auf einen anderen Stern, das wäre eine Lösung.

Während des ganzen Winters ging ich zwischen Zweifeln und Entschlüssen wie ein Weberschiffchen hin und her. Das Muster der Unentschiedenheit hatte graue und kräftige Farbtöne. Ich überlegte, verwarf, erwog etwas Neues, kam wieder auf Vorheriges zurück. Mein Aufsatz über die Persönlichkeit als höchstes Glück der Erdenkinder wurde mit »sprachlich sehr gut, aber inhaltlich stellenweise wirr und überzogen« beurteilt. Die Zweiminus schmerzte mich. Ich hatte über die Bedrohung des Individuums durch Andersartigkeit und von Selbstbewahrung geschrieben. Daran hielt ich fest. Am Ende schien dann mein Webmuster Sinn zu machen. Konsequent ging ich nicht mehr zur Kirche und schwieg im Religionsunterricht. Nussi traf ich noch einmal. Dann schrieb ich ihr einen Abschiedsbrief, auf den sie nicht antwortete. Ansonsten arbeitete ich hart für die Schule.

Es war ein milder Winter. Als der Schnee sich in höhere Regionen zurückzuziehen begann und die Südhänge schon fast aper waren, wollte ich endlich einmal wieder richtig bergan gehen. Der Weg auf den Riederstein führte durch die noch bräunlichen Wiesen hinauf in den Mischwald. Nur zögernd gab die Sonne ihre Wärme ab. Der Schnee hielt sich noch an schattigen Stellen und in Mulden. Graue, eingefallene Schneeflecken zogen sich kreuz und quer zwischen den Bäumen hindurch, ungeachtet des Verlaufs meines schmalen Pfades. Streckenweise verlor er sich unter dem Schnee, und dessen verwaschene Furchen und Spuren wiesen in verschiedene Richtungen.

Es wurde immer schwieriger, einen Weg zu finden und zu verfolgen. Ich verlor die Orientierung und bekam Angst, obwohl dieser Berg, der sich höchstens dreihundert Meter über dem Tal erhob, wirklich harmlos war. Zudem war ich gut ausgerüstet, hatte im Rucksack Wasser, etwas Brot und Käse, Streichhölzer und Bindfaden, wie ich es in der Schule gelernt hatte. Ich trug eine Wollmütze und Handschuhe. Es war auch nicht besonders steil. Aber ich brauchte eben einen Weg, an den ich mich halten konnte. Mein Blick verfolgte jede Spur auf dem Boden. Was manchmal als Pfad erschien, erwies sich als kurzer Graben oder als kleine Schneise. Dabei versuchte ich eine Richtung zwischen den niedrigstämmigen Buchen beizubehalten und ging doch unentschieden im Zickzack. Das Sonnenlicht fiel in flimmernden Brechungen durch die entlaubten Zweige und signalisierte mir, wie schön das alles sein könnte. Wenn ich bloß nicht so bedrückt und erschöpft wäre. Warum mußte ich immer alles allein durchstehen, meine Probleme alleine lösen?

Ich gelangte immer höher und erreichte einen unbewaldeten und auf der Südseite schneefreien Kamm, der hinüber zur Neureuth führte. Ein Weg verlief unübersehbar zum Gasthaus. Mit einem Mal war ich befreit von aller Unsicherheit und Zwiespältigkeit, genoß die Sonnenwärme und die Aussicht über die nach Norden auslaufenden Berge und ins Tal hinab. Das Gasthaus hatte zwar noch geschlossen. Aber Bänke und Tische standen schon bereit. Ich konnte mich hinsetzen, mich an die sonnenbeschienene Holzwand des Hauses lehnen und meinen eigenen Proviant verzehren. Das reichte fürs erste. Mit der Sättigung und dem Aufkommen frischer Energien regte sich neue Zuversicht. Die kräftezehrende Wegsuche war am Ende doch belohnt worden.

11.

Träume, Wünsche, Ziele

Es war nun sicher, daß ich zum Abitur gehen würde. Von den vielen Mädchen in meiner Klasse waren nach der Mittleren Reife nur noch fünf übrig. Die Buben blieben alle. Ich wußte schon recht früh, daß ich einmal studieren wollte. Auch wenn ich keine genaue Vorstellung davon hatte, was das im einzelnen bedeutete, so herrschte in mir doch eine intuitive Entschiedenheit, die mich antrieb. Jedenfalls wollte ich noch mehr lernen, auch die Literatur immer weiter und besser kennenlernen. Und vielleicht spielte auch der Wunsch nach Selbsterprobung draußen in der Welt eine Rolle. Wahrscheinlich war außerdem das Vorbild meines Vaters im Spiel.

Vorerst tauchte ich in die meisten Lernstoffe mit der Begeisterung einer guten Schwimmerin ein. Sie halfen mir auf unterschiedliche Weise, die Wirklichkeit zu verstehen, die Welt zu erklären. Physik eröffnete mir das Verständnis für manche alltäglichen Vorgänge. Das Gesetz von der Hebelwirkung zum Beispiel: mit geringer Kraft größere Lasten bewegen – die Stange unter dem gefällten Stamm, der Spaten beim Graben. Kleine Anstrengung, große Wirkung: die Schere, die Zange, der Schraubenzieher. In so vielen Vorgängen war dasselbe Gesetz wirksam. Wie beruhigend! In der Mathematik gab es Voraussetzungen, aus denen etwas entwickelt wurde. Nur wenn die Voraussetzungen stimmten, gab es ein richtiges Ergebnis. Man konnte einer gedanklichen Richtschnur folgen, wenn man sie denn zu fassen bekam. Der tiefere Sinn des Wurzelrechnens blieb mir allerdings verschlossen.

Chemische Formeln: die Sprache einer geheimnisvollen Dynamik in der Materie. Stoffe verbanden sich miteinander und wurden zu etwas völlig Neuem: anderes Aussehen, anderer Geruch, andere Reaktionen. Verwandlung durch Kostüme und Rollenspiel kannte ich, es erstaunte mich noch immer, erschreckte mich zuweilen. – Katalysatoren: durch bloße Anwesenheit etwas bewirken! – Die Entstehung der Arten war eine Offenbarung für mich. Fasziniert war ich auch von den Schaubildern des menschlichen Skeletts, der Muskeln oder der inneren Organe, auf denen der Zeigestab des Biologielehrers ziemlich grob hin und her fuhr. Aber die Erläuterung der Funktionsweisen des menschlichen Körpers konnte ich nicht immer so unmittelbar auf mich übertragen. Die Peristaltik meines eigenen Darms blieb mir fremd, und von den Pumpbewegungen meines Herzens spürte ich nur das ferne Echo meines Pulsschlags.

Ich hatte den mathematisch-naturwissenschaftlichen Zweig gewählt. Latein nahm ich erst später dazu. Es war mit einem Nimbus behaftet, der mich einschüchterte. Und warum sollte man eine Sprache lernen, die niemand mehr sprach? Allerdings brauchte ich das Latinum fürs Studium. Englisch und Französisch fielen mir einigermaßen leicht. Aber es blieb Lehrbuchwissen über Klänge, Vokabeln und Grammatikregeln ohne Bezug zu Land und Leuten. Das Wichtigste waren für mich die Deutschstunden, fünf jede Woche. Diese Kästchen im Stundenplan versprachen die Bestätigung und Erweiterung meiner tiefsten Bedürfnisse und die Vergewisserung meines Könnens. Es begann mit Nacherzählungen: ob griechische Mythen, deutsche Sagen oder Novellen – Vorgelesenes in Vorstellungen zu verwandeln fiel mir nicht schwer. Hatten mein Vater und meine Großmutter mir doch früher so viele Geschichten erzählt. Aber die inneren Bilder nun in eigene Worte zu fassen war faszinierend und schwierig zugleich, schickte mich auf die Suche nach dem richtigen Wort, zwang zur Auswahl und Festlegung. Sisyphus rollte seinen Stein den Berg hinauf, aber wie seine Gefühle ausdrücken? Penelope webte ihr Tuch. Und woran dachte sie dabei?

Die Dichter, aus deren Werken wir Auszüge zu lesen begannen, konnten das so viel besser! Ich kaufte mir eine in Kunstleder gebundene Gedichtsammlung mit dem Titel ›Die Ernte‹ und schleppte sie im Rucksack auf Berggipfel, um dort mit Gedichten den Fernblick ins Erhabene zu steigern. Ich deklamierte Fausts Monologe im Angesicht der stumm lauschenden Fichten vor meinem Fenster. Ich saß auf unserem Holzbalkon in der Sonne und folgte Wilhelm Meisters Reisen oder fühlte mich durch den Grünen Heinrich irritiert: zu viele Kompromisse!

Den Nacherzählungen folgten die »Besinnungsaufsätze«, in denen ich freier schalten und walten konnte mit Themen wie Brüderlichkeit, Bildung und Freiheit oder wo ich mich zu einem Stück Literatur äußern durfte. »Stimmungsbilder« wie etwa über den Herbst in den Bergen oder ein Gewitter über dem See schrieb ich mit einer Begeisterung, die zuweilen Stilbrüche hervorbrachte. So wurde der »Mist« auf den Herbstwiesen gerügt, und mein Sonnenuntergang war wohl etwas zu sentimental beschrieben. Zunehmend wurden wir auch zur Diskussion angehalten, die sich um literarische Werke, menschliche Erfahrungen und Werte drehte. Hier geriet ich unter einen gewissen Zwang: Ich glaubte mich verpflichtet, immer auch dann eine Antwort bereitzuhalten, wenn die anderen in der Klasse schwiegen.

Merkwürdigerweise entwickelte ich wenig Sinn für Geschichte. Sie schien nur aus Jahreszahlen, Namen von Herrschern, aus Kriegen und Friedensschlüssen zu bestehen. Ich hatte Mühe, mir das einzupauken. Mein Vater fragte mich einmal, wann wir denn endlich unsere unmittelbare Vergangenheit behandeln würden. Aber wir kamen nie weiter als bis zu Bismarck. Die Nazizeit schien nicht existiert zu haben.

Musik liebte ich, aber ich hatte Schwierigkeiten mit der Tonleiter und den Noten. Der Musiklehrer verehrte meine Mutter und hielt manchmal das Blatt mit den Aufgabenlösungen wie zufällig in seinen hinter dem Rücken verschränkten Händen, während er vor mir durch die Bankreihe ging. Im Turnen konnte ich nur beim Umgang mit Bällen Punkte machen: den kleinen, harten Lederball warf ich so weit wie die Buben, und mit dem Basketball traf ich in den Korb. Sprinten war nicht meine Sache, und von den Geräten hing ich herab wie ein Mehlsack. Einmal gab es eine Vorführung im Turnsaal in Anwesenheit der Eltern, bei der wir Holzkeulen nach einem bestimmten Rhythmus schwingen sollten. Dabei entglitt mir so ein Ding und flog ins Publikum. Es gab zum Glück keine Verletzten.

Die Schule spielte für mich eine größere Rolle als für die meisten anderen. Sie war ein Lebensraum, in den ich ausweichen konnte vor den Sorgen meiner Eltern, wo ich wegschauen konnte von dem Getue um den kleinen Sohn und wo ich mich wärmen konnte am Lob der Lehrer. Das Elternhaus war nicht mehr so wichtig, hatte mich aber doch mit einem verläßlichen Kompaß ausgestattet, dessen Nadel zwischen dem philosophierenden Schriftsteller und der Ausdruckstänzerin vibrierte und zuweilen in neuen Magnetfeldern heftige Ausschläge zeigte.

Ich fühlte mich wohl in der Schule. Die Anerkennung der Lehrer gab mir Sicherheit. In der Klasse schienen mich alle zu mögen. Jedenfalls wählten sie mich jedes Jahr wieder zur Klassensprecherin. Wenn Schwierigkeiten auftraten, dann stellte ich mich vorne neben das Pult und rief: »Hört's amal her!« So hatte ich schon die Aufmerksamkeit meiner Anhängerinnen und Anhänger im »Geheimbund für Grote« gewonnen. Dann wurde diskutiert, wie man einem Lehrer nahebringen könnte, daß er zu viele Aufgaben stellte, nicht genügend erklärte, und manches mehr. Unter meiner Regie wurden ein Wandertag oder die Weihnachtsfeier geplant.

Manchmal überfielen mich Zweifel, ob ich den anderen nicht als fürchterliche Streberin erschien. Ich fragte meine Banknachbarin Luise ganz im Vertrauen. »Nein, sicher nicht. Aber du bist halt zwei Jahre älter als wir. Deshalb weißt du mehr und bist auch reifer. Und die Buben respektieren dich, weil du Mathe und Physik kannst.« Die Lehrer hatten mir auch schon angeboten, eine Klasse zu überspringen. Aber das traute ich mir nicht zu. Und außerdem wollte ich in dieser Klasse bleiben. Ich war so froh, daß sie mich nicht ablehnten oder gar verfolgten. Sie mochten mich, obwohl ich außerhalb der Schule nur selten mit ihnen zusammen war. Ich hatte immer so viel anderes zu tun.

Der Unterricht fand von acht bis eins statt, samstags bis zwölf. Schon im dritten Jahr war ich Klassenbeste geworden und blieb es. Bei der Jahresabschlußfeier in dem barocken Festsaal des ehemaligen Klosters wurden für besondere Leistungen Urkunden überreicht, die mit einem Holzschnitt der charakteristischen Silhouette des Gebäudes und einer Andeutung von See und Bergkette im Hintergrund verziert waren. Die drei Furtwängler-Buben wurden regelmäßig für ihre sportlichen Siege bei rasanten Skiabfahrten geehrt. Schlaksig und fast unwillig fand einer nach dem anderen den Weg nach vorne zum Podium und holte sich seine Urkunde ab, so wie man ganz nebenbei noch eine Brezel beim Bäcker mitnimmt. Mir fielen eher die »besonderen Leistungen in den wissenschaftlichen Fächern« zu. Nur einmal gelang es mir, zweite im Schwimmwettbewerb zu werden. Wenn mein Name aufgerufen wurde, eilte ich nach vorne, hörte vor Aufregung nur halb hin, wenn von »unserer Natascha« die Rede war und ein besonders herzlicher Beifall aufkam. Es tat mir gut, und gleichzeitig ängstigte es mich. Ich zweifelte, ob ich in Zukunft den in mich gesetzten Erwartungen genügen könnte.

Zu Hause wurde meinen Zeugnissen nur geringe Beachtung geschenkt. Bei Vorlage des Jahreszeugnisses zur Unterschrift wurde pflichtschuldig gelobt, aber ich hörte heraus, daß Noten nicht als besonders wichtig angesehen wurden. Einerseits empfand ich das als sympathisch. Es hatte den vertrauten Stallgeruch einer Familie, die improvisiert lebte, Bücher, Bilder, Musik, starke Gefühle und Anständigkeit für das Entscheidende im Leben hielt. Andererseits war ich auch enttäuscht, verdrängte aber die Enttäuschung. Doch sie wanderte in den Untergrund, mutierte zu einem Unmut, der immer dann heftig zutage trat, wenn ich glaubte, mein Einsatz für irgendeine Sache sei umsonst gewesen. Immerhin bewirkten meine Zeugnisse, daß meine Eltern meinen Weg zum Abitur nicht mehr in Frage stellten.

Als für mich endgültig entschieden war, daß ich studieren wollte, eröffnete ich auf der Bank in Tegernsee ein Sparbuch. Es war mir klar, daß meine Eltern mir kein Studium bezahlen konnten, schon gar nicht, seit es noch meinen kleinen Bruder gab. Also mußte ich mir mein Studium selbst verdienen. Ich hatte bereits mit vierzehn begonnen, mit einer Gruppe von »Schwächeren« in unserer Klasse Unterrichtsstoffe nachzuarbeiten. Sie fanden das prima, und mir machte es Spaß. Zu Ostern schenkten sie mir dann ein Nest mit gefärbten Eiern und Bonbons. Aber nun wollte ich echten Nachhilfeunterricht gegen Bezahlung geben. Ich begann mit fünfzig Pfennig pro Stunde. An Schülern fehlte es nicht. Es waren fast immer Buben, die einer solchen Unterstützung bedurften.

Ich begann mit Oskar, dem Sohn einer Kriegswitwe. Ihr Mann war an der Ostfront gefallen. Die Gewißheit sei besser, als auf einen bei Stalingrad Vermißten zu warten. Sein Foto, das einen schneidigen Offizier in Uniform zeigte, stand auf dem Nachttisch. Frau von Stanowski hatte feine, blasse Gesichtszüge, eine leise und doch entschiedene Stimme und dunkles, in einem Knoten gefaßtes Haar. Oskar war zwölf, hochgeschossen und hübsch, das Gesicht seiner Mutter ins Knabenhafte übersetzt. Sie waren Flüchtlinge aus Ostpreußen und hatten in Tegernsee zwei Zimmer zugewiesen bekommen. Die Mutter hielt sich mit Näharbeiten über Wasser. Oskar begrüßte mich mit der Verbeugung eines wohlerzogenen Sohnes. Er war keineswegs dumm, aber unkonzentriert und unwillig.

Wir saßen auf einem dunkelbraunen, verschlissenen Sofa, und ich versuchte, ihm die Notwendigkeit von Grammatikregeln im Englischen nahezubringen. »Mit Regeln geht doch alles leichter! Denk einmal an die Fußballregeln. Ohne sie kommt kein Spiel zustande. Alle Spieler würden auf dem Platz wild durcheinanderlaufen. So wie die Wörter ohne Grammatikregeln.« Das leuchtete ihm ein. Glücklicherweise begann er nicht, über Fußball zu reden, denn davon hatte ich keine Ahnung.

Und jetzt noch ein paar Vokabeln. »Woher soll ich wissen, wie man das Wort ausspricht? Es ist doch jedesmal anders!« Da hatte er im Falle des Englischen nicht ganz unrecht. »Man muß es einfach auswendig lernen.« Ich zeigte ihm, wie man sich selber abfragen konnte, indem man die Spalte mit der englischen Bezeichnung im Vokabelheft abdeckte. Für zwanzig gelernte Vokabeln stellte ich ein Bonbon in Aussicht. Aber das war unter seiner Würde. Also versuchte ich es mit sportlichem Ehrgeiz. Lernen sollte wie Völkerballspielen sein. Jede gelernte Vokabel ein gezielter Wurf. »An den Kopf vom Steiner«, ergänzte er. Meinetwegen. Wenn Oskar fleißig würde, dann könnte sein Englischlehrer das kaum überleben. Aber es funktionierte eine Zeitlang. Die nächste Klassenarbeit war schon eine Drei, und ich wurde von der Mutter für mein pädagogisches Talent gelobt.

Am Ende der Stunde, das von Oskar mit einem übertriebenen Seufzer der Erleichterung quittiert wurde, gab es Kaffee und selbstgebackenen Kuchen. Nach dem ersten Stück erhielt Oskar die Erlaubnis, vom Tisch aufzustehen und das zweite Stück mit hinauszunehmen. Dann folgte »der gemütliche Teil«, wie Frau von Stanowski es nannte. Sie erzählte von den verlorenen Gütern in Ostpreußen. Und ich erzählte ihr die Geschichte von der Villa. Lange hatte ich nie Zeit, denn ich mußte weiter zum nächsten Nachhilfeschüler, zwanzig Minuten mit dem Fahrrad.

Bubi war der erste aus einer Bauernfamilie in Gmund, der aufs Gymnasium geschickt wurde. Vielleicht würde er einmal ein Studierter. Sein älterer Bruder sollte den Hof übernehmen. Bubi war kräftig und untersetzt. In seinen kugelrunden Kopf mit Kurzhaarschnitt ging nicht alles so hinein, wie er gerne wollte. Er tat sich schwer im Rechnen und in Deutsch. Ich konnte ihm mein mühsam errungenes Verständnis von Algebra vermitteln und stellte ihm Aufsatzthemen über Heueinfahren, Stallausmisten, Hühneraufzucht und den Almabtrieb. Er war sehr brav, mühte sich redlich und ging erst nach einiger Zeit aus sich heraus. Seine Beschreibung des Almabtriebs war sehr anschaulich. Detailliert beschrieb er das lederne Halsband und die große Glocke der Leitkuh, den Kopfschmuck, der je nach Milchleistung verschieden war, und die Kälbchen mit ihren hell klingenden Glöckchen als einzigem Schmuck. Vielleicht sollte er doch Bauer werden. Aber da sich seine Noten allmählich verbesserten, blieb ihm das Gymnasium nicht erspart.

Nach der Stunde zeigte er mir jedesmal etwas auf dem Hof. Bald kannte ich die weiträumigen Stallungen, die mächtige Scheune, lernte die besten Legehennen persönlich mit Namen kennen und begrüßte die zutraulichen Katzen. Im Stall sah ich beim Melken zu, und in der Milchkammer erlebte ich, wie in der Zentrifuge der Rahm von der Milch getrennt wurde, aus dem dann im Butterfaß durch unermüdliches Betätigen der Handkurbel kleine Butterklümpchen entstanden und eine bläulich dünne Buttermilch übrigblieb. Sie schmeckte säuerlich und erfrischend. Davon bekam ich jedesmal ein Glas voll. Wenn der Bubi gute Noten heimbrachte, dann wickelte die Bäuerin mir ein paar Eier in Zeitungspapier ein, die ich in meinem Einkaufsnetz am Fahrradlenker als Trophäen meiner Lehrtätigkeit stolz nach Hause brachte.

Bei einem Hersteller von Lodenstoffen, dessen Tochter es nicht für nötig hielt, Hausaufgaben zu machen, bekam ich immer nur ein Glas Wasser. Die Familie wohnte in einem doppelgeschössigen Landhaus mit Holzbalkonen, die rundherum voller blühender Geranien waren. Die Inneneinrichtung war funkelnagelneu, alles aus Fichte. Als die Eltern um den Preis der Nachhilfestunden feilschen wollten, dachte ich an die Worte meiner Großmutter (»Wenn sie wüßten, wer ich bin!«) und legte die Arbeitszeugnisse vor, die ich mir vorsorglich immer hatte ausstellen lassen. Dort war die Rede von den merklichen Forschritten der Söhne und Töchter, von erfolgreich bestandenen Prüfungen, von dem pädagogischen Talent des Fräulein Würzbach, ihrer Liebe zur Sache und von ihrem offenen und sonnigen Wesen. Man konnte mich weiterempfehlen.

Ähnlich wie bei meinen Schulzeugnissen glaubte ich das immer nicht so ganz, fühlte mich aber gleichzeitig erleichtert, daß nichts schiefgegangen war. Vor allem aber merkte ich, daß es mir Spaß machte, anderen etwas beizubringen. Der Spaß war ein doppelter: Nur was man selbst völlig verstanden hatte, in seinen Einzelheiten deutlich sah und in seinen Zusammenhängen erkannte, nur das konnte man anderen begreiflich machen. Es entstand eine beruhigende Klarheit. Und wenn jemand anderer dann begriffen hatte, dann war es wie ein Spiegel, in dem man das eigene Wissen aufblitzen sah, und man konnte sich dabei selbst spüren. Da ich gar nicht so leicht lernte, wie es manchmal den Anschein hatte, konnte ich sehen, wo die Schwierigkeiten lagen, sie bei meinen Schülern ausräumen. Sie waren kaum jünger als ich, manchmal sogar älter. Und da mein Gedächtnis auch nicht so toll war, entwickelte ich Techniken zum Pauken, die ich als Erfolgstips schmackhaft machte. Mit siebzehn wußte ich, daß ich Lehrerin werden wollte.

Die Einkünfte aus meinem Nachhilfeunterricht wuchsen stetig, zumal ich auch meine Honoraransprüche entsprechend dem sich ausbreitenden Wohlstand erhöhte. Als sich eine schöne Summe auf meinem Sparbuch angesammelt hatte, die nach meiner Kalkulation schon jetzt für das erste Semester ausreichen würde, erlaubte ich mir eine Sonderausgabe. Ich wollte mir den Traum von dem lindgrünen Fahrrad erfüllen, das ich im Schaufenster in Münchens Rosenheimerstraße gesehen hatte. Das alte Rad paßte mir längst nicht mehr. Meine Beine waren zu lang geworden und reichten trotz hochgeschraubtem Sattel nun bis auf den Boden. Manchmal stieß ich beim Radeln mit den Knien an den schon stark verrosteten Lenker. Schlimmer noch: die Handbremse klemmte und der Rücktritt knackte, sackte manchmal durch, wenn ich abrupt anhalten wollte. Ein Erwachsenenrad war fällig. Ich rang meinen Eltern die Erlaubnis ab, mit dem Postbus nach München zu reisen, um mir im Fachgeschäft ein neues Stahlroß auszusuchen und es die fünfzig Kilometer selbst zurückzufahren. Es gab tatsächlich noch ein grünes Fahrrad der Marke Windt.

Hoch zu Roß, sportlich über den tiefliegenden, blitzblanken Lenker gebeugt, noch etwas unsicher mit den drei Gängen fummelnd, begebe ich mich auf den Rückweg. Einmal aus der Stadt heraus, kann ich an Tempo zulegen, gleite auf nagelneuen Reifen und Kugellagern dahin, lege mich in die Kurven, laß die Gangschaltung klicken, wenn's bergauf und wieder bergab geht. Die Räder rollen locker und frei, die Speichen blitzen in der Sonne. Mit anhaltendem Klingeln verkünde ich mein Kommen auf der freien Straße. Der Fahrtwind kühlt mir das Gesicht, streicht mir durch die Haare. Meine Kräfte wachsen an, ich trete rascher und rascher in die Pedale, sause immer schneller, das

Blut pulsiert in mir, drängende Hitze steigt im Bauch auf. Plötzlich durchzuckt mich ein völlig unbekanntes, betäubendes Gefühl, ein schöner Schmerz rast zwischen meinen Schenkeln hindurch, Befreiung überwältigt mich und ebbt ab. Erschrocken halte ich inne, die Füße ruhen auf den Pedalen, die Räder laufen aus, kommen zum Stehen. Ich blicke mich um, ob jemand diesen Blitzschlag bemerkt hat. Nur ein Auto fährt vorüber. Am Waldrand lege ich mich neben mein neues Fahrrad und schlafe sofort ein.

Als ich am Abend zu Hause eintraf, waren meine Eltern froh, mich heil zurückzuhaben. Sie bewunderten das neue Fahrrad und meinten, daß ich es nun leichter haben würde, meine Nachhilfeschüler zu erreichen. Sie ließen mir in allem freie Hand. Für ein Fahrrad hätten sie allerdings nicht das Geld aufbringen können. Zumal der kleine Michael gerade sein erstes bekommen hatte.

Dreimal die Woche radelte ich die zwanzig Kilometer rund um den Tegernsee und besuchte meine Nachhilfeschüler. Bei gutem Wetter war es ein Vergnügen und jede Etappe zwischen meinen Arbeitsstellen eine Erholungspause, wenn ich zwischen Weideflächen und durch dörfliche Ortschaften glitt, manchmal bei einem Ausblick auf das Seepanorama anhielt. Bei Gegenwind und Regen mußte ich mein Gewicht auf die Pedale verlagern und konnte nicht immer ganz pünktlich sein. Lag Schnee, dann war ich auf die Straßenverhältnisse konzentriert und schlitterte vorsichtig voran; der Stundenplan war dann nicht mehr einzuhalten. Bei Neuschnee erwartete niemand, daß ich kommen würde.

Mein Leben hatte seine feste Ordnung. Der Wecker klingelte für mich jeden Morgen um fünf. Auf das Nachtkästchen hatte ich mir ein Marmeladenbrot oder einen anderen kulinarischen Lockvogel bereitgestellt. Dann auf zum kalten Duschen. Im Winter glitzerten Eiskristalle an der mit grüner Ölfarbe wasserfest gemachten Wand über der Wanne. Zügig führte ich den Strahl der Handbrause von den Füßen bis zum Gesicht und fühlte mich tapfer und stark, danach zudem noch von Wärme durchströmt. Frisch, sauber und voller Energie zog ich mich an, war bereit für den Tag. Wenn im Winter noch Glut im Ofen war, legte ich ein paar Scheite nach. Im Sommer öffnete ich das Fenster zu den Fichten hin, wo die Vögel sich zu regen begannen. Sonst schlief alles noch. Ich hatte genügend Zeit für den Teil der Hausaufgaben, den ich wegen der Nachhilfestunden am vorigen Tag nicht geschafft hatte. Dann auf zur Schule. Wenn jemand mich aufforderte, zum Schwimmen oder zum Segeln mitzugehen oder an einer Radtour teilzunehmen, dann hatte ich keine Zeit. Dabei wäre ich so gerne mit dabei gewesen. Aber die Schulaufgaben, der Nachhilfeunterricht, die Vorbereitung auf eine Klassenarbeit hatten Vorrang. Schließlich fragte niemand mehr.

Ich war zu beschäftigt, um wahrzunehmen, was mir fehlte, aber ein untergründiger Strom von Sehnsucht war manchmal spürbar. Warum lief es bei mir immer wieder anders als bei den anderen? Dabei kam mir auch in den Sinn, daß die Kinder meiner Großmutter in meinem Alter Sommerfrische in der Villa gemacht hatten. Sollte ich sie beneiden? Ich wollte mir das Haus noch einmal genau ansehen.

An einem Sommernachmittag mietete ich mir ein Ruderboot und fuhr bis fast an den Steg »unserer Villa« heran. Da lag sie, fotogetreu, fast unverändert bis auf den neuen, allzu hellen Anstrich sowie ein aufdringlich großes Schild unter dem Dachfirst: »Fremdenpension Haus Adlerberg«. Von Villa konnte also nicht mehr die Rede sein. Auf dem Seegrundstück, das nach rechts etwa zweihundert

Meter bis zu dem ehemaligen Gärtnerhaus reichte, standen mittlerweile weitere vier Privathäuser. Auf dem Bootssteg von »Haus Adlerberg« tummelten sich die braungebrannten Urlauber des beginnenden Wirtschaftswunders. Sonnenlicht flackerte auf den unruhigen Wellen. Ich ließ die Ruder sinken und betrachtete alles genau, ließ die Figuren der Vergangenheit noch einmal auftreten. Schemenhaft, wie auf dem Negativ eines Schwarzweißfilms glitten sie über das bunte Bild der Gegenwart: die hochmütig aufgerichtete Urgroßmutter, die störrisch dreinblickende junge Witwe, ihr geistvoller Sommergast in Knickerbockern, der dem Mädchen mit den Korkenzieherlocken einen Ball zuwarf und der mein Vater werden sollte.

Dann wendete ich, zog kräftige Ruderschläge durchs Wasser, trieb das Boot immer schneller über den See, bis weit hinaus, wo er am breitesten war. Mein Atem ging rasch, ich spürte den Schweiß auf der Stirn, die Reibungshitze der Rudergriffe in den Handinnenflächen, beginnende Blasen, aus denen schützende Schwielen werden könnten. Die Villa blieb zurück, wurde immer kleiner, am fernen Ufer kaum mehr erkennbar. Ich hielt inne, ließ das Boot gleiten, die Tropfen von den erhobenen Rudern perlten, hörte das leise Gluckern unterm Kiel. Die Nachmittagssonne bräunte mir fühlbar das Gesicht. Ich befand mich in der Mitte des Sees: ein Rundum an gleißender Wasserfläche, umrandet von Ortschaften und den vertrauten Formen und Linien der Berge. Ich legte mich auf den Boden des Bootes und ließ mich von einem kaum merklichen Sommerwind schaukeln.

Die Schule hatte sich für mich vom Angsttraum zu einem Ort der Geborgenheit und Bestätigung gewandelt. Der Geldmisere meiner Familie setzte ich das Sparbuch entgegen. Jeder Tag war prall gefüllt, seinen Ablauf hatte ich fest in der Hand. Ich wachte pünktlich nach dem Wecker auf, kam pünktlich zur Schule, erreichte pünktlich meine Nachhilfeschüler, plante Badeausflüge oder Wanderungen sorgfältig, war abends zur rechten Zeit zu Hause, ging zeitig zu Bett. Es waren nicht meine Eltern, die mich dazu anhielten. Es war die Angst vor den halboffenen Schubladen im Toilettentisch meiner Großmutter, aus denen das Chaos hervorquoll; Angst vor dem Ausgeliefertsein an die Öde des Spielzimmers und an den Sog des Pfandleihhauses, vor dem Gasgeruch in verborgenen Ecken und vor der Willkür des Kommenden.

Aber um einen Zustand relativer Sicherheit zu erhalten, bedurfte es enormer Anstrengungen. Ich setzte mich ständig unter Druck, machte Hausaufgaben schon für den übernächsten Tag, nahm das Vokabelheft zum Baden mit, brütete in meinem Zimmer vor den stummen Fichten über sphärischer Geometrie, bereitete mich sorgfältig auf jede Klassenarbeit vor, überließ nichts dem Zufall, warb neue Nachhilfeschüler, stellte den Wecker noch ein wenig früher.

Unterschwellig war ein Gefühl da, als ob ich ständig um etwas kämpfen müßte, noch stärker in die Pedale treten müßte, um bergauf zu kommen. Nur wenn ich mein Bestes gab, dann reichte es gerade – für die finanzielle Sicherung und um anerkannt oder geliebt zu werden. Daß ich es immer wieder schaffte, gab mir für kurze Zeit Selbstgewißheit, aber keine dauerhafte Selbstsicherheit. Denn jede Leistung fühlte ich zugleich vom Scheitern bedroht. Allerdings schuf der Zwang zur Absicherung auch den festen Rahmen, innerhalb dessen mein Erleben freien Raum fand.

Der Deutschlehrer wechselte, und mein glückloses Schwärmen verebbte zur vagen Sehnsucht nach Verstandenwerden. Von meinen Eltern fühlte ich mich natürlich unverstanden. Meine Suche nach einem Geistesverwandten richtete sich nun auf einen anderen. Florian, einer der Furtwängler-Buben, saß in der Klasse in der Bankreihe schräg vor mir. Er hatte eine besondere Art, seinen Kopf leicht gesenkt und zur Seite geneigt zu halten, als ob er auf etwas lauschte. Ein strähniger blonder Haarschopf fiel ihm ins Gesicht, so daß er oft mit einer Hand hindurchfahren und die Haare zurückstreichen mußte, eine Geste, die jedesmal etwas Befreiendes zu haben schien. Es waren seine kleinen, tiefliegenden Augen unter einer darüberragenden Stirn, deren Blick ich zum Einverständnis während der Diskussionen suchte. Es war das schelmenhafte Lächeln seines breiten, schmallippigen Mundes, das mich zu einem neuen Redebeitrag ermunterte. Und wenn er die Augenbrauen skeptisch hochzog, dann kam ich erst recht in Fahrt. Wenn er mir dann direkt antwortete, wurde der neue Deutschlehrer von unserem Dialog beiseite geschoben, brauchte er die Redebeiträge nicht mehr aufzurufen.

Manchmal setzten wir unser Gespräch in der Pause fort. Flori kannte die Biographie von Beethoven, zeigte mir Abbildungen von Michelangelos Plastiken, hatte Hemingway gelesen. Ich konnte mit Franz Marc und van Gogh aufwarten, Faustmonologe aufsagen und über den Sinn der Naturwissenschaften philosophieren. Wir lieferten uns Lesetips aus dem ›Reader's Digest‹. Es gab sonst niemand in der Klasse, mit dem ich so viele Interessen teilte, so viel Übereinstimmung fand.

Wie gerne hätte ich etwas mit ihm außerhalb der Schule unternommen! Dafür hätte ich schon ein paar Nachhilfestunden verlegt oder sogar ausfallen lassen. Er lud oft andere zum Schwimmen ein. Der Furtwänglersche Familienbesitz lag auf einem Ufergrundstück auf der anderen Seite des Sees ziemlich genau gegenüber der zur Fremdenpension degradierten »Villa Adlerberg«. Künstler und Intellektuelle trafen sich in dem auf einer kleinen Anhöhe liegenden Haus. Die Söhne mit ihren Freunden und Freundinnen sonnten sich am Ufer und tanzten zu Grammophonmusik auf dem Bootssteg. Es wurde nackt gebadet. Das traute ich mich nicht. Zwar war ich zu Hause ebenfalls mit Freikörperkultur in Berührung gekommen, aber nur mit weiblicher. Ich hatte noch nie einen nackten Mann gesehen, außer den David von Michelangelo und Aktzeichnungen von Raffael und Leonardo. Vor allem aber war mein eigener Körper nicht vorzeigbar. So schützte ich Arbeit vor, als er auch mich fragte.

Da erschien mir das Skifahren schon ungefährlicher, obwohl ich wenig Geschick und vor allem keinen Mut zu rasanten Abfahrten besaß. So schloß ich mich an einem Nachmittag einer Gruppe um Flori an. Am Skihang angekommen, konnte ich mein Zögern nicht länger verbergen. Flori meinte ermunternd, das sei doch überhaupt nicht schwer. Im Grätschschritt hinter ihm her erklomm ich den Hang, ohne eine Vorstellung zu haben, wie ich da je wieder hinunterkommen sollte. Er ging langsamer als die anderen, sah sich ab und zu nach mir um und lachte ermutigend zu mir herunter. So setzte ich alles daran, die Innenkanten meiner Skier in seine Spuren zu drücken und dabei mit den Stöcken mein Gleichgewicht zu sichern. Ich blieb Flori sozusagen auf den Fersen. Rinnsale von Schweiß bahnten sich ihren Weg unter dem Pullover den Rücken hinunter. Neben uns auf der Bahn glitten einige in eleganten Schwüngen abwärts, andere sausten in Schußfahrt vorbei.

Oben angekommen, machten wir uns zur Abfahrt bereit. Flori zog seine Strickmütze in die Stirn. Ich hatte meine Skier zu einem Schneepflug angewinkelt und sah den Hang hinunter, der von hier aus viel steiler wirkte als von unten. »Ich schwinge ganz langsam mit dir ab.« Und er machte mir die Drehung aus dem Schneepflug zum Seitlichschwung im Zeitlupentempo vor. Ich folgte ihm, führte einen Schwung nach dem anderen penibel durch, rechts herum, links herum. Erstaunlicherweise war es gar nicht schwer. Eigentlich sogar wunderschön. Aber unten hatte es sein Ende. Flori wollte nun höher hinauf und richtig fahren. »Servus, bis nachher.« Und mit souveränem Tempo grätschte er wieder den Hang hoch. Ich konnte ja schließlich nicht erwarten, daß er mir den ganzen Nachmittag Skiunterricht geben würde. So wagte ich mich allein ein Stück den Hang hinauf, bis mich die Angst überfiel und meine Knie unpassenderweise weich wurden. Die Abfahrt war dieses Mal nicht so glücklich. Sie war von Zögern, Ausrutschen und Stürzen durchlöchert. Flori war irgendwo oben in Gipfelnähe. Ich hockte mich auf meine Bretter, von Demütigung und Enttäuschung überwältigt. Als die anderen aus der Gruppe herunterkamen, schluckte ich alles hinunter, stand auf und ließ mir nichts anmerken.

Meine nächste Hoffnung war die Tanzstunde, die wir zusammen mit der Parallelklasse absolvierten. Das gehörte sich so für junge Leute zwei Jahre vor dem Abitur. Im letzten Jahr würde dafür keine Zeit mehr übrig sein. Um die Unterbesetzung mit Mädchen unserer Altersstufe auszugleichen, durften noch einige »Ehemalige«, oder Mädchen aus den unteren Klassen teilnehmen. Der Saal eines Gasthauses wurde dafür zur Verfügung gestellt. Nach einigen Stunden war klar, daß Flori eine natürliche Begabung zum Tanzen hatte, ich mich aber ziemlich ungeschickt anstellte. »Deine Mutter ist doch Tänzerin«, hieß es. Aber davon hatte ich wohl kaum etwas geerbt. Es half auch nicht, daß meine Mutter mit mir üben wollte. Von den gängigen Gesellschaftstänzen konnte sie nur den Walzer. Und der fiel auch mir am leichtesten. Der Dreivierteltakt und die schmachtend freudigen Melodien brachten mich in Stimmung.

Am liebsten tanzte ich allerdings Polonaise. Die Tanzpaare nahmen in zwei Reihen einander gegenüber Aufstellung, gingen im Takt der Musik aufeinander zu, reichten einander die Hände und tanzten umeinander herum. Da brauchte ich mich nicht den Bewegungen meines Tanzpartners anzupassen. Außerdem war im ritualisierten Ablauf des Tanzes regelmäßiger Partnerwechsel vorgesehen. Immer, wenn ich mit Flori zusammentraf, fand ich die Tanzstunde wunderschön. Überwiegend war es jedoch eher eine Qual, mit kleinen Lichtblicken, wenn mir ein paar Schritte gelangen. Vor allem die Rückwärtsschritte beim Foxtrott oder Tango lagen mir gar nicht. Manchmal blieb ich auch auf der Stuhlreihe an der Längswand des Saales sitzen, weil mich niemand aufforderte. Die Paare tanzten an mir vorüber. Momentan befreit vom Erwartungsdruck der Tanzstundennorm, überwogen doch Enttäuschung und Scham.

Wenn die Tanzstunde vorüber war, wurde es besser für mich. Die meisten blieben noch auf ein Glas Cola oder ein Bier. Wir redeten über die verschiedenen Tänze, über die Schule oder erzählten Witze. Es wurde geraucht und geflirtet. An einem Abend ergab es sich, daß Flori und ich in einer ruhigen Ecke saßen und mal wieder ins Gespräch kamen: über den Wert von künstlerischen Erlebnissen und die Bedeutung der Literatur. Er erzählte von seinem Onkel, dem Dirigenten, wie sehr er ihn bewundere und daß er auch einmal Musik studieren wolle. Materielle Dinge interessierten ihn nicht. »Meine Eltern finden das einseitig. Ich fühle mich oft allein. Und mit meinen Brüdern kann ich skifahren und segeln, aber nicht über ernsthafte Dinge reden.«

»Mit mir schon«, dachte ich und bekam Herzklopfen. Hoffnung schoß wie ein heißer Geysir empor. »Kannst du dich an das Bild von Kokoschka erinnern, ›Die Windsbraut‹, im Haus der Kunst, wo wir beim letzten Schulausflug in München waren?« Natürlich erinnerte er sich und begann laut darüber nachzudenken, was dieses schon ältere Paar, das auf einem windumtosten Felsen zu eng beieinander zu liegen schien, für eine Bedeutung haben könnte. Und wie die Verfremdung durch unruhige Pinselstriche und die unrealistischen, dramatischen Farben diese Bedeutung unterstützten. Und überhaupt Kokoschka, und dann Franz Marc, und die Unschuld der Tiere!

Natürlich kamen wir auf Rilke zu sprechen. Nicht ohne Stolz konnte ich berichten, daß mein Vater ihn einmal in München in der Ainmillerstraße besucht hatte. Sie hatten über Ekstase und jenseitige Dinge gesprochen. Ich nannte Gedichte, die ich gelesen hatte. Flori bevorzugte Stefan George und versprach, mir seine Ausgabe zu leihen. In diesem harmonischen Gesprächsfluß bildeten seine Mimik und Gestik die Begleitmelodie. Wenn er zustimmte, lächelte er mit leicht gesenktem Kopf. Wenn er etwas besonders gut verstand, dann huschte Helligkeit über sein Gesicht. Und wenn er von der Richtigkeit einer Aussage überzeugt war, dann leuchtete ein verhaltener Triumph in seinen Augen. Er hatte seinen Stuhl vom Tisch abgerückt und sich zurückgelehnt. Seine kräftig modellierten, sensiblen Hände pflegte er an den Handgelenken gekreuzt übereinander zu legen, so wie es manchmal große Hunde in Ruhestellung mit ihren Pfoten tun. An unserem Tisch saß sonst niemand mehr. Um uns herum herrschte Halbdunkel, Stimmengewirr, Zigarettenrauch und alkoholdunstige Wärme. Ich hätte gerne Friedrich Hebbel zitiert:

> Wenn, die jetzt einsam wandern,
> Treffen einer den andern,
> Ist alle Welt am Ziel.

Aber ich behielt es doch besser für mich. Warum konnten wir uns im Gespräch so nahe sein, aber sonst nicht?

Als wir aufbrachen, war der letzte Bus schon weg. Ich war ohne Fahrrad gekommen. Flori hatte das Motorrad dabei, das er mit seinen Brüdern teilte, und bot an, mich nach Hause zu bringen. Er müsse sowieso um den See. Die Hauptstraße war einigermaßen schneefrei, aber es herrschte eine beißende Kälte unter einem teilnahmslos herabscheinenden Mond. Die schwere BMW-Maschine sprang schon beim zweiten Mal an. Flori zog seine Fellmütze mit Ohrenklappen über und band sie unter dem Kinn zusammen. Das ursprüngliche Weiß des Außenleders war durch langen Gebrauch grau und speckig geworden. Im Winter war sie sein Markenzeichen. Er schwang sich auf das Motorrad und hielt es breitbeinig stehend zwischen sich in der Balance. Ich raffte meinen Rock unter dem Mantel zusammen und bestieg den Sozius-Sitz. »Du kannst dich an mir festhalten.« Dann dämpfte die Maschine ihre Startgeräusche zu einem sonoren Brummen, und das kaum je erhoffte Abenteuer begann.

Wir glitten über die menschenleere Straße zwischen den Häusern hindurch, an schneebedeckten Hängen vorbei, fast schwerelos durch die Nacht. Ich hatte vergessen, mein Kopftuch umzubinden. Der Fahrtwind wühlte in meinem

Haar, Flori legte sich hingebungsvoll in die Kurven. Ich wagte es, meine Arme fester um ihn zu schlingen und meinen Kopf auf seinen breiten Rücken zu legen. Der entgegenkommende eisige Luftstrom teilte sich an seinem Körper und erreichte mich nur an den Seiten. Ich glaubte, vom Boden abzuheben, drückte meinen Kopf an seine Schulter. Die Fahrt dauerte nicht lang. Er setzte mich am Gartentor ab. »Servus. Bis morgen.«

Schule, Hausaufgaben, Nachhilfeunterricht erschienen mir nun öfter hinter einem Grauschleier, den zu zerreißen mir nicht immer gelang. Ich glaubte mich zwar verstanden, wurde aber nicht geliebt. Es war auch nicht verwunderlich. Ich hatte keine gute Figur und war größer als er. Meine Brüste blieben klein, meine Nase war ein scharfer Haken, mein Hinterkopf flach, meine Bewegungen plump. Und eigentlich hatte ich auch Angst. Angst vor etwas, das aus der Annäherung und Berührung aufflammen könnte.

Der Abschlußball rückte heran. Die Buben stöhnten unter dem Zwang zu einem neuen dunklen Anzug. Dem entsprechenden Bekleidungsstück aus der Firmung waren die meisten entwachsen. Manche wählten als Alternative den Trachtenanzug. Die Mädchen dachten über ein angemessenes Kleid nach. Meine Mutter griff auf ihren Kostümfundus zurück, um mich für den Abschlußball auszustatten. Eine cremefarbene Bluse mit weiten Ärmeln und ein gestufter Glockenrock aus schwarzem Satin konnten mir angepaßt werden. Mehr war nicht drin. Denn wir hatten gerade mit Ach und Krach von Kohleöfen auf Ölöfen umgestellt. Damit entfiel der ganze Dreck aus Kohlestaub und Asche. Man mußte nur von Zeit zu Zeit Öl aus einer dafür bestimmten Gießkanne einfüllen. Allerdings lag nun immer ein bißchen Ölgeruch in der Luft.

Zur Planung der Abschlußfestlichkeit gehörte auch die

Entscheidung der Buben für eine feste Tanzpartnerin, die allerdings vorher gefragt werden mußte. Flori entschied sich für meine Banknachbarin Luise, die sich zu einer vorzüglichen Tänzerin entwickelt hatte. Zudem war sie hübsch, sportlich und immer gut gelaunt. Ich mochte sie gern, und es hatte sich fast so etwas wie eine Schulfreundschaft zwischen uns entwickelt. Zu meiner Überraschung schlug sie mir vor: »Willst du nicht mit dem Flori tanzen?« Mir trieb das fast die Tränen in die Augen. Aber ich war schon an Peter vergeben, einen ruhigen, verläßlichen Mitschüler, der schon häufiger mit mir getanzt und mich über manches Stolpern hinweggeführt hatte. Mit ihm überstand ich den Abend ganz gut. Bei der Damenwahl zögerte ich und kam beim Flori zu spät. Aber vielleicht war es auch gut so.

Der Winter blieb kalt. Der See war vollständig zugefroren. Manche Schüler fuhren mit dem Fahrrad über den See. Flori fegte mit einem seiner Brüder hinten auf dem Sozius über die durch Rauhreif und Schnee griffige Eisfläche zur Schule. Das Versprechen, von ihm einmal zum Eissegeln mitgenommen zu werden, hing tagelang in der Luft. Einmal wurde sogar ein Termin genannt. Ich saß zu Hause an meinem Schreibtisch und wartete auf einen Anruf. Die Hausbesitzer in der Wohnung unter uns verfügten über ein Telefon, das wir in dringenden Fällen mitbenutzen durften. Ich saß da und wartete. Ein aufkommender Föhnwind schüttelte Schneereste von den Zweigen der Fichten vor meinem Fenster. Ihr Dunkelgrün grub sich durch meine Augen in mein Gehirn. Hinter den Bäumen lag Helligkeit. Die Sonne wanderte weiter, bis ihre schrägen Strahlen seitlich auf die Fichten fielen.

Noch am Abend brach der Föhn zusammen, und es begann zu schneien. Ich schlief schlecht. Am nächsten Morgen schneite es noch immer. Es war Sonntag. Und es schneite, dünnflockig rieselnd, stetig und beharrlich aus einem tief herabgesenkten, verschleierten Himmel. Weißgrau geflockt und lautlos verfloß die Zeit. Ich blickte aus dem Fenster im Wohnzimmer hinaus in den Garten.

Der Boden erträgt den Schnee mühelos. Es sind die Bäume, die unter der schönen Last zu leiden haben. Ungewohnte Verbiegungen, Stammschrägen und Astneigungen, ein bizarres Gewirr von wattigen Bändern und Bauschen läßt die kalte Bedrückung erahnen. Kaum wiederzuerkennen ist die einzeln stehende riesige Fichte auf dem Nachbargrundstück: Ihre sonst so starken, ebenmäßigen Äste senken sich nun unterm Schnee kaum mehr sichtbar bodenwärts. Die mächtige Baumgestalt hält sich aufrecht, ist jedoch zu befremdender Schlankheit zusammengedrückt. Zwei jüngere Fichten neben ihr, abgemagert zu weißschuppigen Schneesäulen, neigen einander ihre Spitzen zu in ergebener Trauer. Gestaltgewordene Trauer, die mich überwältigt.

Zu Hause halte ich es nicht mehr aus. Skihosen, feste Stiefel, Anorak, Mütze, Handschuhe, etwas zu Essen und zu Trinken im Rucksack. Ich weiß, daß ich mich bei diesem Wetter im unteren Bereich der Berge halten muß. Auf meinem mühsam erstapften Weg durch die Landschaft begegnen mir noch viele Fichten in ihrem geduldigen Stillhalten unter dem kalten, weißen Unglück. Die bauschige Schneelast zieht jeden Zweig nieder. Nur biegsame Geduld kann sie retten. Sie müssen ausharren, bis ein rüttelnder Wind oder behutsames Tauwetter sie befreit. Ich ergreife das Ende eines Zweiges und schüttle ein wenig. Ein Stück Schneelast kommt ins Rutschen, staubt gewaltig zu Boden, mehr kommt nach, und der Zweig hebt sich erleichtert. Nadelgrün wird sichtbar, beständig unter Schneelaub und gläsern gefrorenen Tropfen. Ich mühe mich, auch den nächsten Ast zu befreien, kalte Schneestaubnässe schlägt mir ins Gesicht. Wieder hebt sich ein Ast zögernd, nachwippend. Aber man kann nicht allen betroffenen Bäumen helfen. Es sind zu viele.

Den Laubwald hat es anders getroffen: aus den Stämmen herausgebrochene Äste, gesplittertes Holz, frische Wunden, seitwärts gedrückte oder umgestürzte Bäume. Auf der schmalen Straße hat der Aufräumdienst bereits die Unfallopfer zur Seite geschafft. Der saubere Sägeschnitt an Stamm und Ästen des quergelegenen Baumes ist noch zu sehen. Die Überreste der Krone sind an der anderen Straßenseite säuberlich aufgeschichtet. Es muß weitergehen mit dem Verkehr und mit dem Leben.

Weitergehen. Ich wate einen Hang hinauf, sinke bald knietief ein. Ich spüre nicht die Kälte, wohl aber den Widerstand des Schnees, seine massige Schwere. Kaum ein Vorankommen möglich. Mein Herz schlägt hastig und wild, mein Atem rast. Mühsam ziehe ich ein Bein aus der schweren Masse, um es ein wenig weiter wieder darin zu versenken, dann das andere, und so fort. Das Blut pocht in meinen Ohren. Ich muß eine Wüste durchqueren, deren weiße Flächen keine Traurigkeit und Leere eingestehen wollen. Schneller möchte ich voran, aber der Schnee ist stärker, gestaltlos weich, wo ich Festigkeit unter meinen Füßen suche, sanft aber entschieden im Gegendruck, wo ich vorwärts möchte. Ich bin schon zu weit gegangen, um umzukehren.

Oben angekommen atme ich durch und lege stehend eine kleine Rast ein: Brot, Wurst, ein Apfel und heißer Tee aus der Thermosflasche. Ich fühle mich gestärkt und gehe weiter auf einem verschneiten Weg entlang dem Hang. Es hört auf zu schneien, die Sonne kommt durch. Nun gewinne ich einen Überblick, erkenne die ganze Herrschaft des Schnees. Kleine Fichten drängen sich aneinander, überrascht und erstarrt, eine Schar Pinguine, die Flossenflügel dicht am Leib. Hangabwärts ist das Buschwerk unter sanften Schneewölbungen versunken, sind die Unebenheiten der Wiese unter der weißen Daunendecke verschwunden. Der Bachlauf duckt sich zwischen seinen schneegepolsterten Ufern zum Rinnsal.

Vom Talgrund steigen die gegenüberliegenden Hänge in gelassener Schneehelligkeit und weichen Rundungen auf. Selbst der Wald zeigt aus der Ferne gesehen keine Blessuren, nur aufsteigende Reihen glitzernder Baumspitzen. Je weiter mein Blick geht, desto schöner wird die Schneelandschaft. Ein Berggrat tritt aus den aufreißenden Wolken hervor. Wo sein Weiß in Stahlblau übergeht und den dort schon wolkenlosen Himmel trifft, zeichnet sich eine Kontur ab. Glitzernd und gleißend triumphiert das Weiß unter der Sonne, versteigt sich die Schneelandschaft in eine Koloratur, mit der es gelingt, den Schmerz in der Schönheit des Erhabenen zu lösen.

Gerade noch vor Einbruch der Dunkelheit schaffe ich es, wieder ins Tal zu kommen. Zu Hause wartet man mit dem Abendessen. In dieser Nacht schlafe ich besser.

12.

Im Übergang

Nun ging es auf das Abitur zu. Wo andere um das Bestehen bangten, machte ich mir Sorgen um den Notendurchschnitt. Ich mußte mindestens eine 1,5 erreichen, um Aussicht auf ein Stipendium für mein Studium zu haben. Wie Bauklötzchen sortierte ich die Fächer, setzte sie zu einem Hoffnungsbauwerk zusammen. Musik und Turnen, wo ich keine Glanzleistungen erwarten konnte, zählten mit. In Mathe war kaum mehr als eine Zwei drin. Die Integralrechnungen machten mir Schwierigkeiten. Die Physik und die sprachlichen Fächer waren voraussichtlich kein Problem. Aber es konnte immer ein Unfall passieren. Einige Fächer wie Religionslehre, Geschichte, Latein, Erdkunde, Chemie und Biologie wurden durch Klassenarbeiten bereits während des Jahres abgegolten. Das gab schon mal ein Fundament. Beim Aufbau meines Zukunftsturmes durfte ich mir keinen Fehler leisten. Dabei hatte ich immer noch mein Sparbuch in Reserve. Aber das würde mich höchstens ein Semester über Wasser halten.

Als mir das Halbjahreszeugnis ausgehändigt wurde, überflog ich rasch die Noten, um zu überprüfen, ob meine Rechnung aufging. Diese Ziffern waren die Grundlage meiner Zukunft. Noch konnte es klappen. Die »Bemerkung« las ich mit Befriedigung und war zugleich peinlich berührt: »Ihr sicheres Einfühlungsvermögen und ihre allgemeine geistig-sittliche Reife ... vielseitige Begabung ... zielstrebiger, andauernder Fleiß ... rege Beteiligung am Unterricht ... Pünktlichkeit und Zuverlässigkeit bei der Führung der Klassengeschäfte«. Das erschien mir wie ein Paßfoto, ausreichend für eine Behörde, aber schlecht belichtet, kleinformatig, unwirklich.

All diese rühmlichen Eigenschaften waren für mich ein gutsitzendes Kostüm in einer oft und mit Begeisterung gespielten Rolle. Aber wenn ich allein war, unterwegs mit dem Rad um den See, oder zu Fuß auf einem Berg, oder auf unserem Balkon mit einem Buch, dann hatte ich das Kostüm abgelegt. Dann war ich mir näher, im Glücklichsein wie im Leiden. Im Zeugnis stand auch etwas über mein »stets freundliches und heiteres Wesen«. Ich stutzte. Manches Lachen in meinem Gesicht erschien mir eher wie eine Tarnkappe, eingewachsen zu einer zweiten Haut. Und die Tarnkappe zeigte Risse, sobald ich aus der Schule nach Hause kam. Ich übersah den Mülleimer, der zum Leeren auf der Treppe bereit stand, trottete in die Wohnung, erwiderte mürrisch den Gruß meiner Mutter und zog mich mit einem Teller aufgewärmten Essens in mein Zimmer zurück. Bald darauf ein Klopfen an meiner Tür: ob ich vielleicht das Geschirr spülen könnte. »Ich muß Schularbeiten machen.« Schlimmer noch: ob ich meinem kleinen Bruder bei den Rechenaufgaben helfen könnte.

Michael hatte von Anfang an Schwierigkeiten mit der Schule gehabt. Im dritten Jahr konnte er immer noch nicht ordentlich lesen und schreiben. Vom Rechnen ganz zu schweigen. Es ging in diesen Kopf mit den seidigen blonden Locken und den Beulen vom ewigen Hinfallen einfach nicht hinein. Was hatte ich schon das Einmaleins und Kettenrechnen mit ihm geübt! Nach fünf Minuten wollte er schon nicht mehr, entglitt mir wie ein zappelnder, glitschiger Fisch. Meine anderswo gelobten pädagogischen Talente versagten. Meine Mutter machte sich Sorgen; mein Vater meinte, es käme auf andere Dinge im Leben an. Ich war der Meinung, daß der kleine Bruder zu sehr verwöhnt worden war: Viel zu lange hatte meine Mutter ihm die Schuhe gebunden und den Mantel angezogen! Viel zu lange ihn in die Schule begleitet. Viel zu leicht hatte er alles bekommen, was er sich wünschte: kleine, teure Autos, ein neues Fahrrad, immer wieder neue Mützen und Handschuhe als Ersatz für die verlorenen. Ich hatte oft genug gewarnt.

Doch irgend etwas stimmte nicht mit ihm. Er war ein zarter, freundlicher Bub, mit etwas Traurigem im Blick, und immer so unruhig. Er konnte nie still sitzen. Die Lehrerin brachte eine Sonderschule ins Gespräch. Aber auf eine »Deppenschule« wollten meine Eltern ihren Sohn nicht geben. Also plagten wir uns alle weiter, am meisten wohl Michael selbst. Meine Mutter reduzierte die Kurse für tänzerische Gymnastik, die ohnehin nicht mehr so gut gingen. Mein Vater kümmerte sich wenig um die Erziehung seines Nachkömmlings. Er zog sich immer mehr zurück, kränkelte, hustete, lag viel auf dem grünen Sofa. Jeden Monat mußte er vierzig »Morgensprüche« finden: zum Nachdenken anregende Zitate, die er dem Süddeutschen Rundfunk für eine tägliche Morgensendung lieferte. Die Überzähligen ermöglichten dem Redakteur eine Auswahl. Da wurde nachgeschlagen, geblättert, ausgewählt und notiert, bis gerade noch rechtzeitig das Päckchen von Zetteln in der sauberen Handschrift meines Vaters auf die Post gebracht werden konnte.

Während des letzten Schulhalbjahres saß ich oft bis

Mitternacht am Schreibtisch. Ich arbeitete gerne nachts, mochte die Stille, die Dunkelheit draußen. Aus meinem Fenster fiel ein Lichtschein auf die Fichten. Die Vorbereitung auf das Abitur machte nicht in allen Fächern gleich viel Spaß, und das Lernen fiel mir auch nicht immer leicht. Aber ich wollte überall gut vorbereitet sein, wohl wissend, daß ich mich in der Examenssituation nicht auf plötzliche Einfälle verlassen konnte. Und das Lernen gab mir Selbstgewißheit in meiner Einsamkeit und Hoffnung auf eine Zukunft.

In dieser Zeit reduzierte ich meine Nachhilfestunden. Nur einen neuen Schüler nahm ich an: Flori war schwach in Englisch und Mathe. Er brauste mit dem Motorrad an, ließ Michael einmal probeweise drauf sitzen, der sofort aufheulendes Motorengeräusch simulierte, und arbeitete dann mit mir auf dem Balkon, wo wir in der Frühlingssonne saßen. Für ihn war die Schule ein Spiel, in dem man nicht verlieren durfte, aber sich durchmogeln konnte. Er wollte höher hinaus. Um sein Studium brauchte er sich keine Sorgen zu machen. Er hatte sich nun doch für Kunstgeschichte entschieden, obwohl er gut Geige und Klavier spielte. Was ich mir so unter dem Studium vorstellte? Für mich war es eine vielversprechende Fährte, von der ich nicht genau wußte, wohin sie führen würde.

Flori blieb kaum länger als die vorgesehene Stunde. Dann zog er wieder die altgediente Fellkappe über, bestieg sein Motorrad, und weg war er. Einmal schlug ich eine gemeinsame Bergtour vor. Aber dies wies er mit dem mysteriösen Hinweis zurück, das wäre nicht gut, da könne er für nichts garantieren. Meine Vorstellungen von dem, was da passieren könnte, blieben im Nebulösen und waren von einer Mischung aus Angst und Sehnsucht überlagert. Ich träumte von tiefen Blicken des Verstehens, von Händedruck, zögernden Berührungen, in denen sich Spannung aufbaute. Sie entlud sich in Träumereien von kräftemessendem Aufstieg, atemloser Ankunft auf dem Gipfel und erlösender Rast. Flori wurde immer mehr zur bloßen inneren Figur, die beglückte und schmerzte. Niemand sollte davon erfahren. Meine Eltern ahnten wohl etwas. Meine Mutter fühlte sich zu einer verspäteten Aufklärung bemüßigt, die im Ansatz steckenblieb: »Sei vorsichtig. Du weißt schon, was ich meine. Es ist noch zu früh.« Mein Vater hielt den Buben für einen genialen Hallodri, nicht seriös genug für mich.

In dieser Zeit erfuhr ich durch Zufall ein Stück Familienhistorie. Es war allerdings eine Geschichte, die nicht für meine Ohren bestimmt war; meine Mutter erzählte sie ihrer Freundin in der Annahme, ich sei in meinem Zimmer. Ich saß jedoch bei geöffnetem Fenster auf dem grünen Sofa und las, während mein Vater zum Einkaufen gegangen war. Das Fenster ging auf den Holzbalkon hinaus, wo die beiden saßen. Ich hörte den Namen meines Vaters und spitzte die Ohren.

Meine Mutter war vielleicht siebzehn gewesen, als sie ihn kennenlernte, den kunstsinnigen Gelehrten Mitte dreißig, Liebhaber ihrer schönen und temperamentvollen Mutter. Sie bewunderte ihn, lauschte den Lesungen aus seinen philosophischen Schriften im kleinen Kreise. Sie trug Liebesbriefe hin und her zwischen der Stadtwohnung meiner Großmutter in der Hohenstaufenstraße und der zehn Minuten entfernten Junggesellenwohnung meines Vaters in der Schackstraße. Sie betrachtete Bilder und Plastiken in seinem Arbeitszimmer, wurde in Rilke und Nietzsche eingeführt und besuchte mit ihm die Pinakothek. Sie schnitt ihre Locken ab und ließ sich eine Pagenfrisur machen. Sie war gerade achtzehn, als er sich ihr zuwandte.

Eine leidenschaftliche Liebe begann, heimlich zunächst. Meine Mutter verbrachte den Sommer mit der Familie in der Villa, mein Vater war zur Luftkur in Wildbad Kreuth. Dort trafen sie sich. Dann die Entdeckung, der Skandal. Die eifersüchtige Mutter tobte, machte das Verhältnis ihrer minderjährigen Tochter – damals war man erst mit 21 volljährig – zum Skandal. Die Brüder wollten sich nicht mehr mit ihr an einen Tisch setzen. Aber nach einiger Zeit beruhigte man sich wieder, meine Großmutter verzieh ihrer Tochter und ließ sich seither von ihrem Schwiegersohn ehrerbietig die Hand küssen und kleine Darlehen, aber keine Ratschläge geben. Nach der Hochzeit zogen meine Eltern für einige Jahre nach Berlin, wo sie in einer Dachwohnung lebten. Sie hatten kaum Geld, feierten improvisierte Feste, lebten in einer Welt der Bohème und genossen das Leben, bevor die »Hitlerei« begann. Dann kehrten sie nach München zurück, ich wurde geboren und von meiner Großmutter zu ihrer Lieblingsenkelin erklärt.

Wieder sah ich die letzten Fotos aus der Villa vor mir: Meine Eltern reichen sich die Hände, die Großmutter steht mit böser Miene daneben. Es waren also nicht nur Geldangelegenheiten gewesen, die für schlechte Stimmung gesorgt hatten. Aber ich fand diese Entwicklung ganz begreiflich und eigentlich sogar schön. Sie folgte dem Gesetz der Liebe und hatte den Zauber des Möglichen mit all seinen Risiken, einen Zauber, in dem sich Unbekümmertheit und Rücksichtslosigkeit mischten, Abenteuer und Geborgenheit eine widersprüchliche Verbindung eingingen. Wie würde dieser Familienzauber wohl bei mir wirken?

Doch zunächst ging es um das Abitur. Ich durchlief die schriftlichen Prüfungen wie in Trance. Ins Mündliche brauchte ich nicht. Das war schon mal ein gutes Zeichen. Vor der Zeugnisvergabe konnte ich mein inneres Zittern kaum verbergen. Mit dem Dokument in der Hand lief ich hinaus an den See, setzte mich auf eine Bank und starrte auf die Ziffern, rechnete. Es reichte für den Durchschnitt! Ich hatte es so gehofft und doch nicht erwartet. Die Erleichterung stellte sich auf leisen Sohlen während der nächsten Tage ein.

Ein großer Schritt war getan. Aber Gewißheit gab es noch lange nicht. Die Schule schlug mich für das Stipendium vor. Entschieden wurde anderenorts. Verlassen konnte ich mich auf gar nichts. Also nahm ich den Nachhilfeunterricht wieder auf, den ich während des Abiturjahrs reduziert hatte. Dann nahm ich mir vor, Maschinenschreiben zu lernen. Niemand in meiner Familie beherrschte diese Kunst. Aber es gab diese schwarze, schwere Schreibmaschine in dem klobigen Holzkasten, die meine Mutter in den ersten Nachkriegstagen aus dem Straßengraben gefischt und auf dem Gepäckträger ihres Fahrrads nach Hause gebracht hatte. Ich besorgte mir ein Farbband und ein Anleitungsheft, nach dem man mit einiger Übung lernen konnte, blind mit zehn Fingern zu schreiben.

Jeden Tag in der Sommermorgendämmerung übte ich eine Stunde. Vor mir fünf Reihen metallumrandeter schwarzer Tasten mit weißen Buchstaben und Zahlen. In meinem Anleitungsheft waren ihnen gruppenweise die zehn Finger meiner Hände zugewiesen. Daran mußte man sich halten. Zuerst klickten die stählernen Buchstabenarme nur zögernd und langsam auf das eingespannte Papier. Das Farbband drehte sich gemächlich von der rechten Rolle zur linken und irgendwann mal wieder zurück. Die Buchstaben auf dem Papier waren verschmiert, bis ich lernte, die metallenen Typen mit einer Drahtbürste zu säubern. Ich wollte mein Tempo steigern. Es war alles eine Sache der Übung und der Fingerfertigkeit. Bald klapperte ich munter voran und genoß einen Erfolg, der mir beim Nähen und Stricken nie zuteil geworden war. Um mich von vornherein an das Blindschreiben zu gewöhnen, versuchte ich, über die Maschine hinweg die Fichten vor meinem Fenster im Auge zu behalten. Draußen wurde es heller, Juliwärme verdrängte allmählich die verbliebene Frische der Nacht. Das Üben an der Schreibmaschine war gewissermaßen meine Morgengymnastik. Sie stählte mich für künftige Schreibtätigkeiten aller Art.

Dann wurde mir eine Arbeit in der Hotellerie angeboten. Ausgerechnet Florians Mutter nahm mich als Aushilfskraft in die Küche ihrer Fremdenpension. Sie war der Meinung, daß Intelligenz auch bei der Hausarbeit von Nutzen sei und zerstreute meine anfänglichen Zweifel an meinen diesbezüglichen Fähigkeiten. Das großzügige Angebot von monatlich einhundert Mark und die Aussicht, in Floris Nähe zu sein, ließen mich nicht lange zögern. So startete ich jeden Morgen um acht mit dem Fahrrad, um pünktlich um halb neun auf der Halbinsel mit der Furtwänglerschen Fremdenpension einzutreffen. Im Haupthaus mit Blick auf den See wohnten neben der Familie die bevorzugten Gäste, in der Dependance die übrigen. Insgesamt an die sechzig Gäste waren in der Hochsaison zu bedienen. Vater Furtwängler, seines Zeichens Kunsthistoriker, saß im Büro und machte die Verwaltung. Die Mutter leitete die Hauswirtschaft und war mit Kritik und Ermunterung allgegenwärtig. In der Küche führte eine dicke, alte Köchin das Regiment, unter der fünf Küchenmädchen unterschiedlichen Ranges arbeiteten. Ich befand mich auf der untersten Sprosse der hauswirtschaftlichen Karriereleiter und war meist mit Geschirrspülen beschäftigt.

Aus dem rechteckigen, steinernen Spülbecken dampfte

mir das heiße Wasser ins Gesicht. Nach dem Mittagessen kam ich kaum nach mit den ständig neu erscheinenden Stapeln von dreckigen Tellern. Aber die Teller waren ein Kinderspiel gegenüber den riesigen, schweren Töpfen, am Boden rußig vom offenen Herdfeuer. Ruß und Fett schwammen auf dem Spülwasser, die schwarze Schmiere klebte bis über die Ellenbogen an meinen Armen. Ab und zu griff ich mir eine Handvoll Spülmittel aus einer Blechschüssel, ein seifiges Salz, das die Hände rot und rissig werden ließ, aber sonst nicht viel bewirkte. Hochsommerhitze und Küchendampf schaukelten sich gegenseitig auf. Der Schweiß lief mir übers Gesicht und den Nacken hinunter. Zunächst genoß ich es als Herausforderung. Hatte meine Lateinlehrerin nicht einmal gesagt, ich sei für das praktische Leben unbrauchbar? Bloß weil ich als einzige zu der in den Klostergarten verlegten Unterrichtsstunde erschienen war, ohne meinen Stuhl mitzubringen. Da stand ich, das Lateinbuch unterm Arm, stuhllos. Noch einmal wollte ich im praktischen Leben nicht versagen!

Ich arbeitete in einem ärmellosen Turnhemd und einem alten Baumwollrock, dessen Blümchenmuster Wasserspritzer und Fettflecken einfach verschwinden ließ, darüber jene Schürze, die ich mir seinerzeit im Tauschhandel für Aufsatzhilfe von einer Mitschülerin für den Handarbeitsunterricht hatte nähen lassen. Meine Haare hatte ich, auf Anraten meiner Kolleginnen, mit einem im Nacken verknoteten Baumwolltuch gegen den alles beherrschenden Fettgeruch geschützt. Der Vergleich mit der Köchin fiel immer noch vorteilhaft für mich aus. Sie verbarg ihre Haare unter einer flachen, weißen Haube, die sich um einen verborgenen Gummizug rüschte und darunter ihr Gesicht wie einen schweißtriefenden Vollmond erscheinen ließ. Die Hitze machte sie jähzornig. Jetzt klapperte sie mit den Herdringen. Gleich würde sie irgend jemanden anbrüllen, mit einer heißen Pfanne drohen oder sie vielleicht sogar ungezielt durch den Raum werfen. Sie herrschte über einen Herd von den Ausmaßen eines Doppelbetts, beugte sich über die brodelnden Töpfe. Nun mußte sie eine Entscheidung treffen und rief: »Seid's staad, i muaß denka.« (Seid still, ich muß denken.)

Der kreative Teil der Arbeit spielte sich am Herd und auf der Anrichte vor der Durchreiche ab. Das interessierte mich, zumal mir dazu zu Hause jede Anregung fehlte. Aber dort hantierten die beiden Volontärinnen für das Hotelfach, und ich war nur selten zugelassen. Ich versuchte, mir das eine oder andere abzuschauen, beobachtete sie beim Zubereiten der Suppen und beim Wenden des Bratens, brachte eilfertig die »Garnierung« aus dem Kräutergarten für die zum Servieren bereitstehenden Fächerteller. Der Lerneffekt vom bloßen Zuschauen war gering, aber mein Interesse für die Zubereitung von Speisen immerhin geweckt. Manchmal durfte ich Reste des köstlichen Gästeessens mitnehmen und balancierte mein randvolles Wehrmachtsgeschirr vorsichtig am Fahrradlenker nach Hause.

Das Essen fürs Personal war einfach und reichlich und schmeckte mir allemal besser als das, was meine Mutter in unregelmäßigen Abständen auf den Tisch brachte. Hier konnte ich mich gründlich satt essen. Wenn den Gästen im Saal serviert worden war, dann versammelte sich allmählich das Personal um einen großen Holztisch in der Waschküche: zwei Zimmermädchen, blütenweiß und frei von Fettgeruch, wie er uns in Kleidung und Haaren hing. Zwei Bedienungen für den Speisesaal, schwarze Bluse, schwarzer Rock mit adretter, weißer Schürze. Der Konditor mit hoher, weißer Haube. Der Hausdiener, eine grüne Schürze um den Kugelbauch. Natürlich auch wir aus der Küche.

Und zweimal wöchentlich die beiden Waschfrauen, die das ganze Gewicht ihrer elefantösen Körper und mächtigen Arme einbrachten, um in den riesigen Kesseln der Waschküche die Leintücher im siedenden Waschwasser mit Holzstäben umzurühren, sie durch eine handbetriebene Mangel zu treiben und draußen aufzuhängen. Sie bekamen immer eine Extraportion Fleisch.

An dem Mittagstisch waren nie alle auf einmal versammelt, es war ein Kommen und Gehen. Allmählich lernte ich die Angestellten kennen. Manche arbeiteten hier schon viele Jahre, kannten sich aus. Andere kamen nur für eine Saison. Ich war neugierig, erfuhr das eine oder andere über ihre Lebensumstände. Mit zwei Mädchen freundete ich mich etwas an. Hilde war Volontärin, groß, beneidenswert schlank, hübsch, frech und selbstsicher. Ingrid, drall und freundlich, hatte Küchenmädchenerfahrung, aber keine besonderen Ambitionen.

Mit den beiden saß ich oft beim Kartoffelschälen und Gemüseputzen im Garten vor der Küche. Das galt als Erholung. Man konnte endlich mal sitzen, an der frischen Luft sein, über den See schauen und schwatzen. Es war von Arbeitsverhältnissen und Zukunftsplänen die Rede. Ich schwieg über meine ungewissen Stipendienhoffnungen und beschwichtigte meine Ängste mit der Möglichkeit, im Hotelfach Geld zu verdienen.

Vor allem sprachen wir darüber, wer mit wem ging. Ingrid hatte schon einen festen Freund, dachte aber nicht ans Heiraten. Hilde berichtete leicht spöttisch, daß Florian sie im Mondschein auf den See hinausgerudert und dann geküßt habe. Sie hatte das offensichtlich nicht zu schätzen gewußt. Er war viel zu schade für sie!

Die grelle Realität schmerzte, und ich wandte mich von ihr ab. Die Literatur machte mir ein besseres Angebot.

Dort trat ein Mädchen auf, das sich als Gustav Adolfs Page verkleidet hatte, um in der Nähe des geliebten Helden zu sein, und das sogar am Schlachtgetümmel teilnahm. Inmitten von Küchendampf und Töpfeklappern suchte ich Florians Blick, wenn er mal in die Küche kam, um seine ausdrucksvollen Hände zum Geigenspielen unter dem Heißwasserhahn geschmeidig zu machen und nebenbei eine Leckerei zu stibitzen. Ein Lächeln von flüchtiger Herzlichkeit, der Griff durchs Haar, und schon war er wieder weg. Draußen im Garten saß er im Liegestuhl und las, lief in der Badehose hinunter zum Bootssteg, kam glänzend naß wieder, verschwand im Haus, wenig später konnte man das Motorrad von der Einfahrt fortknattern hören. Wie war das mit Aschenputtel gewesen?

Der passende Schuh, die Erkennungsmarke unserer geistigen Verständigung, wurde nur selten für eine kurze Stunde hervorgeholt. Dann saß ich ihm in einem tiefen Sessel im Wohnzimmer gegenüber, hatte vorher noch schnell die Schürze abgelegt, das Kopftuch in die Tasche geknüllt und eine Bluse übers Turnhemd geknöpft. Ein Kastanienbaum vor dem Fenster verlieh dem Raum ein mystisches Halbdunkel. Der Bechstein-Flügel ruhte in erhabenem Schwarzglanz. Furtwänglers Büste blickte geistvoll ins Weite.

Flori legt eine Schallplatte auf: Beethovens fünftes Klavierkonzert mit Edwin Fischer unter der Leitung von Wilhelm Furtwängler. Das Orchester setzt ein, entfaltet seine Macht, nimmt sich vibrierend zurück, um der Stimme des Klaviers Gehör zu verschaffen. Und wieder braust das Orchester auf, dann nimmt sich das Klavier die Vorherrschaft heraus. Sie ringen miteinander und umarmen sich dabei. Flori zeichnet das musikalische Geschehen mit taktschlagenden Handbewegungen nach. Nun setzt das Klavier zum Solo an, gibt zögernd das Thema frei, verharrt, läßt die Töne einzeln kommen, vom Himmel herabfallen, um sie mit dem aufbrausenden Orchester einzusammeln.

Ich versinke in einen Rausch der Töne und eines Schmerzes, der genau an der Stelle, wo sich der atemstockend verzögerte Übergang vom Adagio des zweiten Satzes in das Allegro des dritten vollzieht, in eine unbestimmte Lebensbegeisterung übergeht, die jenseits vom Verstehen allem einen seltenen Glanz von Sinnerfüllung gibt. Ich wage nicht aufzuschauen, um mein Geheimnis nicht zu verraten. Gestärkt gehe ich zurück in die Küche.

Bald darauf durfte Florian nach Rom reisen, um dort unter Führung des befreundeten Archäologen Curtius die Denkmäler der Antike kennenzulernen. Auch einige andere meiner Mitschüler hatten zum Abitur eine Reise geschenkt bekommen: nach Südtirol oder Italien, vielleicht sogar an die Nordsee. Für mich hatte das die Exotik des Unerreichbaren und beschäftigte mich nicht weiter. Nach Beendigung des Küchendienstes um fünf Uhr entledigte ich mich der fettstinkenden Kleidung, schlüpfte in meinen Badeanzug, suchte mir eine unbelebte Stelle am Ufer, sprang in das befreiend kühle Wasser und schwamm weit hinaus. Ausatmend das Gesicht eingetaucht ins reinigende Naß, einatmend knapp über die Wasserfläche schauend, glitt ich im Rhythmus der eigenen Bewegung Zug um Zug dahin, ließ alles hinter mir. Ich vertraute dem See, den Bergen, dem Sommerhimmel mit seinen leicht hingeworfenen Strichwolken.

Erfrischt schwang ich mich wieder aufs Rad zu meiner Tour um den See, um einige Nachhilfeschüler zu besuchen, die während der Ferien gravierende Schwächen ausbügeln wollten. Erst in der Dunkelheit fahre ich nach Hause, nur der Lichtkegel meiner Fahrradlampe gleitet mir voran, folgt den leichten Bewegungen meines Lenkers, zeichnet die Kurve voraus, schwenkt wieder in die Gerade der Fahrtrichtung. Der Dynamo schnurrt vor sich hin. Das schmale Licht ist nur dort, wo ich bin. Ich trete und trete durch Sehnsucht und Traurigkeit, mühe mich gegen Sorgen und Zweifel. Bergan kommt das Geräusch des Dynamos stoßweise, das Licht flackert unsicher. Bergab leuchtet es stetig. Gleitend sammle ich Kräfte, setze sie in den Rhythmus des Radelns um. Dem verläßlichen Lichtkegel vor mir folgend finde ich mich, unterwegs in der Vollkommenheit des Alleinseins, durchmesse die Dunkelheit in der ungestörten Balance des Fahrrads. Einmal läßt der Nachtzug seine hellen Fensterreihen im Vorüberrauschen aufleuchten, einmal zeigt ein fernes Haus noch Licht, einmal kommt der Mond hervor und haucht Unwirklichkeit über die Landschaft. Sehnsucht und Traurigkeit fallen zurück. Losgelöst gleite ich durch eine Nacht von dunkler Selbstverständlichkeit.

Es wurde Herbst, bis ich etwas über meinen Stipendiumsantrag hörte. Das bayerische Staatsministerium lud mich zu einem Prüfungsgespräch ein. Damit hatte ich nicht gerechnet. Morgengymnastik mit der Schreibmaschine, drei Monate Küchenarbeit, nicht selten daran anschließend noch eine Runde um den See zum Nachhilfeunterricht hatten mich ausgelaugt und dem Abiturstoff entfremdet. Das war nicht in wenigen Tagen wieder aufholbar. In meinem grünen Lodenkostüm, feinster Strichloden, taillierte Jakke, echte Hirschhornknöpfe, glockiger Rock, trat ich die Busreise nach München an. Meine Eltern hatten anläßlich des Abiturs gemeint, ich brauchte mal etwas Anständiges zum Anziehen, hatten den teuren Loden gekauft und bei der Dorfschneiderin nähen lassen. Aus ganz Bayern waren Schülerinnen und Schüler angereist. Sie sahen alle so viel gescheiter aus, als ich mich fühlte.

In verschiedenen Zimmern wurde gleichzeitig geprüft. Die Prüfung umfaßte alle Kernfächer des Abiturs. An manche chemischen und mathematischen Formeln konnte ich mich einfach nicht mehr erinnern, empfand die Freundlichkeit der Prüfer als Hohn und die Blamage als niederschmetternd, die Lage als hoffnungslos. Die Heimfahrt auf einem harten Sitz im Postbus verlief unter Tränenschleiern. Zu Hause versuchte ich anhand meines Sparbuchs die Lebenshaltungskosten für das erste Semester zu kalkulieren. Nach zwei Wochen kam der Bescheid, daß man mir trotz eines nicht ganz so günstigen Abschneidens in einigen Fächern das Stipendium für »Besonders Begabte« gewähren würde, da ich »durch hervorragende Kenntnis des Schrifttums und durch feines Verständnis und Empfänglichkeit für dichterische Werte« aufgefallen sei. Der Ministerialbeauftragte für das höhere Schulwesen fügte in dem an meinen Vater gerichteten maschinengeschriebenen Brief hinzu, daß er sich gerne an die taktvolle Art erinnere, mit der mein Vater die Personalprobleme im Rundfunk nach 1933 gehandhabt habe.

Ein Schutzengel? Eine unrechtmäßige Begünstigung? Eine späte Form der sogenannten Wiedergutmachung, wie sie der Staat manchen politisch Verfolgten zugestand, meinen Vater aber dabei bisher übersehen hatte? Das war mir egal. Hauptsache, ich bekam das Geld. Wahrscheinlich hatten mich ja doch die Dichter gerettet, über die ich mich trotz Ferienerschöpfung und Erinnerungslücken so eloquent zu äußern gewußt hatte. Friedrich Hebbel zum Beispiel, aus dessen Tagebüchern, Briefen und Dramen ich einiges für die umfangreiche Hausarbeit im Rahmen des Abiturs verarbeitet hatte. Sein durch Armut und Hunger gekennzeichneter Lebenslauf, seine Wanderung durch ganz Deutschland, seine düster-philosophische Lyrik, die

Tragik der Agnes Bernauer, der Judith und der Maria Magdalena hatten sich in mein Gedächtnis eingegraben. Dann war da natürlich Goethes Faust auf der Suche nach Wahrheit und Glück. Oder das Ringen der einsamen Annette von Droste-Hülshoff mit einem zuweilen unerbittlichen, zuweilen tröstenden Gott, der für sie vor allem in der Natur zu finden war. Ihr lyrisches Ich fand in sich selbst seinen Rückzugsort. »Sind stumm die Nachtigallen, so sing' ich selbst ein Lied.« Eichendorff ließ sein blaues Band der Frühlingsfröhlichkeit flattern. Walther von der Vogelweide sann vor sich hin auf seinem Stein, das Kinn auf die Hand gestützt. Bald würde ich viel mehr erfahren über die Welt der Literatur.

Es stand für mich von vornherein fest, nach dem Abitur nicht mehr zu Hause zu wohnen. Woher diese Gewißheit kam, wußte ich nicht. Ich würde in München studieren und keinesfalls die fünfzig Kilometer von Tegernsee aus pendeln. Die billigste Lösung schien die sogenannte »Kammer« in der Wohnung meiner Großmutter zu sein. Diese Wohnung war nicht durch Bomben zerstört worden. Nach Kriegsende war meine Großmutter dorthin zurückgegangen und hatte mit Tante Lory, ihrer jüngsten Tochter, zusammengelebt, bis diese heiratete und in eine andere Stadt zog. Während dieser Zeit hatte ich meine Großmutter nur selten gesehen und machte mir daher von dem Zusammenleben mit ihr keine genauere Vorstellung. Dreißig Mark Monatsmiete konnte ich aufbringen. Andere Untermietszimmer mit Bad- und Küchenbenutzung waren deutlich teurer, und die Alternative eines Studentinnenwohnheims hatte für mich als passionierte Einzelgängerin zu viele Unwägbarkeiten. So verließ ich das Elternhaus, um zur Großmutter zu ziehen, und machte damit einen gravierenden Fehler.

13.

Wege aus dem Labyrinth

Die Kammer, im Wohnungsentwurf aus dem beginnenden 20. Jahrhundert für das Dienstmädchen gedacht, maß sechseinhalb Quadratmeter. Mein Vater setzte zwei Honorare ein und kaufte mir eine grüne Schlafcouch mit einem Unterkasten für das Bettzeug sowie einen kleinen Schreibschrank aus hellem, lackiertem Holz. Er bot ein Gehäuse mit Fächern und Schubladen, in denen ich neues Wissen aufbewahren konnte. Wenn man die Schreibplatte hochklappte, konnte die Couch in Liegeformat ausgezogen werden; wenn deren eine Hälfte wieder zur Rücklehne hochgeklappt war, konnte der Schreibtisch in Funktion treten. So war der Wechsel zwischen Tag und Nacht räumlich klar geregelt. Mit Rückenlehne konnte die Schlafcouch als Sofa gelten – mein eigenes grünes Sofa. Im Vergleich mit den barocken Schwüngen und Wülsten des väterlichen Sofas war dies ein Möbel der Geradlinigkeit und Sachlichkeit. Die Sitzfläche war von gesunder Härte. Mit einem goldgelben Kissen aus Großmamas Salon setzte ich einen Akzent von Gemütlichkeit. In diesem Sinne konnte man auch die Enge des Zimmers verstehen, in dem gerade noch ein viereckiger Hocker und ein winziger runder Tisch Platz fanden. Letzterer diente als Nachttisch, Teetisch, Buchablage und trug noch eine Stehlampe. Der kleine Kanonenofen galt als heizbar. Bei Wind oder Föhnlage spuckte er allerdings Rauch und Asche, mein privater Ätna.

Das große Sprossenfenster ging auf den Hof, aus dem ich früher die Stimmen der Kinder gehört hatte, mit denen ich nicht spielen durfte. Das Hofgeschehen lag tief unten bei den Kastanienbäumen und Teppichstangen, während der Blick aus dem vierten Stock weitläufig zu den obersten Balkonen der Häuser und über die roten Ziegeldächer schweifen konnte. Darüber gab es viel Himmel. Ich hatte einen Logenplatz für die Wetterdramatik, und die Südseite versprach Sonnenschein oder zumindest Helligkeit – eine große Verbesserung gegenüber der Fichtendüsternis im Zimmer meiner Schulzeit. Über dem Bett brachte ich zwei farbige Bretter an einem dafür vorgesehenen Drahtgestänge an, das ich unter dem Namen Stringregal gekauft hatte. An die Wand hängte ich Rembrandts ›Der Mann mit dem Goldhelm‹, die gelben Pferde von Franz Marc und ›Ritter, Tod und Teufel‹ von Dürer. Morgens weckte mich das Tippeln und Gurren der Tauben draußen auf dem Fenstersims und die Klospülung von nebenan. Ich war hochzufrieden mit meiner ersten Studentenbude über den Dächern von München und nannte sie meinen »Olymp«.

Dieser Olymp lag zwischen Toilette und Bad erfreulich abgeschieden im hinteren Teil der Wohnung. Ein schmaler Gang führte am Badezimmer vorbei um die Ecke in einen größeren Flur, von dem aus man die Küche betrat und in die Gemächer meiner Großmutter gelangte. Hier hatte sich seit meiner Kindheit kaum etwas verändert. Der Urgroßpapa Linder, ehemals Generalgouverneur von Finnland, hing im verschnörkelten Goldrahmen in Lebensgröße an der Wand im Flur, von Kopf bis Fuß in Galauniform. Einer meiner neuen Nachhilfeschüler fragte ehrfurchtsvoll: »Is des da Kini?« Ein Brustbild seiner Gemahlin, der Urgroßmutter in ihrer kalten Schönheit, residierte über Großmamas Bett; der Großpapa als Gardeoffizier, so jung und schneidig, wie er im Krieg gefallen war, blickte aus einem schwarzen Holzrahmen über dem Sofa im Salon in die Ferne. Die Ahnenversammlung war mir vertraut, aber nicht mehr wichtig. Sie gehörte zum Inventar.

Alles war noch wie früher: Toilettentisch, Schreibtisch mit Familienfotos, Kachelofen – inzwischen auf Kohle umgestellt –, Sessel und Sofa. Das morgendliche Zeremoniell meiner Großmutter zog sich noch länger hin als früher, und sie saß noch häufiger in ihrem Lehnstuhl, aufrecht, das immer noch volle, weiße Haar nur nachlässig aufgesteckt, trank Kaffee und legte die Karten in Erwartung einer besseren Zukunft. Abnutzung und Verfall hatten sich der Wohnung bemächtigt. Die Möbel waren verschlissen, aus dem Sofa quoll seitwärts das Roßhaar, die Wände hatten lange keinen frischen Anstrich mehr gesehen, waren in den Ecken zum Plafond hin fast schwarz. Mich kümmerte das nicht allzusehr. Ich hatte mein eigenes kleines Reich. Mit meinem Hausschlüssel ging ich ein und aus, wann ich wollte, und war mir sicher, daß meine Großmutter mir nichts mehr anhaben konnte.

Meine ersten Tage in der Ludwig-Maximilians-Universität waren verwirrend. Das klassizistische Gebäude mit seinen palastartigen Dimensionen und seinem großen, von einer Kuppel überwölbten Innenhof steigerte meine ohnehin schon große Erwartung an die geistige Nahrung der *alma mater*. Lange, breite Korridore verliefen um den Innenhof in drei Etagen. Auf der Suche nach dem Hörsaal meiner ersten Vorlesung durchlief ich sie kreuz und quer, treppauf und treppab, kam wieder in der Mitte an und versuchte es aufs neue. Auch die Toiletten wollten gefunden sein. Wenn man eine benötigte, fand man bestenfalls eine Tür mit der Aufschrift »Herren«. Das für mich erforderliche Pendant befand sich mit einiger Sicherheit in dem Stockwerk darunter oder darüber. Um mich her gingen, eilten oder schlenderten viele meinesgleichen, aber mir alle fremd. Und alle schienen sich ihrer Sache so sicher zu sein. Ich glaubte, jeder sähe die Brandmarkung »Anfängerin« auf meiner Stirn. Unsicherheit und Scham ballten sich zu Einsamkeit in mir zusammen. Hatte ich dann endlich den Hörsaal hinter gewaltigen Flügeltüren erreicht, schien ich trotz aller Verzögerung zu früh zu sein. Auf Nachfrage erfuhr ich von der Einrichtung des akademischen Viertels und begriff sofort dessen Sinn und Zweck.

Die geistigen Orientierungsschwierigkeiten erwiesen sich allerdings gegenüber den räumlichen als größer und langwieriger. Ich war stolze Besitzerin eines Vorlesungsverzeichnisses und versuchte, mich auf meine Studienfächer Germanistik, Anglistik und Philosophie zu konzentrieren. Aber so viele Titel lockten mit interessanten oder skurrilen Inhalten. War ich dann endlich in einer Veranstaltung sicher gelandet, verstand ich längst nicht alles, was da vom Podium herabdoziert wurde. Eine solche Heerschar von Fremdwörtern war mir noch nie in so kurzer Zeit begegnet. Von Philosophie begriff ich nur so viel, daß jeder Professor den alleinigen Wahrheitsanspruch seines Gegenstandes persönlich garantierte. Wofür sollte ich mich nun entscheiden? Ich ahnte Widersprüchlichkeiten und Unklarheiten, ohne sie in Fragen formulieren zu können. Im übrigen schien es auch nicht erlaubt zu sein, in einer Vorlesung aufzuzeigen und eine Frage zu stellen. In der Germanistik wurden Dichter behandelt, deren Namen ich nicht einmal kannte. Und dabei hatte ich mich bisher in einem Kreis von Vertrauten zu bewegen geglaubt. Mein Schulenglisch stieß rasch an seine Grenzen bei der Lektüre von Graham Greene oder Dickens, von Shakespeare ganz zu schweigen.

Auch war ich nicht schnell genug, um alles mitzuschreiben. Meine hastig hingekritzelten Notizen verstand ich beim Nacharbeiten manchmal selbst nicht mehr. Mein Ringbuch kam meiner unsicheren Geistesverfassung entgegen. Es erlaubte praktischerweise, einzelne Blätter herauszunehmen, an anderer Stelle wieder einzulegen oder zu vernichten. Ein Ringbuch schien neben der Aktentasche zu den Insignien jedes Studenten zu gehören. Ich hatte mir eines mit knallrotem Plastikeinband angeschafft. Dann wollte ich in der Bibliothek nachlesen, was man uns empfohlen hatte. Der Weg über den Karteikasten, in dem keineswegs nur das alphabetische Prinzip zu herrschen schien, zum Titel und schließlich zum Buch im Regal war ständig vom Scheitern bedroht. Hie und da wagte ich es, jemanden zu fragen, und gewann eine kurzfristige Erleichterung meiner Sorgen. Dies konnte allerdings nicht die Bedrückung aufhalten, die sich auf mich herabsenkte, mir den Atem nahm und Tränen aufsteigen ließ, die ich nicht weinen konnte. Ich hatte jahrelang auf dieses Studium hingearbeitet, und nun war ich wohl zu dumm dazu.

Trotzdem machte ich weiter, suchte meine Spur im Dunkeln, wollte nicht so rasch aufgeben. Das Stipendium reichte allerdings zum Leben nicht aus. Ich mußte noch nebenher etwas verdienen und meldete mich beim Studentenschnelldienst, wo Arbeitsangebote aus ganz München einliefen. Zum Tellerwaschen hatte ich keine Lust, zumal dabei nun keine Aussicht mehr bestand, einen Blick von

Flori zu erhaschen. Statt dessen verkaufte ich Jopa-Eis auf dem Oktoberfest oder in der Landwirtschaftsausstellung. Anfangs kostete es mich etwas Überwindung, mit einem Bauchladen voller Eistütchen und -töpfchen zwischen Bierzelten und Schaubuden herumzustehen und zu rufen: »Eis am Steckerl!« Wenn eine ganze Schulklasse mich umringte, mußte ich fix sein, um den simultanen Bestellungen nachzukommen. Und Schnelligkeit war nun mal nicht meine Stärke. Vorsorglich hatte ich immer genügend Wechselgeld gehortet. Anbändelungsversuche älterer Männer würgte ich mit mißmutiger Entschiedenheit ab. Da der Eisverkauf sich als wetterabhängig erwies, waren meine Einnahmen aus der Gewinnbeteiligung wenig verläßlich.

Wenn ich abends müde und alles andere als redelustig nach Hause kam, saß Großmama in ihrem Lehnstuhl und wartete auf mich. Sie hatte den ganzen Tag gewartet: auf den Briefträger, auf die Zeitung, darauf, daß irgend etwas passierte. Schon morgens fragte sie: »Wann kommst du aus der Uni?« – sie sprach das Wort besonders akzentuiert wie ein Fremdwort aus – »Was machst du am Abend?« – »Bist du am Sonntag zu Hause?« Meine Eltern hatten selten gefragt. Ich sollte einfach vor Dunkelheit zurück sein, andernfalls vorher Bescheid sagen. Nun wartete meine Großmutter »auf Neuigkeiten« von mir. Sie hatte lediglich die Nachrichten aus dem Polizeibericht in der Zeitung gelesen. Aber ich war kurz angebunden. Alles wäre ihr interessant vorgekommen, sie hätte wohl auch Anteil genommen und vielleicht sogar versucht, meine Welt zu verstehen. Aber ich wollte mich nicht mehr auf sie einlassen und merkte nicht, wie sehr ich sie kränkte. Manchmal haßte ich sie wegen ihrer Untätigkeit, ihrem Verharren in ihrer Langeweile, der Verbreitung von Öde, und vielleicht auch wegen Vergangenem.

Immer noch ging sie »in die Stadt Kommissionen machen«, wenn auch seltener. Immer noch konnte sie nicht mit ihrem Geld haushalten. Ihre Offizierspension übertraf das Einkommen meiner Eltern deutlich und meines um ein Vielfaches. Trotzdem mußte ich ihr gegen Monatsende öfters etwas leihen, weil der Milchladen nicht mehr anschreiben wollte oder weil bei Eiseskälte die Drohung ertönte: »Wir haben keine Kohlen mehr.« Ich zog das Geld am nächsten Ersten von meiner Miete ab. Solange sie etwas hatte, teilte sie gerne mit mir: eine Büchse Ravioli, Sahnetorten und Nußkipferl, Pellkartoffeln mit Wurstsalat, Brot mit Leberwurst und Camembert. Das nahm ich gerne an, fühlte mich dann aber verpflichtet, den Abwasch zu machen, zumal mir einschlägige Erfahrung zugeschrieben wurde. Viel Geschirr war »seit der Villa« in den Haushalten meiner Großmutter zu Bruch gegangen, aber sie verfügte noch über unendlich viele Teller eines geblümten Services von Villeroy & Boch, die sie neben dem Spülbecken zu Türmen stapelte, bis kein Teller mehr im Schrank war. Die Kaffeetassen reichten nicht so weit und wurden einfach mit kaltem Wasser ausgeschwenkt.

Ich kaufte mir eine eigene Tasse, weiß, Arzberg zweite Wahl. In der »Speis« neben der Küche, einem winzigen Raum mit Fliegengitter am Fenster, hatte ich ein Regal für meine eigenen Vorräte reserviert. Meist kochte ich mir Nudeln – mit Tomatenpaste, mit Eiern, mit Käse; manchmal lud ich sie dazu ein. Die Mensa war mir in der Regel zu teuer, ich nahm mir Brote mit. Fahrtkosten fielen nicht an, da ich die Uni leicht mit dem Fahrrad erreichen konnte. Ich genoß diese Fahrten durch die Straßen und Gassen von Schwabing, entlang der großzügig angelegten Stadthäuser mit Jugendstilverzierungen und Gitterbalkonen, vorbei an Milch- und Gemischtwarenläden, Kinos und Buchhandlungen. Mit Tempo nahm ich das Kopfsteinpflaster. Manchmal gönnte ich mir eine frische Brezel.

Inzwischen hatte ich Vorlesungen ausfindig gemacht, die ich halbwegs verstehen konnte oder denen ich wenigstens im groben folgen zu können glaubte. Manchmal schlich sich etwas wie freudige Erleichterung ein, in einer Vorlesung erlebte ich Augenblicke der Begeisterung. Professor Kuhn sprach frei und forderte mit der gedankenvollen Gestik seiner Hände die Zuhörer auf, ihn in die fremde und bezaubernde Welt des Minnesangs zu begleiten. Um die Sprache der mittelalterlichen Liebesdichtung zu verstehen, mußte man allerdings einen Kurs in Mittelhochdeutsch absolvieren. Und dieser brachte mich erneut ins Schwitzen.

Wir waren etwa dreihundert Studenten im Hörsaal. Draußen vor den Bogenfenstern winterte es, und drinnen betäubte uns der Dampf feuchter Mäntel bei sparsamer Heizung. Von der Mitte der ansteigenden Sitzreihen blickte ich auf die schwarze Tafel hinunter, wo sich Lautveränderungen begaben, von denen die Sprachgeschichte bestimmt zu sein schien. Warum veränderten sich Laute im Laufe der Zeit? Hatte das Ähnlichkeit mit der Entwicklung von Tierarten? Und was kam am Ende dabei heraus?

Weiter unten in der ersten Reihe ganz außen, durch einen leeren Sitz von Nachbarn getrennt, bemerkte ich eine Studentin, die durch ihre Brille aufmerksam dem magischen Tanz der weißen Zeichen auf der schwarzen Tafel folgte. Sie machte sich Notizen, blickte wieder auf. Unter ihrem buschigen, nur teilweise mit einer Haarspange gebändigten Haarschopf trat im Halbprofil ein intelligentes Gesicht hervor. Ich war überzeugt, sie hatte den Durchblick, sie verstand, was da vorne vor sich ging. Ich hätte sie gerne kennengelernt, sie vielleicht zum Geheimnis des Lautwandels befragt. Aber ich hatte nicht den Mut, etwas zu unternehmen.

Eine Woche später hatte ich die Kraft dazu gesammelt. Ich nutzte das Ende der Vorlesung, wenn alle aufstehen und ihre Sachen zusammenpacken, um sie noch an ihrem Platz zu erreichen und anzusprechen. Sie schob gerade ihr Ringbuch in die schwarze Aktentasche und verschloß sie mit zwei Lederriemen. Die stammte sicher noch aus der Schulzeit, so wie meine braune mit den zwei Schnappverschlüssen. »Ich würde Sie gerne etwas fragen. Ich glaube, Sie verstehen das alles.« Sie lachte und schüttelte den Kopf. Nein, sie verstünde längst nicht alles. Aber vielleicht könnten wir uns mal zusammensetzen und das ein bissl durcharbeiten.

Während wir mit den Letzten den Hörsaal verließen, atmete ich auf. Endlich hatte ich eine Kommilitonin kennengelernt, war aus der Anonymität aufgetaucht, und vielleicht konnte ich gemeinsam mit ihr die Lautgesetze bewältigen. Auf dem breiten Flur standen wir einander gegenüber, während neue Studentenmassen in den Hörsaal drängten. Für mich hatte sich eine lebensrettende Insel in dem Strom unbekannter Gesichter und fremder Gestalten gebildet. Wir verabredeten uns, um gemeinsam zu lernen.

Wir trafen uns regelmäßig abends in einem leeren, schlecht beleuchteten Hörsaal, saßen nebeneinander, verglichen Notizen, stellten uns gegenseitig Fragen, fanden Erklärungen und prägten uns Wissen ein. Das Mädchen mit dem Wuschelkopf neben mir strahlte einen freudigen Optimismus aus, der mir guttat. Meine gründliche, bohrende Arbeitsweise schien sie zu weiteren Gedanken anzuspornen. Wir wurden zu Verbündeten und beschlossen, uns bei jeder Aufgabe zu Wort zu melden, ja sogar selbst

Fragen zu stellen. Unseren Mut dazu stärkten wir dadurch, daß wir uns möglichst weit nach vorne setzten, um nicht die Masse unserer Zuhörer sehen zu müssen. Es wurde von Mal zu Mal leichter. Am Ende bestanden wir die Klausur »recht erfolgreich«, was unsere Erwartungen übertraf.

Während der Ferien ging sie zurück in das Dorf im Voralpenland, wo ihre Eltern wohnten. Im Sommersemester trafen wir uns wieder. Ich kaufte eine weitere Tasse Arzberg zweite Wahl und lud meine Mitstreiterin in meinen Olymp ein. Wir saßen nebeneinander auf der grünen Sofabank, tranken Tee und redeten über unsere Leseerlebnisse, den ›Faust‹, die ›Duineser Elegien‹, den ›Grünen Heinrich‹ und Stifters ›Bunte Steine‹. Und wir redeten über Kunst und Natur, über höhere Wirklichkeiten und den Sinn des Lebens. Begeisterung kommt auf, Verständigung und Verstehen gehen zwischen uns hin und her in dem kleinen Raum. Wir überspringen die Hürde des »Sie«. Noch ein wenig verlegen nennen wir uns beim Vornamen. Sie heißt Katharina. Sie hat die wilden Haare nach hinten gekämmt, ihre breiten Backenknochen treten hervor, die schwarzen Augenbrauen treffen sich fast über der kräftigen Nase. Ihr eher schmaler Mund hat ausdrucksvolle Schwingungen, in denen Stimmungen zu erahnen sind. In ihrem Blick gehen Freude und Ernsthaftigkeit immer neue Verbindungen ein. Manchmal senkt sie den Blick nachdenklich auf ihre in den Schoß gelegten Hände. Die Brille trägt sie nur zum Lesen.

Nun kommen wir auf Ideale und Kompromisse zu sprechen, sind uns einig. Und wir gleiten mehr und mehr ins Persönliche. Katharina erzählt von einem Mann. Er ist älter als sie, ernst und respektvoll. Sie verstehen sich gut, unternehmen zusammen Bergwanderungen. Er liebt und begehrt sie. Aber sie verspürt keine Resonanz in sich, weiß, daß es anders und mehr sein muß. Nun fühle ich einen Ruck in mir und beginne zum ersten Mal über meine geheimen Sehnsüchte und meinen Liebeskummer zu sprechen. Sie hört mir zu. Sie versteht. Mich überkommt der Mut, alles auszusprechen, ein Rausch der Erleichterung steigt auf. Es ist, als ob die Glasglocke, unter der ich schon lange kauere, ein wenig gehoben würde und frische Luft hereinströmt.

Der Tee in den weißen Tassen ist erkaltet und mit einem kalkigen Film überzogen. Unten im Hof ist es abendlich ruhig geworden. Katharina muß aufbrechen, um an das andere Ende der Stadt nach Hause zu fahren. Sie wohnt bei ihrer Tante. Bei der Verabschiedung wechseln wir einen kräftigen Händedruck und einen scheuen Blick.

In den Vorlesungen und Seminaren, die wir gemeinsam besuchten, saßen wir nebeneinander. Wir gingen in den angrenzenden Englischen Garten und diskutierten unsere Hausarbeitsthemen, erzählten von unseren Lektüreerlebnissen und aßen die mitgebrachten Brote. Manchmal gingen wir in ein Café. Wir warfen uns Bälle ähnlicher Gedanken und Gefühle, Vorstellungen und Wünsche zu, ohne daß sich unsere Hände berührten. Aber manchmal stieg in mir die alte Angst auf, und ich wich ihrem sicheren Wurf, ihren frohen, suchenden Blicken unter den zusammengewachsenen Brauen aus, entzog mich ihren Aufforderungen zu gemeinsamen Unternehmungen.

»Morgen vormittag bin ich in der Universitätsbibliothek. Vielleicht magst du vorbeischauen.« Ich schlief schlecht, versank in einem Wirrwarr von Unsicherheiten und Widersprüchen. Es war schmerzlicher, aber leichter gewesen, sich nach dem Unerreichbaren zu sehnen. Nun, da ein anderer Mensch sich wirklich für mich interessierte, schreckte ich vor der Annäherung zurück, als ob jemand von mir etwas forderte, das ich niemals würde leisten können.

Ich öffne die schwere, hohe Tür zum Lesesaal. Katharina sitzt im Silentium, den schlanken Rücken mir zugewandt, aufrecht, den Kopf mit dem Haarschopf über die Bücher gesenkt. Entschlossen, rasch, mit Herzklopfen gehe ich durch die Tischreihen zu ihrem Platz. Sie blickt auf mit ihren weitsichtigen Augen hinter den Gläsern, lächelt eine selbstverständliche Begrüßung, legt die Brille wie eine Hülle ab. Draußen zwischen den Katalogkästen stehend können wir miteinander reden, was jede so während der letzten Tage getan und gearbeitet, erlebt und bedacht hat. Katharina lehnt sich leicht an den braunen Holzkasten mit den Schubladenreihen. Ihre von der Stirn nach hinten gebündelten, krausen Haarsträhnen haben sich während der Arbeit gelockert. Sie sieht mich immerfort an. Eine ruhige, leuchtende, mir zugewandte Freude liegt über ihrem Gesicht. Ich beginne, in die Tiefe ihrer Augen einzutauchen, wo ein Gefühl für mich bereitliegt. Da bin ich gemeint. Fassungslos weiß ich nicht, was mit mir geschieht. Glück pulst und pocht in mir. Ihre Nähe ist nicht mehr bedrohlich. Alles erscheint leicht und sicher. »Gut, daß es dich gibt«, sagt sie da zwischen den Karteikästen voller Titelhinweisen auf abgelegtes Menschheitswissen aus mehreren Jahrhunderten. Dann gehen wir in die Mensa.

Unsere Theater- und Konzertbesuche machten wir nun gemeinsam. Für Studentenkarten mußte man lange anstehen. Zu zweit verging die Zeit rascher. Und danach konnten wir uns über das Theatererlebnis austauschen. Brechts ›Mutter Courage‹ mit der Giese in der Hauptrolle ging uns richtig in die Knochen. Diese Lieder konnte man so schnell nicht vergessen. ›Der gute Mensch von Sezuan‹ machte uns ratlos. Ohne Kompromisse zwischen Eigennutz und Hilfsbereitschaft ging es offenbar nicht. Zwei Stücke aus verschiedenen Zeiten, von denen es mir schien, sie hätten das gleiche Thema verarbeitet, bewegten mich besonders. Lessings ›Minna von Barnhelm‹ und Hofmannsthals ›Der Schwierige‹. Major Tellheim hatte sich in seinen falschen Ehrvorstellungen verfangen. Kari Bühl floh vor der Oberflächlichkeit gesellschaftlicher Konventionen. Beide hatten den Rückzug in sich selbst vollzogen und kamen aus eigener Kraft da nicht mehr heraus. Daß sie jeweils durch das Einfühlungsvermögen und die Liebe eines anderen Menschen aus ihrer Einsamkeit erlöst wurden, entsprach so recht meinen Wunschträumen. Ob Frau oder Mann, war letztlich egal. Und alles schien auf der Bühne so mühelos zu gelingen.

Gleichzeitig entwickelte ich rasch ein Gespür für gute Schauspielkunst, wie sie in den Münchner Kammerspielen geboten wurde. Maria Wimmer als Minna verlieh dieser Figur Gefühlssicherheit und eine unauffällige Souveränität im Handeln. Axel von Ambesser überzeugte mich als ein tragikomischer Kari Bühl. Zugleich erschrak ich. Denn er war natürlich deutlich gealtert, seit er bei meinen Eltern in München verkehrt war und mir von der Aufgabe einer Souffleuse erzählt hatte. Das schien unendlich lange zurückzuliegen.

Manchmal wurde es nach dem Theater für Katharina zu spät für die lange Heimfahrt. Dann übernachtete sie bei mir auf dem Sofa im Salon. Unsere Aktentaschen, die schwarze und die braune, lehnten nebeneinander unter den Garderobehaken im Flur. Als ich am Morgen in dem halbdunklen Badezimmer in der Wanne stand und mir das lauwarme Wasser über den Körper laufen ließ, öffnete Katharina die Tür. Sie lehnte die Schulter an den Türrahmen und sagte: »Ich schau' dich so gerne an.« Ich begriff nicht recht, ließ die Handbrause sinken, blickte an meinem unbekannten Körper hinunter. Ungläubig blinzelte ich zu Katharina. Schließlich lachten wir, als ob wir eine Entdeckung gemacht oder einen guten Einfall gehabt hätten.

Katharina übernachtete gerne bei mir, fand die Einrichtung lustig und unterhielt sich mit meiner Großmutter beim Frühstück, ohne deren Auftreten im Morgenmantel und mit schlecht gekämmtem Haar besondere Beachtung zu schenken. Aber ich zögerte zunehmend, sie einzuladen. Katharina ahnte nicht, welche Putzaktionen vor jedem Besuch nötig waren, um die Wohnung halbwegs präsentabel zu machen.

Meine Abgrenzung von dem Chaos meiner Großmutter wurde immer schwieriger. Ich versuchte, eine Frontlinie zu halten, indem ich Klo, Bad, Flur und Küche kehrte und wischte. Abgetretenes und splitterndes Parkett widersetzte sich dem Scheuerlappen, war den Händen feindlich gesinnt. Schwieriger war es noch, das persönliche Vordringen meiner Großmutter in den Olymp zu verhindern. Auch wenn ich sie entschieden darauf hinwies, daß ich zu arbeiten hätte, sprach sie durch die geschlossene Tür, in dem Glauben, das störe mich weniger: »Der Postbote war da.« – »Weißt du, wieviel Uhr es ist?« – »Ich habe Kaffee gekocht, möchtest du eine Tasse?«

Je mehr sie drängte, um so mehr widersetzte ich mich. Manchmal empfand ich irritierendes Mitleid für sie, setzte mich für eine halbe Stunde zu ihr in den Salon und versuchte, über Alltäglichkeiten Konversation zu machen. Manchmal tat sie mir wirklich leid, dann flüchtete ich. Die Wohnung mit ihrem dunklen Flur, dem ergrauten Plafond in den Zimmern, den verstaubten Bildern und abblätternden Tapeten, den zu lange nicht geputzten Fenstern zwischen schweren Vorhängen kam mir allmählich vor wie eine Gruft.

Diese Bezeichnung stammte von meinem Vetter Harald, der am Sonntag öfters zu Besuch kam. Tante Kitty, seine Mutter, war an Krebs gestorben, sein Vater im Krieg geblieben. Unsere Großmutter hatte die Vormundschaft übernommen. Mit Harald hatte ich seinerzeit in Rottach vor Kälte bibbernd den alljährlichen Dienst an der Kapelle absolviert und bei der Großmutter finnische Pfannkuchen gegessen. Er war in eine Lehre gesteckt worden, trug tagsüber einen grauen Arbeitskittel und verkaufte Nägel, Schraubenzieher und Toilettenbürsten in einem traditionsreichen Haushaltsgeschäft in Schwabing.

Abends jedoch besuchte er einen Ballettkurs, den er aus eigener Tasche bezahlte, für den er sich das Geld buchstäblich vom Munde absparte. Flammend rotes Kraushaar, Hakennase und ein scharfes Kinn, ein hochgewachsener, etwas sperriger Körper und ein nervöses Händereiben ließen diesen Pinocchio nicht gerade als einen typischen Ballettelven erscheinen. Aber er war vom Tanzen ähnlich besessen wie ich vom Studieren und sollte später Karriere machen. Dabei verband uns das Streben, aus dem »Erbe der Vorfahren«, wie er es spöttisch nannte, das Beste zu machen.

Wenn er sonntags kam, dann plätscherte er lange im Badezimmer neben meinem Olymp, ein besonderer Luxus für ihn und die Gelegenheit, seine Trainingstrikots zu waschen. Durch die Oberlichte in der Wand unterhielten wir uns. Den ganzen Tag baumelten seine Beinlängen, lange, grellbunte, fußlose Wollstrümpfe, an der Leine über der Wanne und tropften vor sich hin. Harald, frisch gewaschen, parfümiert und mit irgendeinem extravaganten Accessoire geschmückt – ein grelles Halstuch, Ringe, ein Gürtel mit riesiger Schnalle –, hielt elegant die Balance auf der Kante des durchgesessenen Sofas im Salon, machte Konversation mit Großmama und hoffte auf etwas zu essen.

Manchmal durfte er sich eine Zuteilung aus der Speis holen, manchmal kochte die Großmutter sogar ein warmes Essen. Aber eher meinetwegen. Sie gönnte ihm nicht viel und fragte, wo ich sei. »Die Natascha ist in ihrem Zimmer und verschlingt gerade noch ein Zitat«, entschuldigte er mich solidarisch. Seine Familienanhänglichkeit hatte immer eine humoristische Distanz. Er kannte die Stammbäume auswendig, hatte einen Anekdotenschatz im Kopf, hielt mit allen aus der Familie Kontakt, hatte das rituelle Verhalten der Aristokratie vom Handkuß bis zu den Tischmanieren noch im Repertoire, strebte aber selbst in die Welt des Theaters, die andere Freiheiten und ein größeres Rollenangebot bereithielt.

Ansonsten hatte die Großmama selten Besuch, immer nur von Familienmitgliedern. Dann wurde schon mal gelacht und erzählt, die lähmende Traurigkeit an die Wand gedrückt. Auf diese Weise lernte ich Tante Amalie, genannt Ama, kennen, die jüngere Schwester des Großpapa, der im »Ersten Krieg« geblieben war. Eine große wuchtige Frau mit dem Gesicht einer gutmütigen Bulldogge, schwer atmend nach dem Aufstieg ins vierte Stockwerk, betrat den Salon. Ihre klobigen Arme und Beine schienen irgendwie zufällig in den Gelenken zu hängen, ihre Bewegungen waren schwerfällig. Arthrose und Wasser in den Beinen, wie Großmama später leicht abfällig erläuterte, selbst zur knochigen Altersschlankheit geschrumpft.

Tante Ama versank tief in dem durchgesessenen Sofa, bis ihr die Knie unter dem langen, engen Rock fast bis zum Kinn reichten. Ihre tiefe Stimme, ihr durch Herkunft und Bildung abgeschliffener bayerischer Akzent, die aufmerksamen kleinen Augen unter der hohen Stirn und einer struppigen Kurzhaarfrisur nahmen mich gefangen. »Du bist also die Natascha.« Bevor meine Großmutter den Leporello meiner Leistungen entrollen konnte, bestätigte ich dies und übernahm es selbst, über mich Auskunft zu geben. Tante Ama stellte die richtigen Fragen, kannte die Dichter, die ich gelesen hatte, besuchte selbst Vorträge und Ausstellungen und spielte überdies noch Klavier. »Komm doch mal zum Tee zu mir«, sagte sie zum Schluß und gab der ritualisierten Umarmung unter wechselseitiger Berührung der Wangen einen besonderen Nachdruck.

Ich wartete nicht lange mit meinem Besuch. Ihre kleine Wohnung in der Kaulbachstraße, gleich am Englischen Garten und nahe der Universität, lag im ersten Stock. Die niedrigen, zu Mulden abgetretenen Holzstufen der Treppe konnte sie mit Hilfe des Handlaufes über den gußeisernen Mustern des Treppengeländers sicher noch gut schaffen. Sie bewohnte zwei Zimmer und hatte das dritte zur Aufbesserung ihrer Rente an einen jungen Mann vermietet, mit dem sie Bad und Küche teilte. In ihren beiden Räumen drängten sich die wohlerhaltenen Erbstücke, ließen gerade noch einen Durchgang frei zwischen dem grünen Plüschsofa mit steiler Rücklehne und dem einfüßigen, ovalen Tisch aus poliertem Nußbaumholz, zwischen Lehnsessel, Beistelltischchen und Klavier. Jedes der vielen Bilder und Fotos an den Wänden schien genau seinen richtigen Platz gefunden zu haben. Der Gobelin über dem Sofa suggerierte zusätzliche Polsterung und Wärme. Auf dem Tisch ein silbernes Gebäckkörbchen, Tassen und Teller aus dem mir von zu Hause vertrauten Nymphenburger Porzellan mit den kleinen Knöpfchen um den Tellerrand. Ich saß auf dem Sofa, genoß die geschmackvolle Ordnung und spürte Verläßlichkeit.

Tante Ama selbst verströmte eine Gelassenheit, die sich aus Klarsicht, einer gewissen Resignation, aber durchaus auch Zufriedenheit speiste. Sie lebte von einer schmalen Rente, die sie sich erarbeitet hatte. Monat für Monat hatte sie die Rentenmarken bezahlt und in ein dafür vorgesehenes Büchlein geklebt. Als jüngste Tochter von fünf Geschwistern war sie zu Hause übriggeblieben, um die alten Eltern bis zu ihrem Tod zu versorgen. Für eine Heirat war es dann zu spät, woran ihr aber auch gar nicht so viel gelegen haben mochte. Sie war musikalisch begabt, lernte Klavierspielen und war rebellisch genug, sich ein Jahr Gesangsausbildung in Berlin zu ertrotzen. Aber eben nur ein Jahr. Dann gab der »Erste Krieg« genügend Anlaß, um sie wieder nach Hause zu beordern.

Doch dieses eine Jahr unter Musikern und Künstlern, in dem sie unbeaufsichtigt in einer kleinen Pension wohnte, ihre Stimme ausbildete, in Cafés saß und sich einmal einen gewagten Strohhut kaufte, war eine der wenigen wirklich glücklichen Zeiten in ihrem Leben gewesen. Über Liebesdinge schwieg sie sich aus. Und ich hatte genügend Taktgefühl, um nicht zu fragen. Später gab sie Klavierunterricht, arbeitete als Aushilfskraft in einer Behörde, fuhr mit der einen oder anderen Familie ihrer verheirateten Geschwister in die Sommerfrische. Die Baroneß Massenbach lebte ihren bescheidenen Verhältnissen entsprechend, war bei ihren zahlreichen Nichten und Neffen beliebt, machte nie Schwierigkeiten und langweilte sich nie.

Aus den Erzählungen von Tante Ama lernte ich den bayerischen großväterlichen Zweig der Familie kennen, der sich von dem französisch-finnisch-russischen meiner Großmutter deutlich unterschied und von dieser als langweilig oder sogar spießig abgetan wurde. Die Massenbachschen Verwandten waren in der Tat beneidenswert solide, geradlinig und konventionstreu, arbeiteten in bescheidenen Positionen und lebten in gesicherten Familienverhältnissen. Da gab es keine Ländereien zu verspielen und keine Villa zu versteigern.

Hie und da schlug ein künstlerisches Talent durch: Da gab es einen Kunstmaler, ihren Bruder Ferdinand, jenen »Pratzentoni« in Kreuth, der uns rechtzeitig vor dem »Umgelegtwerden« durch die Nazis am Kriegsende gewarnt hatte. Tante Ama selbst wäre vielleicht Sängerin oder Pianistin geworden, wenn man sie gelassen hätte. Die Frauen taten sich schwerer auf dem Weg zur Professionalität. Hatte mein Vater nicht auch meine Mutter eifersüchtig als persönlichen Besitz gehütet und ihre »Tanzerei« bestenfalls geduldet? Tante Lory hatte erst nach ihrer Heirat die Möglichkeit gehabt, ihr malerisches Talent auszubilden. Vetter Haralds Start in eine Tanzkarriere war allerdings auch nicht gerade leicht. Aber da lag es am fehlenden Geld, jener Krankheit, die aus der finnisch-französischen Seite eingeschleppt worden war.

Nach Meinung von Tante Ama ging der schöpferische Drang in unserer Familie letztlich auf »die Droste« zurück. Die Mutter meiner Großtante Ama war eine geborene Droste gewesen, ihre Tante war die Annette von Droste-Hülshoff. Wie wunderbar, mit dieser Frau verwandt zu sein, die so bewegende Gedichte schrieb, deren Naturbeschreibungen etwas Magisches hatten, mit deren Ängsten, Zerrissenheit und Traurigkeiten ich mich vertraut fühlte. Tante Ama teilte meine Bewunderung für die Dichterin und wußte über ihre Nachfahren zu berichten. Sie besuchte regelmäßig die Nichten der Droste im Münsterland, fand sie lieb, aber nicht sehr unterhaltsam, litt unter den Mückenschwärmen am Wasserschloß und bekam zu Ostern Weihnachtsplätzchen aus einer großen Blechschachtel angeboten. Da Tante Ama nicht gut zu Fuß war, zog sie sich in ein Turmzimmer zurück, las in Annettes Gedichten und blickte den Enten nach, die auf dem Wassergraben ihre Bahnen zogen.

Bei Tante Ama konnte ich mir Ermunterung für mein Studium holen und mich über die Verhältnisse in der Wohnung der Großmama beklagen. Tante Ama ließ durchblicken, daß es bereits bald nach der Eheschließung zwischen ihrem Bruder und der attraktiven und temperamentvollen Ausländerin Probleme gegeben hatte, was Geldangelegenheiten und Pünktlichkeit – für einen Offizier eine Selbstverständlichkeit – anbetraf. Dann sah sie mich an und meinte, daß gerade eine solche Großmutter meine Überlebenskräfte gestärkt habe und ich es schon schaffen würde.

Aber gegen das großmütterliche Chaos anzukämpfen fiel mir immer schwerer. Es schien nun aus allen Ecken und Ritzen der Wohnung zu quellen, nahm überhand. Früher hatte es sich in Unpünktlichkeit und Unzuverlässigkeit, Kaufwut und Geldstreitereien artikuliert. Jetzt glotzte es mich von den verkrusteten Tellerstapeln auf dem Spültisch an, machte sich auf dem zerbeulten Sofa breit, kroch unter dem Kachelofen hervor und suhlte sich in den Kohle- und Ascheresten auf dem davorliegenden Blech. Das Monster schlich durch den dunklen Flur, nagte am Parkett, bog um die Ecke, überzog das Bad mit Schmutz, hängte sich an den Kettenzug der Klospülung und ließ permanent das Wasser rauschen, machte auch vor meiner Türe nicht mehr halt.

Ich dachte daran auszuziehen, wußte aber nicht wohin. Katharina meinte, das könne ich meiner Großmutter nicht antun. Ihre Großmutter war eine bescheidene, zierliche alte Frau mit beständiger Freundlichkeit in ihrem faltigen Gesicht, ein Großmütterchen wie aus dem Bilderbuch. Wie meine Freundin wohnte sie in dem Haus der Tante, wo ich sie bei einem Besuch kennenlernte. Katharina hatte leicht reden. Ihr gegenüber zeigte sich meine Großmutter auch immer von ihrer charmantesten Seite. Ich versuchte, Katharina die ganze Verworrenheit meiner Familienverhältnisse nahezubringen und sie von der Berechtigung meines Wunsches zu überzeugen. Meine Eltern hatten ebenfalls Bedenken gegen meinen Auszug. Aber sie ließen sich selbst nur selten bei Großmama blicken.

Eines Tages kündigte Tante Amas Untermieter, weil er heiraten wollte. Und sie bot mir das Zimmer an. Die Miete war kaum höher, aber das Zimmer erheblich größer als die Kammer. Für meine Bettcouch und meinen Schreibschrank konnte Platz geschaffen werden. Es gab einen gut heizbaren, braunen Kachelofen, einen gemütlichen alten Perserteppich, einen kleinen runden Tisch mit zwei bequemen Stühlen. Allerdings war das Zimmer nicht sehr hell. Die Fassade des angrenzenden Hauses überragte das Fenster um vier Stockwerke. Also kein Ausblick auf dunkle Fichten, sondern auf die großbürgerliche Stadtarchitektur hoher, schlanker Fenster mit Architrav und Gesims. Damit konnte ich leben, zumal es nur fünf Minuten zur Uni waren. Tante Ama meinte, ich solle keine Rücksicht nehmen und zu ihr übersiedeln. Sie habe in ihrem Leben immer zu viel Rücksicht genommen. Und ich könne sicher sein, daß sie mich in Ruhe lassen würde. Zwei Stimmen gegen eine. Aber das war nicht der Punkt. Ich wollte einfach raus aus der beklemmenden Atmosphäre der großmütterlichen Wohnung. Und das war meine Chance.

Mit einer Mischung aus schlechtem Gewissen und Genugtuung über die gelungene Befreiung verstaute ich meine Sachen in einem mit einer roten Plane überdachten kleinen Lieferwagen der »Roten Radler«, der auch meine zwei Möbelstücke transportierte. Noch einmal ging ich die Treppen in den vierten Stock hinauf. Großmama weinte, ich umarmte sie und versprach, sie bald zu besuchen. Sie stand in ihrem abgetragenen Morgenmantel auf dem Treppenabsatz und winkte. Ich unterdrückte ein Schluchzen, rannte hinunter, übersprang die eine oder andere Stufe und ließ die schwere Haustür hinter mir ins Schloß fallen.

14.

Fortgang

In der geräumigen Höhle meines neuen Zimmers fühlte ich mich rasch wohl. Was an Licht fehlte, wurde durch Wärme ausgeglichen: Wärme aus den Braun- und Grüntönen von Kachelofen, Klappsofa und Teppich, unterstützt durch die Ofenwärme selbst. Mein Schreibschrank konnte nun immer aufgeklappt bleiben. Die schwarze Schreibmaschine aus dem Straßengraben stand auf einem Beistelltisch bereit. Ich trauerte der Kammer bei meiner Großmutter nicht nach und übernahm hier gerne die Pflichten des Zimmerherrn: Kohle für drei Öfen heraufzutragen und die anfallende Asche hinunterbringen. Es fiel doppelt leicht, da es nur der erste Stock war und ich es zudem gerne für Tante Ama tat. Das Badezimmer war für mich allerdings ein zivilisatorischer Rückfall in die Rottacher Zeiten: Die alte Wanne stand auf vier Füßen unbeholfen im Raum, für warmes Wasser mußte das Ofenungetüm in Schwung gebracht werden. Es fiel jedoch nicht ins Gewicht gegenüber meiner neuen Unbeschwertheit des Wohnens.

Tante Ama war in ihrer Familie gefragt und viel unterwegs. Wenn sie zu Hause Klavierunterricht gab, empfand ich das Klimpern ihrer Schülerinnen als angenehme Hintergrundmusik. Wir trafen uns beiläufig in der Küche. Manchmal lud sie mich am Abend in ihre Zimmer zum Plaudern ein. Ich spürte ihr waches Interesse, das mir selbst ebenso galt wie den Dingen, mit denen ich mich beschäftigte. Damit schnitt meine Großtante einfach besser ab als meine Großmutter, von der ich glaubte, daß sie mich mit einem Bedürfnis nach Unterhaltung und Zuwendung vereinnahmen wollte, was meinen Fluchtinstinkt geweckt hatte.

Im Studium hatte ich nach einigem Stolpern nun Tritt gefaßt. Wenn ich mit Katharina meine Leseerlebnisse und Wissenseroberungen besprach, sich Unklarheiten in Erkenntnisse auflösten, wir Begeisterung teilten, dann verging meine Unsicherheit, und ich gewann festen Boden. Dabei besuchten wir keineswegs immer dieselben Vorlesungen und Seminare, konnten uns aber um so besser darüber austauschen. Mich faszinierte besonders, wie Themen und Sichtweisen, aber auch die Sprache der Dichter sich über die Jahrhunderte wandelten. Goethes klar komponierte Landschaftsbilder, Eichendorffs wohlklingende Naturbegeisterung, Stifters detailgenauen und emotional verhaltenen Nah- und Fernsichten oder die ekstatischen lyrischen Eindrücke bei Rilke führten mir eine Vielfalt von Erlebnismöglichkeiten vor. In jede von ihnen konnte ich mich kopfüber hineinstürzen und wieder daraus hervortauchen. Sie waren alle gleich wahr. Aus einer nur halb verstandenen Vorlesung über Kant entnahm ich zumindest, daß es keine absoluten Wahrheiten geben konnte, nur durch unser Menschsein bedingte Wahrnehmungen und Erkenntnisse. Da fühlte ich mich bestätigt in meiner Ablehnung von Wahrheitsansprüchen der Kirche oder der Professoren mit ihren Lieblingsphilosophen. Zugleich verabschiedete ich mich von der rigorosen und unrealistischen Kompromißlosigkeit meiner Jugend.

Darin bestärkte mich auch Katharina, deren Sichtweise und Beurteilung anderer Menschen sehr viel einfühlsamer und gerechter war als meine. Ihre Studieninteressen galten anderen Epochen und Dichtern. Sie vertiefte sich in die Dramatik Shakespeares und die romantische Lyrik, machte mir den Bau von Sonetten verständlich und erzählte mir ganze Romane des 19. Jahrhunderts. Gemeinsam war uns ein immer aufs neue aufkommender Wissensdurst und die Begeisterung für die Literatur.

Wir besuchten zusammen Professor Sedlmairs Vorlesung über große Meister der Malerei und erfuhren, daß man sich einem Kunstwerk nicht nur aufmerksam, sondern auch in einer ehrfurchtsvollen Haltung nähern sollte. Katharina schob mir einen Zettel zu: »Abendgarderobe?« In dieser Vorlesung sah ich auch Flori. Mit Pawlowscher Unausweichlichkeit bekam ich Herzklopfen. Wir begrüßten uns, fragten, wie es im Studium ginge, nannten ein paar Vorlesungen, die wir besuchten. Ich freute mich, ihn Katharina zeigen zu können. Er schien sich nicht verändert zu haben. Dann saß ich in dem verdunkelten Raum und versuchte vergeblich, mich auf die Bilder zu konzentrieren, die das Epidiaskop aus dem Kunstband in einem bedächtigen Wechsel von Helligkeit und Farbigkeit an die Wand warf. Lange Zeit hatte meine unglückliche Liebe mich begleitet, mich irritiert bei der Lösung von mathematischen Aufgaben, geschmerzt beim Anblick der dunklen Fichten vor meinem Fenster, mein Verständnis gesteuert beim Lesen von Gedichten, war plötzlich aufgetaucht beim Radfahren und hatte meine Träumereien bestimmt. Sie war das Salz in den Speisen gewesen, das ihren Eigengeschmack erst so recht hervorlockt, aber bei übermäßigem Gebrauch Bitterkeit erzeugt. Es schien mir nun, als habe dieses Salz begonnen, sich zu verflüchtigen.

Wie immer arbeitete ich beharrlich und viel. Nebenbei übernahm ich Aushilfsdienste, um mein Stipendium aufzubessern, das nur für die Semesterzeit berechnet war. Als ob in den Ferien Studium, Essen und Schlafen ausfielen. Also sorgte ich schon während des Semesters vor: heftete Broschüren, packte Pakete, hütete eine leere Villa mit zwei Hunden, verteilte Reklamezettel im Zentrum der Stadt, am Stachus oder am Marienplatz. Gleichzeitig hielten mich die Stipendienprüfungen am Ende jedes Semesters auf Trab. Ich bangte vor ihnen und liebte sie auch. Denn sie gaben mir das Gefühl, halbjährlich Ernte einzufahren, das Gelernte und Erfahrene im Kopf und auf dem Papier zu speichern. Gleichzeitig erkämpfte ich mir damit ein Stück Lebensunterhalt und die Hörgeldbefreiung. Mein Stipendium war nach seinem Begründer Alois Hundhammer benannt, Kultusminister und Abgeordneter der CSU. Seit meine Großmutter von meinem Erfolg erfahren hatte, wählte sie diese Partei.

Katharina hatte kein Stipendium mitgebracht. In der Masse der Studierenden war sie durch ihre kluge und engagierte Arbeitsweise und ihre bescheidene Sicherheit aufgefallen. Nun wurde sie für die Studienstiftung des Deutschen Volkes vorgeschlagen und wartete auf den Bescheid. Als er kam, war sie glücklich und erstaunt zugleich. Wir gingen durch das oberste Stockwerk des Innenhofes, die Kuppel nahe über uns. »Es hat geklappt!« Sie faßt mich an der Hand und will mich an ihrer Freude teilhaben lassen. Mich durchfährt eine unangenehme Empfindung, die sich in verschiedenen Gefühlen verzweigt: Unsicherheit, Furcht, nicht mehr mithalten zu können, Fremdheit, Distanz, dumpfe Zukunftsangst, Scham. Neben mir geht eine strahlende Göttin in abgetragenem Strickjanker und Schnürschuhen. Aber ich lasse mir nichts anmerken, und sie scheint nichts zu sehen. Katharina berichtet über Einzelheiten. Sie bekommt über das ganze Jahr Geld, zudem noch Büchergeld. Da kann sie sogar zu Hause etwas abgeben.

Meine unguten Gefühle verdünnten sich rasch zu einem nur noch gelegentlich merkbaren Rinnsal, und ich nahm bald wieder lebhaften Anteil an ihren Studienerfolgen, die sie ohne jede Eitelkeit genoß. Meine Semesterprüfungen absolvierte ich unter beträchtlicher Anspannung und mit Erfolg. Während der Ferien blieb ich in München. Sie fuhr nach Hause und bat mich eindringlich, sie doch einmal dort zu besuchen. Wieder überkam mich ein Zögern, schob ich die Reise hinaus, schützte Arbeit vor. Bis Katharina kam und mich einfach abholte.

Mit dem Bummelzug fuhren wir durch viele kleine Bahnhöfe und Ortschaften in Richtung Chiemsee. In meiner Aktentasche hatte ich Übernachtungssachen. Es war ein sonniger Oktobermorgen. Mit sanften Hügeln begann das Voralpenland. Dann erschienen die ersten Bergketten blaugrün in der Ferne, rückten näher. Der Übergang zu Felsgraten und Bergspitzen war hier allmählicher als bei der Annäherung an den Tegernsee. Von der kleinen Bahnstation ging es zu Fuß weiter auf Feldwegen, durch abgemähte Wiesen, leuchtend bunte Waldstücke, an einem Dorf mit Zwiebelkirchturm vorbei zu dem Weiler, in dem Katharinas Eltern einen langgestreckten Bauernhof bewohnten. Wir wurden erwartet und begrüßt, Katharina mit Umarmungen, ich herzlich wie eine längst Bekannte. Katharina glich ihrer Mutter, die im nächsten größeren Ort als Sekretärin arbeitete. Die jüngere Schwester ähnelte ihrem Vater, der den Hof geerbt und lange Zeit bewirtschaftet hatte, ihn aber nun durch das Vermieten von Fremdenzimmern zu erhalten suchte.

Gleich nach dem Essen zogen wir los, und Katharina zeigte mir ihr Reich. Es ging einen Wiesenhang hinauf zu einem Buchenwäldchen, von wo wir eine gute Aussicht über die Umgegend hatten. Wir setzten uns auf eine Holzbank, redeten, was uns in den Sinn kam. Wieder einmal entstand gelassene Vertrautheit zwischen uns. Die Berge lagen in einem leichten, goldgelben Dunst; sie nannte mir ihre Namen, wir wußten, wie es dort aussah, wie es wäre, wenn wir dort oben stünden. Wir wußten so viel. Und am nächsten Tag war Sonntag, wie die Dorfglocken ausgiebig verkündeten.

Den Abend verbrachten wir in der Wohnstube mit kleinen Fenstern und den Möbeln aus hellem Holz. Wir sollten erzählen, wie's so ist mit dem Studium und was wir so gemeinsam machen. Die Mutter sagte, wie schön es sei, daß wir so gute Freundinnen geworden seien. Katharina lag auf dem Sofa, die Beine seitlich angewinkelt, den Kopf auf der Armlehne, die Wange ans Polster geschmiegt. Sie sah mich an mit ihren weitsichtigen Augen. Die Intensität ihres Blicks wurde gemildert durch ein ruhiges Schimmern, das ihrem Gesicht eine sanfte Offenheit und ahnungsvolle Schönheit gab.

Am nächsten Morgen unternahmen wir einen größeren Spaziergang. Ein starker Föhn rückte die Berge hinter den Wiesenhügeln wie Theaterkulissen heran, warf weiße Wolkenstreifen vereinzelt mit dramatischem Gestus über den tiefblauen Himmel, verströmte eine jahreszeitlich illusionäre Wärme. Es herrschte eine selbstverständliche Unwirklichkeit, die bald von einem Wetterumschwung hinweggefegt würde. Die Katze war ein Stück Weges mitgelaufen und blieb nun zurück.

Mit einer neu entdeckten Selbstverständlichkeit faßten wir uns an den Händen, schauten uns mit vielen Spielarten des Lächelns und Lachens manchmal an. Auf einer Anhöhe erreichten wir eine gotische Kapelle, die von einer niedrigen Mauer umschlossen war. Katharina holte den Schlüssel von dem benachbarten Einödhof und ließ mich aufsperren. Drinnen im Halbdunkel unter den einfachen Gewölberippen der Ostseite hing ein hagerer Christus aus braunschwarzem, rissigem Holz am Kreuz. Das schmale, spätromanisch stilisierte, gefurchte Gesicht ließ je nach Standort Leiden, Liebe, Güte, Hoffnung erkennen, worüber wir uns leise verständigten. Draußen herrschte eine angespannte Föhnstille, drinnen war es ruhig und kühl. Sonnenlicht fiel durch die schmalen Fenster. Als wir wieder hinaustraten, überfiel uns die Nachmittagshelle. Wir holten uns ein paar blauschimmernde Zwetschgen von dem verwilderten Baum an der Mauer.

Als wir nach Hause kommen, ist niemand da. In der aufgeräumten Wohnküche sitze ich in einer Müdigkeit, die etwas von Entrückung hat. Katharina steht vor mir, leicht an den Küchentisch gelehnt, sinnend, ausruhend. Eine schmerzhaft lustvolle Bewegung durchfährt mich, und ich beuge mich hinüber zu ihr, fasse sie um die Hüften und drücke mein Gesicht in die Höhlung unter den Rippenbögen. Gewölberippen, Umschlossenheit, ein Erlösergesicht aus weiter Vergangenheit und Katharinas Lächeln, das ich nicht sehen, aber spüren kann. Berührung und Angekommensein, die Stille der Gemeinsamkeit. Ein ungeheures Wagnis ereignet sich. Und ich fühle ein heftiges Pulsieren in mir, ein sanftes Fallen in unwahrscheinliche Tiefen früherer Lieben. Katharina streicht mir über den Kopf. Wie gut, daß es uns gibt, dich und mich. Wir wissen um die Schönheit in unseren Gesichtern.

Draußen kam die Mutter mit vollen Einkaufstaschen zurück. Es sollte ein vergnüglicher Abend werden. Als wir zu Bett gingen, wehte ein starker Wind mit heftigen Stößen ums Haus, und die ersten Regenschauer gingen nieder. Im regenfeuchten Morgengrauen des nächsten, ganz gewöhnlichen Werktags begleitete mich Katharina über die Feldwege zum Bahnhof. Wir würden uns bald wiedersehen, zu Beginn des Semesters.

Sie schrieb mir die Ankunftszeit ihres Zuges, und ich holte sie am Hauptbahnhof ab. Durch das geöffnete Gitter an der Fahrschein- und Bahnsteigkontrolle kam sie mir entgegen. Ein neuer Wintermantel aus lichtblauem Wollstoff, leicht tailliert, unten etwas glockig, zeichnete ihre schlanke Gestalt nach. Um ihren Hals schloß sich ein buschiger, schwarzer Pelzkragen. In ihrem Gesicht las ich mehr als die gewohnte Wiedersehensfreude: Erleichterung, Erwartung, Offenheit, Zukunft. Und ich konnte es ertragen, in ihre Freude einzustimmen. Zur Begrüßung faßten wir uns an beiden Händen. Über uns wölbte sich die Glas- und Eisenkonstruktion der Bahnhofshalle.

Wir kamen zusammen, sooft es möglich war, gingen Hand in Hand über die Korridore; hakten uns ein, wenn wir an der Ballustrade des Innenhofs standen und hinunterschauten ins Erdgeschoß zu den kreuz und quer gehenden Studenten und Studentinnen; lehnten kaum merklich aneinander, wenn wir gemeinsam in einer Vorlesung saßen. Wenn Katharina zu mir in meine grün-braune Höhle kam, dann tranken wir Tee aus den beiden weißen Tassen, aßen mitgebrachte Rosinenschnecken, tauschten unsere neuesten Wissenseindrücke aus und redeten über kürzlich Gelesenes. Manchmal legte sie für kurze Zeit ihren Kopf in meinen Schoß, manchmal hatte ich den Mut, es ihr nachzutun. Katharina war mir immer einen Schritt voraus, und es war gut so.

Wir fuhren in die Weihnachtsferien zu unseren Eltern,

wollten uns aber gleich nach Neujahr wieder bei ihr treffen. Zum Jahreswechsel schrieb ich in mein Tagebuch den Wunsch, ich möge Katharina nie enttäuschen. Am Tag nach Neujahr brachte der Postbote einen Brief. Es war nicht Katharinas Handschrift. Ihre Schwester schrieb: Katharina lebe nicht mehr. Sie sei am Silvestertag auf einem Berggrat ausgeglitten und abgestürzt.

In mir steht alles still. Dann beginnt mein Herz wie rasend zu schlagen. Ein Schluchzen reißt mich hoch und stößt mir aus dem Mund. Ich stehe mitten im Wohnzimmer, entwinde mich einem Umarmungsversuch meiner Mutter, sehe meinen alten Vater hilflos im Stuhl sitzen. Ich weiß nur, ich muß sofort zu ihr, an den Ort des Geschehens.

Mit dem Postbus fahre ich die kürzeste Strecke entlang der Voralpenkette. Ich sitze in dem brummenden, kurvenden Omnibus und schaue durch Fenster auf die wechselnde Schneelandschaft, erfasse nichts und doch alles, viele Stunden lang.

Dann der Fußmarsch auf der gebahnten, engen Landstraße zwischen sonnengleißenden Schneewehen. Die Feldwege sind zu. Aber auch hier sind wir im Herbst gemeinsam gegangen. Das Gehen auf dem mit Streusand durchmahlenen Schneegries ist beschwerlich, das Vorwärtskommen mühselig. Ich kann die Beine kaum mehr heben, kaum mehr atmen, kaum mehr leben. Es gibt keine Zukunft, nur die blendend schmerzende Sonne auf dem glitzernden Schnee.

Der leichte Anstieg zum Dorf mit dem Zwiebelturm ist kaum zu schaffen. Um die Kirche liegt der Friedhof. Wie in einem Traum gehe ich weiter, finde das frisch aufgeworfene Grab an der Mauer mit Blumen und Kränzen bedeckt. So hat man sie schon begraben. Und ich wollte sie doch noch einmal sehen! Erschöpft kauere ich auf der Steinumrandung eines benachbarten Grabes. Schneewasser tröpfelt vom Kirchdach in die Stille. Die Turmuhr schlägt von Zeit zu Zeit, ohne daß ich daraus eine Uhrzeit mache. Ich weine, wie ich noch nie geweint habe.

In der Familie, die ich ja noch kaum kannte, hatte man mich erwartet. Verwandte standen irgendwo herum. Dann erfuhr ich Einzelheiten. Sie sei so besonders fröhlich gewesen bei diesem Aufstieg an einem sonnigen Wintermorgen zusammen mit einem Onkel und ihrer Schwester. Auf einem vereisten Wegstück über den Grat sei sie ausgeglitten. Niemand habe es gesehen. Sie war plötzlich weg. Eine Felsrinne hinunter, mehrere hundert Meter. Sie müsse sofort das Bewußtsein verloren haben. Einfach weg. Das konnte nicht sein. Es war unbegreiflich.

Ich blieb über Nacht in einem ungeheizten Zimmer, suchte meine eigene Wärme unter dem Plumeau, das sich über mir bauschte wie eine Schneewehe. Beim Erwachen am Morgen ertastete ich Eiskristalle an der Wand neben mir. Ein fahler Schrecken kroch ins Zimmer. Dann wanderte das schräge Licht einer blassen Morgensonne durch das kleine Fenster über Tisch und Stuhl und Holzboden und schmerzte.

Nach dem Frühstück und der Teilnahme an der Trauer der anderen wollte ich fort. Hinaus, allein sein. Planlos ging ich die Wege ab, die wir gemeinsam gewandert waren. Stapfte im tiefen Schnee. Es war bewölkt, versprach aber, schön zu werden. Mein Schmerz riß zum Schluchzen auf, als die Erinnerungsbilder kamen. Ich stapfte, immer weiter, ihr Gesicht vor Augen. Aus meinem rasenden Schmerz stieg eine irre, brennende Liebe zum Leben auf, unbegreiflich Sinnvolles jenseits von Sprache und Trost. All meine Mühen und Verfehlungen, Hoffnungen und Enttäuschungen gingen darin auf. Unerträgliches Leiden verschmolz mit nicht faßbarer Daseinsfreude. Mitten im Schnee unter einer Sonne hinter hochfliegenden Dunstschleiern blieb ich stehen. Etwas von Katharina würde sich in mir bewahren.

Wieder in München mußten die Stipendienprüfungen ins Auge gefaßt werden. Arbeit versprach eine gewisse Ablenkung, hinter der das Unglück einen Schritt zurückwich. Aber jeden Morgen trat der Schrecken darüber, daß Katharina nicht mehr da war, wieder hervor und um so heftiger ins Bewußtsein. Ich wußte nicht, wie ich es ertragen sollte, und ertrug es doch; arbeitete weiter und flüchtete zeitweise in Erinnerungen, die sich zu einer gefahrlos glücklichen Phantasiewelt verdichten konnten. Und wieder träumte ich von einer Erfüllung, wußte, daß ich ihr ein Stück nähergekommen war.

Meine Eltern zogen vom Land in die Stadt. Das Dorf Rottach-Egern hatte sich zu einem Fremdenverkehrsort gewandelt, eine Entwicklung, die uns nicht gefiel. In der Dorfstraße reihte sich ein Laden an den anderen. Zur ländlichen Verkleidung stilisierte Dirndl und Trachtenanzüge wurden angeboten. Lederhosen aller Art und Größe sowie Trockenblumenkränze fürs heimische Wohnzimmer in Gelsenkirchen oder anderswo lockten in den Schaufenstern. Die Gasthäuser hatten neben Schweinebraten und Tafelspitz auch Zigeunerschnitzel und Strammen Max auf ihrer Speisekarte. Eine Kuhweide nach der anderen fiel weitläufig angelegten Siedlungen im Landhausstil zum Opfer. Überall wurden Fremdenzimmer angeboten. Und auf den Wallberg wurde eine Seilbahn gebaut, die sich wie eine Narbe durch die Vorderseite des Berges zog und oben Gondel für Gondel Halbschuhtouristen ausspie, die selten weiter kamen als bis zum Gasthaus oder der nahgelegenen

Kapelle. Winters wie sommers war alles überfüllt. Die Mieten stiegen.

Mein Vater versprach sich bessere Kontakte in München, und meine Mutter hoffte auf eine gute Lehrstelle für Michael, der auf der Schule nicht weiterkam. Sie fanden eine bezahlbare Wohnung in einem größeren Mietshaus, einem dieser Nachkriegsbauten mit Fenstern im Briefmarkenformat, in schlecht proportioniertem Gleichmaß aneinandergereiht. Immerhin war es in Schwabing, und es gab eine ins Mauerwerk eingelassene Balkonnische, in die die Abendsonne schien. Die Nähe der Uni garantierte Buchantiquariate, in denen Nachschub für die Morgensprüche besorgt werden konnte.

Der Frühsommer brachte gerade den Flieder zum Blühen, als mein Vater starb, über Nacht, ohne viel Aufhebens. Am Abend vorher hatte ich noch mit ihm telefoniert, ihm das eine oder andere erzählt und ihn seltsam gleichgültig und abwesend gefunden. Ich erschrak zutiefst, konnte es nicht begreifen, ihn als Leichnam vor mir zu sehen. Ich trauerte über seinen jähen Weggang, aber ein Verlustgefühl stellte sich nicht ein. Ich hatte reichlich Vater gehabt, aber zu wenig Mutter. Mein Bruder hingegen mußte einen richtigen Vater entbehren. Dieser war schon zu alt, zu gedankenverloren und zu sehr mit Jenseitigem beschäftigt gewesen, um mit dem kleinen Sohn etwas zu unternehmen, sich um ihn zu kümmern. Er liebte und verhätschelte ihn, wenn es ihm gerade mal einfiel, und überließ alles andere seiner so viel jüngeren Frau.

Ich hatte immer das Gefühl gehabt, mein Bruder nähme mir etwas weg. Er bekam von meiner Mutter eine Liebe, die ich so nie erfahren hatte. Aber vielleicht war ich auch immer schon froh gewesen, einer solch umfassenden Aufmerksamkeit und bedingungslosen, alles verschlingenden

Zuwendung entgangen zu sein. Was mir fehlte, hatte sie nicht geben können. Aber es half, meinen Bruder für den Mangel verantwortlich zu machen.

Das bescheidene Urnengrab auf dem Waldfriedhof atmete eine freundliche Ruhe. Ich hatte den Satz von Goethe »Hinter allem Vergänglichen ruht ein Ewiges« für den in seiner Grobkörnigkeit belassenen Naturstein ausgewählt. Um den kleinen Grabstein unter den jungen Fichten versammelten sich die Erinnerungen an meine Kindheit mit der verläßlichen Gegenwart des Vaters. Und vieles von dem, was er mir über die Jahre eher beiläufig, in Geschichten und Spielen vermittelt hatte, fing sich in den Sonnenstrahlen, die durch die Fichtenzweige gefiltert ihren Weg auf das Grab fanden.

Mit meinem Vater war ich im reinen, auch wenn ich ihn gerne noch manches gefragt hätte. Mit meiner Mutter, trotz mancher Einsichten, nicht. Sie trauerte mit der ihr eigenen Vehemenz um meinen Vater. Sie sprach über die Vergangenheit, über ihre Verehrung für ihn, über die Opfer, die sie gebracht hatte, und daß er ihre große Liebe gewesen sei. Er und das Tanzen, das er immer einschränken und für sich reservieren wollte. Und dann gab sie mir ihre Aufzeichnungen über die Wehrmachtstourneen. »Lies das mal. Dann weißt du mehr über mich.« Sie hatte durchaus eine Ahnung von meiner inneren Distanz zu ihr.

Ich trug das großformatige, in rotes Wachstuch eingeschlagene und von allerhand zusätzlichen Einlagen unförmig angeschwollene Album in meiner Aktentasche nach Hause, legte es in ein Fach meines Schreibschranks und verschob die Lektüre von Tag zu Tag. Ich scheute vor dem zu erwartenden Gefühlsschwall der intimen Aufzeichnungen meiner Mutter zurück. Als ich mich schließlich dazu entschloß, einmal hineinzuschauen, nahmen mich zunächst die offiziellen Schriftstücke gefangen, die zwischen Tagebuchaufzeichnungen eingelegt oder auf den Rückseiten der Blätter eingeklebt waren. Sie ließen die Zeit meiner Kindheit wieder aufleben, in der ich mich vor dem Gas geängstigt hatte.

Tourneeverträge mit der »Deutschen Arbeitsfront, N. S. Gemeinschaft Kraft durch Freude, Verbindungsamt der Wehrmacht«. Truppenbetreuung mit dem Programm »Kurzweil für Aug und Ohr«. Mit Dienststempel der Reichskulturkammer: ein Reichsadler, der ein Hakenkreuz in seinen Fängen trägt. Alles hatte den Anschein geregelter Ordnung. Ein Sonderausweis für Dienstreisen sah für meine Mutter Tarnbezeichnung und Feldpostnummer sowie die Ausgabe einer Lebensmittelkarte vor. Programmzettel suggerierten normalen Theaterbetrieb. Sie kündigten die Tanznummern meiner Mutter an, von denen ich manche in ihrem Entstehen miterlebt oder sogar auf der Bühne gesehen hatte: »Tango Bolero, Ein kleiner Schwips, Stierkampf, Wiegenlied, Die kleine Seiltänzerin, An der schönen blauen Donau«, und zum Abschluß ihre Erfolgsnummer, der »Bayerische Ländler«. Dazwischen gab es Gesangseinlagen, wie die Habanera aus ›Carmen‹, »Parlez-moi d'amour« und »Wasserreiche Wolga« sowie Klaviersoli von Brahms und Debussy.

Gagenabrechnungen wiesen sechzig Reichsmark pro Abend aus, was am Ende mehr als fünftausend RM ergab. Das war das hart verdiente Geld, von dem wir in den letzten Kriegsjahren gelebt hatten. In einem Schreiben kleidete der Kommandant der Stadt Lemberg im Rang eines Generalmajors seine Anerkennung in das Vokabular einer soldatischen Weltsicht: »... möchte ich noch einmal Ihnen im Namen der Wehrmacht meinen Dank für Ihren selbstlosen, so erfolgreichen Einsatz aussprechen und der Hoffnung Ausdruck geben, daß das Bewußtsein, in kameradschaftlicher Zusammenarbeit mit den Künstlern der Truppe den schönen Erfolg erreicht zu haben, Ihnen auch Ihrerseits Freude gemacht hat.«

In diesem organisatorischen und politisch-propagandistischen Raster war meine Mutter ein kleiner Punkt gewesen, eingeplant für einen vergleichsweise harmlosen militärischen Einsatz. Dieser Punkt hat die Tiefendimension einer persönlichen Erlebniswelt, über die ich nun einige Aufzeichnungen unter dem Titel »Ich tanzte an der Ostfront« fand:

Man hatte sehr wohl überlegt und organisiert, daß diesen bereits im voraus Geopferten, diesen Millionen von Soldaten, diesen armen Menschen, noch eine kleine Freude geboten werden sollte, zum Abschied von dieser Welt. Man richtete Fronttheater ein, bis an den Kaukasus, bis nach Afrika, überallhin, um den Soldaten etwas vorzutäuschen, deren Schicksal längst besiegelt war. Es sollte sie aufmuntern, ihnen Sand in die Augen streuen über das, was rings um sie geschah.

Überall erklang ein einziges Lied, aus allen Kasernen, aus allen Soldatensendern, jenes berühmte Lied, das auch in mir eine gewisse Romantik hervorrief – jene Hinwegtäuschung über das Grauen eines Krieges. Dieses Lied verfolgte mich durch Polen und Rußland – bis es leiser und leiser wurde: ›Lili Marleen‹.

Das war mein persönliches Schlaflied gewesen, mit seiner ganz eigenen, nur für mich wichtigen Bedeutung. Die nachträglich kritische Distanz meiner Mutter zu diesem Schlager, in dem die Gefühlsmischung meiner Kindheit aus Sehnsucht, Entbehrung und zeitweiliger Erfüllung mitschwang, gab mir einen Stich.

Wir reisten teilweise in eigens eingesetzten Zügen oder im Auto durch die Schneemassen Rußlands. Einmal brauchte ein Zug mehr als zwanzig Stunden für eine Strecke von hundert Kilometern, so sehr stauten sich die Schneemassen vor der schnaufenden, stockenden Lokomotive, die fast nur im Schrittempo vorankam. An jeder kleinsten Station hofften wir gierig auf etwas zu essen oder zu trinken. Aber es war nichts zu haben. Völlig erschöpft erreichten wir endlich unser Ziel und wurden von einem Militär empfangen mit der Auskunft: »In einer halben Stunde bitte auftreten im Kino. Wir warten schon lange auf Ihre Gruppe!« Die sogenannte Bühne war der schmale Gang vor dem Vorhang, den jedes Kino hat. Hier hieß es also, sich sehr schnell umstellen, besonders für die Tänze! Lachende, fröhliche Soldaten empfingen uns. Als mir einmal mein Tamburin vor Müdigkeit glatt aus der Hand rutschte und ins Publikum geschleudert wurde, warfen es mir die Soldaten freudestrahlend zurück, grölten begeistert über das kleine Handball-Intermezzo.

Ja, so war sie, die Dolly, meine Mutter. Geistesgegenwärtig konnte sie in einer schwierigen Situation improvisieren und so die Vorstellung retten. In ähnlicher Weise hatte sie heimlich einen Teil unserer Möbel in Sicherheit gebracht, hatte die Gestapo-Männer von der Verhaftung meines Vaters abgebracht, hatte die beiden Amis von unserem Kleiderversteck abgelenkt.

Das Hochplateau der Krim hat afrikanische Temperaturen und Vegetation, alles verdorrt und vertrocknet. Wir schleppten uns tagsüber wie halbtote Fliegen durch die kleinen, kärglichen Märkte, wo riesige Kürbisse und Krüge mit Sonnenblumenöl zu sehen waren. Das war aber auch alles. Bühnen gab es dort keine mehr. Man ist auf Lastwägen aufgetreten, die von den Soldaten notdürftig mit Brettern zu Bühnen gemacht worden waren, sogar mit einer kleinen Treppe versehen, wie ein Hausschemel bei uns. Aber es gelang mir immer wieder, mich auf die wechselnden Raumverhältnisse schnell einzustellen. Einmal mußte ich auf einem Schlauchboot auftreten, und nicht nur ich, sondern sogar die Pianistin wurde mitsamt Klavier immer wieder rhythmisch hoch- und niedergefedert. In einer Frontzeitung stand dann: »Der kleine Schwips wirkte überzeugend echt. Sollte nicht doch der Krimwein ...?«

Jedes Konzertpublikum in den Städten zu Hause ist leichter zu nehmen als die Soldaten hier an der Front. Denn hier dürfen sie sich äußern, so wie sie wollen. Jeder einzelne dieser Männer konnte sich benehmen, wie es ihm gerade zumute war, konnte pfeifen, lautstarke Bemerkungen machen, mitsingen. Das ist der Unterschied zum stets gleichbleibenden lauwarmen Applaus eines kultivierten, gutenerzogenen Konzertpublikums. Einmal, in einem Saal vor tausend Soldaten, wurde beim ersten Lied gegrölt. Darauf stürzte der Leiter zu mir mit den Worten: »Dolly, die Stimmung ist heute brenzlig, wir müssen die Reihenfolge sofort ändern. Bitte gleich Ihren Tango.« – »Ja mei, ich kann mich doch nicht so schnell umziehen!« Beim Hinausstürzen blieb mein Rock an einem Nagel hängen, und ein Fetzen Stoff wurde herausgerissen. Und dann konzentrierte sich meine ganze Kraft der Ausstrahlung auf diese aufgelockerte Bande von Männern dort unten. Und siehe da, es wurde ganz plötzlich mäuschenstill. Ich trat mir an diesem denkwürdigen Abend noch zusätzlich einen

Reißzwecken in den Fuß, mit dem ich natürlich weitertanzen mußte. Stille bis zum Schluß und einheitlich starker Applaus waren der Dank. Die Stimmung war gerettet. Ich war immer viel stolzer auf meine Erfolge draußen als auf den Bühnen zu Hause.

Es machte mich traurig zu denken, daß meine Mutter ihre schönsten Erfolge mit einer Truppe von Unterhaltungskünstlern und unter großen Strapazen erlebt hatte. Sie hätte mehr erreichen können, wenn mein Vater nicht dagegen gewesen wäre. Das wußte ich aus dem wenigen, das ich mit eigenen Augen gesehen hatte. Aber ihr fehlte die Rigorosität, mit der ich mir mein Studium erkämpft hatte. Und ich hatte mehr Glück gehabt.

In Stanislau angekommen, tausend Soldaten in einem riesigen schönen Theater versammelt für unser Auftreten. Der Kommandant, ein weißhaariger Offizier alter Schule, lud uns zum Mittagessen ein und erzählte, selbst schwer bedrückt darüber, daß sie gerade eine Bartholomäusnacht hinter sich hätten. Nur vier SS-Leute kommandierten diese Massenhinrichtungen der Juden, bei denen sie vorher ihr eigenes Grab ausschaufeln mußten und dann zusammengekoppelt hineingeschossen- oder gestoßen worden waren, die Kinder lebendig hinterher. Ich konnte an diesem Abend nicht auftreten, so entsetzlich war mir diese Beschreibung. Einer jener SS-Leute, jener Totenkopf-Helden, selbst verheiratet und Vater von vier Kindern, bat den Kommandanten, ihn bei den nächsten Aktionen dieser Art vertreten zu lassen, denn er schliefe keine Nacht mehr. Der Kommandant lehnte ab: »Nein, mein Lieber, dazu ist die Wehrmacht nicht verpflichtet. Außerdem möchte ich mir meine weiße Weste bewahren.«

Nur ein einziges Mal sollten wir in einem SS-Lager in Polen auftreten. Der Kommandant empfing uns, führte uns die schmalen Wege durch das Lager zu unserer Behausung. Da lag auf einem dieser Wege ein zusammengekrümmter alter, toter Mann. Uns schauderte, und auf unsere Fragen bekamen wir die Antwort: »Wir können nur arbeitende Juden brauchen, die andern werden liquidiert. Nicht schad' drum, was?« Ich hatte schon meinen Plan gefaßt und entschied mit dem Tourneeleiter: »Die Tänzerin kann leider heute nicht auftreten. Sie hat sich den Knöchel verstaucht.«

Noch heute wurde behauptet, man habe »nichts gewußt«. Dabei hätte jeder Bescheid wissen können, wenn er nur hingesehen und hingehört hätte. Und noch immer fand ich die Nazizeit im Vorlesungsangebot des Faches Geschichte ausgespart. Gewiß hatte es aber auch viele solcher bescheidenen Formen des Widerstandes gegeben.

Als wir zu Beginn unserer Tournee in Kiew ankamen, wollte ein Mitglied der Gruppe sofort umkehren, denn erstens wurden wir sofort gefragt, ob wir hoffentlich eine Waffe mithätten. Und zweitens waren die Wände unserer Zimmer mit Wanzen bedeckt, die ich dann mit einer Nähnadel, die ich für Kostümausbesserungen immer mit hatte, aufspießte und in einer Streichholzschachtel sammelte als Souvenir. – Schmutzwasser in der Waschschüssel eingefroren und das sogenannte Bett eine Art Kühlschrank, auf dem ich trotz dickster Vermummung mit Schal und Kapuze nicht ein Auge zumachen konnte. – Ungeheizte Garderoben, Tanzbekleidung: Chiffon, Georgette, weiche fließende Stoffe, nackte Füße, oft auf Betonböden. Trockene Bronchitis mit Fieber. Husten, Husten. Mußte zurückblei-

ben in einem großen, verlassenen Haus, nur ein fremder Militärarzt sollte mich betreuen. Die Gruppe mußte nach Tourneeplan weiterreisen.

An dieser Stelle der Aufzeichnungen hatte meine Mutter eine Erzählung eingefügt, die von einem Militärarzt und einer Tänzerin handelt. Er horcht ihren entblößten Oberkörper nach Lungengeräuschen ab, mit bloßem Ohr. Er bietet ihr das einzige beheizte Zimmer in seinem Privatquartier an und geht selbst außer Haus, bringt sie nach einigen Tagen der Genesung an den Zug. Er reist ihr nach, legt wieder sein Ohr an ihren Körper, schließlich seinen Kopf zwischen ihre Brüste. Sie wehrt ab, steht auf. Sie unternehmen eine Schlittenfahrt in der Mittagssonne. Er hat keine Handschuhe, und sie wärmt seine Hände in ihren Manteltaschen. Mehr nicht. Bei der Abendvorstellung sitzt er in der ersten Reihe, und sie tanzt nur für ihn. Danach gehen sie in ein schäbiges, menschenleeres Café und reden in Andeutungen. Mehr nicht. Er steht vor dem nächsten Fronteinsatz, sie denkt an den Mann und das Kind zu Hause. Zusammen gehen sie zurück ins Hotel. Vor ihrer Zimmertür sieht sie ihn an, es kommt zu einer leidenschaftlichen Umarmung. Mehr darf nicht sein. Sie legt ihm ihre einzigen warmen Wollhandschuhe vor die Tür. Sie schlafen Wand an Wand in ungeheizten Zimmern. Am Morgen liegen die Handschuhe wieder vor ihrer Tür, und er ist verschwunden.

Zwischen den Zeilen drang etwas von dem Leiden meiner Mutter hervor, einer jungen Frau, die sich der Treue zu einem so viel älteren Mann verpflichtet fühlte. Zugleich war sie auch stolz auf das gebrachte Opfer. Sie konnte sich der Macht meines Vaters nicht entziehen, seiner Macht über ihre Tanzkunst, ihren Körper, über ihre Phantasie.

Selbst nahm er es mit der Treue nicht so genau. Vielleicht hätte sie nie heiraten sollen, hätte viele junge Männer haben und die Bühne zu ihrem Leben machen sollen. Dann gäbe es mich allerdings nicht. Als junges Mädchen wollte sie zum Zirkus gehen. Aber da betrat mein Vater die Bühne, der Liebhaber ihrer Mutter. Er hätte ihr Vater sein können und ersetzte wohl auch in gewisser Weise den im Krieg gebliebenen Vater. Es war eine leidenschaftliche und fatale Bindung, mit ihren Glücksmomenten und Abgründen, unerfüllbaren Ansprüchen und unlösbaren Konflikten, wechselvoll, aber letztlich loyal. Daraus wurde ich geboren, frühzeitig, unerwartet, aber doch angenommen, nicht immer genügend geliebt, aber immerhin ein Kind der Liebe.

Es war weit nach Mitternacht. Ich saß gebannt auf meinem grünen Klappsofa im Lichtkreis meiner Tischlampe. Mir ging so vieles durch den Kopf, nachdem ich die einzelnen losen Blätter wieder in das Album geschoben und es geschlossen hatte. Eine Lücke in meiner Kindheit wurde geschlossen: die Zeit, in der allein Feldpostbriefe aus Polen und Rußland Auskunft über das Leben meiner Mutter gaben. Eine Leitmelodie unseres Familienlebens erklang erneut: überleben, sich einigermaßen anständig durchwursteln. Und dabei noch etwas daraus machen.

Nazizeit und der Krieg lagen nun schon mehr als zehn Jahre zurück. Die Bedrohung meiner ersten elf Lebensjahre war subtiler Art gewesen und hatte keine sichtbaren Schäden hinterlassen. Schwer zu sagen jedoch, wieviel von meinen Ängsten jener Zeit, die ich wie heißes Kartoffelpüree herunterschluckte, in meinem weiteren Leben bitter aufstießen und sich mit anderem vermengten: Wenn mir die Orientierung in einer neuen Umgebung zur Überlebensstrategie geriet. Wenn die Eile, mit der ich ein Ziel erreichen wollte, sich zum Fluchtverhalten auswuchs. Wenn mich nachts unbegründete Panik im Genick packte und mir den Rücken auf- und niederraste. Wenn ich mich unter der kalten Dusche nicht der Vorstellung von Menschenversuchen in Eiswasser erwehren konnte. Nur selten wagte ich es, mir vorzustellen, was gewesen wäre, wenn ...? Dann war ich hin- und hergerissen zwischen Aufatmen und Schuldgefühlen, zwischen jäher Lebensfreude und einer ausufernden Trauer um die vielen unbekannten Toten.

Mein Vater hatte einen Widerstand geleistet, der aus Eigensinn, der Verteidigung seiner Wertvorstellungen und einer Portion Weltfremdheit erwuchs. Meine Mutter mit ihrer chaotischen Lebensenergie hatte viel zu unserem Überleben beigetragen. Ihr wollte ich jetzt helfen, wollte mich für die Fortführung der Sendung »Morgensprüche« bewerben und ihr das Honorar geben. Es müßte wohl zu schaffen sein, jeden Monat vierzig Zitate und Sinnsprüche zu finden. Wofür studierte ich schließlich!

Mehr konnte ich allerdings nicht tun. Zwischen uns war zu viel versäumte Liebe liegengeblieben. Nur selten schloß sich diese Kluft bei besonderen Anlässen unter einem Schwall gemeinsamer Trauer oder Freude.

15.

Neue Horizonte

»Möchtest du nicht mal nach Rom fahren?« Die Frage meiner Mutter kam aus heiterem Himmel über das Telefon. In meiner Vorstellung klappten sich Kunstbände auf mit Abbildungen von prächtigen Ruinen, antiken Skulpturen und Reliefs, vom Petersdom mit seiner Kuppel und römischen Brunnen. Zugleich erwachte die Erinnerung an Gespräche mit Flori und warf ein warmes Licht auf diesen Vorschlag. Daneben trat aber auch jenes Gefühl der Benachteiligung, das ich damals verdrängt hatte, als er nach dem Abitur nach Rom fuhr, während ich in der Hotelküche seiner Mutter Geschirr spülte.

»Wir haben über Bekannte erfahren, daß eine Gräfin Strachwitz, die in Rom lebt, jemanden sucht, der ihre Tochter auf das deutsche Abitur vorbereitet. Man dachte an dich, da du als Nachhilfelehrerin einen guten Ruf und zudem die nötigen Manieren hast. Du würdest zwei bis drei Monate bleiben, hättest freie Kost und Logis und ein Taschengeld.« Also als Hauslehrerin nach Rom. Warum nicht? Abiturstoffe konnte ich mir aus meinen alten Heften leicht wieder ins Gedächtnis rufen. Es schien eine einmalige Gelegenheit zu sein, nach Rom zu kommen. Außerdem hatte ich für ausgleichende Gerechtigkeit durchaus einen Sinn.

Da die Gräfin gerade in München war, wurde ein Treffen in der Hotelhalle des Bayerischen Hofs vereinbart. Ich zog mein grünes Lodenkostüm an, das mir bei meinen diversen Prüfungen immer gute Dienste geleistet und den Rücken gestärkt hatte. Die Gräfin begrüßte mich mit der gelassenen Freundlichkeit, die in ihren Kreisen üblich war. Diese konnte erfahrungsgemäß leicht in gemessene Herzlichkeit übergehen, aber auch in nervöse Aggressivität umschlagen. Unauffällig gemusterter, enger Rock aus Stoff von bester Qualität, Twinset und Perlenkette, sorgfältig gebürstetes Haar mit einem Hauch von Dauerwelle, schwarze Schuhe mit maßvoll hohen Absätzen. Ich wußte sofort Bescheid und hatte auch die erforderliche Mimik, Haltung, Gestik und Tonlage parat. Es war alles noch in meinem Fundus vorhanden, wenn auch ein wenig angestaubt. Ich würde mit der Gräfin sicher gut auskommen.

Sie kam gleich zur Sache. Ihr Mann, ein höherer Offizier der Wehrmacht, selbstverständlich nicht der SS, war im Krieg gefallen. Sie hatte noch einmal geheiratet, einen italienischen Geschäftsmann, mit dem sie in Rom lebte. Ihre Tochter Karin aus erster Ehe sollte wieder eine deutsche Schule besuchen. Ob ich sie darauf vorbereiten könnte? Der Zeitpunkt erwies sich für mich als günstig. Wenn ich das Wintersemester vorzeitig abschloß, stand mir die Zeit von Ende Januar bis Anfang April für den Aufenthalt zur Verfügung. Etwas Geld mußte ich ohnehin in der Zeit verdienen. Die Bahnfahrt sollte mir bezahlt werden. Ich sagte zu.

Es war zweifellos ein Wagnis. Zum ersten Mal würde ich mich so weit und so lange von zu Hause fortbegeben. Aber schließlich wollte ich endlich mal raus und etwas von der Welt sehen. Und wenn ein Rückgriff auf meine meist zwiespältig erlebte adlige Herkunft mir plötzlich die Tore von Rom öffnete, dann sollte es mir nur recht sein.

Die lange Zugfahrt, die erst in Rom Stazione Termini enden würde, machte mir so recht bewußt, daß ich diesmal wirklich in die Ferne reiste. Bisher war ich nicht weiter als bis nach Augsburg und Ulm gekommen. Die noch einigermaßen vertrauten, schneebedeckten Landschaftszüge der Alpen blieben hinter mir. Der Zug tauchte in den Dunst der Po-Ebene ein, bis es immer lichter wurde, als ob eine Erscheinung sich ankündigen wollte. Die Schienen summten eine Melodie voller Erwartung, und die Gleisschwellen klopften den erregenden Rhythmus dazu. Meine Mutter hatte mir mitten im bayerischen Winter »in weiser Voraussicht« für diese Reise ein Frühjahrskostüm gekauft: einen engen Rock und eine taillierte kurze Jacke, die ich allerdings um die Brust nicht ganz ausfüllte. Beides aus weiß-grau gesprenkeltem Stoff. Ich fühlte mich gut gerüstet für meinen Aufenthalt in der Fremde.

Ich wurde abgeholt und kam in die elegante Stadtwohnung einer wohlhabenden Familie. Zwei Dienstboten besorgten den Haushalt. Für mich war es höchst ungewohnt, daß jemand anderes mein Bett machte, meine Blusen bügelte und mich bei Tisch bediente. Aber ich hatte hier höhere Aufgaben zu erfüllen. Die Arbeit mit meiner nur wenige Jahre jüngeren Schülerin verlief gut. Der Vormittag war dem Unterricht gewidmet. Nachmittags hatte ich frei. So war es vereinbart worden. Mein Begehren, nach dem Mittagessen gleich zur Besichtigung Roms loszuziehen und sogar die Siesta ausfallen zu lassen, stieß auf den Widerstand des Hausherrn, der als stattlich ergrauter *pater familias* sein Recht der lückenlosen Überwachung geltend machen wollte. Karin durfte nicht einmal zur Gymnastikstunde ein paar Häuser weiter ohne Begleitung gehen. Die Bedrohung durch aufdringliche junge Männer, die nur das eine im Kopf hatten, schien allgegenwärtig zu sein. Zumindest war das die Darstellung des Hausherrn, der bei Tisch selbst nicht an anzüglichen Reden und schlüpfrigen Witzen sparte. Sein Sohn aus erster Ehe durfte selbstverständlich allein außer Haus gehen. Mit einer Entschiedenheit, die mich selbst verwunderte, machte ich klar, daß meine Interessen woanders lagen, klemmte den Baedeker meines Vaters unter den Arm und zog los.

Von dem Augenblick an, als ich aus dem Haus trat, ergriff mich eine freudige Verwunderung, die während des ganzen Spaziergangs anhielt und immer wieder zu Begeisterung aufschäumte. Es herrschte eine vorfrühlingshaft sanfte Frische, die durchzogen war von dem Versprechen auf Wärme. Eine selbstverständliche Helligkeit lag auf allem, auf den gelben und ockerfarbenen Häuserfassaden, auf den prächtigen Türen und Portalen, auf den über hohe Gartenmauern ragenden Oleanderbäumen und Palmen.

Das Licht hatte eine andere Qualität als in München oder am Tegernsee. Es verbreitete eine Freudigkeit, die keiner Begründung bedurfte. Durch einige Gassen und Straßen folgte ich meinem Stadtplan zum nahegelegenen Park. *Villa Borghese* – das war der Park und nicht etwa die in ihm gelegene Prachtvilla mit Freitreppe und Terrasse. Es gab andere Parks auf meinem Stadtplan: *Villa Corsini*, *Villa Barberini*, *Villa Bonaparte*. Auf die häufige Verwechslung des italienischen Begriffs *Villa* mit dem deutschen hatte mich die Gräfin aufmerksam gemacht. Der Park mit seiner malerischen Anordnung von Nachbildungen antiker Tempel und Ruinen inmitten von gepflegten Grünflächen und Gruppen von Pinien deutete mit seinen schönen Attrappen nur an, was sich mir später in seiner ganzen Fülle entfalten sollte.

Ein Weg führte mich durch einen Torbogen direkt auf den *Monte Pincio*, wo seinerzeit Goethe sich endlich in Rom angekommen fühlte. Auf der Promenade flanierten dunkelhaarige Menschen mit einer lebhaften Gestik und Mimik. Sie redeten laut in einer wohlklingenden Sprache und schienen das Leben mit einer Selbstverständlichkeit zu genießen, wie ich es in Deutschland nie gesehen hatte. Ich lehnte mich an die Steinbrüstung und blickte auf Rom hinunter. Eine Stadtlandschaft lag vor mir, mit zahlreichen Erhebungen kleinerer und größerer Kuppeln, energisch von einigen markanten Straßenlinien durchzogen und von einem großzügig geschwungenen Flußband geteilt. Die Kuppeln zeigten ihr Profil im schrägen Abendlicht, allein oder im Chor zur Verherrlichung Roms. Dort geradeaus in einiger Entfernung, das mußte die Kuppel des Petersdoms sein, hellgrau, fein gerippt und unanfechtbar wohlgeformt. Sie war die edelste. Mein Blick glitt von Kuppel zu Kuppel: schlanke und gedrungene, bescheiden hingeduckte und großspurige Platzhalter. Schließlich kam mein Blick zur Ruhe bei den etwas grobschlächtigen Zwillingskuppeln an der *Piazza del Popolo* unmittelbar unter mir.

Und wieder ging mein Blick in die Ferne, tauchte ein ins goldene Abendlicht, das sich nicht genugtun konnte im Umschmeicheln der Umrisse von Kuppeln und Dächern und Pinien. Ich war in Rom. Und mit mir waren Flori und Katharina, und sich im Hintergrund haltend auch mein Vater. Sie waren da mit der Gegenwärtigkeit innerer Bilder und gelebter Gefühle: die verhaltenen, die unerwiderten, die versäumten und die nachträglichen, die vielen einsamen und die wenigen geteilten Gefühle. Sie gingen nun fast schmerzfrei und befreiend zeitenthoben in die Begeisterung ein, die ich Rom verdankte. Ich hätte ewig dort stehen mögen. Aber das goldene Abendlicht versank in der Dämmerung, und ich sollte zum Abendessen zurück sein.

Da ich offensichtlich pünktlich und unbeschadet zurückgekehrt war, wurde mein Besichtigungseifer von nun an wohlwollend belächelt und gelegentlich mit Ratschlägen begleitet. Sie betrafen die öffentlichen Verkehrsmittel und die allbekannten Sehenswürdigkeiten wie den Petersdom und die Spanische Treppe. Mein Baedeker gab unendlich viel mehr her. Ich erarbeitete mir das Forum Romanum Ruine für Ruine. Ich begriff, von der unmittelbaren Anschauung geleitet, wie der Grundriß der römischen Markthallen in der christlichen Basilika wiederkehrte, wie dort antike Säulen ihre Auferstehung feierten, wie die Gewölbe römischer Thermen den Kuppelbau der Renaissance und des Barock inspiriert hatten und ein künstlerisches Selbstbewußtsein in verschiedenen Epochen seine architektonischen Triumphe erneuerte.

Nach einiger Zeit gelang es mir, den Hausherrn davon zu überzeugen, daß auch ein abendlicher Ausflug in die Stadt ungefährlich sei, wobei die Gräfin mich unterstützte. Das strenge Regiment des *pater familias* schien ihr selbst lästig zu sein. Meine Begegnungen mit »bösen Buben«, wie ich männliche Verfolger seit meiner Kindheitserfahrungen nannte, waren völlig harmlos geblieben. Für diese jungen Italiener, manche von ihnen mit klassischem Profil und gelocktem Haar, war es ein heiteres Spiel mit dem anderen Geschlecht ohne jede Aggression. Es wurde sofort mit einer charmanten Verabschiedung abgebrochen, wenn ich freundlich zu verstehen gab, daß ich mit meiner Betrachtung römischer Kunstwerke vollauf beschäftigt und zufrieden war. Dann erhob ich meinen Baedeker zu einem freundlichen Abschiedsgruß.

So war ich manchmal nach Einbruch der Dunkelheit unterwegs, um die Festlichkeit der nächtlich beleuchteten Brunnen zu erleben. Das Licht der Scheinwerfer flimmerte durch die Wellen und warf einen flackernden Schein auf die kraftvollen Brunnenfiguren. Ein zauberhaftes Verwirrspiel von Hell und Dunkel wurde in Szene gesetzt. In den einmal wöchentlich auch abends geöffneten Museen verlieh eine sorgfältige Lichtregie den antiken Skulpturen zusätzliche Bedeutsamkeit und ließ sie eindrucksvolle Schatten werfen. Die Plastizität der Figuren, die in der Bewegung eines Diskuswerfers, in der Geste eines Apollo oder einfach nur im Stehen einer Vestalin festgehalten worden waren, trat deutlich hervor. Der Faltenwurf eines Gewandes gewann an Kontur und Ausdruckskraft.

Zu manchen Skulpturen kehrte ich mehrfach zurück. Immer wieder zog mich der etruskische *Apollo von Veji* mit seinem archaischen Lächeln von wissender Versonnenheit um Mund und Augen an. Hinter manchen Portraits römischer Männer und Frauen schien ein erfahrungsreiches Leben zu stehen, zu dem man sich Geschichten ausdenken konnte. Im Relief einer tanzenden Mänade, in ihrer Wildheit ganz auf sich selbst bezogen, las ich eine Legitimation des Ausdruckstanzes meiner Mutter aus einer langen Tradition. Ich begriff, warum ihre Auftritte mich so bewegt hatten. Das Gesicht einer schlafenden Eumenide, von ihrer rächenden Raserei erschöpft, erschien mir wie der Ausdruck einer befristeten Erlösung, für immer auf einer Steinplatte festgehalten.

Über zwei Monate lang war Rom mir immer wieder neu und aufregend, aber niemals fremd. Und die Stadt war unerschöpflich. Das Wetter wurde immer frühlingshafter, und ich war fast täglich unterwegs, genoß die ästhetische Überzeugungskraft der Fassaden, tauchte ein in das Halbdunkel einer großen Kirche voller Kunstschätze oder wanderte zwischen den Exponaten eines Museums umher. Deckengemälde und Mosaiken holte ich mir mit Hilfe des Opernglases meiner Großmutter in die Intimität der Nahsicht. Dabei lenkte die Lektüre von Jacob Burckhardt, Vasari und Winckelmann, von meinem Vater früher erwähnt und von Flori empfohlen, meinen Blick und mein Verständnis. Mein Studentenausweis verschaffte mir kostenlosen Zugang zu den meisten Sehenswürdigkeiten, und mein Taschengeld ging hauptsächlich in Kunstpostkarten auf. Zu dieser Jahreszeit gab es nur wenige Touristen. Sie wurden erst zu Ostern erwartet. Jetzt hatte ich die Stadt für mich allein.

Meiner italienischen Gastfamilie zählte ich täglich die besuchten Sehenswürdigkeiten bereitwillig auf, schwieg allerdings über ihre Bedeutung für mich, die ich in mein Tagebuch notierte. Meine Kunsterlebnisse waren *eine* Welt, mein Unterricht und mein Umgang mit den Bewohnern der noblen Stadtwohnung eine andere. Ein Weg, mir letztere zugänglich zu machen, war das Lernen von italienischen Wörtern und Redewendungen aus einem Taschenbuch, das mir auch die Grundregeln der Grammatik erklärte. So konnte ich bei Tisch bald das eine oder andere verstehen und selbst mit einigen alltäglichen Bemerkungen aufwarten, die mir ein lobendes »brava« einbrachten.

Die Nachahmung der klangvollen Aussprache und der expressiven Satzmelodien fiel mir nicht schwer, und das Theatralische der sprachlichen Darbietung im Italienischen ermöglichte mir eine angenehm spielerische Leichtigkeit im Umgang mit der Familie, der nur gelegentlich in deutsch geführten Gesprächen mit der Gräfin etwas mehr Tiefgang erreichte. Zu meinem Wohlbefinden trug nicht unerheblich bei, daß ich mich genußreich satt essen konnte. Allein die Vorspeisen aus Teigwaren in den unterschiedlichsten Formen und Geschmacksrichtungen waren fast schon eine Hauptmahlzeit. Fein gewürzte Fleisch- und Fischsorten mit bunten Gemüsearrangements bildeten den Höhepunkt, an dem ich bereits über den Hunger hinaus aß. Trotzdem konnte ich mir die Süßspeisen nicht versagen. Die Folgen bekam ich bald durch ein gespanntes Verhältnis zu meinem neuen Kostüm zu spüren.

Die Gräfin achtete darauf, daß ich öfters an Unternehmungen der Familie beteiligt wurde. So besuchten wir regelmäßig die Sonntagsmesse in der *Santa Maria dell'Anima*, der Nationalkirche der Deutschen. Dabei war ich dazu angehalten, der italienischen Sitte folgend in der Kirche ein kleines Spitzentuch als Kopfbedeckung zu tragen, ein weibliches Requisit, das nicht recht zu mir passen wollte. Es herrschte eine unauffällige Eleganz in dunkler Farbgebung und zeremonieller Steifheit. Meist trafen wir dort den Schwager der Gräfin, Rudi Graf Strachwitz, Botschafter am Vatikan, mit seiner Frau, der Tochter von Graham Greene. Beide waren von hochgewachsener, eleganter Schlankheit. Ihre Bildung war ihnen ins Gesicht geschrieben, ohne daß sie eine leidenschaftliche Prägung hinterlassen hatte, wie etwa bei meinem Vater. Das Ehepaar bildete für mich den Hauptanreiz dieser sonntäglichen Kirchenbesuche. Denn es stellte sich bald heraus, daß sie kenntnisreich und mit lebhaftem Interesse über die römischen Kunstdenkmäler reden konnten und zudem musikinteressiert waren.

»Morgen sind wir bei den Metternichs zum Tee«, kündigte die Gräfin eines Tages an. »Ihr werdet Tee-Komtessen sein.« Das klang beeindruckend vornehm. Karin klärte mich auf, daß es üblich sei, den jüngeren Töchtern das Einschenken des Tees und das Herumreichen des Gebäcks zu übertragen. Mich erfüllte diese Aussicht mit leichter Sorge. Während meiner Küchenmädchenzeit war ich manchmal aushilfsweise dazu eingesetzt worden, ein Frühstückstablett aufs Zimmer zu tragen, und hatte Ängste ausgestanden, etwas zu verschütten. Die Ausrede anderer, vordringlicherer Arbeiten stand mir hier leider nicht zur Verfügung.

Die silbernen Teekannen warteten in Reih und Glied auf einem Beistelltisch. Im Wechsel mit einigen anderen Mädchen meines Alters ging ich von Tisch zu Tisch und ließ vorsichtig den Tee aus dem elegant geschwungenen Spund der Kanne in Tassen fließen, die mir mit Untertasse entgegengehalten oder durch eine leichte Neigung zur Seite zugänglich gemacht wurden. Dabei achtete ich sorgfältig darauf, daß ich mit zurückhaltender Entschiedenheit eingoß. Wenn der Strahl nur zögernd herauskam, dann war die Gefahr des Kleckerns gegeben. Ein zu heftiger Strahl konnte außer Kontrolle geraten. Wurde ich dann zusätzlich in einen wohlwollenden Wortwechsel auf Italienisch verwickelt, dann fühlte ich mich stärker gefordert als bei einer Seminarklausur.

Schließlich durften wir uns setzen und uns selbst bedienen. Erst jetzt bemerkte ich, daß alle jungen Mädchen an einem besonderen Tisch, deutlich niedriger und etwas abseits vom Geschehen, plaziert worden waren. Die Einrichtung eines »Katzentischs« war mir aus meiner Kindheit bekannt. Damit wurde die Anwesenheit von mehreren Kindern, etwa bei einem Festessen von Erwachsenen, gesellschaftlich geregelt. Ich hatte das allerdings immer als etwas erniedrigend empfunden, zumal ich schließlich schon frühzeitig den Umgang mit Erwachsenen gewohnt war und bei entsprechenden Anlässen meist zwischen meinen Eltern bei Tisch saß. Meine Großmutter hatte das Wort Katzentisch auch öfters im übertragenen Sinne benutzt, um einen Ort anzudeuten, an den man jemand höflich abschob, der nicht recht dazuzählte.

Nun saß ich also noch einmal an einem Katzentisch, zusammen mit meiner Schülerin Karin und vier anderen Mädchen. Es wurde mal deutsch, mal italienisch gesprochen. Die Anrede beim Vornamen und ein klassensolidarisches Du bildeten die Grundlage für entgegenkommend belanglose Gespräche. Themen waren Internatserfahrungen, Ferienerlebnisse an der Adria oder der französischen Riviera, Handarbeitstips und das Ausgehen mit Männern. Das wäre noch nicht so schlimm gewesen, wenn es nicht von einem mühsam disziplinierten Gekicher untermalt gewesen wäre. Eigentlich war ich immer neugierig auf fremde Lebensformen und andere Schicksale, wie sie etwa durch meinen Nachhilfeunterricht oder in der Hotelküche in meinen Gesichtskreis gekommen waren. Aber hier glaubte ich eine Ahnungslosigkeit gegenüber den Schwierigkeiten des Lebens zu spüren, die mich geradezu wütend machte. Sehnsüchtig blickte ich hinüber zum Botschafter und seiner Frau und glaubte, in ihrem lächelnden Blickkontakt etwas Komplizenhaftes zu entdecken. Aber es gab kein Entrinnen vom Katzentisch.

Plötzlich vermißte ich Katharina so schmerzlich, daß meine Augen brannten und ich in eine Einsamkeit versank, wie in einen tiefen, wasserlosen Brunnen, auf dessen Grund menschliche Stimmen nur fern und undeutlich zu hören waren. Meine standesgemäß in der linken Hand sicher auf ihrem Unterteller balancierte Teetasse geriet ins Wanken, schwappte über, und nur durch rasches Absetzen auf den Katzentisch konnte ich Schlimmeres verhindern. Zu meiner

Erleichterung forderte die Gastgeberin gerade jetzt mit Blicken zu einer erneuten Runde des Teeausschenkens auf.

Wie es mir gefallen habe, wurde ich gefragt, als wir alle in der Limousine unseres Hausherrn davonglitten. »Mille grazie, benissimo«, sagte ich. Die italienische Sprache verhalf mir zu dem nötigen emotionalen Nachdruck. Dabei log ich eigentlich nicht, denn für meinen Romaufenthalt, der nun bald zu Ende ging, war ich ihnen wirklich sehr dankbar. Zugleich schwor ich mir innerlich, mich niemals mehr an einen Katzentisch abschieben zu lassen.

In München wartete jedenfalls kein Katzentisch auf mich. Ich zehrte noch eine Weile von meinem Antikenrausch und meiner Kunstbegeisterung und besuchte eine Vorlesung über die italienische Renaissance. In der anschließenden Stipendienprüfung beeindruckte ich mit anschaulichen Darlegungen zur Kunst und Geistesgeschichte jener Zeit. Ich hatte mehr gelesen als nur die Pflichtlektüre. Die Schriften von Pico della Mirandola, in denen der Mensch zwischen Engeln und Tieren in den Mittelpunkt der Schöpfung gestellt wurde, erschienen mir als ein Schlüssel zum Verständnis des überwältigenden Einfallsreichtums dieser Epoche.

Dieses Stipendium, das ich mir auf der Grundlage meiner Abiturleistungen und mit einigem Glück erworben hatte, reichte allerdings kaum zum Leben und schon gar nicht für den nun dringend anstehenden Englandaufenthalt. Ich studierte neben deutscher auch englische Literatur, konnte zwar die Texte einigermaßen lesen, aber die Sprache nicht sprechen. Auf der Schule hatten wir nur Grammatik, Übersetzung und Diktat geübt. Unser Lehrer war an der Ostfront, aber nie in England gewesen.

Wie sollte mir nun der Sprung über den Kanal gelingen?

Wieder lag es nahe, meine Dienste anzubieten. Nachhilfestunden kamen wohl kaum in Frage. Auch verfügte ich über keinerlei Adelsverbindung nach England. Also konnte ich nur auf meine Beziehungen aus der Hotelküchenarbeit zurückgreifen und meine hauswirtschaftlichen Erfahrungen einsetzen, die zugegebenermaßen eher dilettantisch waren. Hilde, die ehemalige Volontärin in der Furtwänglerschen Hotelküche, erwies sich als hilfreich. Sie arbeitete nun in einer größeren Pension im Norden Londons, um ihre Sprachkenntnisse zu verbessern. Dort waren ausländische Arbeitskräfte willkommen. Ohne genau zu wissen, was mich erwarten würde, sagte ich zu und schrieb mich gleichzeitig für einen akademisch anspruchsvollen Sprachkurs ein. Wieder stand ein Ortswechsel bevor. Aber während dies in meiner Kindheit immer von einer Fluchtbewegung bestimmt gewesen war – »wir müssen hier weg« –, ging ich jetzt freiwillig in eine vielversprechende Ungewißheit.

Die Zugfahrt dritter Klasse von München nach Ostende dauerte eine lange Nacht, die ich zusammengerollt auf einer hölzernen Sitzbank mal schlafend, mal wachend verbrachte. Am Morgen folgte ich dem Troß der Reisenden über einen endlos langen Quai zum Schiff und trug schwer an meinem übervollen Koffer. Ich hätte auf Bücher verzichten sollen!

Über dem Kanal trieb ein Herbststurm Wellenberge vor sich her. Das Fährschiff hob und senkte sich seitwärts und zugleich nach vorne oder hinten in einem gemächlichen, aber unerschütterlichen Gleichmaß. Die Überfahrt sollte vier Stunden dauern. Mir war geraten worden, an der frischen Luft zu bleiben, um nicht seekrank zu werden. So kämpfte ich mich unsicher schwankend bis zur Reeling vor, hielt mich dort fest und gab mich der Bewegung des Schiffs wie in einer riesigen Schiffschaukel hin. Es funktionierte. Das Auf- und Niedersteigen des Fährschiffes wurde mir so vertraut, daß ich die heranrollenden Meereswogen fast genießen konnte. Der Wind blies mir salzig ins Gesicht. Außer bewegtem Wasser war nichts zu sehen. Einen Anflug von Übelkeit hatte ich erst, als ich zum Aufwärmen unter Deck ging und auf Erbrochenem fast ausrutschte.

Als die weißen Klippen von Dover in Sicht kamen, war ich stolz darauf, meine erste Fahrt übers Meer besser überstanden zu haben, als es meiner Großmutter je gelungen wäre, die bereits beim Anblick eines Schiffes seekrank zu werden drohte. Vor allem aber markierte diese weiß aufleuchtende Horizontlinie für mich eine Stelle, wo Bisheriges in Neues übergehen sollte. Der Wind ließ nach, das Schiff stampfte unangefochten auf die Küste zu. Während die weiße Horizontlinie sich zu Klippen auswuchs, erfaßten mich die gewohnten Ängste vor Veränderung. Gleichzeitig stieg in mir die prickelnde Bereitschaft auf, das Unbekannte zu erkunden, baute ich darauf, daß die anfängliche Beklommenheit bald in Begeisterung für die tatsächliche Erfahrung umschlagen würde.

Den ersten Schritt auf die Insel vollzog ich über eine schmale, schwankende Gangway, meinen Koffer fest im Griff. Mit der Masse vorwärtsdrängender Passagiere trieb ich in den Bahnhof. Der frische, salzige Meeresgeruch schlug um in eine aufregende Mischung aus scharfen Reinigungsmitteln und erkaltetem Kohlerauch, in die ab und zu eine Schwade von gebratenem Schinken einfloß. Das war also England. Ein Zug, dessen Abteiltüren nach außen geklappt offen standen, erstreckte sich am Bahnsteig bis zum Ende der Halle und füllte sich rasch. Die Dampflok schnaubte startbereit. Und schon glitten wir durch eine Landschaft, die der Vorstellung von einem englischen Park alle Ehre machte. Sanfte Wiesenschwünge, mächtige Bäume und Baumgruppen nahm ich in einem Zustand überreizter Halbwachheit schemenhaft wahr, dämmerte zeitweise weg.

Aus dem Stadtplan wußte ich, daß London über verschiedene Bahnhöfe verfügte und daß meiner Victoria Station hieß. Hilde hatte versprochen, mich abzuholen. Im Gewühl der Aussteigenden hoffte ich inständig, daß sie da sein würde, und fand sie endlich am Ende des Bahnsteiges hinter der Fahrkartenkontrolle. Für die Weiterfahrt per U-Bahn überließ ich mich müde und verwirrt ihrer Führung. Das Hinabgleiten auf Rolltreppen in eine dumpf heiße Unterwelt, die voranhastenden Menschen, das Heranrasen der Zugschlange aus dem Tunnel, das eilige Öffnen und Schließen der vollautomatischen Türen, das Tempo der Fahrt – ich ließ es einfach über mich ergehen. Schließlich tauchten wir an der Station Belsize Park wieder an die Erdoberfläche auf und gingen noch ein Stück zwischen Häuserreihen mit schmalen Vorgärten und breiten Erkerfenstern zu unserem Ziel. Ich wollte endlich ankommen.

Drei massive, zweistöckige Häuser, deren dunkelrote Ziegelfassaden durch hohe Fenster, Simse und Erker gegliedert waren, gehörten unserer »Chefin«, wie Hilde sich ausdrückte. »Sie hat Haare auf den Zähnen, ist aber ganz in Ordnung«, bereitete Hilde mich vor. Sie brachte mich erst einmal über eine schmale Außentreppe hinunter ins *basement*, das Tiefparterre, wo sich das Zimmer befand, das ich mit ihr teilen sollte. Auf Augenhöhe mit dem Straßenniveau blickte man an Mülltonnen vorbei durch die schwarzlackierten Gußeisenstäbe einer altmodischen Gitterumzäunung ins Freie. Gerade ging ein Regenschauer nieder. England hielt, was die Lehrbücher versprochen hatten. Regentropfen perlten an den glänzenden Gitterstäben herab. Mitten am Nachmittag brannte Licht in dem schmalen, spärlich eingerichteten Raum, der für die nächsten zwei Monate meine Bleibe sein würde. Der abgestandene Geruch von gebratenem Schinken und angebranntem Toast mit einer Beimischung dieses Putzmittels, das hier allgegenwärtig erschien, drang vom Flur herein.

Ich setzte mich auf eines der schmalen Betten. Hilde entzündete den Flammenring eines winzigen Gaskochers, stellte einen verbeulten Wasserkessel darauf und hatte im Nu zwei Becher Tee mit viel Milch und Zucker fertig. Groß und schlank saß sie etwas vorgebeugt auf ihrem Bett mir gegenüber, wärmte ihre Hände an dem heißen Becher, sah hübsch aus und blickte kompetent drein. »Hier unten wohnt das Personal, befinden sich Küche und Wäscherei etc. Später zeige ich dir alles. Jetzt habe ich Dienst. Du kannst Dich erst mal ausruhen. Um fünf Uhr will Mrs. Glücksmann dich sehen.«

Mrs. Glücksmann war eine große, massige Frau. Alles in ihrem Gesicht war leicht überdimensioniert und fügte sich zusammen zu einem Ausdruck von Entschiedenheit und Strenge. Die ergrauten Spirallocken ihres dichten Haars schienen sich trotz des kurzen Haarschnitts kaum bändigen zu lassen. Der Fußboden erzitterte unter ihren Schritten. »Ein Dragoner«, hätte meine Großmutter gesagt. Als Chefin residierte sie im Hochparterre in zwei großen, ineinander übergehenden Räumen, vollgestellt mit alten Mahagonimöbeln. In einer Ecke dominierte ein großes Divanbett mit vielen darüber verstreuten Kissen.

Mrs. Glücksmann sprach Englisch mit einem so unbekümmert deutschen Akzent, wie ich es noch nie gehört hatte. Es klang, als ob die englischen Worte mit einer deutschen Melodie unterlegt wären, was für mich einen geradezu parodistischen Effekt hatte, ähnlich dem Schwyzerdütsch. Ich bemerkte bald, das dieser Klang in unserem Londoner Viertel überall in der Luft lag, an jeder Ecke, in jedem Laden zu hören war. Und ich begriff, daß diese Sprechweise nicht die Harmlosigkeit des Schwyzerdütsch hatte, sondern die brisante Spannung deutsch-jüdischer Emigrantenschicksale enthielt.

Mrs. Glücksmann begegnete mir mit einem gewissen Mißtrauen und teilte mich zu niederen Hilfsarbeiten ein, während Hilde eine Art Oberaufsicht über Personal und Einkauf hatte, allerdings täglich zum Rapport mußte und im Grunde keinerlei Handlungsfreiheit besaß. Sobald sich eine Gelegenheit ergab, ließ ich durchblicken, daß mein Vater unter den Nazis politisch verfolgt worden war. So kam ich ins Gespräch mit Mrs. Glücksmann. Sie setzte mich nun öfters für ihre persönlichen Belange ein oder »lieh mich aus« an ihre Tochter, um deren kleinen Sohn zu betreuen. Dabei konnte ich auf meine Erfahrung mit meinem jüngeren Bruder zurückgreifen. So avancierte ich zur Nanny, kam ins benachbarte Viertel Hampstead und genoß das Privileg, mit dem Kleinen in einem weitläufigen, hügeligen Parkgelände, der Hampstead Heath, spazierengehen zu dürfen. Gelegentlich kam ich mit einer Mutter oder einem Kindermädchen ins Gespräch und lernte dabei das Vokabular im Umkreis von Windeln und Nachttopf kennen, wo ich doch eigentlich mit Kindern so gar nichts im Sinn hatte! Schließlich entdeckte Mrs. Glücksmann auch meine Einsetzbarkeit als Gesellschafterin. Sie konnte oft nicht einschlafen und ließ mich abends an ihr Bett holen, um sie zu unterhalten.

Da saß ich dann in einem tiefen Sessel neben ihrem hohen Bett, müde nach einem Tag vollgepackt mit Arbeit und dem Besuch des Sprachkurses, und versuchte Konversation zu machen. Aber das reichte nicht. Mrs. Glücksmann wollte meine Lebensgeschichte hören, wollte etwas über das heutige Deutschland erfahren, das sie 1934 mit ihrem Mann verlassen hatte, wollte über englische Romane reden, die ich nicht kannte. Mit einem rosa geblümten und vielfach gerüschten Nachtgewand bekleidet, thronte sie in ungebändigter Fülligkeit auf ihrem Divanbett, gegen einen Berg von Kissen gelehnt, eine seidene Steppdecke über ihren angezogenen Knien, und begleitete unsere Gespräche mit aufmerksamem Blick und unruhigen Kopfbewegungen. Sie hatte etwas von einem mächtigen Walroß, das auf einer flachen Klippe lagert.

Wenn ich zu diesen nächtlichen Séancen aus dem feuchten *basement* hinauf in die gut geheizte Beletage stieg, dann dachte ich manchmal, daß mein erster Englandaufenthalt abenteuerlich skurrile Seiten hatte, die zwar nicht unbedingt studienfördernd, aber doch ganz spannend waren. Mrs. Glücksmann erzählte mit Witz und Ironie über ihre Existenzgründung in England, wie sie sich erst einmal als Tellerwäscherin durchschlagen mußte, von der Pike auf gelernt hatte, wie man einen Hotelbetrieb führt. »In England you don't always need certificates, you just pick it up on your way.« Das war ihre Chance. Ihr Mann kam in einer größeren Firma unter. Bald konnten sie sich schon das erste Kind leisten. Die Sprache habe sie rasch gelernt, denn Deutsch reden wollte sie nie mehr. »Why didn't your parents leave Germany?« fragte sie mich einmal. Ich wußte keine Antwort darauf, konnte mir aber nicht vorstellen, wie meine Eltern in London zurechtgekommen wären. Mit modernem Ausdruckstanz und philosophischen Schriften hätten wir kaum finanziell überlebt. Außerdem hätten wir als Nichtjuden hier wohl schwerer Fuß fassen können.

Eine besondere Note erhielten die Abende durch den

feinen Duft von Cognac, den sie vor allem für sich selbst bereithielt, wobei sie aber auch mich auf den Geschmack kommen ließ. Ich mußte allerdings aufpassen, daß ich nicht zu viel trank, denn ich war gezwungen, mich in einer mir immer noch fremden Sprache auszudrücken, hantierte mit den im Kurs gelernten Vokabeln und Redewendungen, begann aber allmählich auch auf Englisch zu denken. Nur meine Aussprache hätte eines besseren Vorbilds bedurft. Immerhin korrigierte Mrs. Glücksmann meine Grammatikfehler, und wenn ich nach Worten suchte, half sie aus. Stoff zum Geschichtenerzählen hatte ich genug, ohne daß ich allzu Persönliches preisgeben mußte. Nach und nach kamen alle dran: die verrückte Großmutter und ihre Schuld am Verlust der Villa am Tegernsee, die Mutter auf Tanztournee an der Ostfront und der schreibende Vater auf dem grünen Sofa, wie das Hitlerbild dem Portraitfoto meiner Mutter weichen mußte, das Mäuseballett auf der Schanz und die Katzengräfin, mein Aufstieg von der Dorfschule ins Gymnasium, die erzwungenen Familientreffen in der orthodoxen Grabkapelle, mein Olymp im vierten Stock eines Miethauses in Schwabing, der Auszug zu Tante Ama und meine Tätigkeit als Gouvernante in Rom.

Auf Englisch klang das alles etwas merkwürdig und losgelöst von mir. Zugleich half mir diese sprachliche Distanz zu meiner Lebensgeschichte, die Rolle der Unterhalterin unbeschwert zu übernehmen. Dabei hatte ich eine aufmerksame Zuhörerin, die manchmal zustimmend meine Hand ergriff, mich ihre Scheherazade nannte, mich gar bei der Verabschiedung in einer Umarmung an sich zog und an ihren berüschten Busen drückte. Das fand ich dann doch etwas übertrieben. Schließlich war ich ihre Angestellte.

Manchmal kam ich erst nach Mitternacht in mein Bett.

Dann mußte ich an unsere Zimmertür klopfen, denn Hilde nutzte meine Abwesenheit dazu, mit ihrem *boyfriend* allein zu sein. Jim war der erste Schwarze, den ich persönlich kennenlernte. Die »Neger« in der amerikanischen Besatzungstruppe hatten wir als Kinder wie exotische Erscheinungen bestaunt. In unserem Alltagsleben kamen sie nicht vor. Jim war ein großer, schlanker Mann, tiefschwarz von Kopf bis Fuß, die Fremdheit in Person. Dabei warfen seine Heiterkeit und sein Lachen einen hellen Schein über ihn und stellten eine momentane Unmittelbarkeit her, einfach so. Er kam aus Nigeria, studierte Maschinenbau und bewohnte in der Nähe ein winziges Zimmer, wo er zu keiner Tages- oder Nachtzeit Damenbesuch empfangen durfte. So kam er über die Außentreppe ins *basement* zu Hilde, vermutlich ohne von Mrs. Glücksmann bemerkt zu werden. Seit ich das Zimmer mit Hilde teilte, gab es Absprachen über meine geregelte Abwesenheit zu den Sprachkursen oder in der Beletage.

Trotzdem kam es zu ungeplanten Begegnungen. Einmal wurde auf mein Anklopfen nicht reagiert, und ich traf auf ein wildes Getümmel in Hildes Bett. Der Farbkontrast zwischen den beiden ineinander verschlungenen nackten Körpern gab dem für mich ohnehin ungewohnten Anblick eine besondere Kontur. Hastig schloß ich die Tür wieder, zog mich mit einer Zeitung in die Waschküche zurück und wartete, bis Hilde mich abholte. Sie erzählte, wie gut Jim im Bett sei, daß sie natürlich vorsichtig seien, denn schließlich könne sie nicht mit einem farbigen Kind nach Deutschland zurückgehen. So erweiterte ich mein eher theoretisches Wissen über das, was die Engländer recht pragmatisch *the facts of life* nennen. Dazu gehörte auch, daß Hilde mich mit einem anzüglichen Lächeln vor Mrs. Glücksmanns Annäherungsversuchen warnte, was bei mir zunächst ahnungsloses Unverständnis und dann vage Ängste auslöste.

In unserem *guesthouse* wohnten viele junge Leute, die für kurze Zeit irgendeine Ausbildung in nahegelegenen Teilen Londons absolvierten, und einige ältere mit einem Forschungsvorhaben. Wenn ich morgens vor meinem Kurs das Geschirr im Frühstücksraum abräumte, dann waren alle im Aufbruch begriffen. Drei oder vier agile Japaner in einheitlich dunkelblauen Anzügen eilten fort. Eine Inderin in ihrem phantasievoll drapierten Sari schritt gemessenen Schrittes hinaus. Afrikaner unterschiedlicher Herkunft und Farbschattierung standen schwatzend herum. Einige trugen buntgewebte Nationalkleidung, andere Pullover und Hose. Aus europäischen Ländern kamen vor allem junge Frauen, von denen ich einige im Sprachkurs wiedertraf. Ein älterer Professor aus Kanada mit Vollbart und Hornbrille las sämtliche Zeitungen, die im Frühstücksraum herumlagen, bevor er das Haus verließ. Eine ziemlich aufgedonnerte Amerikanerin, die Bibliotheken besuchte, hinterließ nach jedem Auftreten eine penetrante Parfümwolke.

Dieses bunte Völkergemisch, das ich, wenngleich weniger konzentriert, auch auf den Straßen antraf, gab mir das Hochgefühl, in einer Weltstadt zu leben, an einer Internationalität teilzuhaben, die in alle Richtungen über den Globus verwies und ein diffuses Freiheitsangebot enthielt. Begierig las ich in den großen englischen Tageszeitungen die Auslandsberichte, die einen viel größeren Raum einnahmen als in der deutschen Presse. Auch wenn ich vieles in der anspielungsreichen englischen Zeitungssprache nicht verstand, so pickte ich doch einzelne Informationen über dieses oder jenes fremde Land heraus. Vor allem aber zählte für mich das Flair kosmopolitischer Teilhabe.

Die Sprachschule, zu der ich mittags mit der U-Bahn nach Tottenham Court Road fuhr, wurde naturgemäß von Ausländern besucht. Hier erwies sich die Internationalität als Nachteil. Denn ein lupenreines Englisch hörte ich nur von den Lehrern, insbesondere, wenn ein Gastdozent aus einem Universitätscollege eine Literaturvorlesung gab. Ich hätte gerne eine englische Universität besucht, aber dazu fehlte mir das Geld. Immerhin lernte ich literarische Klassiker in Auszügen kennen und deren Sprache vom gesprochenen Englisch zu unterscheiden.

In den ersten Tagen hatte ich bei Mrs. Glücksmann einen unfreiwilligen Lacherfolg, als ich von einem Streifzug durch einige Warenhäuser in Oxford Street mit einem für meine Verhältnisse eigentlich viel zu teuren Schafwollpullover zurückkam und stolz berichtete: »I have been seduced in Selfridge's«, nicht ahnend, daß die englische Sprache zwischen sexuellen und den übrigen Verführungen (*temptations*) unterscheidet. Überhaupt, der Vokabelreichtum dieser Sprache, der den Ausdruck so vieler sozialer und kultureller Nuancen erlaubte! Je länger man lernte, desto schwieriger wurde es.

Im Unterrichtsraum etablierte sich im Laufe der ersten Woche eine lockere Sitzordnung. Ein junger Mann hatte sich gleich zu Anfang neben mich gesetzt und mich angesprochen: »Nice day today. Where do you come from?« Das war die englische Art, auf unaufdringliche Weise freundlich zu sein. Mit echoähnlicher Promptheit bestätigte ich das angenehme Wetter, gab mich als Deutsche zu erkennen und stellte ebenfalls die Frage nach seinem Herkunftsland. Mein Banknachbar gab sich englisch und wirkte doch auf eine reizvolle Weise fremdländisch. Die Bräune seiner Hautfarbe entsprach fast der eines alpenländischen Bergsteigers oder Skifahrers, war allerdings von angeborener Gleichmäßigkeit. Mit seinen schwarzen Locken und den klar modellierten Gesichtszügen konnte er vielleicht als Südtiroler durchgehen. Dem widersprachen seine aufgeworfenen Lippen und die Lebhaftigkeit seiner Mimik und Gestik. Er wirkte heiter und unkompliziert. Warum sind die Deutschen oft so mißmutig, ging es mir durch den Kopf. Es stellte sich heraus, daß der Mann aus Trinidad kam. Das mußte ich erst einmal in der ›Encyclopaedia Britannica‹ von Mrs. Glücksmann nachschlagen.

Breitschultrig und muskulös saß er neben mir, über sein Übungsheft gebeugt, die Beine lässig unter dem Tisch ausgestreckt. Seine aufgekrempelten Hemdsärmel gaben die Unterarme frei. Ihre kraftvolle Schlankheit wurde von dunklen Haarmustern nachgezeichnet, die sich außen an den Handgelenken zu kleinen Wirbeln verdichteten, aber vor den Händen haltmachten. So gewannen diese eine eigenständige, unmittelbare Lebendigkeit. Da waren Spannung und Gelassenheit, Zögern und Zugreifen in den breiten Handrücken und den langgestreckten Fingern. Mit selbstverständlicher Leichtigkeit hielt er den Stift in der Linken, während seine Rechte auf der Tischplatte ruhte. Zu lange sah ich hin, so daß er aufmerksam wurde und mir sein Gesicht zuwandte. Schnell beugte ich mich über meine Notizen.

Beim Hinausgehen fragte er mich, ob ich Lust hätte auf einen Tee. In dem nahegelegenen Lyons Tea Shop herrschte ein Kommen und Gehen, so daß wir trotz des Andrangs einen Platz fanden. Sofort wurde uns eine bauchige, dunkelbraune Keramikkanne mit frisch gebrühtem Tee hingestellt. Tassen und Gebäck mußte man sich selber an der Theke holen. Wir saßen uns an einem kleinen Tisch auf engstem Raum gegenüber. Nun konnten wir unsere wechselseitigen Fragen nach dem Woher und Wozu vertiefen.

Philip – man nannte sich hier einfach beim Vornamen – entwarf ein paradiesisches Bild der karibischen Inseln, erzählte von Palmen und Tabakpflanzungen, Meeresbläue und Sandstränden, von Gesang und Tanz in der Hauptstadt Port of Spain. Sein Vater war dort Lehrer. Die Zugehörigkeit zum Commonwealth machte es leicht, Philip nach London zu schicken, damit er sein Englisch verbesserte. Spanisch war seine Muttersprache. Er sollte später als Übersetzer arbeiten, aber eigentlich wollte er Künstler werden.

Philip griff in seine Jackentaschen und holte zwei Holzschnitzereien hervor, eine Madonna aus der einen und einen Elefanten aus der anderen. In seinem verhaltenen Lächeln schienen Scheu und Selbstbewußtsein miteinander zu kämpfen. Er schob meine Tasse zur Seite und stellte die Figuren vor mich hin. Ich dürfe wählen. Überrascht sah ich ihn an und traf auf einen Blick von ernster Freundlichkeit. Die Entscheidung für den Elefanten fiel mir leicht. Er schien mich mit seinem erhobenen Rüssel zu begrüßen. Das hellbraune Holz war glänzend poliert, seine Maserung gab den massiven Körperformen des Tieres die Feinheit, die man dem Gemüt eines Elefanten nachsagt. Vorsichtig, auf die fragilen Stoßzähne achtend, nahm ich die Figur auf. Sie lag angenehm in meiner Hand.

Philip schlug vor, ich solle doch mal zu ihm kommen und seine größeren Schnitzereien ansehen, die er nicht einfach in der Tasche herumtragen konnte. Außerdem könne er uns jederzeit ein Abendessen besorgen, da er in einer Hähnchenbraterei arbeite – Ben's Fried Chicken wären die besten. Wann ich abends frei hätte?

So traf es sich gut, daß Mrs. Glücksmann zur Erholung in das Seebad Eastbourne fuhr. Aber bereits am nächsten Tag rief sie an und ließ ausrichten, daß sie dringend einen wärmeren Mantel brauchte. Natascha sollte ihn bringen. Dafür bekam ich einen freien Tag und das Bahnticket. Hilde packte den schwarzen Wollmantel aus bestem Material in eine Reisetasche mit der treffenden Bezeichnung *holdall*, gab mir weitere Instruktionen und wies mich darauf hin, daß man sehr schön an der Küste über die South Downs wandern könne. Ein alter Baedeker aus dem Regal meiner Chefin lieferte mir genauere Informationen: »Etwa hundert Kilometer langer Höhenzug im Süden Englands, der streckenweise die Küste berührt. Zwischen Eastbourne und Brighton finden sich zum Meer hin eindrucksvolle Kreideklippen. Gut begehbare Wanderwege durchziehen das selten bewaldete Hügelland.« Glücklicherweise hatte ich feste Schuhe und einen Anorak mitgebracht. Der Wetterbericht versprach »scattered showers with sunny periods«.

Der Zug verließ London durch endlose Vororte, Reihen und Reihen von grauen Häusern mit ihren ewig gleichen Spitzdächern und Schornsteinen, die hingeduckten Fassaden untergliedert durch Fenster, Erker und Wasserrohre, die hier alle außen verlegt waren. Allmählich erschienen mehr Grünflächen und Bäume zwischen den Häusern, bis die Suburbia schließlich in freie Landschaft überging.

Die Gleisschwellen klopfen ihren Takt, schneller als in Deutschland. Die Offenheit der Reisebewegung zwischen hier und dort erfaßt mich. Meine Gedanken kommen in Fluß, Erinnerungen stellen sich ein: Katharina, wie sie zwischen den Karteikästen der Bibliothek steht und sagt: »Gut, daß es dich gibt.« Sie hatte auch Pläne für England gehabt. Was wäre geworden, wenn sie am Leben geblieben wäre? Was hätte sie von mir erwartet? Ein verlorengegangenes Gefühl von Vertrautheit, aber auch von Unwägbarem stellt sich ein, wird von einem Gedanken an Mrs.

Glücksmann jäh durchkreuzt. Nein, das ist etwas völlig anderes, unangenehm, bedrängend. Da denke ich lieber an meinen Banknachbarn aus dem Sprachkurs: Philip mit seiner freundlichen Fremdartigkeit, seinen schönen Händen, die Holzfiguren hervorbringen. Die Gleisschwellen klopfen voran, freudig, erwartungsvoll.

Auf dem Weg zum Hotel, in dem Mrs. Glücksmann logiert, wappne ich mich für den Widerstand, probe die Szene im Geiste. Sie ist gewiß noch beim Frühstück, läßt ein zweites Gedeck bringen, wünscht meine Begleitung zu einem Spaziergang auf der Strandpromenade. Ich sage mit aller mir zu Gebote stehenden Entschiedenheit: »Nein danke.« Ich möchte meinen freien Tag lieber allein verbringen.

Zu meiner Erleichterung verläuft alles so, wie ich es mir vorgestellt habe. Nach zehn Minuten gehe ich durch die Hotellobby wieder ins Freie, lasse die Reisetasche und Mrs. Glücksmann hinter mir. Für den Verzicht auf ein opulentes englisches Frühstück, von Kellnern serviert, entschädige ich mich durch ein *hot-dog* vom nächsten Wurststand.

Nachdem ich etwa eine Meile an Hotels und Pensionen vorüber die Promenade entlanggegangen bin, erreiche ich die Küstenlandschaft und steige den ersten Hügel hinauf, unter meinen Stiefelsohlen den manchmal hellgrauen, manchmal weißen knirschenden Kalkpfad. Die deutliche Steigung und der mit der Höhe zunehmende Gegenwind halten mich in Atem. Oben fegen die Luftmassen vom Meer her ungehindert über mich hinweg, nehmen es auf mit allem, was sich ihnen entgegenstellt, wollen mich hindern, zum nächsten Hügel vorzudringen, den in der Ferne glänzenden Wasserstreifen zu erreichen, schließlich den Horizont zu berühren. Ich versuche, meine Körperwärme unter Anorak und Mütze zu bewahren, gehe gegen den Wind an. Mein Wunsch, ans Meer zu kommen, flattert mir voraus. Meine Freude am Weitblick gibt mir Kraft. Am Himmel schiebt der Wind die Wolkenkulissen weiter und bestimmt die Lichtregie. Minutenlang feuert die Sonne mich an und läßt das Gras um mich ergrünen, während der Hügel vor mir unter einer Wolke ergraut. Der Schatten treibt auf mich zu. Gegen den Wind gebeugt durchwandere ich ihn, bis ich die Sonne wieder erreiche.

Um mich herum ist der Wind allgegenwärtig, selbst wenn er einmal am Ende einer Talmulde nachläßt, gar den Atem anhält, ein paar Meter freies Ausschreiten ohne seine spürbare Macht erlaubt. Dann lauert er mir schon wieder auf, überfällt mich in einer Senke oder umrundet einen Hügel, der mir eben noch Schutz bot. Hier wächst nichts in den Himmel.

Dicht behaarte Distelsterne krallen sich in den Boden, unerhört gelber Löwenzahn kauert stengellos zwischen zähen Flechtengewächsen. Auf der dünnen Erdschicht sucht die Grasnarbe zu bestehen im bröckelnden Kalk. In einer sonnenwarmen Nische zwischen Hang und Pfad zittern Glockenblumen an dünnen Stielen. Spärliches Gesträuch leistet knorrigen Widerstand, vereinzelte Gruppen von zwergwüchsigen Bäumen haben ihre Äste dauerhaft in die Windrichtung gebeugt. Wald ist hier nicht zu erwarten. In bedenkenloser Nacktheit geben die Hügel ihre Formen preis. Ihren Hebungen und Senkungen folgen die Kalkpfade, sie bilden weiße Nähte in einem Patchwork aus Grüntönen und vereinzeltem Braun.

Im Gleichmaß meiner Schritte lasse ich Belsize Park, das düstere *basement*, Hilde und Jim, das Warten in der Waschküche und meine Rolle als Schehezarade in der Beletage hinter mir. Ich atme scharfe, kühle Meeresluft anstelle des

Dunstes von gebratenem Schinken und Putzmitteln. Der Rhythmus des Gehens nimmt mich in Besitz, verdrängt die Erinnerung.

Nur selten begegne ich einem Menschen, viel häufiger Schafen in ihren weiträumig umzäunten Weiden. Stacheldrahtverbundene Holzpfähle machen vor mir Front. Doch hie und da gibt es einen Durchlaß: einen schmalen Holztritt zum Übersteigen, versehen mit einem Pfahl zum Festhalten, in den die Wegmarkierung eingeritzt ist. Immer wieder kreuze ich Weideflächen über diese *stiles*. Die kleinen Grenzüberschreitungen sind rasch erlernt, Zäsuren des Vorankommens. Manchmal hat man Glück und stößt auf eine jener kleinen Vierteldrehtüren aus einfachen, hüfthohen Latten, die dem schlanken Wanderer einen knappen Durchlaß gewähren und zugleich nach altem Brauch noch einen Wunsch freigeben, dem Schaf jedoch keine Chance lassen. *Wish gates*, über deren Doppelfunktion der Baedeker mich im voraus belehrt hatte. Diese Wunschgatter sind das landschaftgewordene Prinzip Hoffnung. Meine Hand sucht die Berührung mit dem wettergefurchten Holz, sucht nach Erfüllung eines Wunsches, an den zu glauben mir schwerfällt. Vielleicht gefalle ich Philip ein wenig, und er zeigt mir etwas von London. Vielleicht mag er mich sogar.

Die Schafe erwarten mich gelassen, hoppeln erst zur Seite, als ich schon vor ihnen stehe, mimen dann tölpelhaftes Erschrecken, inszenieren eine kleine Gruppenflucht, um nach ein paar Laufschritten abrupt stehenzubleiben, sich fragend umzusehen, dann mit dem Grasen fortzufahren, in ruhiger Emsigkeit die stumpfen Nasen am Boden reibend. Hie und da hebt ein Blöken an, das kurz bis zur Besessenheit anschwillt, sich ausbreitet über die weit verstreute Herde und dann wieder abebbt. Hunderte von Wolleballen stehen und liegen hangauf und hangab, die

Lämmer immer nahe den Muttertieren. Unmerklich wächst ihr Wollpanzer gegen den Wind an, weich und stark im kurzlebigen Widerstand gegen den ewigen Ansturm.

Noch ist das Meer nicht zu sehen oder zu hören, doch ich vermute es hinter dem nächsten Anstieg. Rasch atmende Erwartung trägt mich aufwärts, eine kurze Beruhigung in einer Bodenwelle, noch einmal ein Aufsteigen zur letzten Höhe, und dann liegt sie vor mir, die Küste. Tiefgrünes Gras in weiten Wogen bergab und bergauf kommt mir entgegen, zur Linken begrenzt von der Zackenlinie des scharfkantigen Abbruchs hinunter in die Steilwand des Kreidefelsens, die nur stellenweise in Einbuchtungen und Vorsprüngen sichtbar ihr vertikales Weiß gegen das horizontale Grün setzt. Die Zackenlinie des Küstenabbruchs bildet eine schroffe Grenze zwischen dem festen Land und dem nun weithin sichtbaren Meer, eine glänzende Fläche, in der Diamanten funkeln und dunkle Streifen querlaufen, Schiffe langsam vorüberziehen und Wellenmuster aufscheinen. Die Weite wird schließlich vom dunstigen Horizont aufgesogen. Näherkommen möchte ich ihr, vordringen bis zur Abbruchlinie.

Am Klippenrand über dem Abgrund wird der Untergrund trügerisch, rissig und bröckelnd, stets bereit, der lockenden Tiefe hinunter zum schäumenden Saum des Wassers nachzugeben. Ein Sog von Wahnsinn berührt mich. Bäuchlings an das nicht mehr ganz feste Land geschmiegt blicke ich hinab, ein Prickeln in den Gliedern, ein Schwachwerden in der Herzgegend, eine fürchterliche Sehnsucht im Bauch. Unten rauscht und nagt das Meer, mal leise, mal heftig, ohne Unterlaß, seines langsamen Sieges gewiß.

Mein Blick geht hinaus aufs Wasser. Wolken breiten sorglos wechselnde Schattenbilder über die Meeresfläche, grandiose Muster, wortlos in ständiger Bewegung. Sie treiben mit der Sonne ihr willkürliches Spiel im jähen Wechsel von hell jubelnder Koloratur und dunklem Verstummen. Wo die Sonne hinfällt, glänzt das Meer in seinen feinen Wellenrippen, in gedankenlosem Kräuseln der Oberfläche über kalten Tiefen. Und stetig laufen Wellenbänder auf den Küstensaum zu, brechen sich am Fels, ersticken im hin- und wieder zurückrollenden Kies oder verlaufen im Sand, immer schon von der nächsten Welle eingeholt.

Am grünweißen Abbruch zwischen Land und Meer, über dem Abgrund schwebend, versinke ich in bewegten Formen und Farben, verfalle dem Rhythmus beständiger Wiederkehr, vergehe im Wasserglanz und Meeresrauschen, vergesse den Horizont.

Möwenkreischen holt mich ein. Sie segeln, kreisen, stürzen nieder zum erdnahen Gleitflug und steigen jäh in neuen Kurven empor, zerreißen die Luft mit ihrem Schrei, kommen herab, lassen sich auf einem Pfahl nieder, stehen schwanzwippend da, flattern wieder auf, ziehen weiter, ewig hungrig, suchend, findend zwischen Land und Meer.

Nachtrag

Kurz nachdem ich das Manuskript der Erzählung über meine Kindheit und Jugend abgeschlossen hatte, traten Ereignisse ein, die ein neues Licht auf meine damaligen Erfahrungen warfen und insbesondere der Figur meines Vaters schärfere Umrisse und einen dunkleren Schlagschatten verliehen. Sie brachten für mich auch unerwartete Klärung und eine schmerzhafte Enttäuschung.

Fast hätte ich die E-Mail unter all dem Müll von Werbung und Sexangeboten übersehen, wenn nicht im Betreff der Name meines Vaters aufgetaucht wäre. Ein Professor von einer kanadischen Universität fragte an, ob ich mit Friedrich Würzbach irgendwie verwandt sei. Neugierig geworden antwortete ich ihm, ich sei die Tochter. Prompt und mit offensichtlichem Enthusiasmus reagierte Renato Cristi und skizzierte sein Forschungsprojekt. Als Professor für Philosophie und Sozialgeschichte sei er über die Schriften meines Vaters zu Nietzsche gelangt. Und nun interessiere ihn der biographische und geistesgeschichtliche Kontext, in dem Würzbachs eigenwillige Sichtweise von Nietzsche entstanden sei.

Der Vater, mit dem ich die wichtigsten Jahre meiner

Kindheit verbracht hatte, war mir vertraut. Seine Tätigkeit als Nietzsche-Forscher, seine Arbeit im Rundfunk, sein Widerstand gegen das Dritte Reich und sein Leiden unter der politischen Verfolgung erschienen mir als zugehörige Attribute, auf die ich mit einem gewissen Stolz blickte, die auch eine moralische Verpflichtung beinhalteten. Vielleicht würde der kanadische Professor neue, über die Familiensaga hinausgehende Einzelheiten herausfinden, der öffentlichen Person meines Vaters mehr Kontur verleihen, ihm einen Platz unter dem Fußvolk der Kulturgeschichte zuweisen.

Über die Herkunft meines Vaters wußte ich kaum etwas. Er selbst hatte diesbezügliche Fragen immer abgewehrt und den Kontakt zu seiner Familie abgebrochen. Den Grund dafür erfuhr ich von meiner Mutter: Mein Vater stamme aus einer Affäre, die sein Vater Richard Würzbach auf Geschäftsreisen mit einer Wiener Aristokratin gehabt habe. Diese sei früh an Tuberkulose gestorben und das verwaiste Kind in die gutbürgerliche Familie in Berlin aufgenommen und dann adoptiert worden. Die lebenslange Verschämtheit meines Vaters über seine uneheliche Herkunft erschien mir merkwürdig, wo er doch selbst in eine aristokratische Familie mit eher lockeren Sitten eingeheiratet hatte. Aber ich wagte damals nicht, weiter nachzubohren.

Merkwürdig war jedoch, daß seine Geburtsurkunde, die mir nach seinem Tod in die Hände fiel, Clara Würzbach, die Ehefrau von Richard Würzbach, als seine leibliche Mutter auswies. Wie konnte man ein in Pflege genommenes Baby gegenüber dem Standesamt als das eigene ausgeben? Die Geschichte von der Wiener Aristokratin und ihrem raschen Dahinsiechen erschien mir plötzlich wie einer Oper oder einem Roman entliehen. Die romantische Vorstellung von der schönen, aber kränkelnden und um so heftiger liebenden jungen Frau, die Begehren und Machtgefühl des werbenden Mannes steigerte, und schließlich die Verherrlichung dieser Liebe durch ein tragisches Ende – das kam mir doch irgendwie bekannt vor. Die Kameliendame oder Mimi aus ›La Bohème‹ ließen grüßen. Aber da ich meine inzwischen verstorbenen Eltern dazu nicht mehr befragen konnte, hatte ich die Sache auf sich beruhen lassen. Vielleicht würde sich nun eine Erklärung finden.

E-Mails gingen zwischen Kanada und Köln hin und her, Fragen nach den Kontakten meines Vaters zu zeitgenössischen Schriftstellern und Wissenschaftlern wurden gestellt. Ich konnte zum Beispiel Max Scheler, Hermann Graf Keyserling, Oswald Spengler, Thomas Mann und Hermann Hesse, Hugo von Hofmannsthal und Heinrich Wölfflin in den hinterlassenen Dokumenten meines Vaters dingfest machen und seinem intellektuellen Umfeld zuordnen. Auf meine privaten Fragen nach den Familienverhältnissen meines Vaters wurde eine ausführliche Antwort beim nächsten Besuch in Deutschland versprochen. Dem sah ich mit Spannung entgegen.

Es war in der Tat eine Überraschung, mit der mich Renato Cristi bei einer Tasse Tee auf dem grünen Familiensofa in meinem Arbeitszimmer konfrontierte. Während ich nur über die Briefe meines Vaters an meine Mutter, ihre Tagebuchaufzeichnungen und einige Schriftstücke der Nietzsche-Gesellschaft verfügte, hatte der kanadische Forscher aus den Archiven in Berlin und München den Schriftwechsel zwischen Friedrich Würzbach und den Behörden des Naziregimes ausgegraben. Mit freundlicher Zurückhaltung faßte er seine Ergebnisse zusammen, bevor er mir die Dokumente vorlegte. So war ich vorbereitet.

Vor mir lag eine Kopie des Abstammungsbescheids der Reichsstelle für Sippenforschung aus dem Jahr 1939. Darin wurde festgestellt, daß Clara Würzbach, geborene Bellachini, eine aus Polen stammende Jüdin war und als die leibliche Mutter meines Vaters zu gelten hatte. Die Geschichte von der Wiener Gräfin wurde als unbelegt zurückgewiesen. Ich sah sofort: Die romantische Liebesgeschichte war zu schön, um wahr zu sein. Sie taugte nicht alsAriernachweis.

Mein Vater war also »Halbjude« in der Terminologie der Nazis, und ich somit »Vierteljüdin«. Meine erste Reaktion war Freude und Befriedigung. Ich brauchte nicht lange nachzudenken, um dies als Gewinn zu empfinden. In den Zügen meines Vaters sah ich sofort die Prägung jüdischer Intellektualität. Und seine Verfolgungsgeschichte erhielt zusätzliche Tiefendimension. Ich spürte noch einmal die Gefährdung, in der wir gelebt hatten, meine Angst vor dem schleichenden Gas, die ständige Unruhe meiner Eltern. Bilder kamen zurück: Männer in festgegürteten Mänteln und scharfkrempigen Hüten, die meinen Vater »abholen« wollten; die nächtliche Flucht auf Fahrrädern vom Jagdhaus durch den Wald zu den heranrückenden Amerikanern. Es war also nicht nur die Ablehnung des Naziregimes durch meine Eltern, sondern auch jene institutionalisierte Verfolgung gewesen, die unsere Schwierigkeiten und Bedrückung erklärte. Ich hatte das als Kind miterlebt, ohne etwas davon zu wissen. Zu den nachträglichen Erklärungen meiner Eltern kamen nun gewichtige Fakten.

Den offiziellen Schreiben in klobiger Maschinenschrift, mit Aktenzeichen und Amtsstempeln versehen, mit Hitlergruß unterzeichnet, stehen die handschriftlichen Briefe meines Vaters in hilfloser Privatheit gegenüber. Angestrengte Selbstverteidigung und flehende Bitten treffen auf rigoroses Amtsdeutsch, in dem die Einstufung als »Mischling I. Grades«, der Vorwurf des Kontaktes mit Juden und Emigranten, die Einleitung erneuter Ermittlungen mitgeteilt werden. Meinem Vater ging es vor allem um den Verbleib in der Reichsschrifttumskammer oder wenigstens um eine Sondererlaubnis, weiterhin schreiben und publizieren zu dürfen. Von 1939 bis 1944 dauerte der aussichtslose Kampf. Dann erfolgte die Auflösung der von Würzbach geleiteten Nietzsche-Gesellschaft und die Beschlagnahmung des gesamten Materials. Schließlich erging das Verbot jeder schriftstellerischen Betätigung.

In den Dokumenten finden sich auch Fürsprecher, die sich um eine Verteidigung meines Vaters bemühen. Ein Vertreter des Amtes für Sippenforschung schenkt seiner Herkunftsgeschichte Glauben und argumentiert mit mangelnder verwandtschaftlicher Ähnlichkeit zur gesetzlichen Mutter Clara. Rezensionen loben die Aktualität von Würzbachs seit 1932 mehrfach aufgelegtem Buch ›Erkennen und Erleben‹. Und ein Gauamtsleiter bestätigt, daß Dr. Fritz Würzbach von der weltumstürzenden Bedeutung des Nationalsozialismus vollkommen überzeugt sei.

Worauf stützt sich diese Behauptung? Mein Vater unterschreibt nicht nur öfters seine Briefe mit »Heil Hitler«. In einem seiner zahlreichen Bittbriefe an den Präsidenten der Reichsschrifttumskammer Hanns Johst – mir vage bekannt als Autor im Dritten Reich – vom Jahr 1942 biedert sich mein Vater an, indem er die rühmende Darstellung des zuweilen verkannten Reichsführers Himmler in Johsts neuestem Buch als großen Verdienst würdigt. Ich bin entsetzt. Auch wenn er nicht Himmler, sondern das Buch über ihn lobt, ist dies eines Widerständlers gegen die Nazis unwürdig. Auch die Unterwürfigkeit, mit der mein Vater sein Anliegen vorbringt, macht mir zu schaffen.

Vor allem aber berührt mich noch sechzig Jahre danach die Verzweiflung, mit der er auf seiner arischen Herkunft beharrt, immer wieder bittet und fordert, man möge den Abstammungsbescheid revidieren. Der umfangreiche Schriftwechsel zog sich über fünf Jahre hin. Dabei habe ich manchmal den Eindruck, mein Vater glaubte schon selbst an den Mythos von der Wiener Gräfin. Schließlich legt er tatsächlich ein Foto seiner Tochter bei (ich bin damals acht Jahre alt), »arischer kann man wohl nicht aussehen«. Dabei hofft er ausdrücklich auf Mitleid und Einsehen bei seinem Adressaten.

Zu welchen Selbstverleugnungen und Absurditäten die Bedrohung durch den Rassenwahn der Nazis führen konnte, wird am Beispiel meines Vaters deutlich. Zu dieser Zeit war mein Vater längst und ohne jeden Zweifel ein Gegner des Naziregimes. War er es auch schon 1934, als er einen Artikel im ›Völkischen Beobachter‹ über »Die Wiedergeburt des Geistes aus dem Blute« schrieb? Dort stellt er der strengen Wissenschaft und Intellektualität die geistigen Produkte eines bodenständigen Volkstums gegenüber. Der nationalsozialistischen Bewegung weist er eine kulturelle Erneuerungsaufgabe zu, die aus ihrem Erbgut komme. Ein kalter Schauer läuft mir über den Rücken. Massenhafte Greueltaten wurden bald darauf im Namen der Reinerhaltung des deutschen Blutes begangen!

Ich kenne die Philosophie meines Vaters und seine Auslegung von Nietzsche, Kant etc. gut genug, um zu wissen, daß es ihm um die Polarität von apollinischem und dionysischem Erleben ging, um Unterscheidungen zwischen rationaler Welterfassung und ekstatischer Erfahrung des Künstlers oder Dichters. Diese elitäre Aufwertung der Erlebnisfähigkeit gegenüber der Erkenntnismacht hat nichts gemein mit dem mißgünstigen Antiintellektualismus des böhmischen Gefreiten und seiner Gefolgsleute.

Um so schlimmer, daß mein Vater sich hier in den Dienst einer politischen Ideologie stellt und dabei seine sonst anspruchsvolle und sensible Denkweise mit Formulierungen faschistischer Propaganda verseucht, den Deutschen eine geistige Führungsrolle zuweist und sich zu einem Seitenhieb auf jüdische Rationalität versteigt. Dies geschieht punktuell auch noch aus anderen Anlässen. Es tut weh, die sensible und differenzierte Gedankenwelt meines Vaters, die mein eigenes Weltverständnis geprägt hat, von ihm selbst auf so grobe Weise verunstaltet, ja verraten zu sehen. War es Überzeugung? Heuchelei? Anpassung? Sein von offizieller Seite lobend besprochenes Buch von 1932 ist frei von ausdrücklichen Bezugnahmen auf die Naziideologie. Es kommt darin allerdings eine geistige Aufbruchstimmung zum Ausdruck, die zur politischen Vereinnahmung durch den Eroberungswillen des Hitlerreiches einlädt.

Bisher hatte ich meinen Vater als kränkelnden und etwas lebensuntüchtigen, aber geistig starken und integren Menschen gesehen, der meine Kindheit und meine Erlebniswelt mitgestaltet hatte. Der unerwartete Einblick in seine Schwäche und Anpassungsbereitschaft rückte sein Bild in eine kritische Distanz. Der unbeirrbare Widerständler, als der er sich in aller Bescheidenheit verstanden hatte, geriet ins Zwielicht. Es dauerte einige Zeit, bis mir dieser veränderte Vater verständlich und annehmbar wurde. Die Angst ums Überleben, um seine Familie, der Wunsch zu schreiben und zu veröffentlichen, der Druck von außen hatten ihn verbogen. Er lavierte, setzte aber auch subversive Taktiken ein.

In seiner Sendereihe ›Vom Ewig Deutschen‹ – aus heutiger Sicht ein zumindest ambivalenter Titel – versuchte er, mit Klassikerzitaten eine deutsche Geistestradition fern der herrschenden Ideologie am Leben zu erhalten, und bewahrte die nachträgliche Textausgabe vor Hitlerzitaten, indem er sich außerstande zeigte, deren Fülle zu dokumentieren, und sich statt dessen auf die Quellennachweise aus ›Mein Kampf‹ und öffentlichen Reden beschränkte. In seinem Dienstzimmer hängte Würzbach einen Farbdruck der roten Pferde des »entarteten Künstlers« Franz Marc auf, daneben einen alten Meister, und rechtfertigte die Zusammenstellung als instruktives Beispiel und Gegenbeispiel, ohne dies weiter zu erläutern. Dies berichtet Hans Brandenburg 1956 in seiner Darstellung der Überlebensstrategien von Künstlern und Intellektuellen zwischen Tarnung und Treue zu sich selbst während der Nazizeit in München.

Der Rückblick auf diese Zeit systematischer Unterdrückung und Verfolgung jeder Abweichung von der vorgeschriebenen öffentlichen Meinung erscheint heute immer noch ebenso bizarr wie erschreckend. Aus meiner kindlichen Perspektive nahm ich damals nur Details wahr, die mir manchmal suspekt erschienen, kannte nicht die Zusammenhänge. Meine Eltern versuchten, mir eine halbwegs heile Welt vorzuspielen. Ich spielte gerne mit, genoß die geradezu idyllischen Züge unseres Fluchtortes auf dem Lande, wehrte Anzeichen von Gefährdung ab und spürte doch die zunehmende Bedrohung. Rückstände diffuser Angst blieben in mir lebenslang, blühen bis heute immer wieder auf. Und die Frage, wie ich selbst mich als Erwachsene in jener Zeit verhalten hätte, verbleibt in einer bangen Offenheit. In der Zeit nach dem Krieg abweichende Meinungen in der Bundesrepublik Deutschland zu vertreten, Zivilcourage zu zeigen oder für die Sache der Frau einzutreten, war im Vergleich zu damals eine leichte Übung.

Ohne den Mythos von der Wiener Gräfin hätte mein Vater vielleicht nicht überlebt. Fünf Jahre lang bestand er mit verzweifeltem Eigensinn darauf – gegen besseres Wissen und alle Vernunft –, nicht von seiner Mutter Clara geboren zu sein. Er zog das Bild der schönen, todkranken Aristokratin aus dem Ärmel, schob es vor Clara, in der Hoffnung, die Gestapo mit diesem Zaubertrick blenden und als reiner Arier vor dem staunenden Publikum erscheinen zu können. Auch wenn dies letztlich nicht verfing, verzögerte es doch den entscheidenden Zugriff auf seine Person. Zwar verlor er seine Stellung im Reichssender München, erhielt Berufsverbot, erlitt gesundheitliche Folgeschäden, kam aber mit dem Leben davon, bewahrte Frau und Tochter vor Sippenhaftung. Bei allem Lavieren blieb er in manchem durchaus konsequent. Er wurde nie Parteimitglied. Ob sie ihn nicht wollten? Es ist jedenfalls nicht bekannt, daß er je einen Antrag stellte. Und es ist überliefert, daß er zeitweise politisch unliebsame Mitarbeiter beschäftigte, um ihnen eine Existenzsicherung zu geben. Die letzten Kriegsjahre überstand er mit uns im Halbverborgenen.

Warum hat mein Vater nach Beendigung der Schreckensherrschaft nicht über seine jüdische Abstammung gesprochen, sie zur Begründung einer staatlichen Wiedergutmachung eingesetzt? Warum hat er mir meine Herkunft vorenthalten, meine Wurzeln einfach abgeschnitten? Ich weiß es nicht. Ich weiß nicht einmal, ob meine Mutter die Wahrheit kannte oder nur den Mythos von der Wiener Gräfin, den sie mir kolportierte. Ich kann nur spekulieren.

In biographischen Darstellungen wird berichtet, daß überlebende Deutsche jüdischer Herkunft nach ihrer Rückkehr ihr Judentum öfters verheimlichten. Sei es, um nicht mehr mit der schrecklichen Vergangenheit konfrontiert zu werden, sei es aus Angst vor erneuten Repressalien. Die ängstliche Vorsicht, mit der mein Vater sich oft beobachtet fühlte, weist in diese Richtung. Nicht selten dämpfte er seine Stimme, weil er glaubte, ein Nachbar oder ein Fremder in der Trambahn höre mit. Es kann aber auch sein, daß mein Vater dem unreflektiert verbreiteten Antisemitismus der Weimarer Zeit verhaftet war und sich seiner jüdischen Abstammung schämte. In ihre Verleugnung aus politischen Gründen könnte davon etwas eingeflossen sein. Hinter der Scham über die vorgebliche Unehelichkeit seiner Geburt könnte noch eine andere stehen. Es gibt eine Briefstelle, in der er 1931 über die Begegnung mit einem jüdischen Bekannten auf der Straße in Berlin berichtet, bei der mein Vater zwar freundlich grüßte, aber eine weitere Annäherung vermied. Und warum wollte er nicht über seine Eltern sprechen, hatte keinen Kontakt zu seinen Geschwistern? Warum verdorrte dieser Familienzweig für mich zum nüchternen Rechercheobjekt?

Ich kann ihn nicht mehr fragen. Ich sehe nur dieses Dornengestrüpp von Widersprüchlichkeiten, Ängsten, Leiden, Überlebensstrategien. Für mich ist es sechzig Jahre nach Kriegsende nicht schwer, meine nachträgliche Zuteilung an jüdischer Herkunft zu begrüßen. Lange bevor ich von ihr wußte, habe ich mit angstvoller Gier die Verarbeitung dieser wahnwitzigen Epoche deutscher Geschichte in Literatur und Filmen aufgesogen, die Diskussionen verfolgt, habe mich über manche beschämende Form der Vergangenheitsbewältigung empört, mich immer wieder aufs neue über das Unbegreifliche entsetzt.

Und was bedeutet nun die genetische Teilhabe an diesem über die halbe Welt verstreuten Volk für mich? Über die jüdische Religion weiß ich kaum etwas, kenne bestenfalls die bekanntesten Geschichten aus dem Alten Testament. Die Geschicke des Staates Israel verfolge ich mit respektvoller

Anteilnahme, manchmal nicht ohne verhaltene Kritik. Es ist das säkulare und internationale Judentum, das seine besondere Anziehungskraft für mich hat. Es sind Intelligenz und Kreativität, Intellektualität und Künstlertum, die mich beeindrucken. Es ist diese Ballung von Talent und Genie, die etwas Auserwähltes hat. Mein Quentchen Zugehörigkeitsgefühl verdichtet sich zum Symbolischen, gerät in die Nähe des Klischees und hat doch etwas sehr Lebendiges. Franz Kafka und Arthur Schnitzler haben mir Stimmungen und Einstellungen der Generation vor mir vermittelt. Hugo von Hofmannsthal, Else Lasker-Schüler, Rose Ausländer, Hilde Domin haben meine Lyrikerfahrung mitgeprägt. Die Wirklichkeitsentwürfe von Sigmund Freud und Albert Einstein waren für mich wegweisend. Hannah Arendts Themen trafen meine politischen Interessen. Käte Hamburgers Analyse von erzählerischer Fiktionalität war der erste Meilenstein für mein interpretierendes Literaturverständnis. Felix Mendelssohn-Bartholdy und Gustav Mahler, Bruno Walter, David Oistrach und Clara Haskil waren Bestandteil meines Musik-Erlebens.

Da ist auch noch etwas anderes: ein eigenartiges Gefühl der Verbundenheit mit dem Leiden, das Juden durch Verfolgung erlitten haben. Das Ausmaß übersteigt jedes menschliche Fassungsvermögen. Aber der dokumentierte, erzählte oder in unmittelbarer Begegnung erfahrene Einzelfall berührt mich immer wieder heftig, entfremdet mich dem Deutschen. Zudem kann ich mich mit der Erfahrung des Ausgeschlossenseins identifizieren, auch wenn dies bei mir keineswegs allein in der politischen Verfolgung meines Vaters begründet war, sondern mehr noch in meiner Erziehung und meiner Eigenwilligkeit. Außenseitertum als Herausforderung, in sich zu gehen und aus sich heraus. Ist das nicht von jüdischen Schicksalen vorgelebt worden?

Und was geschah mit Clara Würzbach, geborene Bellachini? Sie hat die Naziherrschaft nicht mehr erleben müssen, worüber ich sehr erleichtert bin. Und wer waren ihre Eltern, Samuel und Helene Bellachini, »die beide der mosaischen Religionsgemeinschaft angehört haben«, wie es in dem Abstammungsbescheid heißt? Ich stelle mir ein strenggläubiges älteres Paar vor, er mit wallendem Bart und schwarzem Hut, sie stattlich und ernst. Weit gefehlt! Es stellt sich heraus, daß Samuel Bellachini der bekannteste Zauberkünstler seiner Zeit war, weitgereist, in Salons und Ballsälen zu Hause, ein gutsituierter Vagabund seiner Zeit, schließlich als Hofzauberer bei Kaiser Wilhelm I. etabliert. Abbildungen zeigen: Samuel Bellachinis Gesicht war glatt rasiert; seinen Kopf hielt er gelegentlich auf seiner Hand. Meine Urgroßmutter Helene ist weniger gut dokumentiert. Jedenfalls gibt es noch manches zu erkunden, zu imaginieren, nach seiner Bedeutung für mich zu befragen.

Meine Herkunft aus einer buntscheckig europäischen Aristokratie habe ich hinter mir gelassen. Dem Künstlerhaushalt meiner Eltern verdanke ich ein reiches Bukett geistiger Stimulanzien und den lockeren Umgang mit Konventionen. Das Stück jüdischer Herkunft, das sich mir erst unlängst eröffnet hat, gilt es noch zu erschließen.